KB124679

중력

중력

권기태 장편소설

다산
책방

가능성을 꿈꾸지 않는 사람은
이 단단한 현실이
어떻게 바뀌는지 알지 못한다.

차례

1부

겨울산 갈림길

1

나는 저녁이 찾아오는 고즈넉한 시간을 사랑한다.

대낮에는 구름이 물결처럼 밀려오거나 목화솜처럼 피어
나거나 설산처럼 솟구친다. 하지만 고요한 해거름이 다가
오면 가만히 멈춘 듯이 보인다. 그리고 가끔 그 바닥은 두
두룩한 두둑과 고불고불한 골이 생겨서 하루의 마지막 볕
을 받을 채비를 한다.

서쪽 능선 너머로 가라앉던 햇발을 받고 보다 높은 구름
은 부푼 듯이 투명해지고 보다 낮은 구름은 어두운 연기처
럼 가라앉는다. 이럴 때의 고요한 하늘은 지구라는 생명이
명상에 잠겨 든 내면의 풍경을 보여주는 것 같다.

이어서 해를 둘러싼 구름과 공기가 날달걀인 듯이 부드

럽게 풀리다가 황혼이 석류처럼 불그스레 번져간다. 그리고 색채들이 고요한 대기에 거무스름한 잿빛으로 잦아들면 땅거미 지는 어스름 녘의 풍경이 편안하게 나를 감싸는 것이다.

  날이 다 어두워지면 찾아오는 밤을 내가 더더욱 사랑하는 것은 희고 푸르던 하늘이 밤이 되어서야 본래부터 그 너머에 있는 무한한 칠흑을 보여주기 때문이다. 대지를 고르고 얇게 덮었을 뿐인 공기의 껍질을 우리가 하늘이라고 부르는 것은 그 바깥에 끝없는 깊이의 우주가 있어서다. 밤은 대낮 동안 팽팽하던 빛을 거두고서 그 무량대의 캄캄한 돔을 고스란히 보여준다.
  가로등 위의 밤은 푸르스름하지만, 돔은 인가의 불빛이 없는 시골일수록 분명히 칠흑을 띠고, 그럴수록 별빛은 더 뚜렷하고 많아진다. 별무리들이 자욱한 미리내를 이루고, 저마다 사연을 지닌 별자리를 만들어서 밤새 돌고 도는 우리 삶의 무한한 원천을 내가 고개만 살짝 들면 어디서건 볼 수 있다니. 별들이 늘 시침과 분침처럼 도는 저 돔은 내 삶의 이전에도 이후에도 계속될 우주의 가장 오래된 시계이자 달력이다. 눈을 들어 그 밤의 오묘함과 끝없음에 몰입하노라면 내가 방금 거쳐온 하루치의 맹렬한 인생이 저 작디작은 별빛처럼 그저 낟알 위에서 이뤄졌다는 깨달음에 감싸인다. 수천 개의 나라가 생기고 없어진 수천 년의 역사가 그저 티끌 위에서 지나간 것이다.

그러면 나는 종일 내 속에서 생겨난 부질없는 불안감이나 사소한 실망마저도 저 무궁한 칠흑 속으로 천천히 띄워 버리는 상쾌한 대범함에 차츰차츰 젖어 드는 것이다.

그렇게 늘 우주를 바라볼 수 있는데—나는 왜 우주인 선발에까지 지망했을까? 국립자연원 산하에 있는 용인의 생태보호연구원에 매일 출근해서 실험하는 직장인이.

"오늘 우주인 뽑는다는 포스터를 봤어. 팀 사람들하고 같이 점심 먹고 오다가 편의점 앞에서."

나는 초봄에 소리 없이 늦은 저녁을 먹으면서 아내에게 말했다. 만일 바빠서 요 며칠 내내 구내식당 밥을 먹었거나 커피 살 일이 없었다면 선발이 있는지도 까마득히 몰랐을 것이다. 아내는 싱크대에서 그릇을 헹구다 말고 "우주인? 우리나라에서?" 하고 돌아보았다.

"응, 과기부하고 우주산업연구원에서 뽑는대." 나는 유리잔에 조금 남은 물을 식탁의 모닝듀에게 살짝 따라주었다. 겹장미처럼 생긴 조그만 다육식물은 미니화분에서 잘 자라고 있다. "이제 식단을 짜서 먹으면 좋겠어. 2차가 체력 테스트니까. 단축마라톤도 있고."

"운동이야 많이 해왔잖아. 등산도 나가고 자전거도 타

11

고.”

“그래도 당분이나 지방 많은 음식은 피해야 할 것 같아. 마늘이나 양파를 다시 먹어야 할 것 같고. 4차도 신체검사거든. 그 후에도 몸이 열쇠가 아니겠어?”

“몸만 좋으면 된대? 그래도 우주인인데?”

“포스터를 읽어보니까 우주에 나가서 과학 실험하는 사람을 뽑는대.” 나는 싹 비운 접시에 그릇과 수저를 얹어서 아내에게 건넸다. “그러면 반은 자격이 있잖아.”

나는 물잔을 가져가서 내 방 책상과 서가에 나란히 앉은 모닝듀 칠 남매에게 식수를 따라줬다. 예쁜 것이 정말 잘 큰다. 씩씩하게, 씩씩하게…… 갑자기 눈물이 송글송글 돋아나려는 것 같아서 나는 아랫입술을 내밀어 입김으로 다스린다. 아, 참, 다음 주부터는 저기 피트니스에도 나가야겠다. 나는 멀리 어둠 건너의 주민센터 2층 창가에서 트레드밀을 달리는 사람들을 바라본다. 하지만 유리창에는 어여쁜 여자아이가 푸르른 잎사귀처럼 생겨난다. 나는 그 잎사귀 같은 아이를 보고서 희미하게 웃고 나서야 문으로 향한다.

모두 다섯 번의 관문을 지나야 하는 선발에서 내가 3차에 통과하자 아내는 놀라워했다.

“3차는 과학실험이야. 내가 밥 먹고 하는 일이 실험인데.”

"정말 우주인 할 거야? 진짜로?"

"한다니까 그래." 나는 어린 누이 생각이 나자 콧속이 좀 젖어서 콧방울을 만졌다. "내가 언제 흰소리하는 것 봤어?"

"언제부터 우주에 그렇게 관심이 있었어?"

아내는 딸 둘에게 차례로 얼룩말 무늬 타이츠를 입혀주면서 나를 돌아보았다. 딸들은 내가 사준 우주인 인형을 손에 쥐고서 소파에서 그림을 그리다가 마친 참이다.

"너, 대학 때 우리 실험실에 몇 번 오지 않았어?" 나는 네 살짜리 작은 딸을 품에 안고 뺨을 비빈다. "거기 왜 원숭이랑 개랑, 거미 사진 붙어 있던 것 기억나? 내가 커다란 것으로 붙여놓았는데."

"글쎄, 본 것 같기도 하고. 그런데 왜?"

"그게 다 우주에 다녀온 녀석들이야. 우주에 나간 최초의 영장류가 가가린이 아니고, 침팬지 '햄'이라고 하니까, 너 쿡쿡 웃으면서 사진 꼼꼼히 들여다봤잖아."

"내가 그랬어?" 아내는 아이들한테서 벗겨낸 방울 무늬 타이츠를 손에 든 채로 볼우물이 생기도록 다시금 웃는다.

사진의 개는 '라이카', 거미는 '아니타'였다. 술에 취한 듯이 비틀거리면서 무중력의 우주선 구석에 거미집을 만들던 녀석. 아내는 그 다리 아래 물방울들이 맺혀 있는 것도 신기해했었다.

그 무렵 나는 우주복을 완벽하게 차려입고 헬멧을 손에

든 채 발사장 통로를 걸어 나오는 우주인들의 사진을 우리 집 책상 앞에 붙여놓고 살았다. 카리스마 넘치는 명암이 흐르던 얼굴들. 소금쟁이처럼 달에 내려앉은 착륙선 앞에 선 올드린의 사진도, 우주복만 입고 캄캄한 공간으로 유영 나간 화이트가 우주총으로 산소를 내쏘며 이리저리 옮겨 다니는 사진도 붙어 있었다. (그는 얼마나 무섭고 짜릿했을까.)

며칠째 실험실에 틀어박혀 경과를 지켜보다 보면 답답해질 때가 있었다. 그럴 때 우주를 떠올리면 이상하게 숨통이 트였다. 나는 그래서 대학 연구동의 옥상에 해변 의자를 갖다 놓았다. 땅거미가 다 지고 난 다음이나 동이 트기 직전에 거기 누워서 망원경을 들고 상공을 살펴보면 하늘을 가로지르는 하얀 점이 보이곤 했다. 인공위성이었다. 우주왕복선이 궤도를 돌고 있을 때는 무선 햄HAM으로 우주인들과 통화를 시도해보고 인사를 나누기도 했다.

그러면서 언젠가는 내가 우주로 올라가 실험을 해보겠다는 생각을 했다. 붓처럼 매끈한 촛불도 중력이 없어지면 공처럼 둥글어진다. 벌레들을 데리고 이런저런 실험을 해본다면 어떤 게 좋을까. 그것이 우선 궁금해졌다. 석사 전공을 식물학으로 정하고 나서는 우주선 적재함에서 여러해살이식물들을 키우는 상상을 했다. 마음속에서 우주 정원사가 되는 것이다.

중력은 나침반 같기도 해서 그게 있어야 뿌리와 줄기가

자랄 방향을 안다. 하지만 중력이 없으면? 식물은 어떻게 방향을 알까? 모세포가 방향을 잡고 거듭거듭 나눠져야지 딸세포가 자라난다. 하지만 중력이 없어도 그 속의 염색체와 디엔에이가 무사히 나눠질까?

따지자면 궁금한 게 한둘이 아니다. 중국의 우주 오이는 땅 위로 와서 어떻게 팔뚝만 해졌을까? 토마토는 왜 비타민에이 덩어리가 되었을까? 일본의 우주 장미는 세상에 없던 향기를 어떻게 머금게 되었을까? 우주인들은 헤아릴 수 없는 실험을 수십 년 동안 해왔지만 결과는 자기 나라에서만 나눠 가진다.

나는 우선 '식물이 무중력에서도 소리를 지를까?' 그게 궁금했다. 몹쓸 벌레가 나타나면 식물은 떫은맛 쓴맛 신맛이 나는 독을 내놓는다. (하지만 사람들한테는 오히려 약이 되기도 한다.) 친구들한테 알리려고 공기 중에도 퍼뜨리는데 이게 일종의 비명이다. 그런데 무중력에서는 어떤 독을 내놓을까? 그게 사람들한테는 뭐가 될까? 씀바귀며 패랭이 민들레며 비비추와 애기장대를 데리고 가서 나는 손수 실험을 해보고 싶은 것이다.

내가 생각해낸 실험만 해보고 싶은 건 아니다. 그런 걸 제안하는 사람이 많을수록 좋다. 단지 내 손으로 하고, 내 눈으로 보는 것만으로도 나는 잠을 못 이룰 것이다. 어떤 실험이 돈이 될까? 이런 질문은 좀 뒤로 미뤄두자. 우선 상상의 나래를 펴고 기대로 마음이 부풀고 싶다. 보배와 같은 결실이란 우연의 자비가 없이는 안 되지 않는가. 페니실린이 어떻게 나왔고 라듐은 또 어땠고, 이런 얘기는 어릴 때 다 들은 것이다.

나는 어쩌면 내가 좋아하는 모닝듀가 영감을 줄지도 모른다고 생각한다. 통통하고 도톰한 잎사귀들이 겹겹이 모여서 한 송이 꽃처럼 생긴 식물. 워낙에 작아서 신고 가기도 편할 것이다. 잘라서 밥공기에 놓아둬도, 비커나 플라스크에 꽂아둬도 한 줌의 흙만 있으면 끈질기게 살아가는 어여쁜 다육이……

이렇게 혼잣말할 때 내게는 슬픔이 살며시 솟아오른다. 저 작은 흙에도 모닝듀가 실핏줄을 드리운다. 하지만 내 누이는 열 살 때 모닝듀를 머리맡에 두고 눈을 감았다. 소아뇌종양이었다. 수영이는 살아 있을 때는 천연덕스러운 장난꾸러기였다. 모닝듀 앞에서 물을 주고 노래하고 도깨비감투를 쓰고 춤을 추던. 그 아이는 내 눈동자에 슬픔이 스미는 걸 슬퍼할 것이다.

"요즘 꿈에 부풀어 있으시죠? 너무 부러워요." 이수경이 포크로 치킨을 뜯어내면서 말했다. 옆 부서 연구원이다. "3차에 여자들도 많이 됐던데. 저도 한 번 해볼 걸 그랬어요."

"수경씨가 했으면 됐겠지." 그녀는 매일 수영을 한다.

"영어까지 잘하니, 눈에 띄었을 거야."

"과장님 되시는 걸 보니까 누군가가 저 위에서 지구를 내려다보는 광경이 자꾸 떠올라요." 그녀는 맥주를 한 모금 가볍게 삼킨다. 구름을 실타래처럼 휘감고 방대한 우주를 하얗게 가르는 크나큰 공이 내게도 보인다. "그게 자전하면 밤낮이 바뀌고. 시간이 흐르는 게 저런 거구나. 그런 생각이 들 것 같아요. 사람이 달라질 것 같아요."

"나도 그런 기대를 해." 나는 치킨에서 기름기가 많이 든 곳을 발라냈다. "나는 오로라를 보고 싶어." 오로라요? 하고 그녀가 호기심을 갖는다. "생물학을 하니까. 오로라가 증거 같은 거지. 지구가 하나의 생명이라는 증거." 태양 방사선이 늘 홍수처럼 쏟아지지만 지구의 남북극 높은 곳에 겨우 찔끔 비집고 들어오다가 공기와 부딪혀내는 빛이 오로라다. 방사선 대부분은 지구가 두른 자기장에 튕겨나간다. 그래서 나는 지구가 병아리들을 보호하는 어미 닭 같은 것이다.

"좋은데요. 텔레비전에 나가서 그렇게 설명하면……." 이수경은 흐뭇해하면서 웃는다.

"다음 주에 휴가 내야 한다면서?"

내가 노릇한 껍질을 뜯어내고 살점을 맛보는데 김동석이 말한다. 내 건너편에 앉아서 오 년째 마주 보고 일하는 친구다.

"병원에서 먹고 자면서 검진을 받는대."

"팀장이 휴가 내주겠대?" 그의 갈색 눈동자가 걱정스레 짙어진다. 나와 팀장 사이를 생각하면 그는 늘 그렇게 된다. 친구이기 때문이다.

"그건 걱정 안 하고 있어." 나는 짐짓 태연하게 그의 눈동자를 바라본다. 거기에는 내 얼굴이 있다. "바빠서 여름휴가도 사흘밖에 못 썼는데. 다음 달엔 겨울휴가도 있고."

그리고 내게는 반드시 테스트를 완주하고 공기 중에 나타나는 수영이에게 들려줘야 할 말이 있는 것이다.

내가 일요일 오전에 청원의 공군항공학교를 찾아간 일이 생각난다. 4차 테스트를 앞둔 예비소집이었다.

교내의 병원을 향해 걸음을 서두르며 오래된 전시용 제트기에 눈길을 주고 있노라니 새가 날아와서 조종석의 유리덮개에 내려앉았다. 역광이 가시자 앵무새처럼 여러 가지 색깔을 지닌 아주 예쁜 새—호반새라는 것을 알 수 있었다.

교로, 교로, 꼬르르르.

마치 나를 반기는 것 같은 맑고 깨끗한 노랫소리.

잔디밭에 놓인 전투기는 여전히 단단하고 날렵했다. 좀 전까지 날아다니다가 과거로부터 이제 막 내려앉은 항공기. 호반새는 공중에 숨겨둔 자기만의 문을 열고 조종사의 영혼처럼 유리덮개에 문득 내려앉았다.

십일월이면 여름 한철을 난 철새들이 벌써 이곳을 떠났어야 할 시간. 너는 혹시 나를 기다린 건가? 나도 이제 한 달 뒤에 먼 길을 떠날지도 모르는데.

새는 담담하게 고개를 들어 창공을 올려다보았다. 먼 귀로에 나서기 전에 한숨 돌리는 고고한 휴식처럼 보였다.

그래, 너는 겨우 털 한 줌이 덮여 있을 뿐이구나. 아무 쥔 것도, 탈 것도 없이 혼자서 천리만리를 날아가는구나.

빨간 부리 노란 배의 새는 파란 날개를 쳐들고 가만히 멈췄다. 나는 상상보다 훨씬 더 커 보이는 호반새가 날개를 활짝 편 자태를 지켜보느라고 숨을 골랐다. 긴장된 고요의 십몇 초가 지나자 새는 다시 날개를 접었다가 불현듯이 공기 중에 몸을 던졌다.

파다닥닥!

날개로 공기를 때리는 소리는 상쾌했다. 현란한 색깔 때문에 꽃이 날아오르는 것 같다. 그래, 상상 없는 지성은 날개 없는 새다. 날아라, 거침없이! 저 아래 정문의 위병도 헬멧을 손으로 들며 하늘을 올려다보았다. 새는 고개를 길게 빼고 보다 높은 상공을 올려다보면서 점이 되도록 솟구쳤다. 그리고 가뭇없이 날아간다.

가려무나, 힘차게…… 너 날고 싶은 대로. 저 산 넘어, 하늘 저편으로.

수영아, 이제 간다.

2

나는 선의로 선발에 참가했지만 괜한 오해를 사고 있고, 위기의 조짐까지 생긴다고 느낀 것은 며칠 지나지 않아서였다.

내 차가 주차장을 빠져나가자 번들번들한 노면에 떨어진 단풍잎들로 경내가 울긋불긋했다. 가로등 아래 나뭇가지로 불그스레한 잎사귀들이 투명하게 잎맥을 드러내고 빗줄기들이 희끗희끗 나타난다.

"차 넓네." 김동석은 짐칸을 힐끔 돌아본다. "세단보다 많이 싣겠네." 취해서 얼굴이 발그레하다.

"애들 크면 캠핑 같이 갈 거니까." 나는 엔니오 모리코네의 영화음악들을 골라서 볼륨을 약간 올렸다. "기왕이면 이런 차가 낫지."

그가 나지막이 묻는다. "뭐 하다가 이리 늦었냐?"

"내 보고서는 냈는데. 후배들 게 늦어져서 좀 봐주느라고⋯⋯ 아직 다 못 했어. 너는 무슨 회식?"

"밥 먹으러 갔다가 해안생태연구실 사람들하고 섞이는 바람에." 그는 취기가 오르는지 목을 뒤로 한 번 꺾었다가 등받이에 기댄다. "우주인 준비는 잘돼?"

"잘되고 말고 할 게 어딨어?" 나는 입맛을 다셨다. "원래 하던 대로 하면서 주말에 피트니스 하는 정도지."

"내 후배도 됐더라. 고등학교 대학교 후배인데."

"이름이?"

"김태우라고, 우주인 된다고 전기공학연구원 그만두고 미국으로 건너간 친구야. 벌써 사오 년 됐어. 아는 사람들 사이에선 정말 유명하지. 우리보다 한 살 적고."

"전공이 전기공학이야?"

"미국 가선 항공공학을 하지. 고더드센터에서도 일하고."

"경력 좋네. 예비소집 땐 못 봤는데…… 몇 명 빠졌으니까." 엔니오 모리코네의 〈미션〉 주제곡, 오보에의 선율이 나오는 동안 잠시 조용해졌다. 미션. 사명, 임무. 거룩하고 간절한 가락이다. "같은 1조면 좋겠다. 많이 배웠을 텐데."

"그래, 그럴 거야. 애, 괜찮아. 조금 예민하지만."

나는 차선을 바꿔서 버스에 길을 내줬다.

"너희 팀장 술 잘 말더라." 그는 뒤늦게 안전벨트를 매면서 나를 힐끗 돌아보았다. "숟가락으로 슥슥 저으니까 회오리가 생기던데. 선수더구만."

"우리 팀장도 같이 있었어?" 차가 빠르게 달리자 빗방울들이 앞 유리를 거슬러 올라왔다.

"마당발이니까……." 그는 무슨 할 말이 있는 모양이다.

"너 우주인 준비 많이 한다고 하던데."

"회사에서 티를 안 냈는데." 나는 신호대기를 하다가 주름이 생길 만큼 눈을 질끈 감았다. 그는 말을 아끼는 것 같다.

"하여튼, 염두에 둬라. 생각이 많은 사람이니까."

나는 더 물어보려다가 피로해서 입을 다물고 만다. 빗소리에 맞춰서 슥슥 오가는 와이퍼 소리. 비는 도로 옆의 커피점 앞으로 사선을 그으면서 쏟아졌다.

"연구원 매각은 진척이 있대? 그냥 소문이지?"

"글쎄, 한두 군데서 제의가 왔다고 하던데." 그는 이마로 내려온 머리칼을 쓸어넘긴다. "바이오 관심 있는 회사들이 있으니까. 하지만 쉽게 되겠어?"

앞에서 질주하는 트레일러 뒷바퀴에서 물보라가 날아왔다. 나는 와이퍼의 속도를 조금 올리고는 차선을 바꿔서 달린다.

"자, 고마워. 여기 세워줘." 그는 자기 아파트 단지 입구의 상가를 바라본다. 그는 강아지들을 데리고 혼자 산다. "식빵 좀 사야겠어. 수프도 다 떨어졌고. 아침에 일어나려니……."

독일 유기농 밀 식빵, 하고 쓰인 베이커리가 보인다.

"나도 들르자. 배고파서 안 되겠어. 와이프가 여기 식빵 좋아하는데."

"아침 빵이 좋긴 한데."

차 문을 열고 우산을 펴자 빗소리가 생각보다 굵었다.

내가 팀장과 면담했던 것은 우주인 선발 4차 테스트를
하루 앞두고, 퇴근 시간이 다 되어서였다.

그는 빈 회의실에 묵상하듯이 앉아 있었다. 두툼해 보이
는 얼굴 피부에 여드름이 잔뜩 났다가 사그라진 흔적. 감정
이 좀체 드러나지 않는 그 포커페이스가 나는 늘 부담스러
웠다.

그는 팔짱을 끼더니 출근이 왜 늦었는지, 점심때 왜 늦
게 들어왔는지 물었다. 출근은 연구원 입구의 차단대가 고
장 나 오도 가도 못 하다가 십 분 늦은 것이다. 점심때는 체
한 느낌이 들어서 약국에 다녀왔고. 그는 차분했고 이해한
다는 표정으로 고개를 끄덕였다. 기분 좋은 일이 떠올랐는
지 얼굴이 밝았다. 멀리 뒷산 보병 사격장에서 총소리가 나
직하게 울렸다.

"우주인 발표는 언제지?"

3차에 통과한 서른 명이 열 명씩 신체검사를 끝내는 삼
주 후인데, 이제부터는 좀 힘들어서 담담하게 치르려고 한
다고 말했다. 솔직한 대답이었다.

"내가 뭐 일부러 보려고 한 건 아닌데. 아까 보던 게 러
시아의 우주인훈련센터 아냐? 가가린 동상도 나오던데?"

그가 말했다. 내가 잠깐 그 홈페이지에 들어갔을 때 그가

가끔 하듯이 뒤에 와서 지켜본 모양이다. 그렇게 시치미 떼지 않아도 돼. 내 눈앞의 팀장 표정이 그렇게 말하는 것 같아서 나는 난감해졌다.

"우주인 선발이 일단락되기 전까진 아마 연구에 집중이 잘 안 될 거야. 하지만 뭐 이해하고 있어." 그는 두 손을 맞잡았다. "하나 얘기할 게 있는데."

그는 바싹 당겨 앉으며 내 안색을 살폈다.

그의 눈을 마주 봤을 때 혹시 〈이달의 연구원〉으로 내가 뽑혔다는 이야기가 아닐까, 왠지 그런 기대가 들었다. 우주인 후보 서른 명에 들었다고 다른 직장에서는 사내에 축하한다는 포스터도 붙였다고 했다.

"하반기 평가 말이야." 그의 눈동자의 색깔이 변하는 것 같았다. "규정이 엄해졌어. 우리 팀 두 명이 무조건 S인데……." shortage, 미달을 말하는 것이다. 그는 한숨을 쉬면서 손을 내려다보았다. "이 과장이 이번에 받아야 할 것 같아서……."

기대를 완전히 빗나가는 뜻밖의 말을 듣자 그가 농담하는 게 아닌가 하는 생각이 들었다. 하지만 시간이 지나도 그의 얼굴은 여전히 진지했다. 주위도 적막했고 산 너머 사격장에서 탕, 탕, 탕! 격발하는 총소리가 이어졌다.

하반기의 내 연구 주제는 플라나리아와 납작벌레 같은 와충류를 부엽토에서 길러서 거름이나 비료 대신 쓰게 하는 것이다. 산업 영향이나 성공 가능성이 아주 크다. 지난해 봄부터 이어왔고 결국 연구원이 가장 많이 배정된, 연구실 내의 가장 큰 주제가 됐다.

팀장은 지난 두 번의 평가에서 우수 등급을 받은 것이 분명하다. 솔직히 내 등에 업혔기 때문이다. 이런 와충류가 양생하는 토양으로 식물의 생명력을, 특히 과일나무의 생산력을 몇 배나 강하게 한 것이 큰 성과였다.

하지만 지난해 하반기 팀장은 도리어 내게 미달 평점을 줬다. 내가 입사하자마자 물정을 몰라서 한 번 받은 적이 있고 그 후로는 처음인 평점이었다. 나는 실망이 컸지만 자존심 때문에 따져 묻지는 않았다. 그게 실수였던 것 같다.

나는 차분하게 이런 일들을 하나하나 팀장에게 짚어 나갔다. 너무 정신을 똑바로 차려서 말하는 그대로 옮겨 쓰면 하나도 틀림없는 문장이 될 정도로 정확하게.

"이건 좀 심하신 게 아닌가요?"

하지만 팀장은 여태까지 내 성과는 자기가 내 밑에 배치해준 연구원 세 사람 덕분이라고 했다. 연구 주제가 커지고, 방향이 계속 바뀐 것도 따져보면 자기 덕분이 아니냐고.

착 가라앉은 표정과 두툼한 살갗 그리고 조리 있는 저음과 설득하는 손 움직임……. 나는 그가 알 수 없는 사람이라고 생각했다. 방향을 바꾸는 제안은 번번이 내가 하지 않았는가.

그와 나는 직책은 팀장과 과장이지만, 직급은 같은 선임
연구원이다. 그리고 원래는 내가 팀장이 될 뻔했다. 이게
문제였던 것 같다. 본부장과는 달리 센터장은 그보다 나를
더 좋아하고 인정했다. 그래서 그는 다소 불안해했다. 나는
그와 함께 일하는 게 위험하다는 신호를 몇 번 감지했지만
과민해지면 안 된다고 생각했을 뿐이었다.

"지난해에도 저보고 양보해달라고 하셨잖습니까." 그래,
그는 양보라는 말을 썼다. "그런데 이번에도 이러시면 제
가 정말 힘들 것 같습니다."

"그러면 어떻게 하려고?" 그는 턱을 약간 올리더니 내리
뜨는 눈이 됐다.

"글쎄요……." 나는 숨을 내쉬었다. "재심…… 신청을 해
야 하나요?"

나는 지난해부터 미안한 마음을 무릅쓰고 아내와 각방을
써왔다. 둘째 애가 새벽에 깨서 울고 나면 내가 잠을 다시
이루기 힘들기 때문이었다. 그만큼 낮에 연구실에서 일할
때 완벽하게 몰두하고 싶었다.

"사실은 팀장님도 그 덕을 보지 않으셨습니까. 다른 연구
원에서 건너오셨고. 처음에 '도와달라. 나는 이식된 나무나
마찬가지'라고 하셨고요. 그런데 다시 S라니요? 아시잖아
요? 올해 하반기 성과가 뚜렷한데요."

팀장은 예민한 표정이 되어서 잠시 생각을 가다듬는 듯

하더니 바깥의 기척을 알아차렸다. 그는 문을 열고 나가서 "별일 아냐." 하고 사람들을 돌려보냈다.

나는 그 말에 손수건으로 입가를 닦으면서 무력감을 느꼈다.

이게 별일이 아니라니? 이 사람의 윤리는 과연 어떤 것일까?

이 안에 내가 있는 걸 바깥의 사람들이 아는 걸까? 내 목소리가 혹시 커졌던 걸까. 아니, 내가 면담 중이라고 몇이서 알고 있으니까. 아아, 우주인 후보가 되면서 사람들의 눈이 빛났는데. 여기서 이러고 있는 걸 알게 되면 얼마나 실망들을 할 것인가.

나는 속이 쓰라려서 눈을 질끈 감았다가 떴다.

팀장은 한숨을 내쉬었지만 과연 진심이 깃든 것일까. 그는 내 밑에서 일하던 연구원 하나의 이름을 들먹이면서 "그 친구가 위험하다"라고 했다. 그가 우리 연구원으로 건너올 때 같이 데려온 후배였다. 그동안 평점이 안 좋았고 올해 하반기에 이를 악물고 열심히 했는데 인정해줘야 한다고 했다.

나도 그를 도왔다. 하지만 그에게는 기본기가 갖춰지지 않았다는 단점이 있고 쉽게 고쳐지지 않았다. 실험에 대한 주관적인 해석이나 잔 실수가 많아서 실험 보고를 액면 그대로 제출할 수가 없었다. 그래서 내가 엊그제까지도 야근하면서 별도로 검토를 해왔다.

내가 그렇게 말했더니 팀장은 모욕을 당한 듯이 얼굴이 붉어졌다. 그는 "참 잔인하다. 어떻게 그렇게 트집을 잡을 수 있냐"라고 했다. 하지만 나는 그런 일들 때문에 녹초가 되곤 하지 않았던가.

그는 내 눈동자를 응시했는데 검은자위에 붉은 갈색이 생겼다. 그 날카로운 동그라미 속에 꼿꼿하게 그를 쳐다보는 내 얼굴이 떠 있다. 왠지 그가 속으로 욕을 하고 있다는 생각이 들었다. 하지만 나까지 그럴 수는 없는 노릇이다.

"네가, 하반기에 우주인 때문에 얼마나 마음이 붕 떠 있었는지 너 자신은 알고 있니?"

이런 소리를 안 들으려고 나는 두 배, 세 배 야근을 했던 것이다. 그리고 4차 테스트를 마치고 복귀하는 월요일부터 바로 야근할 준비를 하고 있고. 나는 비로소 속이 끓어오르는 느낌이었다.

"그래서 아까 뒤로 와서 그렇게 눈여겨보고 계셨어요?"

"뭐라. 이잇⋯⋯."

그는 흥분해서 미간이 찌푸려지더니 고개를 숙이고 두 손으로 입을 가렸다.

"너는 잘 모른다. 연구소 없어지고 이런 데 와서 아웃사이더 취급받으면서 살려고 발버둥 치는 사람들 심정을. 너 같이 우주인에도 뽑히면 그 애가 지방에서 올라와 분수도 모르고 무리한다고 생각하겠지. 하지만 너야말로 연구원 올드 멤버들의 보호 안에서 온실 속 화초처럼 자라고 있잖아."

"아니, 팀장님, 왜 그런 말씀을? 올드 멤버들의 보호라니요? 서로 잘 알지도 못하고 피하는데. 보호가 있어서 제가 나아진 게 특별히 뭐가 있습니까?"

오히려 그야말로 지난해 부임한 연구원장의 대학원 제자라고 은근하게 자랑해오지 않았는가. 이제 와서 아웃사이더 취급받으면서 발버둥이 쳐왔다니. 나는 갑자기 자리에서 일어서서 밖으로 나가고 싶었지만 입을 다물고 그를 응시하기만 했다. 그는 말을 계속했다.

"농생물학의 기본도 안 돼 있으면서. 처음에는 말도 안 되는 아이디어였는데." 나는 어이가 없어서 물끄러미 그를 바라봤다. "우리가 얼마나 도와주고 끌어왔는지 여태껏 알지도 못한단 말이야? 그 애가 얼마나 억울한 평점들을 받아왔는지 넌 알기나 하냐. 다 성과들을 니가 가져갔기 때문이야. 넌 도대체 어떻게 된 거냐. 자기 일 서둘러서 챙겨 놓고 이제는 사다리 타고 높은 데 가려고 우주인까지 넘보면서……."

그는 흥분한 나머지 몸을 부르르 떨더니 이를 악물었다. 시치미 딱 떼고 감정을 부풀리는…… 그는 도대체 어디까지 가려는 것일까?

그리고 내가 성과들을 다 가져갔다니? 지난해 봄의 우수 평점을 말하는 것인가? 하지만 이 일을 하면서는 그것뿐이지 않은가. 그리고 그것이야말로 정당한 평가였는데. 설마 실장이 턱없이 내 편을 들었다는 말인가? 나는 어처구니가 없어서 그런 물음들이 입에서 나오려고 했지만 터져버릴 것 같은 그 얼굴을 보고는 말을 아꼈다.

우리는 같은 연구실에서 일하면서 완전히 다른 세계에서 살고 있었던 것이다.

"저는 이번에는 납득할 수 없습니다." 나는 두 손을 모았다. "성과들을 다시 한번 점검해주십시오."

그가 왠지 쩌렁쩌렁 언성을 높인 이유를 나는 방을 떠날 때 알게 되었다.

내 의자에서 끼익하고 끌리는 소리가 나자 문 바깥에서 후다닥하는 인기척이 요란했다. 내가 문을 열고 나서자 고개를 숙이고 복도 저편으로 황급하게 걸음을 옮기는 서너 명의 연구원들이 보였다.

다 들었구나.

나는 난감해서 한숨을 내쉬었다. 부끄럽고 화가 났다. 팀장이 내 옆으로 빠르게 앞질러 갔다. 외면하는 얼굴로 고개를 빳빳하게 세운 채로 슬리퍼 끄는 소리를 요란하게 내면서.

나는 두 눈을 감으면서 입술을 다물었다.

3

연구원 솔숲의 나뭇가지 사이로 해가 내려오자 그 빛줄기 속으로 참새 몇 마리가 한 줄로 감기듯이 빨려 들어간다. 바람에 가지들이 흔들리면서 그 빛도 흩어져간다.

나는 팀장과 면담하고 나서 곧장 퇴근하지 못하고 연구원 후문을 빠져나와 동네의 개천을 따라 걷는다. 상한 속을 달래고 싶은 것이다.

서쪽으로 드넓게 내려앉은 구름은 숱한 새털로 만든 천장처럼 보이다가 이윽고 바다로 들어가는 하구의 물결처럼 빛을 띤다.

두루미 한 마리가 잔영을 남길 만큼 느리고 크게 날갯짓하면서 개천을 따라 날아간다. 잔주름을 잔뜩 지닌 수면은 이리저리 뒤척이면서 흘러간다. 물은 물매가 급한 곳에 웅크린 바위를 덮듯이 넘어가서 희고 길게 뻗어간다. 시원한 물소리에 나는 속이 잠시 풀리는 듯하다. 물매가 덜한 개울 바닥에 자갈과 모래가 깔려 있고 저무는 하늘이 내려앉는다.

내가 연구소에서 다섯 해째 모신 팀장이 승진해서 실장을 겸하자 사람들은 팀에서 연차가 가장 오랜 내가 그 자리로 갈 거라고 여겼다. 그의 주력 과제를 위해서 나는 야근과 피로를 같이하는 길벗으로 알았다.

그런데 어느 날 거무스레한 얼굴에 여드름 자국이 가득한 선임연구원 한 사람이 본부장의 직속 스태프로 입사해서 짐을 풀었다.

그는 몇 달 동안 보직이 없다가 슬슬 우리 실장과 골프도 치고 바다낚시도 하러 다닌다는 말이 돌았다. 그러더니 내가 실험실에 박혀 있는 사이에 팀원들을 한 사람씩 불러내서 밥도 사고 술도 따라준 모양이다. 내가 의아해하자 그는 머쓱해하면서 머리카락을 넘기더니 말했다.

"두루 잘 지내고 싶어서요. 알고 보면 우리는 모두 생물학으로 시작한 사람들이잖아요. 저는 무슨 자리에 관심이 있는 것도 아니고. 본부장님하고 둘이서 이렇게 같이 지내는 게 좋아요. 제 일만 잘하면 되니까 홀가분하기도 하고."

그리고 반년짜리 프로젝트를 완성한 내가 파김치가 되어서 때늦은 여름휴가를 다녀오자 그는 비어 있던 우리 팀장자리에 짐을 옮겨놓고 실장 대신 회의까지 주관하고 있었다. 그는 슬리퍼를 끌고 사무실을 오가면서 느긋하게 칫솔질을 하다가 입가에 치약 거품이 묻은 채로 휴가에서 돌아온 나에게 악수를 청했다.

"잘 쉬셨어요? 해변에 다녀오셨나요? 얼굴이 좀 타셨네." 완전히 자기 둥지를 튼 사람의 모습이었다. "오늘 회의하고 회식이 있는데. 좋은 데서 같이 한잔합시다. 휴가 이야기도 좀 듣고."

그는 미소를 머금으며 내 팔뚝을 따스하게 붙잡았고, 나는 얼결에 그와 인사를 나눴다. 실장은 피하려는 기색이 완연하고 내게 아무런 설명도 하지 않았다. 그는 원장과 본부장의 눈치를 보는 것이었다. 원장은 새로 팀장이 된 그의 지도교수였고. 나는 실망감에 실장에게 말을 걸지 않았고 팀장의 정식 발령장은 다음 달 초에 나왔다.

의연하자. 이 고비를 넘겨야 한다. 만일 끝까지 저렇게 나오면 결국 관건은 하반기 성과 보고서다. 테스트를 마치고 돌아와서 결국 실험 보고서들을 더 깊고 예리하게 써야 한다. 그러면서 실장을 통해 재심까지 가더라도 하나하나 풀어나가야 한다. 아니면 이번에야말로 센터장님에게 도움을 요청해야 한다. 나는 그렇게 정리했다. 그리고 이번 고비를 넘기면 하는 수 없이 팀을 바꿔야 한다. 그러면 다시금 기회도 만나고 보상도 생기겠지.

연구원으로 돌아오는 길에 능선이며 언덕이며 숲들과 건물 지붕들이 먼저 어둑하게 지워져갔다. 산림생태관 옆의 작은 숲은 조용했다. 쪽 곧은 편백나무들이 대범한 사선을 그으며 내 머리 위로 올라가고 밀물처럼 찾아오는 저녁에 싸여서 캄캄해져갔다. 나는 그 부드럽고 섬세한 잎들을 만

져보면서 위안을 구했다. 이렇게 오후는 환상처럼 사라져
간다.

 내 자리로 돌아오자 김동석이 녹차가 든 종이컵을 손에
들고 기다리고 있었다. 그의 말이 맞았다.

4

 공군항공학교 위병소 주차장에 차를 세우자 잔디와 화단
에는 하얀 무서리가 가득했다. 길바닥에는 단풍과 은행이
붉고 노란 잎새들을 송두리째 내려다 놓았고 그 이파리들에
도 무서리가 앉았다. 교내의 우주항공통합병원은 길을 한참
가서 저 언덕에 서 있다. 나는 걸음을 서둘렀다.

 전화벨이 정적을 가르며 호주머니에서 울려 나오더니,
여기 통합병원이라고 했다.

 "아, 예, 지금 학교입니다. 좀 늦었습니다. 휴가를 내느라
어제 늦게까지 남았더니."

 "그러셨군요. 다들 휴가 내는 일로 힘드셨다고…… 하지
만 늦게 오시면 내시경이 늦어집니다."

 차가운 안개가 병원이 있는 언덕 숲을 감싸고 부옇게 지
우면서 숲길을 뭉실뭉실 배회했다. 저기로 들어서면 여태
생각지 못한 삶으로 접어들 것 같은 예감. 어제 팀장이 쏟

아낸 말들이 생각났지만 여전히 나는 기대감으로 가슴이
뛰었다.

　회의실 뒷문으로 들어서자 브리핑은 끝나가고 있었다.
설명서에 서약서 계약서 동의서 같은 서류들을 얼굴이 벌
겋게 달아오른 채로 읽던 우주인 후보들이 고개를 돌려 나
를 쳐다보았다.
　나까지 1조 열 명 모두 참석이었다.
　"아이구, 내시경검사를 맨 나중에 받으셔야겠네요. 오신
순서대로 하시는 겁니다." 보병장교처럼 얼굴이 거뭇거뭇
한 진료부장이 다가와 미안해하면서 설명했다.
　후보들마다 검사 스케줄표가 주어졌는데 내 것에는 내시
경이 오후 네 시로 잡혀 있다. 이건 좀 당혹스럽다.
　"엊저녁부터 물 한 방울 안 마셨는데……."
　속을 비우느라 고스란히 굶은 데다 관장약까지 먹어가면
서 대장 속을 사기그릇처럼 씻어냈다. 그런데 아침에다, 점
심까지 굶어야 하다니. 게다가 내시경 직전에는 러닝머신
을 달리면서 폐활량까지 재야 한다. "조금 조정이 안 될까
요?"
　하지만 진료부장은 순서가 그렇게 돼버렸다면서 씁쓰레
하게 물러났다. 처음부터 역경이네. 나는 쓴웃음이 나와서
손마디를 몇 번 꺾었다.

일요일까지 닷새 동안 여기서 먹고 자며 우주복에 싸일 내 모든 것을 검사하는 스케줄이었다.

대뇌 소뇌, 각막 수정체, 고막 달팽이관, 치아 목젖, 목뼈 척추, 동맥 정맥, 췌장 비장, 소장 대장, 그리고 곳곳을 열었다 닫아주는 괄약근, 이 모든 걸 감싸주는 피부와 나머지 모두. 마지막에는 이 육체를 쓰는 주인의 정신 상태까지도.

"여기 사인해야 하는데."

내 곁에 와서 섰던 후보 한 사람이 책상 위의 안내서를 가리켰다. '검사하다가 심정지나 내장 파열이 올 수도 있다'는 내용이었다. 나는 내 이름을 흘려 썼다.

"이건 뭔가요?" 나는 안내서를 거둬가는 그에게 물어보았다. 그의 팔목에는 자주색 펜으로 쓴 숫자가 있다.

11.7/8:30

"주사 놓은 시간이에요. 투베르쿨린이요. 결핵인지 알아보는."

오늘 아침 여덟 시 반이라. 이때까지 출석하기로 했는데?

"벌써 검사 시작하셨어요?"

이것저것 검사가 수백 가지라서 몸이 견뎌내려면 시간 여유가 반드시 필요하다. 이 친구는 어떻게 이렇게 일찍 시작했을까?

"아……." 그는 능글맞아 보이는 웃음을 지었다. "저는 할 일도 없고 해서, 어제 저녁에 입소했어요. 전화해보니, 전날 입소해도 된다고 해서요. 미국서 와서 잘 곳도 마땅치 않고……."

그의 입에서 치약 냄새가 났다. "혹시 식사 하셨어요?"

"예…….' 그 눈동자의 잿빛 속에는 감춰진 우월감이 있다. "병원에서 스케줄이 급하니 아침부터 내시경검사를 받으라는 거예요."

이런, 참 부지런하고 수완도 좋구나.

"저 혹시 김태우씨 아니세요? 고더드센터에 계신다는…….'

"예! 맞아요. 혹시 이진우 과장님 아니세요? 생태보호연구원에 계시는?" 나를 어떻게 안다는 말인가? "어제 김동석 형이 전화했어요. 만날 거라면서." 내가 손을 내밀자 그가 대뜸 맞잡고 악수를 나누었다. "오늘 좀 힘드시겠네요." 그는 뜬금없이 함박웃음을 지으면서 말했다. 내 스케줄을 말하는 것이다.

나도 어제 입소했더라면 얼마나 좋았을까.

나는 검사 스케줄표를 들고는 탈의실로 가서 옷을 벗었다. 두 끼를 걸렀지만 윤기를 잃지는 않은 얼굴이 거울에 비친다. 아래로는 가지처럼 뻗어 나온 목과 좌우의 어깨, 거기서 또 생겨나온 팔들이 있다. 그리고 근육이 약간 붙은 가슴과 복근이 슬며시 생겨난 배, 다리 아래 두 발에는 열 개의 발가락과 발톱들이 있다.

내 영혼이 우주에 점유한 부피는 이런 형태다. 매일 운동하고 씻겨온 유일무이한 내 자신.

나는 이 육체로 내 삶을 평생 경험한다. 성실하게 돈을 벌 것이며, 지난해 퇴직한 아내와 함께 딸 둘을 키우면서 아이들의 행복과 자존심을 끝까지 지켜줄 것이다. 나는 손에 잡히는 소소한 행복을 자주 맛보며 살고 싶다. 그런 기쁨을 주위에 나눠주고도 싶다.

하지만 늘 그렇게 살 수만은 없다는 것을 나는 안다. 나는 내 속에 열정이 숨어 있는 것을 안다. 가끔은 달궈진 마음을 온통 쏟아부을 그 무엇을 기다린다는 것을. 그럴 때 나는 내 몸 이상이며 내 마음 이상의 존재가 된다는 것을.

그런 꿈 없이는 가능성의 흥분이 생겨나지 않는다. 만일 내가 비행기를 만들고 싶다면 가장 먼저 지녀야 할 것은 엔진이나 두랄루민 패널이 아니다. 저 하늘 너머에 대한 상상이라고 나는 생각한다. 그래서 꿈을 꾼다는 것은 때때로 어이가 없고 게을러 보일지라도 자잘한 스케줄을 꼼꼼하게 짜는 일보다 훨씬 더 차원이 높은 것이다.

그리고 나는 그러한 꿈이 만드는 가능성들을 모두 다 누리고 싶은 것은 아니다. 지금 하지 않으면 늙어서 두고두고 아쉬워할 일들. 그것들은 꼭 하고 싶은 것이다. 어린 내 누

이는 그런 일을 그저 손으로 꼽아만 보다가 내 품에 안겨
숨을 거뒀다. 나는 그래서 내가 좋아서 시작한 일이라면 그
결실까지도 반드시 맺고 싶은 것이다. 내 열정의 최고치를
반드시 갱신하고 싶은 것이다.

5

내 룸메이트는 가장 험난한 검사를 앞두고 처음 만났다.
내가 안과에서 나오는데 안약 기운 때문에 시야의 선이나
색이 흐릿하게 번졌다. 나는 어쩔해서 복도의 소파에 앉고
말았다. 네다섯 시간은 이럴 거라는데.
"여기요, 잠깐만요."
나는 피 뽑은 팔뚝에 솜을 댄 채로 지나가던 후보를 불러
세웠다.
"제가 안과 다음이 기립경사대 맞지요?"
내게는 흐릿해 보이는 검사표를 그가 받아들었다.
"예, 맞네요. 혹시 이진우씨 아닌가요?"
"그런데요. 어떻게 아시나요?"
"아까 브리핑 때 짝이 없던 사람은 저 혼자여서……"
"제가 지각을 해서 방에 가방만 던지고 나왔어요."
나는 안쓰러운 웃음을 지었다.

"정우성이라고 합니다."

내가 초점을 잡으려고 물러서자 짙은 눈썹이 반듯하고 선 굵은 얼굴이 들어온다. 다부진 근육에 빙그레 웃는 흠잡을 데 없이 좋은 인상.

"목소리가 좋으셔서 노래방에서 인기 많으시겠어요."

"노랠 못해서 사람들이 좋아하죠." 그는 쿡쿡 웃었다. "기립경사대, 제일 힘든 거 아시죠? 탈락자도 많고……."

"그걸 이렇게 앞도 못 보는 채로 받아야 하니 말이에요."

그 검사는 세워놓은 보드에 사람을 묶어둔 채 약물 주사를 놓는 상당히 고통스러운 것이다. 우리가 그 방의 문턱을 넘어서고 얼마 안 있어서 검사받던 후보의 고개가 스르르 꺾여버렸다. 이어서 어깨가 처지고 무릎이 풀려버린다.

"실신했나 보네."

간호사는 누구누구씨! 하며 이름을 연거푸 불렀다. 하지만 그는 한참이나 지나서야 눈꺼풀이 부스스 움직이더니 목을 곧추세웠다.

탈락이다. 처음 뽑는 우주인이니 하는 것들이 그에게는 봄날의 신기루처럼 사라진 것이다.

간호사는 이소프로테레놀이 들어 있는 링거 바늘을 내 팔뚝에 꽂으며 설명을 했다.

"우주에 다녀오면 평소보다 저혈압이 돼서 어지러워요. 그걸 잘 견디실지 약으로 일부러 혈압을 높였다가 갑자기 떨어뜨리는 거예요."

얼핏 봐도 정신력 싸움이다. 이를 악물고 버텨야 하는 것이다. 약물이 들어오는 느낌이 나고 얼마 안 되어서 혈압이 170이 됐다고 했다.

"보통 110인데……, 난생처음이네요."

방송 카메라가 들어오고 내게 조명을 비췄다. 대담하게 웃어 보이려고 했지만 그렇게 애쓰는 어색하고 애매한 표정만 나올 것 같다. 그래도 괜찮다.

"약물을 더 넣지는 않을 거예요."

나는 간호사에게 고맙다는 듯이 고개를 끄덕였다.

"저는 뭐 물구나무라도 세우는 줄 알았어요. 이 정도면 양호하네요."

그녀가 미안해할까 봐 나는 일부러 자신 있게 말했다. 하지만…… 나는 왜 그런 말을 했던가. 얼마 안 있어 현기증과 메스꺼움이 그 말에 무시당했다는 듯이 몸속을 온통 젓고 쓸고 돌리고 흔들었다. 시야가 어두워지다 못해 새카매졌고 빈속이지만 그마저 싹 게우고 싶어졌다.

"이제 시작인데요. 혈압이 70까지 내려왔네요."

하지만 혈압이 170에서 갑자기 100씩이나 떨어진 내 머리와 배 속의 혼란을 뭐라고 표현해야 할지.

이러니 실신하는구나. 아아, 계속 이러면 어떻게 견뎌야
하나…….

마음이 허물어지려고 하는 데는 채 일 분이 걸리지 않았
다.

하지만 간호사는 내가 실신하는지 않는지에만 관심이 있
는 것 같다.

갑자기 생각이 난다. 학부 때 실험하느라고 어쩔 수 없이
모르모트를 죽인 일이. 그래도 묵념을 하고 단숨에 한다고
꼬리를 확 당겨서 척추를 부러뜨렸는데 그런저런 업보가
지금 돌아오는 것만 같다.

아, 못 하겠다고 해야 하나. 도저히 안 되겠다고…….

아니지. 그래도 소용이 없잖아. 약물을 도로 빼내줄 것도
아닌데 실컷 괴로워하고서 포기하면 무얼 하나? 견디자. 이
를 악물고, 견뎌.

아냐, 아까 괜히 기절을 했겠어. 훨씬 센 고통이 기다
릴지 모르는데. 무슨 조치를 취해야 하는 게 아닐까? 어
서…… 아, 어서…… 끝나면 좋겠는데…….

어금니를 사리물고 눈살을 찌푸리고, 망설이고 머뭇거리
는데 아무도 몰래 내게 도움을 주는 것은 비탈 아래 운동장
에서 들리는 병사들의 아득한 함성과 호루라기 소리, 축구
공 튀는 소리다.

아, 그래. 오늘 수요일…… 전투체력의 날이구나.

그리고 진료실에서 들리는 희미한 전화벨도 내 의식에 미약하게나마 불을 켠다. 하지만 누군가 수화기를 드는 바람에 그 불마저 가물거려 이제는 실신을 해도 어쩔 수가 없다.

할 만큼 했어. 어쩔 수 없는 것 같아…….

그만하겠습니다.

말하려는……

그 순간,

"수고 많으셨어요." 휘어지고 늘어진 내 의식으로 들어와서 물속의 숟가락처럼 왜곡되는 목소리. "이제 끝마치셨습니다."

흐릿하게 자비를 베푸는 이 따스한 알림. 간호사의 목소리다.

이제 기절해도 되는 걸까.

그래도 탈락은 아니겠지…….

벨트가 풀리고 나는 비틀거리다가 겨우 무릎을 가눈다.

아, 아슬했구나. 거의 탈락까지 갔어. 내가 우주인이 된다니? 가능한 일일까? 얼마나 험한 일들이 앞으로 기다리고 있을까?

보드에서 절뚝절뚝 걸어 내려오며 나는 현관문을 열고 우리 집 거실로 들어서는 상상을 한다. 소파에서 펄쩍 뛰어 달려온 딸아이들을 한꺼번에 쓸어안자 그제야 힘이 나는 것 같다. 나는 아이들에게 양쪽 번갈아 뺨을 비비고 정성 들여 입술을 맞춘다.

얘들아, 아빠가 해냈어.

"그러면 지금 직장은 어떻게 해야 하나?"

후보들이 앓고 있는 근심이었다. 계약서에 따르면 이번 4차를 넘어간 열 명은 러시아로 가서 5차를 치르고, 넷이 남으면 한 해 동안 가가린센터로 가서 정식교육을 받는다. 그리고 이 가운데 한 명이 우주를 다녀와서 이등과 함께 이번 선발을 맡은 우주산업연구원에 들어가서 삼 년간 일하는 것이 의무 사항이다.

우주로 가려고 더 높은 관문을 지날수록 이직이나 휴직이 점점 가까워 오는…… 이번 선발의 본질이었다.

내게는 휴직을 하고 불이익은 감수한다는 심지가 서 있다. 하지만 다른 후보들은 팔뚝에 주사를 맞거나 물 한 잔 들고 소파에 파묻혀 있다가도 벨이 울리면 화들짝 놀라서 휴대폰을 받아들곤 했다. 그렇게 당황하는 표정들에는 낯익은 데가 있다. 이직하려고 몰래 신검을 받다가 회사 전화가 오면 "지금 외근 중입니다." "오늘 하루 휴가인데요." 하고 둘러댈 때의 그런 얼굴. 나부터도 예전에 몇 군데를 옮겨 다닐 때 그랬다.

하지만 김태우는 미국으로 건너가며 이런 고민을 다 거치지 않았을까. 게다가 몇 년 공부한 끝에 우주인에 관해서

라면 훤할 것 같다. 다른 이들도 하나둘 그런 눈치를 채고는 호기심을 갖는 분위기다.

"그런데 왜 어금니까지 검사하지?" 누군가가 의아해하자 김태우는 약간 거들먹거리는 얼굴로 설명했다.

"몸속에는 가스가 있어요. 아시죠? 그런데 중력이 없어지고 기압도 낮아지면 가스가 몸 밖으로 나와요."

나는 짐작할 만하다. "썩은 치아 틈새로도 나오는 거죠?"

"그렇죠. 무지 아파서 우주에서 일을 못 해요."

또 누군가가 콧속 검사까지 하는 것을 어이없어하자 김태우는 상대가 무안해질 정도로 정색하며 말했다.

"저는 콧속을 좌우로 나누는 연골이 휘어져 있었어요. 그래서 가끔 콧속이 곪았는데. 그러면 숨을 쉬려고 입을 벌리고 자지요." 무중력을 말하려는 것이다. "핀이나 볼트가 떠다니다가 그 입에 들어가면 어떻게 되겠어요?"

그래서 그는 코중격을 수술해서 바로잡았다고 했다. 이런 준비까지 하기는 힘든데.

그는 이야기를 이어나가고 사람들은 자리를 바싹 당긴다.

"우주선에서는 별의별 게 다 떠다녀요. 입에서 나온 치약 거품도 거즈로 일일이 잡아야 해요. 비닐 주머니에 담고 지퍼까지 잠가야죠. 남의 입에 들어가니까."

그는 스쿠버다이빙 자격증까지 따놓았다고 했다.

"그게 왜 필요해요?"

"무중력에서 움직이는 훈련은 평소에는 물에서 해요. 부력만큼 쇳덩이를 매달고서요. 그러려면 미리 자격증을 따둬야 해요. 그냥 사나흘 배우면 돼요."

사람들은 흥미를 느꼈지만 점점 그에게 뒤처졌다는 생각이 드는 모양이다. 차츰 이야기에 끌리지 않는 듯이 딴전을 피우거나 괜히 입맛을 다시곤 한다. 나중에는 감탄을 꾸며내는 사람들도 있었다.

감탄을 꾸며내다니? 이거야말로 진짜 열등감이 아닌가? 다른 사람들에게 나는 어떻게 비칠까? 나는 입을 다물고 잠시 천장을 올려다보았다.

그러면 김태우는 기립경사대를 어떻게 통과할까? 몸을 실험용으로 만들어두기라도 했을까?

이런 궁금증은 나만 가진 게 아니었다. 그가 검사장으로 들어와 버클을 채울 때 모두 여섯 명이 따라와서 구경하고 있었다. 그는 팔짱을 끼고 선 우리를 힐끗 쳐다보더니 태연하게 링거 바늘을 꽂고 눈을 감았다.

그리고 한 시간 내내 한 번도 눈을 뜨거나 신음을 내거나 간호사에게 말을 걸지도 않았다. 정신을 차리려고 입술을 깨물거나 일부러 헛기침하는 것이 전부였다.

매섭고 한결같은 태도에 나는 숨을 길게 쉬고 다른 이들은 표정이 착 가라앉는다.

방송 카메라가 들어오고 나서야 그는 "으윽" 하며 신음을 내더니 눈썹 사이에 주름을 세우고 목을 비틀기도 했다. 하지만 카메라가 나가자 원래대로 차분해져서 일부러 화면을 만들어준 게 아닌가, 생각이 들 정도였다.

"저는 이 주사 여러 번 맞아봤어요."

그는 한 번 휘청거리는 일도 없이 보드에서 내려오고 나서 말했다. 늘 앞서 나가는 그런 자부심 앞에서는 사람 좋아 보이는 정우성의 얼굴도 어두워졌다. 그게 나는 이상하게도 슬며시 위안이 되었다. 동병상련인 것 같았다.

내 몸은 하루의 신검이 다 끝나고 병원에서 준 한 팩의 우유를 목으로 넘기면서 위로받았다. 내시경검사를 마치고 맨살에 헐렁한 가운을 입은 채 마취에서 스르르 깨어난 다음이었다. 개운하고 나른한데 주위는 고요했고 볕이 창가에서 물러나고 있었다.

나의 당장 소원은 우주인이 되기보다는 내 몫의 빵을 먹는 것이 돼버렸다. 세 끼를 굶다니. 잠에서 깨자마자 배 속에서 꼬르륵거리는 소리부터 들어야 했다.

자른 사과와 멜론, 우유와 단팥빵이 든 비닐 랩은 팽팽하게 포장되었다. 그 장력을 손가락이 뚫으며 구멍을 낼 때 마취 기운이 남은 나는 쾌감을 느꼈다.

침에 녹는 팥 앙금과 익은 밀가루의 맛을 보면서, 목으로 꿀꺽하고 아까운 듯이 삼켰다. 속이 채워지고 공복감이 사그라지는 느낌이 그렇게 흐뭇할 수가 없었다.

저절로 한숨이 나왔다.

이제 하루가 지나갔구나. 잘했다. 수고했어.

한때 그토록 동경하던 우주인의 세계…… 흘러가버린 시간이 찾아와 다시 감싸는 느낌이 들었다. 땅 밑을 흐르던 과거의 물줄기가 강바닥에서 스며 나와 지금의 현실에 섞여 들고 있었다. 좋은 기회를 만난 것이다.

"이상한 장미네. 누가 방에 들어왔나?" 정우성이 나와 저녁을 먹고 와서 협탁 위의 미니화분을 들어올렸다.

"제가 갖다 놨어요." 나는 겉옷을 벗어서 걸었다. "모닝 듀라고. 생기긴 장미 같은데, 꽃이 아니라 그냥 두툼한 잎이에요."

"아, 그래요? 이거 정말 예쁜데요, 고맙습니다." 그는 내 협탁에도 얹힌 것들을 바라보았다.

"예쁘지만 끈질겨요. 끝까지 살아남거든요." 나는 누이의 소망을 들어줄 것이다. 한결같이 당당하게 살아갈 것이다.

"그게 최고죠." 그의 얼굴에 슬며시 미소가 생겨났다. "사람들이 보면 좋아하겠는데."

첫날이어서 그와 나는 우리 방에서 차 마시는 자리—티

파티를 열기로 했다. 김태우는 고더드센터에서 흰색 우주복을 입고 찍은 사진들을 가져와서 자랑스레 보여줬다. 이렇게 입어본 사람이 우리나라에서 몇이나 될까? 그런 생각이 들어서 그를 다시 보게 되었다.

"박사를 해보려고 간 데가 메릴랜드대학이에요. 고더드까지 차로 십 분이지요. 그래서 두 군데 겸직하는 교수들이 계신데. 그 덕분에 고더드의 위성 계획에 참여했어요."

정우성은 시나몬 티와 망고 티 그리고 작설차를 준비했는데 차를 내리고 권하면서도 이야기를 여유롭게 이끌었다. 그는 좋은 대학을 나오고 대기업에 다니다가 지난해 몇이서 〈투어리스트〉라는 스타트업 벤처를 차렸다. 너그러워 보이는 인상과 태도는 유능한 데서 나온 것 같았다. 하지만 그도 김태우와 이야기할 때면 때때로 눈 밑이나 입가가 굳어지곤 했다. 열등감을 느끼는 게 아닐까, 하고 나는 생각했다.

그는 나중에 잠들기 전에 어둠 속에서 차분하게 말했다.

"아마 그 친구는 고더드에서 중요한 일은 맡지 못했을 거예요. 하지만 행운을 만난 거예요. 그 친구는 장래에 과기부에서 우주인을 뽑으면 고더드의 추천서를 받아서 지원하려고 했을 거예요. 나사와 과기부가 협의하면 가산점도 있을 테고…… 고더드는 최고니까……."

"메릴랜드를 택한 것부터 그런 의미인가요?"

"그렇지 않을까요? 그런데 과기부가 러시아를 택해서 아쉬웠겠지만……." 정우성은 말이 없다가 내가 잠이 들 무렵에서야 혼잣말처럼 말했다.

"대단해요. 무엇이건 지르고 봐야 하니까. 인정해줘야지요."

6

김태우에게 호기심을 갖는 사람들이 그의 블로그를 찾아서 읽게 된 것은 이튿날 저녁을 먹고 나서였다. 그가 사 년 전 퇴사하는 내용이 먼저 눈에 들어왔다.

「연구원에서 짐을 싸서 나오려는데 축구부 선배가 전화로 불러서 동호회 사무실에 들렀다. 축구부 몇이서 라면을 먹으면서 기다리고 있었다. 회장 선배가 일어나더니 내 백넘버 11번을 금색으로 입힌 유니폼을 선물해주었다.

"우주인이 되어서 돌아올 때까지 11번은 결번 처리할게."

나는 사양하였지만 그는 "꼭 꿈을 이뤄서 다시 보자"라고 했다.

그는 처음에 내가 위성 시스템을 공부하러 미국으로 간

다고 할 때는 괜찮은 계획이라고 했다. 그러다가 내가 우주인이 될 거라고 하자 운동장에서 무안해질 정도로 한참 폭소를 터뜨렸다. "외계인을 말하는 거냐?" 하지만 이제는 생각이 많이 달라진 것이다.

선배와 일요일마다 축구를 하면서 내 체력은 참 좋아졌다. 나는 이게 우주인이 될 준비라고 생각했다. 그랬던 선배로부터 유니폼을 선물받자 갑자기 눈시울이 달아올랐다.」

「고더드센터에서 우주복을 입어보았다. 왕복선 컬럼비아에 탔던 누군가의 것인데 뒤쪽의 지퍼를 통해 들어가 보자 내 몸보다 컸다. 왼쪽 손목에 붙은 거울로 비춰 보자 목 부분인 플랜지에 턱 아래가 가려서 어른 양복을 입은 소년 같다. 하이만이 촬영해줄 때 저절로 웃음이 나왔다.

고더드에 온 것은 운이 좋았다. 센터 옆에는 듀발고등학교와 엘리너루스벨트고등학교가 있는데 학생들은 놀러 오듯이 찾아와서 로켓이며 바다에서 회수한 귀환선, 탐사로봇 시제품들을 구경한다. 책자로 된 설계도를 가져와서 귀환선 앞에 앉아 얼음 콜라를 마시면서 색연필로 긋고 대조해보기도 한다.

학생 시절 내가 황학동 벼룩시장에 가서 가가린이나 존글렌, 암스트롱, 올드린 같은 우주인들의 빛바랜 브로마이드를 구해서 모으곤 했던 것은 환상이나 동화 속에 살았던 것이라고 할 수 있다. 눈물겹다.

하이만은 뉴허라이즌스에 내 머리카락을 실어주겠다고 했다. 명왕성을 탐사하는 위성이지만 수십 년에 걸쳐서 태양계 바깥까지 날아가서 뭔가를 건질 것이다. 하이만의 제안이 선뜻 믿기지는 않는다. 내가 아직 여기 사람이 안 됐다는 증거인지 모른다.

하지만 집에서 와이프와 아들의 머리카락도 하나씩 뽑아서 연구실에 가져다 놓았다. 와이프는 아득바득 초롱이 털도 가져가 보라고 내 휴대폰에 스카치테이프로 한 올을 붙여서 맡긴다.

"얼마나 귀한 탐사선인데. 애완견 털까지 어떻게?"

"그래 봐야, 털 하난데, 뭘 그래. 가려면 같이 가야지."

와이프가 너무 완강해서 "알겠다." 하며 가져오고 말았다. "하지만 탐사선이 못 날지도 몰라. 한두 개도 아니고 우리 집만 네 가닥이나 되니. 감당하겠어?"

그런데 와이프는 달 착륙도 안 믿는다는데 명왕성 가는 탐사선에는 왜 강아지 털을 실으려는 것일까?」

이 글은 삼 년 전 봄에 띄운 것이다.

「나리타 공항이 여기서는 보이지 않는다. 여기는 거의 벌판 위에 덩그러니 세워진 호텔이어서 노선버스도 없는 것 같다. 하기는 내일 새벽 네 시까지 나리타로 돌아가야 하는데 노선버스가 있은들, 다니겠는가. 하여튼 항공사에서 투숙객이 우리 가족뿐이라도 셔틀버스를 제공한다니 믿을 수밖에.

싼 항공을 구하려다가 나리타에서 트랜싯transit을 택한 건 좋았는데 이렇게 하룻밤을 새우고 갈아타는 것은 정말 힘들다. 그러나 돈이 너무 없다. 그래서 학업까지 중도에 접고 귀국하는 마당에 항공편 타령은 맞지 않다. 돈이 없다고 불행하진 않겠지만 불편한 건 맞다.

IMF 환란 폭탄이 나한테까지 터질 줄은 정말 몰랐다. 아파트 전세금까지 뽑아서 떠난 유학이라 돈 걱정은 당분간 하지 않을 거라고 생각했는데. 900원 하던 달러가 2,000원을 넘어가니 방법이 없다. 2,400원 하던 때는 눈앞이 캄캄했다.

"내가 첨부터 그냥 다 달러로 바꿔서 가져가자고 했잖아?"

와이프가 나직하게 말할 때 나는 미안했다. 하지만 그러자니 생각할 게 너무 많았다. 현실적으로 모두 달러로 바꿔 갈 수도 없었다. 이렇게 될 줄은 아무도 생각 못 한 것이다. 다른 길로 가려니 한두 번은 벼랑이 나타나는 것인가.

아버지는 내가 귀국한다니 안타까우면서도 반가운 모양이다. 아버지는 내가 미국에 눌러앉을지 모른다고 내내 걱정을 하셨다. 그게 내 유학을 반대하셨던 실제 이유가 아니었을까. 겉으로는 "우주인?" 하면서 황당해하셨다.

"올림픽은 치렀고 월드컵도 치를 건데. 그런 나라 중에 우주인 없는 나라는 없거든요."

그렇게 설명하자 아버지는 현실적이라고 인정하기 시작하셨다. 그리고 내가 미국에서 살 건지 더 묻지 않으셨다. 아버지는 내일 새벽에 공항에 나오시겠다고 했다.

초롱이를 놓아두고 와서 솔이가 내내 울먹울먹하면서 왔다. 랜햄에 사는 친구 집에 맡겼는데 웹에 사진이 올라오면 솔이에게 보여줘야겠다.

"미국에 다시 가면 초롱이를 제일 먼저 찾아올 거야."

나는 솔이를 껴안으며 말했다. 호텔 방은 따스하지만 바깥에는 눈비가 내린다. 내 마음에도. 아내는 짐을 싸면서 울곤 했고 눈가가 벌게져서 집을 떠나왔다.

삶은 가끔 사람을 기만하는 모양이다. 하지만 처음부터 가망 없는 일을 권유하진 않았겠지. 그 정도로 잔인하지는 않겠지.」

이 글은 재작년 일월에 띄운 것이다.

「랜햄 외곽은 렌트가 싸서 좋다. 예전에 살던 뉴캐럴턴에 선 방 두 개짜리를 월 700달러에 얻을 수 없었다.

다시 미국으로 돌아와서 들은 첫 번째 희소식은 예전과 똑같은 전화번호를 회복한 것이다. 학교와 연구소 친구들이 소식을 듣고 전화하면 내가 받을 수 있다.

어제가 그랬는데 학교에서 오자마자 느낌이 이상해서 거실의 송수화기를 무작정 들었다. 웬일인지 패서디나로 떠난 하이만이 그 순간 전화를 걸어서 내가 받기를 기다리고 있었다!

이럴 수가! 그렇지 않아도 궁금했는데.

그는 박사 학위를 받고 부인과 함께 그곳의 제트추진연구소로 가서 안정을 찾아가는 것 같다.

"내 자전거 말이야. 이사 오면서 연구실의 잽에게 맡겨뒀어. 네가 오면 주라고 말이야."

하이만은 인심이 후한 친구다. 그와 함께 패서디나로 간 친구들은 모두 편안한 것 같다. 환란은 아시아만 할퀴었고 다른 나라는 더 번창하고 살기 좋아진 것 같다.

전화를 끊고 나서 우리 집 전화벨이 고장 나서 울리지 않는다는 것을 알게 됐다. 몇몇이서 이 번호로 전화했을 텐데. 하여튼 내가 이 수화기로 그와 통화한 것은 텔레파시가 오간 것처럼 신기하다.

내가 막연히 생각한 우주인 트랙은 고더드 경력이 국내에서 앞날에 우주인을 뽑을 때 도움이 되지 않을까 하는 것이다. 그리고 미국인이 아니어도 우주왕복선에 심심찮게 탈 수 있는 날이 올 거라니까.

하지만 IMF 환란처럼 생각지도 못했던 사태가 수천만의 운명을 바꾸는 것을 겪고 나자 미래는 알 수 없다는 자세로 귀결된다. 확실한 것은 아무것도 확실치 않다는 사실이다. 우주인도 우주인이지만 박사과정 자체에 더 집중해야 한다. 잽의 말이 생각난다.

"챌린저호 폭발은 누구도 예상하지 못했어. 한 번만 더 일어나면 셔틀도 끝일 거야."

불확실한 것을 위해서 확실한 것을 소모해서는 안 된다. 알 수 없는 성공을 위해서 오늘 틀림없는 것을 얕보면 안 된다. 박사과정 자체를 열심히 해야 한다. 그렇게 다시금 다짐해본다.

잽이 잃어버린 초롱이를 어제 솔이가 유치원 버스를 타고 오다가 업타운 슈퍼마켓 앞에서 발견했다는 말을 듣고 우리는 기대에 부풀어 있다.

"이렇게 혀를 쑥 내밀고, 두리번두리번하고 있었어."

솔이는 혀를 내밀면서 흉내를 냈다. 미국에선 삽살개가 흔치 않아서 그 개는 초롱이일 것이다. 내일부터 자전거로 샅샅이 뒤져볼 생각이다.

미안하다, 초롱아. 제발 무사하려므나.」

이 글과, 랜햄의 작고 허름한 집 사진은 올 삼월에 올린 것이다.

"한국에서 우주인 선발 공고가 나서 심장이 멎는 줄 알았다"라는 글도 눈에 들어왔다.

그는 서류 심사에 붙고, 귀국해서 체력 검사에 통과했다. 그러자 가을 학기를 포기하고 국내에서 선발에 집중하고 있는 것이다.

「……나 혼자 귀국하기 전날 와이프가 기도를 올리고 싶다고 해서 짐을 꾸리자마자 셋이 거실에 앉았다. 초롱이도 기도가 끝날 때까지 짖지 않고 가만히 곁을 지켰다……」

그는 우주인이 되려고 한국으로 오는 유턴을 두 번 한 셈이었다. 나는 속에서 공감이 생겨났고 심지어 그를 도와주고 싶기까지 했다. 그는 얼마나 간절한 걸까. 하지만 나는 우주를 순수하게 동경하던 어린 누이가 생각났고 결국 이번에는 한 명밖에 뽑지 않는다는 사실도 떠올랐다.

7

우리는 계속해서 바빴다.

하루 열 번 넘게 주사를 맞고 피를 빼내고, 내시경에 초음파, 엠알아이와 시티 검사…… 부정맥 검사 때는 로봇처럼 온몸에 센서를 달고 하루 밤낮을 지내야 했다.

그리고 아아, 캄캄한 밀실에서 돌고 도는 회전의자에 혼자 앉았을 때는 어지럼증이 일다가도 졸음이 천근만근 밀려왔다.

결국 사흘째에는 몸이 지쳐서 진통제인지 영양제를 맞는 사람도 나왔다. 그러지 않아도 팔뚝에 주사 자국이 마약 하는 사람처럼 가득한데.

"정말 지독하네……."

말을 아끼고, 견디는 수밖에 없었다.

병원 뒤편 둔덕에 있는 비행 적합 훈련장에서 나흘째 테스트가 열렸다. 원래 전투기를 탈 수 있는지 시험하는 곳인데, 우리의 경우는 우주선의 중력가속도를 견딜 수 있는지 보려는 것이었다.

몇이 낙오할 거란 얘기가 엊저녁부터 돌아서 모두들 아침에 긴장한 얼굴로 샤워장에 드나들었다.

나는 정우성과 아침 산책을 나갔는데 공기는 쌀쌀하고 축축했다. 차가운 안개가 슬금슬금 숲을 배회했고 앞서 나간 두어 명의 모습이 흰 천에 덮이듯이 지워져갔다.

정우성은 일부러 떠보듯이 물었다. "그 블로그 보면 주눅 들지 않아요?" 김태우를 말하는 것이다.

"그래도 경기는…… 끝나봐야 알지 않겠어요?"

나와 정우성은 마주 보며 웃는다. 그는 고개를 수그리며 말했다. "지원이 빠르면 1조라더니 좋은 후보들이 많은 것 같아요."

아래로 단치 트럭이 라이트를 켠 채로 안개 속을 달렸다. 우리가 다다른 그 훈련장에서는 웅웅 기계음이 들리고 가끔 삐삐거리는 신호가 예리했다. 잔디밭에는 사다리 같은 비상 탈출 훈련 장비, 오래된 복엽기가 안개의 빈 구멍에 앉아 있다. 증기와 맞닿아 이슬이 송글송글 맺힌 채로.

로비로 들어가자 그 웅웅거리는 소리가 사실은 대단한 소음이라는 걸 알게 됐다. "중력가속도 테스트 장비네." 철문 안에서 육중한 것이 크고 빠르게 회전하는 진동이 전해졌다. 한가로운 산책은 날카로운 긴장으로 마무리되었다.

나와 서너 명은 아침을 먹자마자 주사를 또 맞았다. 아프진 않지만 기분이 좋지 않고 왠지 불안하다.

"무슨 주사래요?"

"글쎄요? 무슨 심혈관계 주사라던데요."

"몸이 좀 처지는 느낌이에요."

나는 기분을 풀려고 목을 몇 바퀴 돌렸다.

하지만 훈련장 옆의 강당에 불이 꺼지고 중력가속도 테스트가 무엇인지 보여주는 스크린을 보면서 신경이 곤두섰다.

회전축에 연결된 조종석처럼 생긴 곤돌라가 느릿느릿 돌더니 속도가 무섭게 빨라진다. 탑승한 공군사관학교 생도는 얼굴에 주름이 늘고 살갗이 흐늘거리더니 목에서 핏대가 일어선다. 애티가 나는 얼굴을 일부러 흉측하게 분장시키는 것 같다.

그는 이를 악무는데 갈수록 흉곽이 기괴하게 부풀어 오른다. 가슴 속에 기생하는 생물이 갈퀴 달린 앞발로 갈비뼈를 떠받쳐 올리듯이.

조종사들이 정말 저런 괴물 같은 모습으로 전투기를 타는 걸까?

그런데 우리까지 저런 시험을 치른다니? 갈수록 태산이네.

나는 쓴웃음이 나와서 팔짱을 꼈다. 생도는 중력 아홉 배, 9G에서 실신해버렸다. 고개가 꺾이고 몸이 뒤로 넘어가더니 푸르르르 경련이 일어났다.

"실제라면 이때 전투기가 추락합니다."

강당은 썰렁해졌다. 바스락, 봉지 구겨지는 소리와 정우성이 침 삼키는 소리가 들렸다.

우리는 최고 5G까지 삼십 초를 견뎌야 한다.

"근성을 가져야 합니다. 어금니를 악물고 몸에 힘을 줘야 합니다." 교관은 주먹을 쥐었다. "피를 눈과 뇌로 보내야 합니다. 힘으로 핏줄을 짜내야지요. 누가 배를 때릴 때 복근에 힘을 주듯이. 읍, 하고 큰 숨을 들이쉬고. 목구멍을 막고 푸읍, 푸읍 하고, 작은 호흡을 하고." 그는 냉정했다. "여기서 몇 분이 떨어져나갑니다."

 우리는 강당 밖으로 나와 시험을 기다리는 동안 예민해졌
다. 나와 김태우는 생각지도 못한 일로 싸울 듯이 부딪쳤다.
 나는 강당에서 나오다가 의자 발밑에서 주둥이를 조여 놓
은 가죽 주머니를 발견했다. 의사와 교관, 방송사 스태프들
까지 섞여 있어서 나는 홀까지 나오고 나서야 소리를 쳤다.
 "주머니 잃어버리신 분요!"
 대부분이 바깥에서 바람을 쐬고, 몇이서 돌아보기만 할
뿐 몇 번 불러도 내 것이라고 나서는 사람이 없었다.
 "뭐지?"
 손으로 만져보니 별것 아닌 듯해서 주둥이를 열어 보았
다. 그러자 전혀 뜻밖의 물건들이 보였다.
 알파벳이나 원숭이 튤립 등등이 그려진 카드들, 낱말 맞
추기 퍼즐 노트, 여러 색깔의 공들에는 갖가지 입체가 그려
져 있다.
 "이거, 장난감 아냐? 이런 게 여기 왜 있지?"
 내가 피식 웃는데 얼굴이 붉어진 김태우가 재빨리 다가
와 주머니를 낚아챘다. 그 직전에 내가 본 것은 루빅스 큐
브였다.
 "아니, 왜 남의 주머니를 뒤지고 그래요?"
 "일부러 그런 건 아닌데. 미안해요. 주인을 찾아주려고

61

그랬어요. 아무리 소리쳐도 나오지 않길래…….”

나는 곁에 선 사람들이 고개를 끄덕거려 주려니 싶어서 둘러보았다. 그가 눈을 부릅뜬 데다가 “뒤졌다”는 말을 써서 언짢았다. 나는 그냥 주머니 속을 눈으로만 내려다본 것이다.

하지만 그는 내 기분은 아랑곳하지 않았다.

“이런 거 좋지 않아요. 자리에 둬도 충분히 찾아가는데.”

“강당 문을 잠갔잖아요. 나쁘게 생각하지 마세요.”

내 목소리가 딱딱해지자 정우성과 몇이서 우리 둘 사이를 가로막아 섰다.

“왜 이러세요. 잘 지내시다가.”

정우성이 낮게 속삭였다. 따스한 목소리. 그는 김태우 쪽으로 가서도 마찬가지로 감싸 안았다.

“나쁘게 생각하다니요. 무슨 생각이요?”김태우가 물러나다가 생각난 듯이 돌아보았다.

나는 가만히 있다가 느낌이 좀 이상했다. “주머니에 든 게 도대체 뭐길래 그러세요?”

“신경 안 쓰셔도 되잖아요.” 그가 언짢은 듯이 대꾸했다. “정말 주우신 거 맞으세요?”

“뭐요?”내가 놀라서 목소리를 높이자 정우성은 “자, 이러지 마시고.”하면서 내 어깨를 감싼 채로 홀 밖으로 데려갔다.

잡담하던 사람들이 쳐다보는 바람에 나는 부끄러워졌다.

"저 친구가 좀 예민하네." 정우성이 고개를 갸우뚱거렸다.

나는 의아했다. "루빅스 큐브가 무슨 시험에 나오는 건가?"

우리는 씁쓰레하게 웃고 말았다. 김태우의 성품은 내가 블로그를 보면서 상상했던 것과는 좀 다른 게 아닐까.

테스트가 시작되자 천문학과 대학원생이 처음으로 탑승했는데 홀의 모니터에 나온 얼굴은 상당히 말랐는데도 5G가 되자 살갗이 생겨나서 펄럭인다는 느낌이 들었다.

"십 초 경과했습니다."

"아니, 이제 겨우 십 초라고?"

안내 방송에 모두들 놀랐고 밀실 문을 열면 강풍이 몰아칠 것 같다.

"차라리 안 보고 타는 게 나았겠는데."

"주름이 저리 많으니까 노인 같네."

아마 대학원생은 시간이 몇 분이나 지났고 뭔가 잘못됐다고, 당황한 것 같다. 아무리 버텨도 느릿한 삼십 초가 찾아오지 않으니까 마지막에는 보는 사람이 고통스러울 만큼 어금니를 물고 윽윽, 힘을 쥐어 짜내다가 마지막 이 초를 남겨두고 의식을 잃어버렸다. 고개가 팽이처럼 핑글 돌더니 윗몸이 널브러지고 말았다.

이러면 끝나는 건가.

나는 그가 휴게실에서 넉살 좋게 풀어내던 농담이 생각났다.

"저는 말이에요. 내시경을 하고 나서는 이를 닦아도 닦아도 입에서 왠지 이상한 냄새가 나요. 우리 마취하고 자는 동안 대장내시경을 위내시경으로도 쓴 거 같아요."

그는 짓궂게 웃어댔는데 내게는 애처로운 마음이 생겨난다.

하지만 조종사들은 시험을 마치고 곤돌라에서 내려올 때 함박웃음에 두 손을 흔들었다. 가속도가 세져도 뺨이 푸들거리거나 으윽, 하고 기합을 넣지도 않았다. 중력이 휘어지거나 피해서 가기라도 한다는 말인가. 조장호 소령은 이십오 초부터는 아예 두 엄지를 처들기까지 했다.

"이번 테스트는 조종사들이 주인공이네."

홀 밖으로 나가니 그새 비가 왔다가 수그러들었다. 돌바닥을 흐르는 물소리가 나고 풀 비린내와 차갑게 식은 재 냄새가 풍겨왔다. 공허하지만 상쾌했다.

내가 안으로 다시 들어가자 꽁지머리를 한 항공사의 여자 부기장이 함박웃음을 띠며 나왔다. "저, 통과했어요!"

그런데 김태우는 통제실 옆에서 팔짱을 긴 채로 천장을 보고 있고 곁에는 훈련장 장교가 앉았는데 둘은 무슨 말을 했는지 서먹한 분위기다.

"실격했어요." 정우성이 속삭였다. "김태우씨가."

아, 그럴 수가. 나는 어이가 없어서 도리어 쓴웃음이 비어져 나오려고 했다.

"정말요? 기절?"

"일 초 남기고."

"일 초? 방심한 건가."

"몸이 안 좋은가 봐요."

그럴 리가. 기립경사대도 그렇게 쉽게 통과했는데. 철문이 육중한 소리를 내며 밀려나자 홀보다 훨씬 차가운 공기덩어리가 나를 기다리고 있다.

나는 무사히 해낼 수가 있을까?

"철커덩!" 뒤로 문이 잠기고 나자 나는 대결할 기계를 바라보았다. 큰 사마귀 같다. 볼트를 모서리마다 일렬로 박아놓아서 강철의 차고 완강한 느낌이 난다.

"올라가 앉으세요."

나는 통제관을 한 번 보고서는 곤돌라 속에서 벨트를 잡아당기고 버클을 채웠다.

"시작합니다."

기계가 서서히 돌더니 점점 빨라진다. 나는 그저 속도에 몸을 내맡겨야 하는 처지인데 상상보다 훨씬 더 마음이 무거워지고 무기력해져서 놀랐다.

삼십 초가 얼마나 오래갈 것인가?

돌고 돌면서 얼굴 살갗이 축 처지는 게 느껴진다. 머리를 짓누른다. 쇠나 돌처럼 모양이 있는 것도 아닌 것이, 그저 무거움일 뿐인 것이 짓누른다. 불쾌하다. 3G까지 가자 난생처음 겪는 무게가 머리부터 등뼈와 궁둥이, 발바닥까지 마구 누른다. 옴짝달싹할 수가 없다.

그러자 조종석 앞의 파란 신호등이 보이지 않는다. 피가 눈에 다다르지 못하는 것이다.

십 초가 안 됐을까? 그럴 리가 없는데. 내가 못 들은 건가?

세계가 내 몸을 파고든다. 너무나 무겁고 일그러진 채로. 내 정신은 몸 밖으로 떠밀려서 금방 토할 것만 같다.

어린 시절, 매일 오르내리던 낡은 시멘트 길이 생각난다. 초여름이면 장마 진 하얀 물살이 콸콸 쏟아져 내리고, 겨울이면 여기저기 부숴놓은 분홍색 연탄재가 언 눈 위에 수북하던. 그 길을 일 년 내내 걸어 오르면서 가난한 줄도 몰랐던 소년. 그게 세계의 전부라고 생각하던……

이제는 빨간 신호등마저 눈앞에서 사라진다. 시야는 좁을 대로 좁아져서 거무스름하기까지 하다. 피가 몰린 종아리와 발바닥은 부어오르고.

시작하자. 읍! 아랫배에 힘을 넣는다. 다시 읍! 피를 쥐어짜낸다. 숨을 들이쉬기만 한다. 내쉬지 않는다. 푸읍, 푸읍,

푸읍!

빨간 신호등이 다시 보인다.

다시 푸읍, 푸읍, 푸읍!

눈에서 거무스레한 기슭이 밀려나더니 파란 신호등까지 나타난다.

왜 십 초가 지났다고 알려주지 않는 걸까? 어떻게 된 걸까?

완악한 무게가 느껴진다. 5G까지 넘어간 것이리라.

나쁜 마음을 먹은 원심력. 나는 얼굴의 살점 하나하나가 뜯겨 나갈 것만 같다. 피부가 찢겨지고 낱낱이 날아가서 유리덮개의 안벽에 붙을 것만 같다. 다시 신호등이 사라진다. 이러면 안 되는데.

읍! 다시 읍!

몸이 앞으로 꺾이고 바닥째로 까마득히 떨어져 내린다. 실제가 아니라 느낌인 건데. 어떻게 할 수가 없다. 기절하면 안 되는데. 그러다가 마침내 옅고 가느다란 소리가 귓가에 들려온다.

'삼십 초, 성공.'

그래, 해냈구나. 다행이다.

그때 나의 확신은 어디에서 나온 것일까? 나는 쓰러져버릴 것 같았는데 앞의 조종간을 쑥 밀어내고 만다. 시험이 다 끝났을 때나, 후보들이 견딜 수 없을 때 하는 비상조치인데 전원을 끊는 것이다. 곤돌라가 느려지면서 나는 해냈다고 안도하며 밖을 내다본다. 나는 흐릿하게나마 웃으려고 하는데 정신이 또렷해지면서 당황하기 시작한다.

"괜찮으세요?"

통제실의 교관이 일어서서 무슨 일이 나한테 벌어졌는지 살펴보다가 묻는다.

왜 그는, 축하합니다, 하고 말하지 않을까? 그는 도리어 영문을 잘 모르겠다는 표정이다.

"이 초 남겨 두셨는데 아깝습니다."

생각지도 못한 말이 스피커에서 나온다.

"삼십 초, 성공이라고 하셨잖아요?"

"아뇨."

이게 무슨 말인가?

"그렇게 말하려던 참이었는데……." 내가 건너다보자 교관은 머리에 손을 짚고 애석하다는 표정이다. "오늘은 왜들 이러시지?"

그렇구나, 두피로 전류가 흐르는 느낌이다. 내가 환청을? 있지도 않는 소리를 듣다니 어떻게 이럴 수가.

앞니가 잠시 가늘게 떨면서 아래위로 부딪힌다.

아, 이게 실제로 일어나다니. 실격이라…… 말도 안 되는데…….

나는 유리덮개가 어떻게 열린 지도 모르는 채로 곤돌라

에서 나와 계단을 터벅터벅 내려간다. 광대무변한 우주. 거기서 점 하나만도 못한 부피를 차지하고서 문을 나선다.

눈앞에서 색깔이 사라지고 시야는 거무스레해진다. 머릿속이 행하니 빈 것 같고. 나는 절로 소파에 철퍼덕 주저앉아버린다. 누가 와서 손을 붙잡는 것도 모른다. "괜찮으세요?" 정우성이다. 내가 안약을 넣고 처음 만났을 때처럼 그는 흐릿하다.

아아…… 이렇게 끝나다니.

8

끝나버렸다는 것.

폐점했다는 것.

내 어려서 겪은 폐점이란 평소에는 올라가 있던 가게의 푸른색 셔터가 대낮이 되어도 내려진 채 맹꽁이 자물통으로 잠겨 있는 것을 말한다. 밑에서부터 들어 올리려고 해도 꿈쩍도 않고. 발길이 끊긴 셔터 앞에 서 있다가 슬며시 눈길을 돌리면 손님을 열심히 받는 다른 가게의 모습이 보이고 가슴이 아려온다.

우리 가게 망했구나.

우리 반 아이들은 오고 가며 무슨 생각을 하게 될까?

그런 상상을 하면 그 앞에서 눈물이 고이고, 빨리 걸음을 돌리지 않으면 줄줄 흘러내린다.

사나흘이 지나면 가게 앞의 손바닥만 한 빈자리는 큰 고무 대야에 오이나 쑥갓, 시금치 같은 것을 놓고 난전을 벌인 아주머니가 차지하고 만다. 밤늦게는 술 취한 아저씨가 셔터에 이마를 박은 채로 오줌을 누거나 토를 하고. 가게가 이제 완전히 문을 닫았다고 누구나 알게 된 것이다.

아버지는 가장 넉넉할 때 막내딸 수영이를 낳고 우여곡절을 거쳐서 마지막 직장을 나왔다. 퇴직금으로 전등이니 페인트 가게, 그릇 가게 같은 것을 열었는데 몇 해 만에 차례차례 문을 닫아야 했다. 안 팔린 재고들은 눈치 없이 넘겨받고, 받아야 할 돈은 못 받고, 내줘야 할 돈은 꼬박꼬박 내주면…… 그렇게 된다. 아버지는 잇속을 잘 못 차리는 것 같았다.

그럴 때마다 우리는 문간방을 세주기도 하고 집에 있던 다이얼 전화기와 전축, 비자나무 바둑판을 하나둘 팔아야 했다. 아버지가 구령하면 같이 팔굽혀펴기를 하던 진돗개 밍구, 작은 모래밭 위에 물레방앗간이 있던 어항과 열대어 파르미 가족도 팔려나가고. 나중에는 부엌과 방 세 칸, 마루와 장독대, 화장실과 대문까지 모조리 남에게 넘겨줘야 했다. 아버지는 집을 팔아야 했던 것이다. 언덕 위에 화사하게 지어졌던 하얀 단독주택을…….

그런 저항할 수 없는 불행을 맞을 때마다 나는 현실을 벗어나는 상상을 통해서 슬픔을 잊으려고 했다. 지금 생각해보면 그런 상상은 과학하는 기쁨이 가져다주곤 했다.

초등학생일 적에 나는 라디오 기판을 내려다보며 자그마한 마을을 떠올리곤 했다.

그것은 인두와 드라이버로 코일이니 저항이니 다이오드 등을 푸른 기판에 끼우는 것이었는데, 우리는 무슨 원리를 안다기보다는 기판에 인쇄된 알파벳에 맞춰서 그것들을 끼워 넣었다.

하지만 아이들은 다이오드의 극을 바꿔서 납땜하곤 했다. 콘덴서의 플러스 마이너스를 헷갈려 끼우기도 하고, 트랜지스터를 너무 오래 지져서 고장도 내고.

나는 그런 데를 이상하게 잘 찾아냈다. 거꾸로 된 곳은 바로잡고, 합선은 인두로 지져서 납을 풀고 새로 지져주었다. 안테나를 움직여서 주파수가 잡히면 촛농으로 고정시키고.

딱! 하고 라디오 뚜껑과 기판이 맞춰지고 스피커에서 소리가 술술 나오면 "우와!" 하고 아이들은 입 끝이 귀에 가서 걸렸다. 그러고는 하얀 김이 몽실몽실 오르는 가게에 가서 나한테 오뎅이며 떡볶이가 수북한 접시를 대접하는 것이었다.

기판은 마을 같았다. 납작한 저항들과 원기둥 콘덴서, 삼

발이 트랜지스터, 에나멜선이 칭칭 감긴 코일과 건전지. 검고 푸른 전선들이 놓였고.

그것은 집과 극장, 방송국과 발전소가 전선과 상하수도로 이어진 마을이었다. 작은 사람들이 숨어서 아름다운 노래와 이야기를 들려주는 신기한 마을. 그리고 우리 동네나 지구, 태양계나 우주도 꼭 누군가가 이렇게 만든 것 같았다. 그리고 지금 나처럼 내려다보고 있는 것 같았다.

과학을 말하자면, 내가 태어나 처음으로 원소주기율표를 보고서 가슴 뭉클했던 순간을 어떻게 표현할 수 있을까.

선생님이 오랜 시간 칠판에 색색들이 분필로 채워놓은 표. 우주의 모든 원소가 원자량에 따라서 가지런히 줄을 선 아름다운 그림. 모든 원자는 번호가 있고 양성자나 전자를 번호만큼 지녔다. 원자들이 늘어선 줄마다 열여덟 개의 칸이 있고, 그 줄들을 세로로 보면 비슷한 성질의 원자들이 모여 있다. 그래서 모든 원자는 성질이 닮은 열여덟 개의 동아리로 나뉜다.

우주에 이렇게 단순하고 우아한 비밀이 있다니. 고양이도 기린도, 태평양이나 북극해도, 목성의 달이나 토성의 고리도 무슨 성운이며 은하까지도 겨우 저 원자들로만 만들어졌다니.

아주 먼 옛날에 꼭 누군가가 H나 O, C나 N 같은 원소기

호가 찍힌 타자기를 두드려서 삼라만상을 만든 것 같지 않은가.

그 무렵 선생님이 보여주신 지구 브로마이드도 잊을 수가 없다.

달의 빛나지만 메마른 표면 위로 떠오르는 희고 우아한 지구. 아래 절반은 우주의 어둠에 잠겼고 둥근 상반신이 태양광에 고요하게 드러나 있다. 푸른색 흰색이 실타래처럼 신비롭게 엉킨.

그것은 일출日出도, 월출月出도 아니고 지구가 솟아나는 지출地出의 광경.

장엄하다. 그 말밖에는 생각이 나지 않는…… 아폴로에서 촬영한 그 사진이 펼쳐지자 시끄러웠던 교실은 앞에서부터 뒤로 가면서 몇 초 만에 조용해졌다. 달에서 본 지구. 마치 다른 아이의 속으로 들어가서 그 눈으로 나를 보는 충격이 지나갔다.

그것은 아주 먼 태초에 지구를 구슬처럼 빚어낸 신비로운 힘이 멀찍이서 자기 작품을 감상하던 시야가 아니었을까.

그러면서 우주인이 되고 싶다는 생각을 했다. 저렇게 지구를 한번 보고 싶다고. 그러고 나면 내가 확 달라질 게 분명했다.

하지만 이 초를 서두르다니. 실수였을까, 자질이 없는 것일까? 희망은 사라지고…….

이런 기회가 언제 다시 찾아올까?

점심을 먹고 난 후보들은 다시 훈련장으로 옮겨갔다. 실신한 후보들이 넷이나 됐고 탈락이 틀림없지만, 병원에서는 빠져달라고 하지는 않았다. 붙고 떨어지는 일은 나중에 발표를 통해서다.

하지만 엊그제 기립경사대에서 기절한 후보는 그날 저녁에 마음을 접었다며 퇴소해버렸다. 김태우도 점심을 먹고 방에 돌아가 보스턴 가방에 옷가지들을 집어넣었다. 하지만 지나던 정우성과 룸메이트인 천문학과 대학원생이 말리는 바람에 체념한 얼굴로 다시 테스트에 나섰다.

"저녁에는 짐을 쌀 거예요. 나가서 할 일도 있고."

그를 둘러싼 우월한 기운 같은 것은 사라지고 말았다.

새로운 테스트는 유리벽이 난 컨테이너 같은 곳에서 했다. 우리가 산소마스크를 끼고 앉자 공기가 서서히 빠져나가고 기압이 줄어든 것과는 반대로 천장에 매달린 쭈글쭈글한 백들은 팽팽하게 부풀어 올랐다. 시계를 차고 들어왔더라면 기압 차로 아마 유리가 부서졌으리라.

나는 배가 아파왔다. 비닐 백이나 되는 것처럼 나의 위나 대장도 부풀어 오르는 것이다. 트림이 나오고, 대장의 가스마저 궁둥이 사이로 슬그머니 샌다.

탈락이 분명한데 왜 여기 앉아 있지? 엑스트라처럼.

교관이 풀어보라면서 쉬운 덧뺄셈 문제지를 나눠주었다. 하지만 내 마음은 다른 곳에 가 있다.

왜 떨어졌을까?

몸은 젖은 솜처럼 자꾸 내려앉고 속으로 꿍꿍 앓는 동안 갑자기 천장에서 "퍼벙!"하고 폭음이 터져 나왔다. 천장의 홀 뚜껑이 열리면서 그나마 남은 공기가 다 빠져버리자 하얀 수증기가 물씬 피어올랐다. "이게 뭐야?" 후보들이 화들짝 놀라서 튀어 오르자, 바깥에선 카메라들이 움직이며 찍고 있고.

하지만 나는 여전히 착 가라앉아 있을 뿐이다.

왜 떨어졌을까?

시험지를 돌려주고 방을 나서자 후보들은 기다리던 손님들과 악수를 했다. 머리가 희끗희끗하거나, 미끈하게 벗겨진 외국인들. "가가린센터에서 오신 분들이에요." 누군가가 소개를 했다. 하지만 나는 악수하면서 눈앞이 거뭇거뭇해졌다.

거기로 가기는 글러버렸다.

입 끝을 당기는 억지웃음은 힘이 들었다. 그들은 우크라이나의 흑토에서 농사를 짓다가 온 것처럼 손이 거칠거칠했다. 과연 첨단의 우주인센터에서 일하고 있는 것일까? 아무려면 어떤가? 이제 나하고는 상관도 없는데.

시험지는 로비에서 재미 삼아 후보들 사이에 돌려졌는데

채점하는 것이 아니어서인지 시시덕거리며 어이없어한다.

"하, 내가 7 곱하기 8을 14라고 썼네." "저는 300 빼기 4를 25라고 썼어요." 기압이 낮아서 지력이 떨어진 것이다.

오늘을 무사히 지나온 합격자들의 웃음에 싱그러운 활기가 돈다. 테스트만 통과했더라면 나도 저러면서 웃고 있을 텐데.

나는 풀이 죽어 우두커니 서 있지만 누구도 쳐다보지 않는다. 방으로 돌아와서 베개 삼아 손깍지를 끼고 침대에 드러누웠다.

이제 어떤 얼굴로 집으로 가야 할까? 연구소로 돌아가서는 무슨 말을 해야 할까? 떨어지면 이런 고민까지 하게 되는구나.

아름다운 모닝듀야, 나는 지금 이런 생각을 하고 있단다. 손바닥으로 푸른색의 도톰한 이파리를 쓰다듬듯 감쌌다.

그래, 심혈관계 주사!

그 컨테이너 같은 방에서 나는 '심혈관계 주사'에 대해 생각했었지. 그래서 떨어졌다고…… 그 기억이 지금 다시 살아나다니!

실격한 사람들은 모두 아침 먹고 그 주사를 맞았다. 나도 김태우도, 그 대학원생도, 벤처회사에 다닌다는 사람도. 그리고 어제 주사를 맞은 사람들은 모두 통과했다. 정우성이

든 조장호든 빠짐없이.

그런 차이가 있다!

이 사실을 덧셈 뺄셈도 못한다는 그 방에서 알아내다니. 얼마나 골똘하게 빠져들었으면.

하지만 펑! 하는 폭음이 나고부터 머릿속이 하얗게 되고 만 것 같다.

하지만 분명하다. 이를 악물고 핏줄을 짜내야 하는 테스트인데. 그런 주사를 놓다니. 아무리 검사가 많아도 앞뒤 스케줄이 충돌하지 않는지 살펴봤어야지. 부작용이 있는데……

나는 생각을 가다듬다가 곧바로 병원장실을 향해 계단을 올라갔다.

부관실은 없었고 당번병은 자리를 비웠다. 병원장은 갑자기 나타난 나를 보며 어리둥절해하며 놀랐다. 하지만 내 말 뜻을 곧장 알아차렸다. 말하다 보니 나는 약간 흥분하였다.

"하루에 이런저런 주사를 열 번도 더 맞고, 밥 굶기를 밥 먹듯이 했습니다. 뺑뺑이 회전의자에서 내려오자마자 러닝머신 위에서 달렸고요. 병원에서 정한 순서에는 다 뜻이 있을 거라고 받아들였습니다. 하지만 오늘 아침 주사에는 분명히 문제가 있는 것 같습니다."

겸손은 꾸밀 수 있지만 훼손된 자존심은 지어낼 수 없다.

나는 그의 자부심에 상처가 난 기색을 눈여겨보았다. 그도 내가 진지하고 억울해하는 것을 예리한 잿빛 눈동자로 응시하였다. 그리고 난처한 침묵이 있었다.

누군가가 노크를 하자 그가 가서 문을 열어주었는데 아까 본 러시아인들이었다. 가가린센터에서 이들과 만나게 될까? 병원장은 그들과 저녁 약속을 한 모양이다. 두 노인이 나에게 알아본 체를 하면서 "하이!" 하고 손을 흔들었다. 나는 고개를 숙였다. 병원장이 결심을 한 듯했다.

"먼저 방에 가 있으면 진료부장을 보낼게요."

"재검을 해주시는 건가요?" 묻고 싶었지만 더 머물면 그나마도 없던 일이 될지 모른다는 조바심이 생겼다. 계단을 내려올 때마다 가슴이 쿵쿵거렸다.

과거도 다른 각도에서 보면 의문이 생겨난다. 그런 의문이 방금 가능성을 만들어냈다. 해석의 가능성이 실행의 가능성을 만들어냈다. 과거도 이렇게 살아 있구나.

희미한 희망이 피어올랐다. 끈질기게 살아가는 모닝듀처럼.

9

비행 적합 훈련장의 계단을 내려오는데 저녁 공기가 상

쾌하고 몸이 따뜻해지는 느낌이다. 안도감이다. 방금 G 테스트 재검을 통과했으니까.

바람이 가볍게 불고 앞머리가 날리자 나는 손가락으로 빗질을 한다. 마음은 홀가분하고 얼굴은 부드러우리라. 몸으로 하는 모든 검사가 끝난 것이다. 내일 심리검사와 면접이 남았지만 고통스럽지는 않을 것이다. 그때 아버지가 전화를 걸어와서 몇 주 만에 통화를 했다.

"이제 조금만 잘못하면 허리 디스크가 온대." 아버지는 시장에서 채소가게를 하면서 무거운 꾸러미를 너무 많이 든 것이다.

"그럼 어떻게 해야 된대요?"

"물속을 걸어 다니래."

"수영장에서요?"

"그래, 구립 수영장에 등록할 거야."

"회원 자리가 있대요?"

"내일 새벽에 줄 서야 해."

"제가 있으면 대신 등록해드리면 되는데."

"넌 신경 쓰지 마. 시험만 잘 받아. 어때, 될 것 같아?"

"모르겠어요. 열심히 하고 있어요. 정말 힘든 테스트가 있었는데 방금 통과하고 내려오는 길이에요."

"아, 그래? 정말 잘했다! 내가 기대가 크다. 꼭 돼라! 꼭!"

"그냥 잊고 기다리세요. 이거 해보니까 마음먹는다고 다 되는 게 아니에요."

그런데 아버지 허리가 그렇다면 어디에 알아봐야 하나. 여기서 우주인 선발에나 몰두하고 있어도 되는 건가? 그래도 아버지는 저렇게 응원을 하고 있으니…….

훈련장의 저기 아래에는 순환도로가 나 있고, 거기서 또 내려가는 비탈 아래에는 잔디밭이 있는데 후보들이 저녁을 마치고 나오고 있다. 텔레비전이 있는 휴게실로 가서 아마 차 한잔을 하리라. 호주머니에 손을 꽂은 정우성이 유쾌하게 농담을 날리자 모두들 왁자지껄하게 웃는다. 나는 멀찍이서 이방인이 된 것 같다.

누구도 내가 여기 와 있는 것을 알아보지 못하다니.

지금 바로 와서 재검받으라는 입원실 인터폰을 얼결에 받고 나가서다. 내가 언덕을 내려가자 식당의 조리실 벽이 나왔다. 환풍구에서 새하얀 증기와 열기가 무럭무럭 흘러나온다. 군침이 돌고 뭐가 나오든 실컷 먹고 싶다. 꽃이 진 국화 화단 뒤에서 얼룩 고양이가 빠져나와 나를 힐끗 보더니 가만히 기다리고 있다. 나는 서너 걸음 다가가서 고양이를 안고 목을 쓰다듬다가 어여뻐서 뺨을 비벼주었다.

나는 늦은 밥을 먹고 방으로 돌아와 다른 이들에게 재검을 어떻게 알려줄까 생각해보았다. 방방마다 돌아다니면서?

진료부장이며 교관들은 내 재검이 끝나자마자 허둥지둥 러시아인들을 차에 태워서 퇴근해버렸다. 그들은 만찬장에 병원장이 먼저 가서 기다릴까 봐 걱정하는 것 같았다. 후보들이 내일까지 고스란히 남을 거라고 여기겠지. 그런 지원자여야만 자격이 있다고.

김태우는 실망스러웠다. 도와주고 싶었는데. 가시 돋친 말들을 쏟아내다니. "주운 거 맞아요?" 그러면 뭐란 말인가? 다들 들으라는 듯이.

한 나라에서 뭐든 최초가 되려면 여러 능력이 필요하다. 용기나 돌파력 같은 것도. 지식보다는 지혜가 중요하고 지혜보다는 의지가 더 중요하다. 김태우가 점심때 짐을 싼 이유는 뭐란 말인가? 저녁때 나간다는 까닭은? 나는 혼자서 치열하게 돌파구를 찾았다. 하지만 그 스스로 뜻이 굳지 않은데 내가 "재검 있다"고 말리는 게 무슨 의미가 있을까? 왜 그렇게까지 해야 한다는 말인가?

나는 펴놓은 면접용 예상 응답을 읽지도 못한 채 이런저런 상념에 빠져 있다. 그러다 보니 김태우의 방에서 티 파티가 있다는 인터폰이 왔다.

그러면 그렇지. 입가에 웃음이 생겨난다. 병원장하고 담판을 지어서 재검에 벌써 통과했다면 깜짝 놀라지들 않을까?

복도를 꺾어서 끝 방으로 다가가자 왁자한 웃음소리들이 새어 나온다. 후보들은 음악을 틀어놓고 놀랍게도 캔맥주를 마시고 있다. 신체검사가 끝나긴 끝난 것이다. 벤처기업의 과장이 한 발로 오래 버티기를 하고 있다.

"심리 건강을 보는 건데. 일 분 버티면 대단한 거야."

그는 쓰러지지 않으려고 발바닥을 이리저리 돌리고 두 팔을 아래위로 휘저으며 악착같이 버틴다. 모두들 쿡쿡 대며 웃고 있고. 누군가가 퇴소하려는 기미는 하나도 없다. 김태우는 오징어 다리를 물고 맥주를 홀짝거리고.

하지만 천문학과 대학원생이 김태우 쪽으로 눈길을 주면서 내게 나직하게 속삭였다. "좀 있다가 퇴소하신대요."

그런 결심은 이미 오갔는지 말리고 말고 얘기가 없다. 그가 미안한 표정이라도 지으면 나는 선뜻 말할 텐데. 이제 걱정 말라고.

하지만 그는 내 앞에서 딴청만 부린다. 내가 찾아준 주머니 속에서 국기들이 그려진 루빅스 큐브를 꺼내서 맞추고 있다. 그리고 누군가가 한 발 버티기를 하다가 곤두박질치면 폭소를 터뜨린다. 왠지 고집스레 나를 외면하는 것처럼 과장된 웃음. 나도 웃지만 이유가 달라서 좀 씁쓰레해진다. 나와 그는 지금 공감의 타이밍이 맞지 않는다.

"자, 이거 한 장씩 가지세요." 그는 세잔이나 피카소 등의 명화 카드를 나눠준다. 내 것은 고흐의 〈별이 빛나는 밤〉이다. 인상파의 마음에 담긴 밤하늘과 달과 별은 물결처럼 춤을 춘다. "퇴소 선물이에요." 그림 뒤에는 손 글씨가 있다.

'승리는 모든 것이 아니다. 유일한 것이다.' 이 고요하게 꿈틀거리는 명화의 뒤편에 고작 이런 좌우명이라니. 고흐는 얼마나 내 마음에 드는 말들을 많이 남겼던가. '나는 그림을 꿈꾸고, 꿈을 그렸을 뿐이다.' 이런 말을 써놓으면 안 된단 말인가?

"다른 그림은 없나요?" 나는 두 사람 건너 김태우를 바라보았다. "왜, 마음에 안 드시나 보지요?" 그는 봉투 속을 가만히 들여다본다. 그래도 붙잡자. 기회는 공정해야지. 준비도 오래 한 사람인데. "그리고 퇴소는 하지 마세요. 재검받을 수 있으니까."

"예?" 그가 고개를 들어 물끄러미 나를 바라보았다. 그 곁에 선 천문학과 대학원생이 눈이 동그래져서 물었다. "무슨 말씀이세요? 혹시 G 테스트 말씀하시는 거예요?"

"예, G 테스트. 다들 내일 재검하시라고 할 거예요. 제가 받고 왔어요. 얼결에 연락이 와서 같이 가지는 못했어요."

나를 돌아보며, 벤처회사 과장이 접었던 발을 슬그머니 내려놓는다. 다들 놀라서 나를 바라본다. 음악 소리도 줄이고. 대학원생의 눈에는 신기하다는 기대감이 돈다.

"어떻게 하셨어요? 무슨 일이 있었나요?"

아침 하늘은 쾌청했다. 숲에는 스산한 기운이 감돌았지
만 저공으로 선명한 흰 구름이 지나갔다. 이따금 입으로 빈
유리병을 부는 듯한 소리가 날카롭게 울렸다. 그러면 검고
마른 낙엽들이 숲 위로 천천히 날아가는 모습이 보였다.

무슨 일이 있어도 이번 4차는 통과한다고 나는 마음먹었
다. 창밖에는 솔개가 빙빙 돌며 활공을 했다.

인성검사는 천팔십 개의 질문을 세 시간에 답하는 것이
다. 십 초당 하나씩. 출제자들은 몸 검사만큼이나 우리들의
마음을 샅샅이 보고 싶어 한다. 침묵 속에 치러지는 검사.
반드시 통과하려면 나는 정상이고, 건전하고, 모범적이어야
한다.

나는 나를 고스란히 드러내서 탈락하느니 내가 아닌 채
로라도 반드시 합격하고 싶었다. 하지만 그러자니, '그렇다'
'아니다' 어느 쪽을 찍어야 할지, 속을 태우는 문제들도 나
왔다. 어떨 때는 해당이 되고 어떨 때는 해당이 안 되는 것
이다.

"나는 일에 자신이 있어도 누가 쳐다보고 있으면 당황
한다." "타인의 동정을 얻으려고 자기 불행을 과장하는 사
람이 많다." "나의 생활은 흥미로운 일로 가득하다." "나에

게 나쁜 짓을 하는 사람에게는 할 수만 있다면 보복해야 한
다."

생각할 겨를도 없이 하나씩, 출제자들은 너를 드러내라
고 요구한다. 하지만 살이 드러나서 꼴불견이 되듯이 마음
이 드러나서 창피를 당하기도 한다. 내가 실제로 어떻게 생
각하는지, 그 생각 그대로 택해도 되는지, 피가 마르도록
망설였다.

점심을 먹으려고 식당에 모인 사람들의 얼굴은 모두 벌
겋게 상기돼 있다. 모두 다 나와 비슷한 번민을 했으리라.
서로들 합격을 원하고 있으니까. 하지만 이런 시험에서는
누구도 확신을 하지 못하리라.

천문학과 대학원생이 내 식탁으로 찾아와서 인사를 했다.

"감사합니다. 곤돌라 다시 타랍니다."

재검이 병원장을 찾아간 내 덕분이라고 알려진 것이다.

"별말씀을요. 이번에 꼭 붙으세요."

조장호 소령이 식판을 들고 지나면서 인사해왔다.

"축하합니다."

앞 테이블의 몇이서 수저를 든 채로 내게 고개를 돌려서
눈인사를 한다. 김태우는 무안한 모양인지 딴청을 부리는 듯
했다. 하지만 나와 눈길이 마주쳤을 때 고개를 슬며시 끄덕
이면서 입 끝을 당겨 희미하게 웃었다. 그리고 우리는 각자

의 테이블에서 화기애애하게 오가는 이야기에 빠져들었다.

오후에는 한 명씩 방에 들어가 심사위원이 열 자리 숫자를 부르면 따라 부르거나, 거꾸로 부르기도 했다.

그리고 숫자가 여러 개인 난수표가 나왔는데 1은 니은, 2는 T, 3은 시옷 하는 식으로 쓰여 있다. 심사위원은 카드를 들어올린다.

"자, 그럼 이걸 바꿔보세요."

7498302156.

내가 미리 조사하고 준비한 테스트다. 나는 흥분이 일었지만 두뇌가 사라진 것처럼 정신을 몰입해서 숫자를 바꿔 불렀다.

카드로 이야기 만들기는 게임 같았다. 앞면에 사과 권총 원숭이 코끼리 같은 그림이, 뒷면에 'LOVE' '후회' '友' '자전거' 같은 낱말이 있었다. 죽 늘어선 앞면만 보고서 뒷면의 낱말들로 이야기를 만들어내는 것이다.

어제 내가 주운 가죽 주머니, 거기서 나온 카드가 이런 것이구나. 그는 미국에서 배워온 것으로 단단하게 준비해온 것이다. 내가 이야기를 만들어내자 심사위원들이 제가끔 다른 표정으로 웃음을 머금기 시작했다. 어이없다는 것인지. 하지만 나는 몰입하느라고 그 감정을 제대로 읽지도 못했다.

그러고는 심사위원이 흑백의 복잡한 무늬가 들어간 도형들을 보여주자 똑같은 도형을 책상 위의 시험지에서 찾아내야 했다. 원래의 도형을 좌나 우로 45도나 90도, 180도나 270도로 돌려놓았는데, 처음에는 평면도형이, 갈수록 입체도형이 문제로 나왔다.

나는 바로 답을 떠올릴 수 없어서 당황했다. 슬쩍 일어선 채로 시험지 위에서 고개를 좌우로 돌려가며 답을 골라냈다. 이러지 말란 법은 없지 않는가! 절실하게 최선을 다해야 한다.

내 모습이 뜻밖인지, 위원들 몇 명은 하하거리며 웃고 몇 명은 놀랐다. 나는 나중에는 시험지를 좌우로 돌려가면서도 도형을 골라냈다.

"아, 그러면 안 돼요." 끝내 누군가가 나를 말리고 말았다. 그렇지만 이런 게 콜럼버스의 달걀이 아닌가. 여기에 부당성은 없다고 나는 생각했다.

심사위원이 루빅스 큐브를 꺼내 들 때 나는 당혹스러웠다.

국기가 그려져 있다니. 혹시 김태우의 것을 가져온 게 아닌가. 그걸 한 번만 맞춰봤더라면 좋았을 걸.

하지만 후회할 겨를도 없이 심사위원이 스톱워치를 들자 나는 곧바로 몰입해야 했다.

시야가 거뭇거뭇해왔다. 신체검사보다 훨씬 더 피로한 느낌이다.

오후 늦게는 바람이 심해져서 비탈의 솔가지들이 휘청거리고 가랑잎들이 잔디밭을 데굴데굴 굴러다니다가 날려 올라갔다. 하얀 뭉게구름은 더 이상 보이지 않고 하늘은 회색으로 낮게 가라앉았다. 잔디밭을 가로질러 걸어갈 때 싸늘하고 맑은 대기 속에는 짚 더미를 태우는 시골의 겨울 냄새가 났다.

어떤 질문이 날아와도 합격할 수 있게 대답해야 한다.

낯익은 면접위원은 정경수 서기관이었다. 과기부에서 우산연의 우주인양성실장으로 파견 나온 공무원. 여름부터 그는 시험을 다 치른 후보들을 두세 줄로 모아놓고 기념사진을 찍고는 했다. 정장 주머니에 돌돌 말아둔 넥타이를 꺼내서 슥슥 매듭을 만들어 목에 걸면서 농담을 하고는 했다.

"나도 한번 우주인 해볼 걸 그랬어."

촬영이 끝나면 그는 고개를 좌우로 흔들어서 넥타이 매듭을 풀어내고는 담배를 피웠다. 저 사람은 공무원보다는 과학자 같다. 분필로 칠판에 복잡한 그림을 그리거나 기판에서 전선을 연결해서 인공위성을 만들 것 같은 털털한 인상.

하지만 오늘 그는 낯설고 모호해서 표정에서 아무것도 읽히지 않는다. 모든 위원들이 마찬가지다. 오전에 검사를 했던 이가 잠시 희미한 미소를 보여서 반가웠을 뿐이다.

처음에 그들은 좌우 잽을 던져서 상대를 코너로 몰아붙이는 성실한 복서처럼 내 전공과 하는 일, 가족과 친구, 종교와 취미 같은 것을 꼬치꼬치 캐물었다.

—어려서 부모님과 떨어져서 살아보신 적이 있습니까?

"그런 적은 없습니다." 망설이다가 말했지만, 사실이 아니다. 집안이 힘들어서 나는 반년 동안 할아버지 댁에 내려가 산 적이 있다. 하지만 내게 불리한 빌미를 줄 필요가 있을까? 나는 그렇게 걱정을 했다.

—동생과는 사이가 어떠세요? 서로 성격이 맞나요?

"동생하고는 잘 어울립니다. 같이 놀러도 많이 다녔고. 요즘은 등산이나 낚시도 같이 다니고." 그러나 살기 바빠져서 지난해나 올해는 한 번도 그런 적이 없다.

—그러다가 다투실 때도 있죠?

우리가 지난해 추석 때 언쟁을 하고서 삭막하게 노려보던 기억이 났다. "아니요. 어릴 땐 그랬지만 나이 들고나니 좋게 이해하는 분위기입니다." 인간적으로 솔직하게 말하면 위원들이 흠뻑 빠져서 공감하고 가산점을 줄 거라는 기대는 뒤로 미뤘다. 나는 모종삽만큼 떠낸 거짓말로 나중에 태산만큼 변명할 일을 피하고 싶었다.

—최근에 직장에서 동료와 다투신 일이 있다면 무슨 이유였습니까?

오전에 내게 루빅스 큐브를 건네준 면접위원이다.

"글쎄요." 무언가를 들킨 것만 같다. 해로운 진실과 유익한 거짓말. 무엇을 택해야 할까? "그런 일은 없는데요."

—이진우씨가 겪은 일 중에 가장 기억이 오래된 건 어떤 일인가요?

"다섯 살 때인가. 아버님이 마당에 카메라를 놓고 별을 촬영하셨습니다. 밤새도록 조리개를 열어두셨답니다. 나중에 사진을 보니 별들이 열 시간 동안 흐른 흔적이 둥그런 원을 그렸던데요. 우주는 참 아름답구나, 생각했던 기억이 납니다."

그렇다. 그것이 내가 손에 쥔 최초의 우주였다. 아버지가 직장에 다닐 때 우리 가족은 그렇게 단란했다. 하지만 내 누이는 가난하게 자라서 누린 것이 하나도 없었다.

—지금 죽는다면 가족들이 묘비명에 뭐라고 새겨놓을 것 같습니까?

"저는 화장을 했으면 해서 묘비명은 필요 없습니다만" 그들의 얼굴이 묘하게 굳어졌다. "그래도 새겨준다면……."

뭐라고 할까? "……우주인이 되기를 원했던 생물학자." 다음이 잘 생각나지 않는다. "……우주로 돌아가다, 정도가 될 것 같습니다."

그럼, 그렇게 해서 우주로 가면 되겠네. 면접위원들이 그렇게 생각하는 것 같다. 펜이 사각거리는 소리. 좀 잘 말할걸.

—언제부터 우주인이 되고 싶었어요?

"초등학교 삼학년 때인가. 어린이 잡지 『어깨동무』를 보다가 「화성 탐험」이라는 기사를 봤습니다. 월면차처럼 생긴 탐사 차량이 불그스름한 계곡을 지나는 것을 멀리서 내려다보는 그림이 있었습니다. 제가 꼭 그 사람이 된 것 같았고. 자면서도 몇 번 꿈까지 꿨던 기억이 납니다."

그것뿐이던가. 어린 내게는 별들에 대한 강렬한 동경이 있었다.

—우주에 다녀오면 길게 보아 무얼 하고 싶으세요?

"이번에 우주에서 수십 가지 실험을 실제로 하고 오니까. 앞으로 어떤 실험이 무중력에서 효과를 볼지 잘 가려내는 과학자가 되고 싶습니다. 가치가 높은 실험을 기획하고, 지휘하는 사람 말이지요. 그래서 코롤료프 우주관제센터로 가서 마이크를 잡는 사람이 되려고 합니다." 여태까지 없던 사람이 되는 것이다. 나는 자부심이 생겼다. 하지만 면접위원들의 얼굴에는 전혀 변화가 없다. "그리고…… 우리 항공우주공학 발전에 보탬이 되고 싶습니다. 과학 국가로서 나라의 자존심이랄까, 그런 걸 높이는 일에도 기여하고 싶습니다."

면접위원들은 여전히 차분하다. '뭐 그렇게까지. 다 알고 있어.' 그러면서 능글능글한 웃음을 짓는 것 같다. 나는 괜히 주눅이 들지만 의연하게 바라본다.

—이번에 같이 검사받으신 분 중에 누가 우주인이 되면 좋겠나요? 본인을 제외하고 말이죠.

이게 가장 중요한 질문이다. 가점이 가장 높은.

나는 생각을 하느라고 침묵이 흘렀다. 그들은 평가지에 무언가를 기록하며 기다려주었다. 나와 그들의 눈길이 만났을 때 서로 웃음이 흘러나왔다.

나는 김태우부터 떠올렸지만 머뭇거렸다. 앞날에 우리는 낯선 러시아 사람들과 부드럽게 어울려 지내야 한다. 하지만 그는…… "정우성씨입니다." 그는 따스하고 여유가 있었다. 내게 솔직한 말들을 해주었고 안목도 예리했다.

—한 분 더 말씀하신다면?

나는 아까보다 더 오래 생각했다. 하지만 다른 사람을 떠올릴 수 없었다. "김태우씨입니다. 오랫동안 준비를 많이 한 것 같습니다."

내 방으로 가는 복도에서 김태우와 천문학과 대학원생이 재검에 통과했다는 소식을 들었다. "강자가 복귀했다면서 모두들 긴장하고 계세요." 항공사의 여자 부기장이 해맑은 소녀 같은 모습으로 웃으면서 내게 말해주었다.

"주사 때문이라고, 병원장님한테 콕 집어내셨다면서요?"

그녀의 눈에서 선망하는 눈길이 비쳤다. 나는 그것만으로도 흐뭇했다.

방으로 돌아와서 침대에 눕자 왠지 쓸쓸하고 공허감을 느꼈다. 거짓말을 많이 했어. 우주인이 되려고…….

　나는 잠시 침울해졌다. 달아오른 얼굴이 가라앉으며 피로감이 몰려왔다. 하지만 이제는 끝났어. 애 많이 썼어. 숲에서 뻐꾸기 우는 소리가 들려왔다. 낯선 길 외딴 방에 행객으로 누운 것 같은. 나는 긴 숨을 내쉬었다. 그리고 베개에 얼굴을 묻고는 고단한 잠 속으로 서서히 빠져들었다.

2부

눈보라

1

어떻게 되었을까, 선발이 되는 것일까?

일요일 아침을 먹자마자 나는 방한점퍼의 후드를 쓰고 끈을 조인다. 운동을 해야 한다. 통합병원을 나오고 나서 내리 삼 주간 몰입하면서 하반기 성과를 높이려는 추가 보고서를 만들었다. 정말 미달로 굳어질까 봐 나중에는 입안의 속살이 탁탁 터졌다. 금요일 밤 데드라인에 맞춰 제출하고 나자 토요일은 내내 초주검이 되어 자다 깨다 하고 말았다.

드디어 일에서 풀려나와 누워 있는 동안 내 희미한 의식에 물방울처럼 떨어지는 것은 하나다.

합격일까, 불합격일까?

그 초조함은 세월이 훌쩍 지나버린 지금도 오늘의 일처럼 떠오른다. 그날 내가 웹의 우주인 후보 카페에 들어가보니 금요일 오후에 합격 소식을 알게 됐다는 글이 올라와 있었다. 정우성과 조장호 소령이 붙었다는 댓글도 있었다.

정우성은 내가 추천했다는 것을 알고 있을까. 그를 만나보고 싶다. "잘 키울게요." 내가 준 모닝듀를 화분째 손에 들고 활짝 웃으며 퇴소했는데. "이건 따님들 주세요." 그는 항공학교 기념품점에서 사든 비행기 모형들을 건네줬다. 나는 축하 댓글을 쓰고 싶지만 그러고 나면 왠지 이들도, 나도 실제로는 불합격할 것만 같다. 발표는 내일 홈페이지에 뜬다고 한다.

나도 무슨 언질을 받았다면…… 지금 공기 중에라도 뜰 건데.

아내와 함께 천천히 집 안 청소를 마치고, 세차를 하고 나자 나는 우주인들이 무중력에서 움직이는 모습을 촬영한 영상을 세심하게 관찰했다. 서울의 동호인 클럽인 〈스페이스 마니아〉를 찾아가서 어렵게 구한 비디오테이프에 담긴 것이다.

자전거로 천변에 들어서자 벌써 세 시다. 땀에 흠뻑 젖고 싶다. 자전거도로의 덤불은 앙상하고 천변의 풀은 말랐지만 몸이 좋아질 것 같은 기대감에 기분이 좋다. 새 집으로 가는 이삿짐 속에서 거울에 담긴 봄 하늘을 보는 것 같다. 혹시라도 정경수 실장한테서 연락이 올까 봐 휴대폰을 주머니에 꽂아두고 달린다.

나는 자전거에서 내려서 틈서리로 강물이 내려다보이는 나무다리를 조심조심 건너간다. 혹시 전화가 오지 않으려나. 강에는 잉어들이 없고 물풀에는 얇은 얼음장. 자전거가 달려나가자 강 건너 공군 비행장의 긴 담장 너머에서 이따금씩 검은 헬기가 떠오른다. 서울로 이어진 들판에는 전선들이 윙윙거리고 전봇대들이 차츰 작아져 간다.

갑자기 전화벨이 요란하고 휴대폰이 꿈틀거리자 나는 머리카락이 곤두서는 것 같다. 하지만 같이 후보로 신검을 받은 대학원 후배다.

"저는 아직 연락이 없어서요. 형은요?"

"나도 없는데. 누군 받았대?"

"그렇다는데요. 러시아에서 항공우주 공부하다 온 사람도 됐다고 하고. 우리 조에 캐빈을 가진 사람도 됐고."

"캐빈? 우주선 선실?"

"신문에도 났잖아요. 우주인학교장이라고."

아, 생각난다. "탈모가 와서 아예 삭발을 했다는 그 사람?"

그래서 더 강인하고 소탈해 보이던. 그도 김태우만큼 열성적이다. 그 얼굴이 흰색 우주복 위로 불쑥 솟아나와 너털

웃음을 머금은 사진이 떠오른다. 나는 사진에서 얼굴의 화상 흔적을 유심히 찾아보았다. 대학 때 로켓추진제를 섞다가 폭발로 얼굴 피부가 벗겨졌다는 기사를 보고서였다.

그도 어려서부터 우주인이 되겠다고 했는데 아버지가 죽고 나서는 무역회사를 그만두고 유산까지 쏟아서 우주인학교를 차렸다. 우주인 침낭과 우주복, 캐빈까지 사들이고. 낡고 부속들이 빠진 것이라 해도 개인이 무슨 수로 사들였을까? 그의 대답도 이제는 기억이 난다.

"연구소 같은 데서 정식으로 사려고 했으면 거절당했을 거예요. 하지만 제가 납작 엎드려서 호소를 했어요. 정말 인간적으로요. 러시아 사람들은 정에 약하대요."

그게 어쩌면 우리나라에 하나뿐인 캐빈이라고 했다. 이 분야는 알게 될수록 내공이 센 사람들이 많다.

자전거 기어를 삼십삼 단까지 올려서 온 힘을 다해서 달리다가 커다란 다리 아래 그늘에서 멈췄다. 교각 옆의, 컵라면 파는 가판대에 모여 선 사람들 중에 누군가가 손을 번쩍 든다. 김동석이 나를 보자 걱정을 한다.

"얼굴이 왜 이리 부었어?"

"보고서 만들었으니까…… 알면서 그래."

"너희 팀장, 그만 좀 하라고 그래라."

나는 헬멧을 벗으며 말을 아낀다. "공부도 되고 괜찮아."

"그래? 좀 심한 것 같아서. 그나저나……." 그는 갑자기 내 장딴지를 쑥 밀어본다. "와, 딴딴하네."

"왜 이래? 귀중품이야." 나는 놀라서 한 걸음 물러나며 그가 피식 웃는 것을 바라본다. "인재교육원은 어땠어? 금요일 밤늦게 마치던데."

그곳은 우리 연구원을 사들인다는 소문이 도는 대기업의 교육원이다. 그날 내가 늦게 퇴근을 하려다 보니 한 주 내내 합숙한 직원들이 버스를 타고 회사 마당으로 들어와서는 하얀 입김을 풀풀 날리며 짐칸에서 가방들을 꺼내느라 분주했다. 연구원이 위탁 교육을 시킨 것이다.

"눈이 안 왔길래 망정이지. 아침 구보에 응원가 부르고 주먹 들고 제자리 뛰고. 생각지도 못한 건데."

"정말 사기업이 되려고 하는구나."

"그래도 그렇지. 다들 나이가 있는데 신병들처럼 동작 통일이 뭐니?" 그는 안경을 밀어 올리는데 눈매가 매섭다. "거기 회사에서 그렇게 교육시킨다는데. 자기는 군대도 안 갔으면서 왜 직원들보고 군대교육을 시키느냐 말이야." 새로 오너가 될지도 모를 사람을 미워하는 것이다.

"그래, 니 말 맞아. 그래도 반골은 되지 말자. 세상일은 모르니까." 나는 그의 팔을 한번 쓰다듬는다.

"그런데 어떻게 됐어? 우주인 연락 받았어?"

"아직 발표 안 났어."

"후보들은 어때? 과학하면 나입네 하는 수준이야?"

"우리 조는 평범하던데? 내가 그래? 그 김태우라는 친구는 준비를 많이 했더라. 고생도 많이 했고. 그런데 잘 아는 사이야?"

"자주 어울린 편이지."

"사람 어때? 괜찮아?"

"괜찮은데, 지기 싫어하는 면이 있어."

"다들 그렇지. 열정적이더라."

"그런데 오타쿠라고 해야 하나? 우주인 마니아야." 그는 슬며시 내 눈치를 보았다. "좀 광적이야."

집으로 돌아올 때는 먼지바람이 일고 목이 칼칼해져 마른기침이 나왔다. 포장이 깨진 곳을 지나자 자전거가 덜커덩 튀어 오른다. 아, 이런, 휴대폰이 주머니에서 솟아오른다. 곧장 탁! 떨어져서는 액정화면이 시커멓게 깨져버리고. 나는 자전거에서 내려 아깝게 손에 쥐어 본다.

안 좋은 징조인데…….

너른 밭에서 마른 풀 태우는 연기가 희끄무레하게 솟아오른다. 벌판에 오도카니 혼자 서 있는 우리 아파트. 쓰레기 모으는 곳에서 폐지가 날리자 아이들이 주우러 뛰어다니고 경비 보는 노인이 티브이를 켜놓고 졸다가 눈을 뜨더니 내게 손을 흔든다.

"흠뻑 젖었네. 멀리 갔어?" 아내는 나를 보다가 이내 안 쓰러운 얼굴이 된다. "옷 벗어 주고 얼른 씻어. 기다렸잖아."

"누가 들으면 오해하겠다." 아내는 세탁기를 돌리려던 참이다. 나는 욕탕으로 들어서며 좀 미안하다. "쓰레기는 놔 둬. 내가 밥 먹고 비울게."

나와 아내는 금이 갈 듯 말 듯 살아왔다. 가장 오래된 갈등은 정리 정돈을 놓고서였다.

"현관 신발장 좀 치워줘. 구두가 너무 많은 거 아냐? 수납을 나한테 맡겨줄 생각은 없어?"

"자기는 헌책 좀 버려주면 좋겠어. 집이 좁아 보이고 어지럽잖아."

같이 모은 돈으로 지난해 값이 내려간 스물일곱 평짜리 이 아파트를 빚을 지고 사면서 우리 사이는 전에 없이 좋아졌다. 욕실 타일이 몇 쪽 뜯기고 창틀 바깥에는 방수페인트 자국이 남았지만 그래도 처음 갖는 내 집. 수선하고 물방울 커튼을 달고 세일하는 소파를 들여놓고 중국집에서 탕수육을 시켜 먹으면서 우리는 눈물이 핑 돌만큼 감격스러워했다.

올해는 연초부터 급전직하였다. "이거 뭐야? 반의 반 토막 났잖아." 아내가 사둔 닷컴 주식 값은 일이월 동안 내려가기만 했다. "이거 안 사면 안 돼?" 내가 영 내키지 않았는데.

하지만 우리는 다툰 적은 없다. 나는 식탁에서 밤늦게 김을 안주로 혼자서 소주를 몇 잔 마시다가 잤다. 그녀는 뾰족하게 만회할 방법이 없어서 더 미안해했다. 내가 우주인 선발에 나선 걸 그녀가 이해하는 건 그렇게 넘어간 일들이 많아서일 것이다.

밤늦게 혼자 방에 있자 아무래도 면접을 잘 못한 것 같아서 불안이 스멀스멀 피어오른다. 심리 테스트도 역시…… 휴대폰을 꺼내 보지만 아무런 메시지가 없다. 깨진 금을 따라서 액정이 죽은피처럼 맺혀 있을 뿐. 하기는 일요일인데 뭘 바란 게 어리석지.

그래도 붙을 사람은 거의 다 알게 된 것 같은데.

2

월요일이라던 합격자 발표는 미뤄졌다. 화요일도 연락이 없고…… 서른다섯, 청춘은 떠났지만 연륜은 도착하지 않았다. 며칠 후면 서른여섯이다. 나는 이제 좀 유별난 해프닝을 한번 겪고서, 떠나보내는 건가? 허물을 한 꺼풀 벗고서 감기 기운만 남은 채로…….

나는 구내식당에서 저녁을 먹고 홀의 자판기에서 커피를 뽑아서 쥔다. 종이컵이 뜨거운 느낌이 좋다. 마시고 나서는 낮에 하던 실험을 마저 끝맺고 싶다.

삭풍이 어지럽고 하얀 눈설레가 이리저리 유리를 때린다. 일기예보처럼 낮부터 대설이 왔다. 산들은 눈안개에 싸여서 멀리서부터 희붐해졌다. 희미한 능선들만 간신히 남고 산이라기보다는 산이 있다가 텅 비어버린 대기 같다. 날이 저물면서 그 자리에 어둠이 들어앉고.

대학원 후배가 전화를 걸어와서 자기는 소식이 없다고 했다.

"형, 들었어요? 손쓸 곳은 다 썼대요."

"무슨 말이야?"

"공군이며 항공사, 대기업에 대학교, 연구원들…… 후보가 나온 곳에서는 다 찾아갔대요. 과기부하고 우산연에 줄을 서서."

"우리 연구원하고는 정말 분위기 다르구나."

나는 차가운 웃음이 떠오르더니 숨이 나왔다. "여기 윗사람들 생각이 꽉 막혔는데. 너는 어쩌면 꼬리표만 달랑 하나 달릴지도 몰라. '우주인 하러 나갔던 애'라고." 누군가 나한테 그렇게 말한 적도 있었다.

후배는 정우성이 다닌 대학교는 총장이 나서서 정경수

실장을 만났다고 했다. 그게 정말일까? 그런다고 되는 것도
아닌데. 그는 이미 됐다고 하지 않았나.

　아버지한테서도 전화가 왔다. "붙었다더냐?"
　"아직은 몰라요. 신경 쓰지 마세요. 연락드릴게요." 아버
지의 한숨이 들려온다. "저는 연구소 일 열심히 하고 있어
요. 병원 다녀오신 건 어떻게 되었어요?"
　"수술을 해야 할 것 같대." 내가 예? 하고 놀라서 물었다.
"망막의 실핏줄이 터져서 반점이 생긴다는 거야."
　"자꾸요?"
　"오늘도 열 개 넘게 생겼어. 눈앞을 반 정도 가렸어."
　아버지는 이제 일흔여섯이다. 내 동갑내기의 아버지보다
열 살 정도 많다. 내 친구들 중에서도 누군가는 십 년쯤 후
에 이런 일을 겪을까. 아버지는 서너 해 전만 해도 오토바
이를 타고 채소 배달까지 나갔는데.
　"고혈압이래. 실핏줄이 터지는 거야. 너는 짜게 먹지 마."
　술을 많이 드셔서 그런 거예요. 그렇게 말하려다가 숨만
내쉬었다.
　아버지는 식품 만드는 대기업에서 부장으로 일할 때는
서해 남해를 건너고, 태백산맥을 넘고, 낙동강 섬진강을 오
가며 밭떼기로 식재료를 사들이던 큰손 중의 큰손이었다.
지방의 호텔이나 여관에 방을 잡고 현지를 돌아다니면 선

물 삼아 들어오는 인삼주며 과실주, 벌꿀과 약초 가방이 넘쳐나서 지사 직원들을 불러서 일일이 나눠줄 정도로 떵떵거렸다고 한다.

하지만 봉급쟁이의 삶이란 지나간 다음에야 꽃 시절인 줄 아는 것. 퇴직하고 나면 벼랑의 낙화처럼 급전직하한다.

아버지는 직장에서 나와 한 해 걸러 한 번씩 폐점하던 시절 밤늦게 자기 전에 꼭 소주 한 병씩 비우는 습관이 붙었다. 누이가 죽고 나서는 더 그랬다. 그리고 그 안주는 김치나 젓갈 같은 절인 음식들. 그게 고혈압을 부르지 않았을까. 나는 절대 아버지처럼 살지는 않는다. 직장에서도 밀리지 않을 테고, 술도 그렇게 마시진 않을 거다.

나는 서둘러서 수술 날짜를 잡자고 말했다.

"니가 안 나서도 된다. 문중에 알아보니 서울서 안과하는 사람이 있다더라. 용하고 명의래. 그런데 너 정말 안 될 것 같냐?"

"아, 안 됐어요!" 내 목소리가 올라갔다. "화를 돋우시는 것도 아니고. 왜 자꾸 말해서 속상한 이야기를 하게 하세요!"

"아니다. 정말인가 해서 묻는 거잖아. 나는 혹시? 하는 거지."

"말씀 안 드리면 안 된 거지. 몇 번씩 물어보세요? 일부러 그러시는 것도 아니고."

아버지는 나를 달랬지만 나는 속이 가라앉지 않는다. 하지만 전화를 끊자마자 후회하고 만다. 지금 내 신경이 날카롭구나. 성과 평가도 걸려 있고.

나는 집까지 몰고 온 차를 세우고서도 한참 앉아 있다. 차라리 선발 점수가 공개되면 좋았을 건데. 뭔가 끝맺음이 없이 물에 풀린 잉크처럼 돼버렸다.

1층 현관에서 외투의 눈을 턴다. 주차하고 불과 삼십 미터 걸었는데도 눈은 머리와 어깨 등에 수북하다. 귓바퀴도 젖고.

내일 시동이 안 걸리면 어떻게 하지? 다음에는 꼭 지하 주차장 있는 데로 이사 가야 하는데 언제 빚을 갚고 돈을 모을까?

집 현관문에 열쇠를 꽂는데, 느낌이 이상하다. 열한 시가 넘었는데. 안에는 초저녁처럼 활발한 인기척. 밖을 내다보는 현관문 렌즈가 발그스름하고 누군가 거실을 걸어가는 진동이 있다. 나는 끼익, 소리 나는 문을 조심스레 열면서 들어서는데 거실 저편에 텔레비전이 켜져 있고 아내가 소파에서 일어나 내게로 성큼 다가온다. 만세 부르듯이 두 손을 번쩍 쳐들고 얼굴이 활짝 펴진 채로.

"합격 축하해!" 아내는 큰 소리로 외치더니 엉거주춤 서 있는 나를 살며시 끌어안는다. 가끔 이럴 때 나는 부드러운

느낌에 기분이 좋아진다. 그런데

"뭘?"

아내는 포옹을 풀고 갑자기 어리둥절한 얼굴로 나를 바라본다. 우주인을 말하는 건가?

"몰랐어? 설마?" 아내는 피로한 내 눈을 들여다본다. 종일 조마조마했던 얼굴이 아내의 검은자위에 떠 있다. "우주인 말이야. 합격이야."

"정말이야?"

"몰랐구나! 그러게 왜 그렇게 전화를 안 받아?"

"실험실에 있었는데 전화했구나."

아내는 소탈하게 좋아한다.

"일곱 시에 공지가 떴어! 이진우. 이렇게 딱 나와 있던데."

"우와!" 손에서 힘이 빠져서 가방을 놓치려고 한다.

아내는 눈동자가 빛나고, 눈길이 자유롭다. 뺨에 입술을 둘러싸는 매끄러운 선이 생겨난다. 연애할 때 내가 좋아하던 얼굴. 그러자 내 마음도 가볍고 유쾌해진다. 아내는 큰딸을 부른다. "소영아! 아빠 왔어!"

소영이는 얼룩말 타이츠 바람으로 방에서 비칠거리며 나와서 눈을 비빈다. 입술을 떨면서 하품을 깨물더니 겨우 알아들을 만큼 작고 흐릿하게 말한다.

"아빠…… 축하해……."

소영이의 입술이 처음 내 뺨에 닿을 때 "따닥!" 하고 따갑고 예리한 정전기가 일어난다. 나와 딸의 눈동자는 놀라서 아주 가까워진 채로 서로를 쳐다본다.

"뽀뽀를 왜 이렇게 아프게 하는 거야? 전기까지 내뿜고!"

딸은 주먹으로 내 뺨을 밀치면서 대꾸한다.

"전기는 아빠가 만들어놓고!"

다시 딸의 입술이 뺨에 닿는 촉촉하고 부드러운 느낌. 그리고 그 입술에 내 살갗이 잡혀 간지럽게 쭉 당겨지는 바람에 나는 웃음을 못 참고 키득거리며 몸을 움츠리고 만다. 나는 한참 동안 웃으면서 안도한다.

3

내가 모는 차가 가다 서다 하면 앞 차창에 눈 녹은 물이 흐르다 멎다 다시 흐른다. 눈은 가드레일에서도 반짝반짝 녹고 있다. 하늘이 개고 태양이 구름장 사이로 뜨고 있다. 연구원 뒷산은 붓질한 것처럼 나뭇가지 하나하나마다 흰 눈이 앉아 있다.

아침 신문에는 발표가 난 곳도 있고 안 난 곳도 있다. 하지만 내 소식을 아는 이가 늘고 있다. 연구원 입구의 차단대가 또 올라가지 않아서 차창을 내리는 순간 조종사 털모자를 쓰고 자전거로 출근하던 산지생태실 선배가 내려서더니 차창으로 다가왔다. "이 과장, 축하해. 신문 봤어."

책상에는 요플레가 있어서 들어 올렸더니 포스트잇이 숨어 있다. '이 선배, 정말 흐뭇해요. 꼭 되세요~ 꼭꼭~ 수경'

서먹하던 팀장도 "축하한다"라고 악수를 청해왔다. 가장 먼저 문자를 보낸 사람은 출장 나간 김동석이었다.

'진심 축하! 영광의 결실을 손에 쥐기를!'

나는 괜히 겸연쩍다. 흥분을 가라앉히려고 종이컵에 커피를 담아 텅 빈 자연사박물관 준비실로 들어선다. 조직이 없어지고 방만 남은 곳. 썰렁한 전시대에는 먼지 쌓인 지구본이 있다. 나는 거기서 카자흐스탄을 찾고, 또 바이코누르를 찾아본다. 로켓을 발사하는 곳. 여기, 지구본에도 나오다니 생각보다는 유명한데……

"과장님!" 갑자기 부르는 소리에 놀라서 돌아보니 슬며시 열린 문 바깥에 팀 후배들 서너 명이 서 있다. "축하드려요!" 한 옥타브 올라간 목소리. "점심 사줘요!" "이번 주 내내요!"

나는 퇴근 전에 한숨 돌리다가 이번에는 구글 지도로 즈뵤즈드니 고로도크을 찾아본다. 우리말로, 별의 도시. 가가린센터가 있는 곳이다. 후배들 둘, 셋이 다가와 곁에 서고.

"모스크바 외곽 순환도로 옆인데. 근처에 활주로도 있

고……." 여기다. "대학 캠퍼스 같네. 숲도 있고 호수에 아파트까지 있네." 양파처럼 생긴 하얀 지붕의 교회도 있다.

"이 과장." 등 뒤에서 팀장의 목소리가 들려온다. 기척 없이 다가와 지켜본 것 같다. 퇴근 시간이 다 됐는데. 나는 구글을 닫고 의자를 천천히 빼서 일어선다. "실장님이 이야기할 게 있다는데."

1층 홀에서 별도로 난 계단을 올라가면 나오는 스산한 복도의 호젓한 끝 방이다. 하지만 방문을 열자 앞이 트이고 볕이 환하게 든다. 주차장 옆의 소나무 숲이 비스듬히 빛을 받고, 도로 건너 아파트 유리창들이 하루의 마지막 광선을 반사한다.

"아, 이 과장, 어서 와. 음식을 좀 시켜왔는데."

내가 오래 모신 실장이 기획실로 옮기고 나서 지난해 새로 온 실장이다. 그는 따뜻하고 수북한 흑미밥을 내놓고, 내 마음을 알아맞히는 마술을 보이듯이 보온병에서 김이 뭉실뭉실 오르는 매생이굴국을 빈 그릇에 따라 놓는다.

찬합에는 잘 구운 굴비와 기름기가 도는 볶은 김치, 감자조림, 딱 한 입 크기인 깍두기와 멸치볶음, 갖가지 나물이 담겼다.

"이거, 고소하고 짭쪼름하니, 맛있겠는데요."

축하해주려는 것이구나.

그리고 혹시 우리 연구원도 나 몰래 로비를 한 게 아닐까? 이 외진 데서 털어놓으려는 게 아닐까? 우주인이 나오면 연구원 이미지가 얼마나 좋아지는데.

하지만 실장은 지난주에 얼음낚시 간 이야기를 하고, 퇴직한 아내는 잘 지내는지 묻더니 큰아들이 외고에 가서는 연극을 하고 싶어 한다는 말을 한다.

매생이굴국에는 시원한 맛이 난다. 참기름이 미뢰를 감돌고, 무가 씹히는 느낌. 부드러운 매생이가 입안을 매만지고……

그러다가 실장은 내 무의식이 일부러 피하려고 외면해온 바로 그 이야기를 꺼내고 만다. "회사가 요즘 어려워. 매각하려고도 하고 있고."

나는 가슴이 철렁 내려앉는다. 실장은 저금통의 동전 구멍처럼 가느다란 눈동자 뒤로 숨는다. 회의할 때는 소박한 느낌을 주던 눈동자.

"그래서 구조조정이 진행되는데 나도 그렇고 다들 죽고 싶은 심정이야." 나는 숨을 멈추고 저절로 그의 입술을 바라본다. "그런데 말이야, 이 과장이 내놓은 추가 보고서는 통과가 안 됐어. 일단 팀장이 거절을 하고. 처음 보고서와 크게 다른 게 없다고 하니."

긴 쇠파이프의 저쪽에서 불어 넣어서 왜곡되어 들리는 듯한 목소리. 기괴하고 비현실적이다. 나는 놀라고 화가 나지만 숨을 가누고 태연하게 말한다.

"왜요? 렉티놀라제가 있습니다." 나는 고개를 갸웃한다. "플라나리아가 흙 속에서 꿈틀거리면 나오는 효소인데요. 그게 뿌리로 흡수되면 과실 생산이 증가합니다. 이게 중요한데, 여태까진 물질이 드러나지는 않았으니까요. 내년에는 렉티놀라제만 파고들려고 생각 중인데. 합성할 수 있을 겁니다. 이게 평가가 돼야 합니다." 나는 힘을 주어 말한다.

그가 송곳처럼 가느다란 눈으로 웃어 보일 때 위아래 눈두덩이 두툼해진다.

"그 효과가 말이야, 아직 데이터가 부족하다는 거야."

나는 더 차분해지고 싶다. 숨결을 낮추면서 두 손을 모은다.

"제 보고서는 받으셨지요? 실장님 참조인으로 해서 보내드렸는데." 그는 무표정하게 끄덕거린다. 보고서는 와층 작물 수분 토양별로 알칼리 온습도, 환기 조명 등을 달리해서 식생에 영향을 미쳤을 변수를 샅샅이 조사한 것이다. "애매한 인과관계를 덜어내면 렉티놀라제만 남습니다. 데이터가 말하는데요."

"하지만 팀장 판단은 미진하다는 거고 내가 뭐라고 할 수 없어서…… 이 친구가 늘 곁에서 지켜보는 일인데 다른 연구원이 내놓은 데이터를 보면 인과관계에 혼선이 오는데. 왜 이 과장 것만 분명한지, 그게 애매하대."

나는 방심하다가 옆구리를 맞은 기분이다. 실장은 나와 팀장의 미묘한 관계를 모르는 걸까. 실장은 내 보고서를 직접 읽고서 자기 자신의 생각을 말해줘야 하는데. 그는 이렇게 팀장을 거쳐서만 내가 누군지 파악해왔으리라. 그러면 나는 그의 눈에 어떻게 비춰졌을까.

"그런데 이 과장이 최근 세 번 평가 가운데 두 번이 미달이라. 나도 참 난감하게 되었어. 마음이 무겁고." 그가 지난해 새로 오자마자 내가 미달을 받은 것이다. 그게 내 첫인상이었을까. 아마 그럴 것이다. "어떻게 이야기를 꺼내야 하나. 어제부터 속이 다 타더라고."

그는 젓가락을 붙잡은 채 나를 슬그머니 바라본다. 해쓱해 보이리라.

"그래도 우리 밥은 먹자구. 이렇게 굴국에 말아 먹어. 깍두기하고 잘 어울리잖아."

그는 주춤주춤 내 눈치를 보면서 시범을 보이듯이 음식을 한 가지씩 집어서 조용히 맛을 본다. 그러다가 서먹한 침묵을 비집고 할 말을 빠뜨리지 않는다.

"알겠지만 이러는 경우에는 대기반으로 가게 되는데 말이야." 나는 수저를 내려놓고 그를 정면으로 쳐다본다. 하지만 그는 별 동요 없이 내 시선을 아래로 피하면서 밥을 마저 다 씹는다.

"대기반은 알지?"

인사팀 아래에 있는 부서. 보통은 거기로 발령을 받으면 사표를 쓰게 된다. 한 달 정도 있다가 다른 부서로 빠져나가는 사람도 한두 명 있기는 했다. 운이 좋은 경우다. 이런 말까지 듣다니. 나는 내가 생각하는 것만큼 뛰어난 연구자는 아닌 건가. 그의 목소리를 빼고는 다른 모든 소리들이 나의 바깥으로 빠져나가버렸다. 나는 누구든 비웃는 천덕꾸러기가 되었다는 통보를 받은 것 같다.

"원래 미달이 세 번이어야 하지 않습니까?" 나는 분노와 부끄러움을 무릅쓰고 가까스로 말한다.

"원칙이 강화됐대. 일 년 반에 두 번이면 해당이 된다니까……."

사실일까? 합병을 앞두고 원칙이 바뀐 걸까? 내 눈동자 앞에는 열에 달아오른 공기가 불처럼 흔들린다. 무슨 말인가 해야 할 텐데 생각날 듯 생각나지 않는다.

"오래 걸리지는 않을 거야. 잠깐 가 있으면, 내가 인사 쪽하고 얘기해서 어떻게 조치를 취해볼게." 얼마만큼 믿어야 할까? "이 과장 정도면, 그 사이에 다른 부서에서 어서 오라고 할지도 모르지."

부서별로 감축 인원수가 정해졌다는 이야기가 사실인가요? 나는 솔직히 이 말을 하고 싶다. 하지만 나는 아무 말 없이 국에 만 밥을 입에 떠 넣는다. 그도 편치 않을 것이다. 앞으로 매생이굴국을 볼 때마다 이 일이 생각나겠지.

흑미밥이나 굴비도…… 어쩌면 이게 이 음식을 먹는 마지막 자리인지 모른다. 벌써 입안에서는 아무런 맛을 느낄 수가 없고.

변명할 생각은 없다. 내 성과를 스스로 과찬할 수는 없다. 나는 뭐가 모자라도 모자라겠지. 하지만,

"솔직히 말씀해주시지요. 우주인 선발 때문에 이러시는 거죠?"

그는 처음으로 당황해하는 빛이 돈다. "글쎄, 꼭 그러진 않는데…… 그런데 마음이 약간 그쪽으로 기울기도 한 거 아냐?" 내가 그렇다고 그가 어떻게 알게 됐을까?

그래, 빌미는 내가 준 것 같다. 우주인. "저는 둘 다 열심히 해왔는데. 아마 이해하시기 힘드실 겁니다. 직접 보신 것도 아니니까요." 복잡한 상황이다.

바깥에는 뉘엿거리는 서녘의 광선이 주차장에 세워진 차들의 보닛 위에서 번쩍거린다. 왜 이 광경이 이렇게 낯선 것일까.

유리창으로는 지붕이 아치형으로 생겨서 가건물 같은 동물생태실험동이 보인다. 옆에는 생태영향평가센터, 종복원센터, 본관 뒤로는 산림생태연구센터, 중앙창고동이 있고. 오른편에는 후생관과 지원창고동이 있다.

그런데 여기서 내가 일할 곳을 다시 찾아야 하는 걸까? 아니면 그냥 짐을 싸고 저 정문 바깥으로 나서야 하는 걸까?

4

그 무렵 김태우가 4차에서 일등이라는 이야기가 돌았다. 처음에는 정경수 실장이 그런 말을 누군가에게 했다는데 나중에는 누구 말인지 흐릿해졌던 것으로 기억한다.

후보가 열 명이 되고부터는 선발을 기록하는 작가가 개별적으로 인터뷰를 하기 시작했다. 그 기록이 공개된 것은 몇 년이나 지나서인데 나는 반가운 마음에 그것들을 살펴보면서 이제는 머리가 희끗희끗해진 그 작가와도 연락이 닿았다.

그는 인터뷰 원본만이 아니라 후보들로부터 얻었던 훈련 일지나 사진 심지어는 편지 같은 것도 볼 수 있도록 해주었다.·그 무렵의 김태우 인터뷰는 그가 어떠한 사람인지 잘 보여주는 것이다.

「—부인께선 결혼 전부터 김태우씨가 우주에 관심이 많은 것을 아셨나요?

"몰랐지요. (웃음) 제가 어릴 적부터 미군 방송에서 〈스타트랙〉을 자주 봤거든요. 영어는 몰랐고 내용을 상상해가면서요. 스포크를 좋아했어요. 귀가 뾰족한 항해사 있지요? 연애 시절에 제가 한번은 일자 머리에, 귓바퀴 위로 손가락을 세우면서 '누구 닮지 않았냐?'고 와이프에게 물어봤어요. 전혀 모르더라고요. 우주에도 관심이 없었어요."

—그럼 부인이 알게 된 건 언제인가요?

"결혼하고 짐을 신혼집으로 가져갔는데 이게 다 뭐냐고 눈이 둥그레지더군요. 우주왕복선에 우주정거장, 로켓 모델이 두어 박스였고. 우주인 브로마이드니 지구와 우주 사진집이 서너 박스…… 진짜 우주인 장갑에 우주인들이 다는 골드핀, 우주개발 원서들도 잔뜩 있고. 그래서 사실대로 얘기했더니. 왜 이제 와서 얘기하냐고 하더군요. 느낌이 이상했던 모양이에요. 결혼 생활에 장애가 있을 것 같은. 그래서 '니가 싫어할까 봐 그랬다. 난 너 사랑하거든.' 그랬더니 피식 웃는 거예요."

—그러던 분이 미국까지 같이 가시게 됐으면 이해를 많이 하시게 됐네요.

"글쎄요. 이해라…… 사실 와이프는 이해를 잘 못해요. 미국으로 갈 때 와이프는 제가 전공을 바꾸는 정도로 이해했어요. 제가 사실 우주인이 되고 싶어 한다는 건 잘 몰랐어요. 아마 '이이가 혹시' 하고 추측은 했을지 모르지요. 와이프는 제가 뭐든 열심히 하고 우주항공학을 너무 원하니까 저 정도면 뭘 해도 게으르진 않겠다, 그렇게 생각했을 거예요."

—우주인이 되고 싶다고 털어놓지 그러셨어요.

"나중에는 털어놓았어요. 하지만 지금도 와이프는 암스

트롱이 달에 갔다 온 걸 믿지 않아요. (웃음) 사진을 수십 장 보여줘도 달 착륙은 거짓말이래요. 그러면서 증거를 조목조목 대요. 바람도 없는데 성조기가 왜 흔들리냐 등등이죠. 그런 사람들이 늘 하는 말 있잖아요. 그래서 제가 그러면 성모 마리아가 처녀로 임신한 건 믿냐? 예수님이 죽었다가 살아난 건 믿냐고 했더니 자기는 믿는대요. 그럴 때는 표정이 아주 의젓하고 흐뭇해지지요. 그러면 저는 좀 약이 올라요."

　─김태우씨는 무신론자인가요?

　"아내에게 미안하지만 저는 수학적으로 표현된 물리적인 우주를 믿어요.

　하나님이 우주를 만들었다고 생각한다면, 저는 과학 대신 기꺼이 신학을 공부했을 거예요. 저는 신학을 공부하면서 진화론이 맞다고 생각하는 사람들만큼 과학을 하면서 창조론이 맞다고 생각하는 사람들도 이상하다고 생각해요. 그저 기면 기고 아니면 아니라서 그런 게 아니에요. 우주가 지닌 원칙은 단순하고 하나일 뿐이어서 그렇게 생각하는 것이에요."

　─우주에 대한 그런 생각은 언제부터 가지게 되었나요?

　"수학과 과학을 공부하면서 우주에는 신의 뜻이 아니라 수학이 숨어 있을 뿐이라고 생각하게 되었어요. 처음에는 피보나치수열을 배우면서 그런 생각이 들었어요."

—설명을 더 해보시죠. 피보나치수열이라는 게?

　"그러니까 앞의 수 두 개를 더하면 다음 수가 나오는 식으로 끝없이 이어지는 수열이에요.

　'1, 1, 2, 3, 5'처럼요.

　그다음은 8이 나오고 13, 21, 34…… 이렇게요. 그런데 이런 수열은 생각에서만이 아니라 실제 자연에서도 나타나요. 국화 꽃잎 수가 21, 34나 55 이렇게 늘어나는 거예요. 해바라기 씨들이 그리는 나선 수도 딱딱 맞아떨어지고. 태풍이나 은하계의 나선까지 가로 세로 비율을 보면 그렇고요.

　신이 수학을 하진 않았겠죠. 하지만 원자부터 우주까지는 한결같은 힘의 균형이 있어요. 그래서 단순하게 수학으로 표현할 수 있고. 우주로 가는 길도 수학과 과학으로 연다고 생각해요."

　—그래서 미국까지 가신 건데. 후보들이 부러워들 하죠? 시샘하진 않던가요?

　"힘든 이야기네요. (웃음) 솔직히 아는 것을 나눠주다보니 제 처지가 차츰 난처해지더라고요. 잘난 척하는 셈이 돼버리고. 나중에는 오해도 사고.

　제가 심리테스트를 준비하던 주머니를 룸메이트가 슬쩍 본 적이 있어요. 천문학과 대학원생인데. 나가는 날 어떻게 테스트에 이게 나올지 알았느냐고 놀라더군요. 사실 그건 미국에서 우주인 공모를 하면 지망자들이 한 번쯤 해보는 기출문제예요. 여기 출제위원들도 알아봤을 테고. 그런데 그렇게 호들갑을 떨고. 하기는 그분들은 사정을 잘 모르니까."

—퇴소할 때까지 대학원생한테 그걸 알려주진 않았나요?

"루빅스 큐브가 제 책상에 있었는데. 별 관심이 없더라고요. 그래서 이게 미국 기출문제인데, 하고 꺼내놓는 것도 멋쩍을 것 같고. 그리고 그건 개인이 저마다 준비해야 하는 게 아닌가요?"

—면접 때 추천은 어느 분을 했는지, 물어봐도 되나요?

"좀 고민을 하다가 '조장호 소령'이라고 했어요. (왜요?) 저와는 전혀 다른 사람 같았어요. 그래서인지 그분한테서는 거의 경쟁심을 느끼지 않았어요. 당당하고 통솔력도 있고. (다른 분은요?) 꽁지머리를 했던 그 여자 부기장이요. (그분은 어떤 점이?) 상냥하고 솔직하더군요. 용기도 있고. 그리고 그분도 자신에게 집중하는 편이었고 경쟁심을 불러일으킨다고 할까, 그런 점이 없었어요."

—그 주머니 때문에 다투기도 했다는 분, 이진우씨이죠. 그분은 어땠나요?

"그 일도 사실은 오해가 생길까 봐 제가 민감해져서 벌어진 일 같아요. 하지만 나중에는 고마웠어요. 사실 큰 도움을 받은 거죠. 이십삼 년간 지녀온 꿈이 하루아침에 날아가버렸는데. 벽이랄까, 장애가 생겼을 때 뚫고 나가는 능력이 있다는 생각이 들더군요.

　하지만 러시아로 가서는 그분이 신검에서 떨어져버렸어요. 말을 잃고 쓸쓸해하시던 얼굴이 생각나요. 고갯마루를 넘고 넘어 갔는데 거기서 주저앉으려니 아무 생각도 안 났을 거예요."」

5

　모스크바로 떠나던 날 낮에 인천공항 로비에서 열 명의 후보들이 왁자지껄하게 웃어가며 사진을 찍던 풍경이 생각난다.

　유리벽 너머로는 여객기가 날아오르고 내려앉고. 탑승용의 긴 브리지가 느릿느릿 오가고. 면세점 앞에서 관광객들은 우리를 알아보고 셔터를 누르고. 우리와 동행인 사진기자나 방송사 스태프들도 우리를 촬영했다.

　나는 홀로 앉아 공항 풍경을 내다보다가 흑미밥을 나눠먹던 실장에게 분한 마음을 가누며 호소하던 기억이 났다.

　"팀장님과 의견이 달라서 다시 보고서를 냈는데요. 그걸 팀장님만 보고 접어버리시면 저는 어떻게 합니까? 실장님께서 봐주셔야지요."

"내가 이달에 워낙 바쁘다 보니까. 그리고 팀장이 이건 훤하잖아. 꼼꼼히 보라고 일부러 말도 해놨고. 그런데 검토 의견이 그렇다니까······." 그는 손수건으로 입가를 꼭꼭 훔쳤다.

"실장님, 저는 특출한 게 없는 평범한 연구원입니다. 그래서 남들보다 더 열심히 하려고 하는데. 이번에는 우주인 선발에 지원해서 저도 모르게 분위기도 흐리고 혹시 불편해하신 분이 없었는지 걱정이 됩니다."

"아냐, 그럴 수 있지 뭐. 희망대로 자원하는 건데." 하지만 그의 뾰족하고 가느다란 눈빛이 누그러진다. 그게 내 눈 안에 들어온다.

"그렇게 이해해주시다니, 감사합니다. 실장님, 그런데 기왕에 일이 여기까지 왔으면 이렇게 하시면 어떻겠습니까? 제가 어쩌다 보니 이런 선발에서 열 명 안에 들었는데 인사 발령을 좀 미뤄주시면 안 되겠습니까? 미뤄주시는 겁니다. 앞으로 신문 방송에도 다 나오는데 모스크바로 가서 테스트도 받고 출연도 해야 하면 겨울휴가도 내야 하고······." 그의 표정이 굳어진다. "연말까지 이것만 매듭지어지면 저도······." 거취를 분명하게 하겠습니다. 그렇게 말할 뻔했다. "회사 뜻에 따르겠습니다."

그는 눈을 감더니 심각한 얼굴로 생각에 잠겼다.

"그동안 제 보고서를 봐주시면 안 되겠습니까? 꼬박 삼주 동안 야근하면서 만든 것입니다." 그리고 내 입 안에서 맴도는 말이 있다. 지렁이도 밟으면 꿈틀거립니다……. 나는 이제 미디어에도 노출되는데. 함부로 다뤄서 잘못 알려지면 양쪽 다 손해이지 않는가. 게다가 나는 그의 허물들도 꽤 알고 있다. 자기가 함께하지도 않은 논문에 저자로 슬쩍 이름만 올리는 일들…… 그도 옛날 사람들한테 배운 것이 겠지만, 나는 절대 그러지 않으리라.

"그래, 하는 수 없지." 그가 눈을 떴다. 흰자위가 선명하다. "내가 보고서, 들여다볼게. 두 사람 의견을 비교해봐야지. 그리고 그건 인사 쪽에 말해볼 테니 한번 기다려보자고. 반응이 어떨지는 모르겠지만 말이야."

숨 가쁜 몇 초가 느릿느릿 지나갔다. 저무는 광선은 창밖의 주차장에서 차들의 보닛을 날카롭게 빛냈다.

공항 유리벽에 비친 나는 눈두덩이 좀 처졌고 열을 받은 듯이 불그스레했다. 스쿠버다이빙 자격증을 따려고 수중에서 며칠 속성 연습을 했는데 감기 기운이 느껴진다. 회사 일로 내내 신경이 곤두선 때문인지도 모르고.

구레나룻에 작은 묵주를 손목에 감은 방송사의 피디가 우뚝 서서는 모두에게 말했다.

"자, 우리 출국 전에 기념사진 한 장 찍어요."

정 실장이 넥타이를 꺼내서 홈이 파인 매듭을 능란하게

만들고 흩어진 후보들이 하나둘 모여들었다.

김태우, 정우성, 얼굴선이 부드러우면도 왠지 야무져 보이는 마이크로로봇연구단의 김유진 연구원, 우주인학교장 최수열은 과묵하고 어깨가 넓었다. 그리고 조장호 소령과 맵시 있고 단단해 보이는 여성 장교 유진영 대위.

나와 처음 인사한 이들도 있었다. 말할 때 뺨이 발그레해지고 흰 이가 가지런한 생물자원연구소의 스물다섯 살 난 여자 연구원 이지영, 에너지연구원의 손영진은 도수 약한 뿔테 안경에 선량한 인상이었는데 해병대를 나왔다고 해서 다들 놀랐다. 그는 출장에서 막 돌아와 피로한 것 같았다. 수화물을 부치는 긴 줄에서 자기 트렁크를 눕혀서 앉아 있곤 하였다.

그리고 무역회사 다니는 아버지를 따라서 어릴 적 미국에서 살았다던 영문학 강사 윤성우가 있다. 아, 저 사람은 영어 소설만 읽어왔을 텐데 생소한 과학 실험을 어떻게 다 해냈을까? 도수 낮은 호피 테 안경 속에 새카만 눈동자는 신중하게 움직이고 재치 있게 반짝거렸다.

우리는 '위풍당당 10인' 같은 지면이나 방송에 소개되곤 해서 발권 창구에서 인사할 때부터 낯설지 않았다. 테스트마다 봐와서 스스럼없이 악수를 나눈 이도 있었다. 그들은 모닝와이드나 뉴스라인 같은 화면에서 여기로 쏙 빠져나온 것 같다. 티브이에 노출되는 것은 두렵지만 설레는 일이었다.

"자! 찍습니다." 찰칵! "한 번 더요!"

방송사 피디는 이번 여행의 리더십을 지닌 것 같다.

2차에서 수백 명의 후보가 남았을 때 운동장에서 처음 사진을 찍었는데 나는 테두리 쪽에 예닐곱 개의 점으로만 나왔다. 곧 사진 바깥으로 밀려날 것처럼 아슬아슬한. 하지만 기념사진을 찍을 때마다 가운데 정 실장을 향해서 점점 가까워져서 이번에는 한 사람 건너 오른편에 서게 됐다.

우리가 가방을 끌고 탑승구로 향해갈 때 정우성의 휴대폰에서 컬러링된 음악이 경쾌하게 흘러 나왔다. 김유진이 일부러 다가가서 묻자 정우성은 걸음을 멈추고 〈플라이 미 투 더 문〉이에요." 하고 자상하게 말했다.

나를 달까지 날아가게 해줘요

별들 사이를 누비며 목성과 화성의 봄이 어떤지 보게 해줘요

다른 말로 해볼까요. 내 손을 잡아줘요. 내 입술을 맞춰줘요

"그런데 김유경씨는 아니지요?" 정우성이 전화를 받아 들자 조장호 소령이 슬쩍 끼어들며 눈으로 은근히 웃었다.

"동생은 하얀색이에요." 방송에도 소개됐던 쌍둥이 동생을 말한다. 김유진은 소매를 살짝 걷더니 시계 밑의 손목을 보여줬는데 매인지 비둘기인지, 매끈한 새가 날아오르는 작고 검은 타투가 이내 시계 아래에 덮였다.

"여기도 왔었나요?" 윤성우가 안경테를 올리면서 슬그머니 돌아보았다.

"아뇨, 기말 시험이라. 어제도 밤을 새서. 오늘 제가 아침 차려주고 나왔어요. 치아바타에 살라미 소시지 해주면 좋아해요. 지금 시험 잘 보고 있을 거예요."

"그걸 아세요?"

"그냥 느낌이요. 잘 맞아요."

어릴 때는 아무도 알아듣지 못하는 말을 둘이서만 종알종알 주고받으며 울면 눈물도 닦아주고 단팥빵도 나눠줬다는 방송 내용이 떠오르면서 왠지 그녀에게 정이 갔다.

사람들은 다들 조금씩 신이 나 있었다. 생각보다 앞날이 훨씬 밝은 것 같아서다. 며칠 전에 우주인사업 홈페이지에 우산연의 포부가 새로 떠올랐는데, 고무적이었다.

'인체를 보호하는 우주인 기술은 장래에 신제품 신기술을 만드는 데 필수입니다. 우리의 우주인 배출은 장차 달과 화성을 탐사하는 데 초석이 될 것입니다.'

달과 화성을 탐사한다니! 우리나라에서?

신문이나 방송도 이번의 4차 테스트부터 부쩍 많이 보도하더니 두 번째, 세 번째 우주인이 나올 거라는 과감한 기사도 앞서거니 뒤서거니 쓰고 있었다.

사실은 우리가 보기에도 그래야 마땅하다. 신제품이며

신기술을 만들고 달로도 화성으로도 갈 거라는데 우주인이 고작 한 번 나와서 무얼 한다는 말인가. 만약 그러면 몇만 명이나 모여든 이런 선발을 다시 하기보다는 차라리 우리 중에서 몇몇이 더 가지 않을까? 이런 기대가 우리를 슬며시 들뜨게 하는 것이다.

정 실장도 시험장 밖에서 우리와 만나기는 처음이어서 유난히 흐뭇해 보였고 긴장감이 덜해진 채로 우리와 비슷하게 내다보고 있었다.

"어쩌면 둘이 우주로 갈 수도 있어요. 넷 중에 둘이 남아서 훈련을 완수하니까. 하나가 다녀오고 나면 다른 사람도 보낼 수 있는 거고. 사실은 그런 쪽으로도 검토하고 있어요."

"정말입니까, 실장님?"

몇몇이서 갑자기 진지해지며 한 걸음 다가섰다. 나도 여권과 탑승권을 확인해보다가 귀가 탁 트이는 느낌이었다.

"여론을 봐가면서 과기부에 예산을 신청할 거예요. 물론 재경부도 거치고, 국회도 통과가 돼야지. 다들 알잖아요." 그는 두 손으로 가죽 장갑을 쥔 채로 주위를 돌아본다. "하지만 지금까지는 여건이 좋으니까. 긍정적으로 보고 추진할 거예요."

낯선 세계로 향하는 우리는 투명한 비행기 브리지를 걸어가면서 서서히 고무되었다. 나란히 앉은 비행기 안에서는 금세 친해졌다. 김태우는 내 옆자리에 앉아 나와 땅콩을 나눠 먹으면서 개봉한 지 얼마 안 된 기내 영화인 〈봄날은 간다〉를 같이 보았다. "지난달에 형 도움이 아니었으면 퇴소할 뻔했어요. 그때 고마웠어요." 그는 멋쩍게 웃으면서 슬쩍 내 눈치를 보더니 만국기가 그려진 루빅스 큐브를 꺼냈다. "이거 가지실래요?"

"좋죠." 나도 모르게 웃음이 떠올랐다. "제 책상에 기념 삼아 놓아둘게요. 저도 제가 좋아하는 것 하나 주고 싶은 데…… 이거 마음에 드세요?"

그는 케이스에 담긴 엔니오 모리코네 시디를 받아 들고는 앞뒤 면을 유심히 살펴보았다. "오, 〈시네마 천국〉, 제가 정말 좋아하는데. 고맙습니다. 오며 가며 들을게요."

나는 감기 기운을 떨궈내려고 화장실에서 식염수로 콧속을 헹구고는 담요를 목까지 끌어당기고 잠을 청했다. 김태우는 옆에서 등을 켜고 러시아어를 공부하고. 나는 헛기침을 하다가 안대를 했는데 고막이 팽팽해지고 눈동자가 무거워졌다. 안대와 눈꺼풀, 두 겹으로 바깥과 내 자신이 차단된 느낌이 왔다. 실장과 면담을 끝내고 와서 집 안을 둘러보던 일이 떠오른다.

아내는 도마질을 하고 아이 둘은 내 바짓가랑이에 매달렸다. 나는 그런 채로 방들을 돌아보며 만약의 경우에 팔아서 돈이 될 게 무언지 하나하나 헤아려보았다. 당장 생계를 이어갈 물건들…… 나도 모르게 그렇게 하고 있었다. 아버지도 옛날에 이랬겠지. 전화기며 전축이며 텔레비전을 바라보면서. 담요를 바싹 당겨서 감는데도 몸이 오슬오슬 떨려왔다.

하지만 비행기가 밤하늘을 가로질러 모스크바로 날아갈수록 내 의식의 다른 한편에서는 즈뵤즈드니 고로도크, '별의 도시'의 풍경이 점점 더 정교하게 들어섰다. 내 두뇌 속에서 점을 이어 선을 긋고, 선을 이어 면을 그리고, 면들을 세워 입체를 만들 듯이. 기내에 불이 들어오고 기내식을 마치고 착륙할 무렵 나는 웹에서 지긋지긋하게 찾아본 모스크바의 풍경까지 머릿속에 그려낼 수 있었다.

관광버스를 타고 호텔을 찾아갈 때 나는 선잠을 자다가 한순간 여기다, 하는 느낌 때문에 커튼을 열어젖혔다. 강 건너 어둠에 싸인 채로 빛을 받는 저 하얀 것.

"부란이다."

"어디?" 내 말에 통로 건너편의 김유진이 가장 먼저 반사적으로 돌아보고, 모두들 등받이에서 몸을 떼고는 커튼을 걷었다. 나는 소련제 우주왕복선 부란을 한눈에 찾아낸 것이다. "우와, 미국 것하고 똑같네." 김유진은 바로 내 옆 자리로 건너왔다. 우주선은 이 모습 말고는 상상해낼 수 없다는 듯이 그것은 고리키 공원의 강변에 내려앉은 자세로 희미한 조명을 받고 있다.

나는 어떻게 크렘린궁이나 바실리사원, 볼쇼이극장보다 앞서서, 용도를 다해서 전시용일 뿐인 부란까지 정확하게 찾아낸 것일까? 그럴 겨를은 채 십 초도 안 되는데. 그저 우연일 뿐이었을까? 그러면 다른 이들은 어떻게 내 말을 금세 알아듣고 일제히 바깥을 내다봤을까.

나는 우주인이 되기를 마음 깊은 곳에서 간절히 바라고 있었던 것이다. 그리고 다른 이들 역시……

6

우리가 가가린센터로 찾아간 날에 대해서 김태우가 기록 작가와 나눈 이야기가 있다. 우주에 대한 동경심이 섬세하게 담긴 것이다.

「—가보시니까 어떻던가요? 그날 아침부터 얘기해주실래요?

"싸락눈이 희끗희끗 날리는데 버스가 거기 진입로로 들어선 게 아침 여덟 시였어요. 도로 좌우가 전나무 숲이었고 캄캄했어요.

가슴이 쿵쿵 뛰더군요. 열한 살 때 우주인이 되고 싶다고 생각했는데. 몇십 년 만에 숨겨진 길을 달려 별의 도시 철문에 다다르니까 감격적인 거예요. 경비 서는 군인들이 털모자를 쓰고 눈을 맞으면서 입김을 내놓는데 늘 있는 그런 광경도 가슴에 와 닿았어요.

아아…… 여기구나. 내가 여기까지 왔구나. 정말 올 줄은 몰랐는데…….

우주인과 직원들이 사는 7, 8층짜리 오래된 황토색 아파트와 노점들을 지나고 차가 한 번 더 철문을 들어서니까 거기가 바로 가가린센터였어요.

버스에서 내려서는 말문을 잃어버렸어요.

눈은 멎었는데 먹구름은 내려와 있고 도로는 트였지만 한산하고 건물들은 두터운 벽과 좁다란 창문 때문에 연구소 같기도 하고 군사기지 같기도 했어요.

아, 여기 어디에 우주인들이 훈련받는 우주정거장과 우주선 모형이 있겠지. 몇 달 후에 정식으로 여기에 입교하게 될까. 그런 설렘이 있었지요.

하지만 사거리 건너에는 먼지를 뒤집어쓴 5층 건물이 있는데 공사를 하다 말아서 비계와 페인트 통 무더기가 있었어요. 목책을 대충 두른 공터도 보이고. 눈이 안 덮였으면 훨씬 더 썰렁했을 거예요. 실물을 보고 나니 사진으로 봐온 이곳의 근사한 풍경이 서서히 잊혀지더군요.

그리고 우리는 잠시 왁자지껄했는데 보리스 예신이라는

사십 대의 안내인이 나타나고부터 일정이 시작됐어요.

그는 한적한 전나무 숲을 돌아갔는데 한눈에 유리 가가린인 걸 알 수 있는 석상이 서 있더군요. 검은 조각인데 흰 자작나무 숲에 둘러싸였어요. 인류 최초의 우주인은 영원한 청춘의 얼굴이더군요. 서른네 살에 비행기 추락으로 돌아가셨으니까. 기단에는 꽃다발이 얹혔고.

거기가 별의 도시의 성소였어요. 저는 정말 감격했고 여기 입교한다면 여한이 없겠다는 생각이 들었어요."

—그리고 또 신검을 받으셨다는데?

"수중 활동도 하고 무중력 항공기를 타야 하니까요.

구내 병원에서 받았는데 제일 먼저 손영진씨가 결격이 되었어요. 출장으로 샌프란시스코에서 서울로, 이튿날 모스크바로 비행기를 타다 보니 고막이 살짝 찢어진 거예요. 비행기 타다 보면 귀가 아프잖아요. 그리고 이진우씨가 떨어졌어요. 감기라는 거예요. 나, 참. 진료실에 사람들이 몰려 있어서 가보니 방송 조명을 비추는데 이진우씨가 착잡하게 앉아 있는 거예요. 끝이 난 거였어요."

—그래서요?

"그런데 참…… 그 사람은 끈질기다고 할까요? 결과야 어떻게 되건, 집요하더군요. (어떻게 했는데요?) 정경수 실장님과 우산연에서 온 박사님 두 분에게 재검을 요청하더라고요. (그 말이 통하던가요?) 거기서 한 테스트는 사실 여러 목적이 있었어요. 방송사는 근사한 그림을 만들고 우산연은 생체 데이터가 필요했어요. 이진우씨 말은 그러니까 이런 거죠. 우리나라에는 무중력일 때 몸이 어떻게 변하는지 데이터가 전혀 없다, 프라이버시도 있고 너무 귀한 데이터여서 나라끼리 빌려주지도 않는다, 그러니 두 사람이나 빠지면 그만큼 손해다. 생물학 공부한 사람답게 차분하게 설명을 했는데. 세 분이 들으시다가, 그 말도 맞는데, 과연 재검이 될까? 고민을 하시는 거예요.

그러던 차에 또 한 분이 후두염으로, 다른 분은 고혈압이 살짝 나타나서 안 된다고 하더군요. 서울이나 여기나 한파가 닥쳤으니까요. 검진도 상상 밖으로 까다롭고. 그러니까 이진우씨가 다시 말씀드리더군요. 여섯 명분 데이터만 가지고 돌아가면 정말 안 되지 않나요? 열 명분 받기로 하지 않으셨어요? 이런 얘기였죠. 결국 정 실장님이 일어나고 모두 다 병원장실로 찾아갔어요."

―정말 끈질기네요. 그래서요?

"병원장이 난처해하더니 설명을 듣고는 그러자고 고개를 끄덕이더군요. 다음 날 아침에 재검하기로…… 끈기도 경쟁력이구나. 그런 생각이 들었어요. (예리하기도 했지요?) 그건 잘 모르겠어요. 염려가 되는 건, 재검을 한다고 하루 만에 감기가 다 나을 수 있을까, 하는 것이었어요."

―그다음 날은 수중 테스트를 하셨다면서요?

135

"수중 활동에 공포감이 없나, 잘 해내나? 그런 걸 보는 것이었어요. 웬만한 수영장만 한 넓이에 깊이가 십이 미터나 되는 수조가 있었어요. 그 정도 깊으면 물에서 천천히 올라오지 않으면 끔찍해져요. 핏속에 질소 거품이 생기니까요. 물 바닥에 우주정거장의 러시아 모듈과 같은 모형이 있는데. 정거장 바깥에 나가 수리한다고 치고, 지시받은 대로 움직이는 것이죠. 방송에는 그림이 되고."

—그래서 어떻게 하셨어요?

"십 분에 여러 가지를 하는데. 손잡이들을 잡으면서 바깥의 표면을 옮겨 다니고, 모형 주위를 유영하듯이 도는 거죠. 저는 몸이 자꾸 떠올라서 힘이 들었어요. 그래서 숨을 뱉기만 해서 폐 속의 공기를 뺐더니 나아지더군요. 날숨이 은박지로 된 풍선처럼 물컹물컹 올라가더군요."

—과제는 쉬웠던 모양이죠?

"솔직히 그랬고, 저한테는 환상이 생기더군요. 정거장 속의 벽면에 컴퓨터니 스피커니 케이블이 넝쿨처럼 어지러운데…… 통로에서 우주인들이 공중제비를 돌거나 회전하는 모습이 보이는 거예요. 성급한 상상이지요. 그리고 거기선 일과를 마치면 회포를 풀려고 악기들을 연주하거든요. 키보드나 플루트 같은 걸 들고. 나도 어서 올라가서 기타를 쳐주고 싶다. 그런 생각도 들고. 모형에서 나와 보니 우주선이 다가와서 도킹하는 상상까지 되는 거예요. 그러느라

몇십 초는 허비했을 거예요."

—다른 사람들도 그러던가요?

"아뇨. 다들 잘 해내더라고요. 제가 먼저 마치고 나와서 수조 벽에 난 유리창으로 보니 뒤에 물에 들어간 정우성씨나 이지영씨는 시간이 남아서 유리창으로 다가와서 손으로 하트를 만들어 보이고. 심사위원들이 좋아하더군요. 무용수 같다고. 김유진씨는 팔을 들어 올리고는 아예 발레 하는 사람처럼 빙빙 돌았어요. 팽이처럼 올라가더군요. 그러니까 이지영씨는 곧장 다리를 붙이더니 인어가 지느러미를 흔들 듯이 헤엄을 치고."

—하면서 무슨 생각이 들던가요?

"아름다운 그림은 만들어지지요. 하지만 그게 무슨 의미가 있는지. 솔직히 그런 생각이 들었어요. 쉬우니까 가려내기가 힘들지 않겠어요? 누가 정말 경쟁력이 있는지."」

7

내가 몸을 다스리려고 그렇게 애쓴 적이 예전에 있었던가?

나는 감기에 지면 귀국해야 하고 대기반 발령이라는 현실로 불려간다고 생각했다. 기구한 운명이었다. 반드시 오늘 밤 나아야 한다. 마음은 그렇게 절박했는데. 감기는 그런 마음으로는 낫지 않는다.

정우성이 예상치 못한 후의를 보여주었다. 그는 내 방으로 찾아와서 노란색의 파스를 내밀었다. "나도 감기 기운이 돌아서…… 가져온 비상약인데. 목 뒤의 풍혈에 붙이고 자면 낫는다고 하니."

나는 그 마음이 고마웠다. "이거 배중탕이에요." 가방에서 팩을 꺼내서 줬다. 김유진과 이지영 그리고 윤성우가 지나다가 궁금해서 다가오길래 다 같이 나눠줬다. 중탕으로 달인 배와 대추 그리고 생강과 꿀이 들어간 것이었다. "이것도 감기약이에요."

"이렇게 나눠주셔도 돼요?"

"내일까지 나아야 하는데. 밤새도록 이것만 먹고 있나요?"

나와 그들은 마주 보며 허허거렸다. 여러 벌 넣어준 아내가 고마웠다.

나는 겉옷들을 차곡차곡 개어 귀퉁이를 맞춰서 의자 위에 놓았다. 그리고 조각에 투구를 만들어서 완성하듯이 비니 모자를 맨 위에 얹어 놓았다. 파스는 정우성이 손수 문질러줘서 내 살갗을 빨아들이듯이 찰싹 달라붙었는데 밤이 깊을수록 후끈거렸다.

플라스크에 모닝듀를 담아올 걸…… 후회가 여운을 만들

무렵에 내 눈앞에는 주황색 미니화분에 담긴 그 겹장미 같은 다육이가 희미하게 나타났다. 오빠, 여기 있잖아……. 그러더니 누이는 수증기처럼 서서히 사라져간다.

나는 괜히 흐뭇해지더니, 자면서 이마의 열이 서서히 내려가는 느낌이 났다. 방 안 온도를 후끈하게 높인 채로 가져온 내복까지 입고서 이불을 턱까지 끌어올리고서 잠을 잤다.

그러면서 끔찍했던 회사 일은 까마득히 잊고 말았는데 그게 다른 어떤 처방보다 더 큰 효능을 보이지 않았을까? 어쩌면 신경을 누그러뜨리는 대추의 효과 때문인지 모른다. 이른 아침이 되자 온몸에서 땀이 송글송글 빠져나와 내복을 적시고 개운한 기분이 들었다. 정우성의 호의가 그대로 약이구나. 우리 와이프도. 새삼스레 고마움이 마음에 맺히는 것이었다. 이런 약이 내 직장 생활에도 필요한 것인데.

병원으로 가기 전에는 혹시 의사가 괜히 까탈이라도 부리면 어떻게 하나, 자그마한 선물이라도 들고 가야 하지 않을까? 하는 걱정이 들었다. 이 나라는 소련 해체 뒤에 빠르게 피폐해져서 마피아까지 생겼다고 하니까.

내가 입을 벌리자, 빛을 비추고 목젖을 유심히 살펴보던 러시아인 의사가 생각난다.

금발에 고수머리, 갈색의 긴 얼굴에 마른 그는 세파에 찌든 듯한 주름이 이마와 눈가에 가득했다. 그가 못마땅한 듯이 눈살을 찌푸릴 때마다 이럴 때는 집어줘야 하나, 하는 생각에 나는 신경이 주머니 속의 루블화 뭉치에 가 닿았다. (나는 솔직해지고 싶을 뿐이다.) 나는 이곳의 철두철미한 전통을 전혀 모르는 채로 이 나라의 소름 끼치는 경제난만 생각했던 것이다.

그의 표정이 심각해지자 숨이 멎고 등이 얼어붙는 것 같았다. 그는 아주 무뚝뚝하고 무표정하게 "당신은…… 통과……." 하면서 이내 뭔가를 기록하는 것이 아닌가. 아, 됐구나!

얼마나 고맙고 홀가분하던지. 나는 문설주에서 기다리던 조장호와 손바닥을 펴서 하이파이브를 하고 복도에 서 있던 정우성을 껴안았다.

"이거 완전히 파스 덕분이에요. 딱 붙이고 누웠더니 땀이 어찌나 기분 좋게 배던지……."

그도 배중탕을 먹고는 속이 뜨끈해져서 잘 잤다고 말했다. 내가 잠수복을 차려 입고 나자 그는 또 자상하게 알려주었다.

"물에서 기침이 나올 것 같아도 마우스피스는 떼지 마세요. 그러면 끝장이니까. 손가락으로 코를 막아요. 코 풀듯이 콧바람을 세차게 불어요. 기침도 멎고 귀의 통증이 가라앉으니까."

물속으로 들어가자 감격스러웠다. 이런 모형이 지구 궤도를 지금 돌고 있는 건가. 러시아와 미국은 이런 모형까지 만들면서 한 발 한 발 우주로 나아갔구나.

과제는 어렵지 않았다. 그리고 모형에서 두 번째 빠져나올 때 나는 상상할 수 있었다. 실제로 우주인들이 보고 느낄 우주가 과연 어떠한 모습인지……

눈앞에 태양광이 쏟아지는데 사방은 칠흑이다. 이상하다. 내 바로 앞에 이렇게 대낮과 한밤이 함께 있다니…… 순전히 암흑인 우주가…… 위아래로 360도, 좌우로 360도, 돌아봐도 가득히 암흑인 우주가…… 무한하고 적막하고…… 꿈결처럼, 저승처럼 눈에 보이지만, 도무지 믿을 수 없는 모습으로 나타나는 것이다.

그리고 눈앞의 저 아래에는 지구가 있다. 거기로 금세 추락할 것 같은데. 그러기에는 정거장을 붙잡은 내 속도가 너무 빠르다. 하지만 공기가 없어서 멈춘 듯이 평온하고. 지구라는, 이렇게 거대한 실물을 보는 것은 처음이다. 마치 환상 같다. 푸르고 드넓은 바다, 구름에 뒤덮인 대륙이 고스란히 태양광에 반짝이고 있다. 마치 이 크나큰 보석 앞에서는 제주도나 하와이나 알프스는 그저 티끌일 뿐이라는 듯이.

아아, 아름답구나.

뭐라고 말할 수도 없구나.

이것은 살아 있는 생명이구나.

김태우는 김동석의 말처럼 지기 싫어하는 우주인 마니아
였다. "우리끼리는 코덕이라고 해요. 코스모노트 덕후." 그
는 그렇게 말했다. 여름에 해운대에 놀러 가서도 보수동 헌
책방 골목을 누비면서 『SPACE』 과월호를 사곤 했다는데
가가린센터까지 왔으니 오죽하겠는가.

우리가 전날 보리스 예신 차장의 안내를 받아서 잠시 기
념품 숍에 들르자 저마다 눈이 번쩍 뜨여서 소콜이나 올란
우주복을 입은 우주인형들을 사 들였다. 그는 게다가 정교
한 수공예품 같은 소유스 우주선과 소유스 로켓의 모형에,
소련 우주인들의 사인이 든 브로마이드는 물론이고 구석
에 박혀 있던 남자 우주인용 소변채집기까지 꺼내 들었다.
그리고 최수열과 함께 "내가 먼저 집었는데." "아니, 난데."
하면서 실랑이를 벌였다. 그럴 때는 다른 사람처럼 보였다.

그것은 결국 최수열의 손에 넘어갔는데, 우리 눈에는 그
저 그럴 수도 있는 일을 김태우가 너무나 애석하게 여겨서
놀랍고 안쓰러웠다.

소련이 해체되고 나서 무참하게 내려간 루블 값이 회복
되지 않아서 우리는 큰 부담 없이 쇼핑을 했고 김태우는 백
사장이 빗물을 빨아들이듯이 소장목록을 늘렸다. 그는 우
리를 안내하려고 나온 행정실 직원에게도 "지구 궤도에서

찍은 동영상을 구해줄 수 있느냐?"라고 요청했는데 대화를 눈치챈 보리스 예신으로부터 사정없이 퇴짜를 맞고 말았다.

그의 수집벽의 음습한 면을 보게 된 것은 내가 수중 테스트를 마치고 탈의실에 들렀을 때였다. 나는 떨어뜨린 핸드크림 통을 주우려고 커튼 귀퉁이를 슬쩍 걷어냈는데 김태우가 너머에 있지 않는가. 작고 네모난 손거울을 쥐고서. 하얀 등껍질에 우아하면서 단단해 보이는.

"아까 잠수복 입다 보니 떨어져 있어서…… 주워 왔어요."

그가 일부러 설명을 해줘서 나는 당황했다. 커튼을 내리고 생각해보니 그것은 최수열이 인천공항에서부터 가지고 다니던 '우주인 거울'이었다. 예뻐 보여서 여자 후보들이 돌아가면서 만져보았고 김태우도 곁에서 지켜봤는데. 그는 왜 곧바로 돌려주지 않는 것일까? 수중 테스트를 받던 동안에는 어디에 두었을까?

그 수집벽에 또 놀란 것은 이튿날 새벽 복도에서 그가 순전히 호의에 찬 얼굴로 알약이 든 엄지 손톱만 한 비닐 백을 선물해주었을 때였다. "이게 뭐예요?" 내가 물으니,

"……페냐그렌이에요." 그의 목소리는 나지막했다. "멀미약이요. 우주인들이 쓰는. 하나 받아두세요. 아무한테도 말

하지 마시고." 오늘 무중력 항공기 타는 일을 걱정하는 것
이다.

"이런 거 써도 돼요?"

그는 나를 무시하듯이 왜 이러느냐? 하는 표정을 지었다.

"실제 우주인들은 다 써요. 그러지 말고 갖고 계세요."

8

여전히 꼭두새벽이다. 관광버스가 가가린센터로 들어서
자 어둠 속의 호수는 길게 금이 간 허연 빙판으로 드러난다.

우리는 뜨락에서 낡고 오래된 승합차로 갈아탄다. 처마
아래로 고드름이 사람 키만큼 내려와 있어서 잘못 본 게 아
닌가 생각이 든다. 그 옆에 쥐똥나무들이 통째로 쨍쨍 얼어
있다.

차는 철조망이 쳐진 시멘트 담을 따라 오래도록 달리다
가 탁 트인 개활지로 들어선다. 저 멀리 하늘과 구름이 검
고 시퍼런 어둠에 잠긴 채로 나타난다.

차가 도로의 턱을 넘어서서 활주로로 들어선 순간 "덜커
덕!" 하더니 "쾅!" 하는 소음이 인다.

"뭐야? 이거."

우리가 놀라서 돌아보자 승합차 뒤편의 비상문이 떨어져

나갔다. 맨 뒤에 앉은 정우성 뒤의 문. 차는 느려졌다가 곧 속도를 회복한다.

"아아…… 점점 불안해지네. 문짝이 떨어진 것도 모르는 모양이지." 정우성이 러시아 운전사를 보면서 말한다.

정 실장은 어이가 없다는 안색으로 농담을 한다.

"이거 내려서 인원 점검을 다시 해야겠는데……."

"설마 바닥이 빠지지는 않겠죠?"

모스크바를 방어하는 공군 비행장, 우리의 허름한 차 옆으로는 당당한 전투기와 수송기들이 지나간다. 내가 묻자 유진영 대위는 "저게 미그, 그 옆은 수호이, 큰 건 일류신이에요. 수송기……." 하고 손가락으로 가리킨다.

멀리서부터 나타난 무중력 항공기는 거대하다. 조종실 아래로는 마치 턱살이 늘어진 칠면조처럼 스무 개가 넘는 창문이 달려 있다. 구천 미터까지 올라갔다가 엔진이 꺼져서 추락하듯이 갑자기 사천 미터로 내려오는 비행기다. 그러면 중력이 사라진 것처럼 사람들이 기내에서 둥둥 뜨게 된다.

내 머릿속의 무겁고 심각한 현실은 잘 뜨려고 하지 않을 것이다. 그래도 나는 떠보려고 온 힘을 다할 생각이다.

정 실장이 기자들에게 열심히 설명한다. "그러다가 비행기가 가파르게 다시 올라가죠. 그러면 몸무게 두 배가 얹히고 힘드실 거예요. 모두 스무 번 합니다. 후보들은 떠 있을 때는 과제를 하고 누워서는 2G를 견디고 그러는 거예요."

멀리서 동이 트고 여명이 다가온다.

비행기 바닥에는 매트리스가 깔려 있다. 후보들은 경중 경중 뛰면서 몸을 풀고 기념사진도 재빠르게 찍는다.

"오빠! 한 장 더 부탁해요!"

벽에는 긴 철봉 두 개가 가로로 붙어 있고, 밧줄이 바닥과 벽, 천장을 돌아가며 원처럼 매인 곳도 있다. 우리는 비상 낙하산 배낭을 업고 원터치 버클을 시험 삼아 철컥 철컥 걸어 본다.

우리가 배낭을 진 채로 자리에 앉자 항공기는 빠르게 내달리다가 날아오른다.

비행기는 창이 하나도 없고 호스와 튜브가 주렁주렁 매달려 있어서 화물기의 느낌이 난다. 의사와 기자들, 방송사 스태프들이 조종실 앞에서 심사위원처럼 우리를 쳐다본다.

구천에서 사천까지 이십오 초, 이때 생기는 무중력상태…… 누가 생각해냈을까? 비행기를 추락하듯이 날게 해서 우주인 훈련을 시키자고…… 저들은 이렇게 차곡차곡 쌓아 올려서 정거장까지 만들어냈구나.

그리고 기압이 점점 내려가는 기내에서 나는 철봉을 붙잡은 채 생각한다.

중력을 이십오 초 정지시키듯이 불행을 이십오 초 멈출 수만 있다면…… 차가운 비바람과 사나운 파도, 지진이나 해일도 이십오 초 멈출 수만 있다면…… 시기와 질투, 탐욕과 의심, 증오와 공포의 시간도 그렇게 멈추고 진정시킬 수만 있다면…… 그래서 연민과 믿음을 지닐 수 있다면…… 용기를 가지고 가녀린 것들을 북돋고 암울한 것들에 맞설 수 있다면…….

내가 넋을 잃고 있을 때 러시아제 일류신 76 MDK 무중력 항공기의 천장에는 두 줄로 설치된 전등에 일제히 노란 불이 들어온다. 삐익— 하는 날카로운 신호음이 기내에 퍼지고 철봉 위에 매달린 조명등들에도 불이 들어온다. 기내는 갑자기 대낮처럼 환해진다.

"이거 뭐예요? 무중력이 찾아오나요?" 김유진은 놀라고 있다. "벌써 뜨려고 하네."

나는 손에서 철봉을 놓은 채로 벌써 위로 떠올라버려 몸무게가 느껴지지 않는다.

아아, 이럴 수가! 세상에 이럴 수가!

몸이 떠오르자 나는 잠시 환각에 빠진다. 눈에 익은 기내가 볼록이나 오목렌즈로 보듯이 낯설다. 천장이나 바닥이나 벽이 내 생각과는 달라서 거리를 잘 알 수가 없다. 정우성의 입술이 일그러지자 유진영 대위는 담담한 얼굴로 그의 사타구니 아래에 휘감긴 벨트를 손가락 하나로 당기더니 버클을 다시 채워준다.

기내가 왁자지껄해진다. 아직은 테스트가 아니니까. 머

리카락이 사방으로 떠오른 이지영의 웃음은 한 옥타브가 높다.

매트리스의 발걸이에 신발을 꿰고 촬영을 시작한 사진기자들의 정수리가 보인다. 나머지 사람들은 모두 빙글빙글 돌면서 무용을 하듯이 떠 있다. 우리는 하나둘 버클을 풀고서 배낭을 공기 중에 띄운다.

"무도회 같아요. 좀 무질서해서 그렇지."

이지영은 소녀처럼 말한다. 눈앞으로 바싹 다가온 천장의 기내 등은 따뜻하다. 나는 천장을 배구공처럼 밀어내면서 내려간다.

아기가 태어나서 바깥에 처음 나가 보면 어떤 기분이 들까? 개나리와 살구꽃을 만져보면 어떤 느낌이 들까? 아기가 태어나서 비 오는 모습을 처음 보면 어떤 생각이 들까? 눈이 와서 까치와 토끼가 노니는 풍경을 처음 보면 어떤 표정이 될까?

하지만 천장에 빨간 등이 켜지더니 삐— 하고 경고음이 울리자 교관이 다가와 내 허리를 붙잡고 재빨리 끌어내린다. "무중력이 끝나갑니다." 어느 순간 몸속에 체중이 나타난다. 우리들의 유예된 현실처럼. 그리고 오십 센티미터가량 매트리스로 툭 떨어지고 만다. 조장호 소령은 심각한 표정으로 팔굽혀펴기를 하는 것처럼 안착하더니 팔꿈치를 감싸며 반 바퀴 돈다.

바로 그 순간,

평점이 미달이라는 통지와 대기반으로 발령이 날 거라는 경고, 키 높이로 쌓인 실험 결과들과 보고서, 은행 빚과 미뤄둔 보험료, 마시다 책상에 남겨둔 블랙커피와 안구건조증 약통, 아버지의 아픈 허리와 손봐야 할 우리 집 욕실 손잡이와 마루 쪽들, 그리고 온갖 불안과 걱정이 바닥으로

와장창창!

요란하게 떨어져 내린다. 사무용지 보고서들이 내려앉았다가 분분하게 날아오른다. 모두 다 내 머릿속에서.

아아, 끝났구나. 이십오 초가…… 도로 돌아왔구나.

이제 또 해보고 싶다.

항공기가 다시 가파르게 올라가는 몇 분. 방종한 파티 뒤에 징벌을 받듯이 두 배의 중력이 몸에 얹힌다. 매트리스에 눕자 목과 가슴과 배가 눌려서 가라앉는다.

그리고 다시 무중력이 찾아오면 짐 던지기, 손끝으로 짐 돌리기, 철봉 잡고 가기, 밧줄 잡고 가기, 공중제비, 팔다리 벌려서 풍차 돌기, 벽 사이 날아서 오가기, 날다가 방향 틀기, 공중에서 멎었다가 다시 가기, 우주복 입고 벗기를 배운다. 몸 조절이 생각보다 어려워서 모두들 놀란다.

하지만 나는 무난하게 해낸다. 내가 서울의 동호인 클럽인 〈스페이스 마니아〉를 찾아가서 미국의 동영상을 어렵게

구해 본 몸놀림들. 아파트 체육실에 매트리스를 깔고 수백 번은 익혔는데. 그래서 배가 매끈하게 되었다. 머릿속에서 이미지트레이닝한 것도 수백 번은 되리라. 어젯밤 잠을 청하기 전에도 그랬고.

나는 여섯, 일곱, 여덟, 아홉 번 비행까지는 잘해낸다. 하지만 다음 순간 속절없이 허물어지는 것 같다. 이유는 나도 모른다. 눈앞이 어두워지고 사물들이 시야에서 멀찍이 물러난다. 속이 울렁거리고 메슥메슥해진다.

이러면 안 되는데.

그러다가 어쩌면 나의 살이 될 수도 있었을 밥과 찬과 국이 입 밖으로 헤엄쳐 나와 무심하게 허공을 흘러간다. 어어! 훈련하던 후보들이 놀라서 피하고 분위기가 어색해진다.

"저걸 어째! 저걸 어째!" 중력이 찾아오면 바닥에 떨어질 건데. 그리고 나는 아마 선발에서 아웃될지도 모른다.

이런 상상을 하면 입을 다물고 꿋꿋하게 견디게 된다. 몇이 벌써 얼굴이 어두워지고. 최수열이 너무나 힘들어서 이를 악무는 모습이 보인다. 하지만 여전히 남녀 조종사 두 사람과 김유진은 씩씩하게 잘 해내고.

나는 주머니에 손을 넣는다. 만약의 경우에 입을 가까이 가져갈 구토봉지, 그보다 깊은 곳에 약이 있다. 희고 동그란 알약, 페냐그렌이.

나는 비닐 백을 열고 약을 꺼내려다가 만다. 이게 허용된 건가? 하지만 한 번만 참으면 착륙이니까. 딱 한 번만 더 참으면.

하지만 유혹은 너무나 강렬하다.

열 번의 무중력을 겪고 항공기가 급유를 위해서 중간 착륙을 하자 사진기자들이 모두 다 내린다. 그들은 기진맥진해서 "두 번째 비행은 태워줘도 못 타겠다"라고 손사래를 친다. 항공기 내에는 시큼하고 톡 쏘는 군내가 요란하다.

다시 이륙하는 동안 후보들이 매트리스에 널브러져 있는데 윤성우가 일어서서 말한다. 최수열의 거울을 갖고 있다가 잃어버렸는데 보신 분 있으면 알려달라고.

"어쩌나, 우주복 소매에 붙이는 거라고 했잖아요. 귀한 건데……." 이지영이 놀라더니 애처로운 표정을 짓는다.

그 이야기에 나는 가슴이 철렁 내려앉는다. 김태우가 퍼뜩 생각나서 항공기 저 안쪽으로 바라보는데 그는 듣지 못한 것인지 지친 얼굴로 매트리스에 몸을 눕힌다.

비행기가 고공에서 다시금 하강하자 우리는 몸을 풀 겸 떠올라서 공중에 모여 가가린센터의 휘장을 펼친다. 누군가가 위쪽 꼭지를 제대로 당기지 못한다. 내가 대신 그 꼭지를 잡아서 발끝으로 벽을 밀치고 솟구친다. 결국 한 컷 촬영을 마치자마자 공중에 만든 우리의 허술한 사각형은 보기 좋게 붕괴하고야 만다.

"아차차차차!"

나는 중력을 탓하며 쓰러지지만 중력은 나에게 관심조차 없으리라. 하지만 지금 중력은 누구에게나 힘을 미친다. 누구나 똑같이 바닥에 닿게 하고, 서든 눕든 제 무게를 되살려준다. 누구에게도 보이지 않지만 어디에나 있고, 태양도 지녔지만 티끌도 가졌다. 그래서 중력은 모든 것이 제가끔 움직이고 저마다 살아가게 하는 힘이고 조건이고 운명이다.

이제 교관은 일대일로 붙어서 아까 배운 열네 가지 기본 동작을 빠른 템포로 해내는지 채점한다고 선언한다.

김유진은 발레를 했다는 기량을 보여준다. 너무나 단순하고 효과적인 동작으로 공간을 리본처럼 장식하면서 공중제비를 돌고 벽을 오간다. 부츠를 신고 장갑을 끼듯이 늘씬한 몸을 우주복 속에 매끈하게 끼워 넣는다. 유진영 대위는 그녀보다 훨씬 더 능숙하다. 스프링 인형처럼 옆구리를 번갈아 늘이면서 발 다리를 꿰어 넣고 팔을 집어넣는다. 대견해서 웃음이 나온다. 나는 도저히 저렇게 할 수가 없다. 코끼리나 사자라면 무중력에서 사지를 어정쩡하게 벌리고 맴돌기만 했으리라. 그녀는 멋진 인간이다.

그다음 조로 나선 최수열은 대기하는 내 쪽으로 둥둥 떠서 다가오는데 우주복의 열린 지퍼 속으로 몸을 꿰어 넣으려다가 자꾸 실수하고 만다. 정우성이 왠지 연민이 가는지 슬쩍 속삭인다.

"발 넣는 쪽으로만 힘주지 마세요. 몸이 돌아가니까. 안 되면 벽에 붙어서 해요."

그는 정우성의 말대로 두 다리를 가지런히 펴고서 고스란히 집어넣는다.

시간이 갈수록 관절이 느슨하게 풀리고 피가 부글거리는 느낌이 난다. 그리고 현기증도 인다. 내 생각에는 눈으로 보는 정보와 귀로 파악하는 정보가 안 맞기 때문이다.

몸을 움직이면 귀 안의 반고리관에 든 림프액이 털을 슥슥 건든다. 그 털이 나온 감각세포가 내가 기울어졌는지 물구나무를 섰는지 대뇌에 알려준다. 하지만 지금은 그 정보가 워낙 자주 바뀌고 있다. 그리고 평소에 눈으로 보는 정보와 안 맞으니까 현기증이 나는 것이다. 물론 이것은 내 생각일 뿐이다.

나는 매트리스에 누운 김태우가 힘들어하자 속삭인다. "눈을 감아요. 자꾸 돌아보지 말고. 고개를 천장으로 똑바로, 몸은 큰대자로."

그는 좀 지나자 눈을 감은 채로 읊조린다. "좀 나아지네요. 고마워요."

그는 처음 우리가 상상했던 것만큼 대단하지 않을지도 모른다. 우리보다 한 발 정도 앞서 나갔는데 과대하게 보였는지 모른다. 그런 생각을 하자 나는 자부심이 생겨난다.

그러면서 인간은 기계가 아닐까, 의문이 든다. 공기가 빠지자 배 속이 부풀던 여압실에서도 그렇고 이번 선발에 빠져들수록 그런 생각이 든다. 하지만 단순한 기계는 우리가 손수 만드는데 복잡한 우리 자신은 왜 저절로 생겨나고 진화했을까? 기계인데 왜 의식을 지니고, 인생을 겪을까?

그러나 나는 지금 한가하지 않다. 무중력이 다시 밀물처럼 찾아오고 이제는 나와 김태우의 차례다. 나는 떠올라서 손끝이나 발끝으로 벽을 밀고, 깃발로 수신호를 하듯이 좌우의 팔을 번갈아 들어서 천장을 민다. 한 발을 접고 한 발을 쭉 뻗고는 허리를 돌려 방향을 바꾼다. 공중에서 윗몸만 일으키고 뒤튼다. 그러면서 우주복까지 입고 만다. 내 시야에 들어오는 김태우의 동작은 마치 기계체조를 하는 사람처럼 활달하고 능숙하다. 그는 일찌감치 나사의 비디오 같은 것을 보고 준비한 게 아닐까. 가장 매끄럽게 잘한다는 느낌이 선명하게 다가온다.

이제 줄을 잡고 애벌레처럼 리듬에 맞춰서 비행기 단면을 한 바퀴 돌 차례다. 바로 앞에 이지영이 너무나 리드미컬하게 해내서 내가 뒤를 이어 하는 것이 조금 부담스럽다. 줄을 당기고, 발바닥으로 밀어내고, 내 몸은 자유롭게 움직이는데 머릿속은 갈수록 가라앉는 느낌이다. 그리고 중력이 다시금 담요처럼 내 몸을 감싸고 매트리스로 쓰러뜨리고 만다.

나는 큰대자로 누워 보지만 메슥메슥한 느낌이 생기기 시작한다. 멀리서 누군가가 속엣 것을 쏟아내는 소리.

나는 번민 없이 곧장 주머니에 손을 넣어서 알약을 찾는다. 동전만 한 비닐 백의 지퍼 주둥이를 벌려서 알약을 집고 입에 던져 넣는다. 머릿속이 시원해지고 배 속이 홀가분해진다. 아, 살 것 같다. 진작에 삼킬 것을……

이런 상상을 몇 번이나 했는지 모른다. 나는 망설이다가 그러지 못했다.

나는 입을 꽉 다물고 눈꺼풀을 닫고는 내 속으로 들어간다.

나는 지금 해변의 소라 껍데기 안으로 숨고 있다. 2G의 파도를 피하기 위해서.

나는 목에 핏대가 선 채로 엄지와 검지로 알약을 눌러서 다 부수는 그 순간까지, 가루가 손가락 끝으로 흘러내리는 그 마지막 순간까지, 이제는 이 약을 삼키고 싶다는 유혹을 떨궈내지 못했다.

9

우리는 서울로 돌아오자마자 과학실험 평가를 한 번 더 치렀다. 그리고 어느 날 저녁 손영진과 최수열을 선발에서 떠나보내는 자리를 마련한다. 삼겹살에 소주 한잔하는 집.

"이거 한 잔씩 해요." 나는 가져온 보드카를 꺼내서 최수열부터 따라준다. "형은 여자 후보들한테 가장 친절하셨는데." 내가 슬쩍 이지영을 바라보니 고개를 끄덕인다. 그리고 그는 우주인이 되려고 우리 중에 가장 오래전부터 꿈꿔왔다.

"앨범 다 만드셨나요? 멋있을 것 같아요." 정우성이 내 술을 받으면서 말한다. 최수열은 원서 접수 때부터 지금까지 모두 사진으로 찍어서 앨범을 만들고 있다.

"예, 볼만은 한데…… 이제 더 못 찍으니까." 그는 씁쓰레하다. "무중력 비행기 탄 것, 카페에 모두 올려놓을게요." 그는 내 잔을 또 받는다.

창밖에 눈이 오자 낮은 지붕들과 담장들, 가로등과 계단, 나무와 길이 하얗게 덮인다. 눈은 마침내 두툼한 이불 같아지고 바닥에 가득해져서 어둠과 희붐하게 맞물린다. 나는 태어나서 설경을 처음 보는 것 같은 착각이 든다.

최수열은 느릿느릿하지만 끊김 없이 잔을 든다. 그때마다 오른손 엄지와 검지 사이에 얼룩이 드러난다. 옛날에 로켓추진제를 섞다가 생긴 화상 자국. 턱밑과 목에도 희미한 흔적이 있다.

"아버지 돌아가시기 전에 제가 우주인학교를 세우고 싶다고 했어요. 내가 널 잘 안다. 그러시면서 허락을 하셨어요. 생각할수록 고맙지요."

그는 허전하게 웃는다.

"아버지가 돌아가시고 나서 집 안 정리를 했어요. 내가 초등학생일 때 그린 그림을 아버지가 보관하고 계시더군요. 우주선이나 달 착륙 그림인데. 그런 건 왜 모아두셨는지?"

그 오래된 꿈을 이제 접는 것이다. 나는 그에게 연민을 느낀다.

"아버지는 어릴 적 저한테 안마를 해달라고 자주 말씀하셨어요. 제가 주물러드리면 시원하신지 어느 결엔가 주무셨어요. 그러면 저는 아버지의 대머리를 쓱쓱 만져봤어요. 너무나 맨들맨들하고 반짝거리는 머리를 만져보면 우습기도 하고 기분이 유쾌해졌거든요."

그는 자기 머리를 슥슥 만져본다.

"이제는 제 머리가 그런데. 우리 아들 녀석이, 이제 여섯 살인데, 아빠 머리를 어떻게 생각할까, 궁금해져요. 이 녀석도 호기심이 많아서 주말마다 우주인학교에 찾아오거든요."

그는 선량해 보인다. 나는 이유 없이 그에게 미안해진다. 눈송이는 하염없이 내려오고 나방처럼 창을 두드린다.

"최수열 형은 우주인 거울을 안주머니에 넣고 다녀야 한대요. 그게 있으면 힘이 나니까. 글쎄, 다 끝나고 나서 호텔

방에 가보니까 제 가방에서 나오는 거예요." 윤성우가 말한
다. "죄송해요. 제가 덤벙대서요."

"뭘요, 다 지난 일인데요." 최수열이 덤덤하게 말한다.

김태우가 어느 결엔가 집어넣은 것 같다. 호텔로 돌아오
는 관광버스에 오르기 전에 허리를 굽혀서 짐칸 속의 가방
들을 더듬는 그의 손이 얼핏 보이는 것 같다. 하지만 그는
일부러 가져온 것도 아닌데 왜 의젓하게 돌려주지 않았을
까. 의심받을까 봐? 최수열하고 갈등을 겪어서?

나는 김태우에게 한 잔 건네지만 그를 알기가 힘들다. 나
는 천장을 한 번 올려다본다.

10

김태우와 기록작가가 그 무렵에 나눈 대화를 옮겨본다.

「—가장 존경하는 우주인이라면 누구를 꼽으시겠어요?

"글쎄, 누구라고 해야 할지. 워낙 많아서요. (웃음) 한 사
람을 고르라면 버즈 올드린입니다. (어떤 점에서요?) 이분
은 암스트롱과 같이 달에 다녀왔는데요. 운이 좋아서 발탁
된 게 아니었어요. 큰 업적을 남기기 위해서 공부하고 혜안
을 갖추고 준비를 했지요. 자기를 위해서 그랬지만 결국 전

체 우주항공 분야에 기여한 셈이 되었어요.

(어떻게요?) 원래 이분은 한국전에도 참전한 조종사였어요. 수학을 잘하는 엘리트였고. 미국에서 우주비행사를 뽑으니까 당연히 목표로 삼았어요. 그런데 우주선끼리 근접하는 랑데부 기술이 앞으로 많이 필요할 거다, 이걸 레이더와 컴퓨터에만 의존하면 안 된다, 사람이 눈으로 보면서 손수 해낼 수 있어야 한다, 그렇게 생각했어요. 경쟁자들은, 수학 잘한다고 잘난 체하려고 한다, 그렇게 비웃었지만 개의치 않았고요. 결국 제미니 몇 호의 레이더가 고장 나버렸는데 손수 랑데부며 도킹을 해낸 거예요.

올드린은 움직이는 컴퓨터라고 알려졌고 결국 그 힘으로 중책을 맡았어요. (이런 분에게 단점이 있다면 무엇인가요?) 글쎄요. 좀 이기적이고 지기 싫어하셨지요. 하지만 다들 그러지 않았을까요? 매일 경쟁인데."

―결국 수학 능력이 결정적이었네요.

"저는 그렇게 생각해요. 수학이 과학의 기초이고 세상을 이해하는 핵심이 아닐까요. 작게는 원자들이 1 대 2, 1 대 3, 1 대 4 같은 비율로 결합하는 걸 보세요. 우주를 보면, 달은 자전 주기가 1이고 공전도 1입니다. 수성은 자전 주기가 2라면 공전은 3이고요. 태양과 지구 사이 거리가 10이라면, 수성은 4, 금성은 7, 화성은 16, 목성은 52, 토성은 딱 100입니다. 꼭 누가 정해놓은 것처럼 말이지요. 이걸 처음 발견한 사람은 얼마나 놀랐을까요? 아마 무서웠을 겁니다.

물리나 화학이나 생물학, 천문학에 이런 수학이 어디 한둘인가요? 패턴이 있는 모든 곳에는 수학이 있어요. 단지 그 패턴을 모르니까 수학만으로는 안 된다고 말할 뿐이지요.

—서울에 와서 결선이 후보자들이 서는 생방송 무대였는데. 리허설하면서 보니까 어떻던가요?

"천장이 아주 높은 무대였어요. 방송사에서 제일 크다고 하더라고요. 아폴로에서 촬영한 커다란 지구 사진이 벽에 붙어 있고. 제가 좋아하는 사진이지요. 테이블이 놓인 귀빈석도 있어요. 부모님들이 앉는 자리인데. 거기에 2층 객석도 있어서 공간의 원근감이 아주 컸어요. 대본을 들고 연습하다가 생각했어요. 큰 무대에 서면 사람이 커진다고요."

—큰 무대에 서면 사람이 커진다?

"세상은 원래 무대가 아닌가요. 어느 무대에 서느냐? 그게 중요하지요. 우리는 무대만큼 살고 배역만큼 살아요. 어떤 사람은 누가 볼 새라 슬그머니 드나들고, 어떤 사람은 떵떵거리면서 객석을 울리고 웃지요. 나는 여기를 거쳐서 더 큰 무대로 갈 거야, 지구를 내려다보는 저 높은 곳으로, 그런 생각, 휴학까지 하고 오기를 잘했다는 생각이 들었어요."

—저 별은 나의 별, 그렇게 말하고 싶은 별이 있나요?

"제가 아마 업적을 많이 남긴다면 소혹성 정도에는 이름을 붙일 수 있겠지요. (웃음) 좋아하는 별은 태양입니다. 이제 눈을 뜨고 일을 할 시간이 찾아왔어, 하고 알려주니까요. 동이 트는 광경은 저를 늘 설레게 해요. 별 중에 그렇게 장엄하게 떠오르는 별이 또 어디 있을까요. 주연이니까요. 그런 유일무이한 별이 있어서 우리가 생겨나고 또 살아가고 있잖습니까? 또 그 별은 물러갈 때를 알고 있어요. 다른 별들이 빛나도록 자리를 비켜주는 저녁 무렵의 퇴장은 하루하루가 다르고 아름답잖습니까? 그래서 우리는 내일의 출연을 또 기다리는 게 아닐까요?"

—(웃음) 말씀 잘하시네요. 지구 궤도에 다녀오시면 그 후로는 뭘 하실 건가요?

"면접 때 들은 질문하고 비슷하네요. (웃음) 우리나라 과학에 기여하는 것, 이런 것도 중요하지만 사실 우주인 경력이 이어지면 좋겠어요. 우주선 바깥으로 나가보고 싶거든요. 유영하는 것이지요. 정말 우주를 겪어보는 것이니까. 무한한 칠흑 속에 혼자 나가보는 것, 무섭겠지만 내가 정말 원하는 것이라고요. 우주선 안에는 모터나 무선 같은 것의 갖가지 잡음이 있어요. 하지만 바깥은 완벽한 정적이지요. 손잡이를 잡고 무시무시할 만큼 빠르게 암흑을 가르지만 속도마저 못 느껴요. 고요가 우주를 지배하니까."

—그러다가 우주선을 놓쳐 버리면 어떻게 되나요?

"우주선을 놓치지는 않아요. 매달려 오던 관성이 있으니까. 우주선의 곁에서 나란히 날아가는 거예요. 총알보다 열 배나 빠른 속도로. 그러면 시간이나 삶 같은 것에 대해서 통찰이 생기지 않겠어요?"

　—그런 체험도 의미가 있겠지만 유영으로 해야 할 임무가 있을 텐데요?

　"물론이지요. 우주선을 손보고 위성을 띄우고 거둬들이는 거예요. 일본은 이런 우주인들을 키우고 있어요. 이걸 해내야 정말 큰 무대에서 큰 배역을 맡는 거예요. 과기부가 말하는 우주인 기술의 목표점이고요. 제 앞날을 위해서도 필요하지요."」

11

　나와 기록작가가 그 무렵에 나눈 대화를 옮겨본다.

　「—그러면 가장 존경하는 우주인은 누구인가요?

　"글쎄요, 다들 우러러 보이던데요. (웃음) 한 분 꼽으라면 암스트롱입니다. 달에 처음 내린 분인데. 달까지 왔다가 안전하게 내릴 곳을 못 찾아서 하마터면 그냥 돌아갈 뻔했어요. 하지만 몇 초 남겨두고서 그런 데를 찾아서 내리는 침착함, 판단력, 용기, 이런 걸 본받고 싶습니다.

(그런 위인들은 많지 않나요?) 그런데 이분은 또 인간적이더군요. (인간적이라면?) 잘 아시겠지만, 달에서 내리고 유명한 말을 하잖아요. 이것은 한 인간─a man의 작은 발걸음이지만 인류를 위한 위대한 도약이라고요. 아마 나사와 함께 준비한 말 같은데. 관사 'a'를 빠뜨리고 'man'만 말해서 망신을 당하지요. 전 세계에 생중계되는데, 그것도 미국인이 영어를.

(그게 인간적이다?) 예, 왜 그런 일이 벌어졌나, 조사가 많았는데. 본인은 입을 다물고. 오하이오 사람들은 원래 그런다, 시적인 문장인데 관사 없는 맨카인드mankind와 대구를 맞춘 것이다, 그런 연구들이 있었어요.

그런데 사실 암스트롱은 미안했던 거예요. '에이a'를 붙여서 딱 한 사람의 발걸음이라고 하려니. 같이 온 올드린한테도, 달 궤도를 돌면서 두 사람을 기다리는 콜린스한테도. 너무 미안해서 그렇게 돼버린 거예요.

(연구 결과인가요?) 아니요, 제 생각이에요. 하지만 맞다고 생각해요. 어릴 때 처음 그 이야기를 듣고서 그렇게 생각했어요. 그리고 지금도요. 그래서 암스트롱을 좋아해요. 사실 달에서 올드린은 암스트롱 사진을 한 장도 찍어주지 않았어요. 암스트롱은 많이 찍어줬는데. 암스트롱이 달에서 촬영된 모습은 자기가 사진 찍는 모습이 올드린의 선바이저에 비친 것, 하나뿐이에요. 하지만 암스트롱은 화를 내지

않았어요. 미안했기 때문이겠지요."

—그런 우주인들의 이야기를 알게 되면서 떠오르는 생각
이 있다면 무엇인가요?

"오랫동안 한 발자국씩 움직여서 여기까지 도달했다는
생각입니다. 꿈을 이루려고요. 당장 돈이 되는지 아닌지 따
지지 않고 멀리 보면서 움직였다는 생각, 상상한 것을 확인
하려고 때로는 목숨도 걸었다는 생각, 궁금한 것을 알아보
려고 온갖 아이디어를 다 냈다는 생각, 그런 것 때문에 존
경스러운 마음이 들어요.

—궁금한 것 때문에 온갖 아이디어를 냈다? 예를 들면
뭐가 있을까요?

"그런 것이야 아주 많지요. (웃음) 가령 옛날에 달에서
불꽃이 생겨났다고 영국의 수도사들이 남긴 기록이 있어
요. 천 년쯤 된 기록이지요. 혹시 운석이 충돌해서 벌어진
일인가? 아폴로 우주인들이 실험을 해보지요. 달에 반사경
을 놓아두고 온 거예요. 천문대에서 내쏜 광선이 거기에 반
사해서 돌아오는 데 걸리는 시간은 원자시계로 잴 수 있어
요. 이걸로 달까지의 거리가 나오고요. 이 실험을 몇 년간
해보니 달이 지금도 삼 년에 삼 미터씩 흔들린다는 것이지
요. 충돌의 여파가 아직 가시지 않아서요."

—실험 스케일 한번 크네요. (웃음) 이진우씨도 수학이
아주 중요하다고 보는가요?

"엄청나게 중요하지요. 수학 없이 어떻게 세상을 이해하 겠어요? 하지만 수학만으로 되는 걸까요? ……혜성의 궤도 는 계산해내도, 두뇌의 뉴런을 분석해내도, 우리의 마음이 나 날씨를 어떻게 알겠어요? 날씨는 지구의 마음이에요."

—수중 테스트에서는 지구를 내려다보는 상상을 하셨다 는데. 지금은 어떤가요?

"유영할 때 입는 우주복은 사람을 지켜주는 작은 우주선 이나 마찬가지예요. 그런데 지구도 그런 우주선이구나, 하 는 생각이 들었어요. 말하자면 이런 거예요. 지구는 나쁜 입자들이나 방사선을 막아주지요. 그리고 동물이나 식물이 잘 살게끔 산소나 질소도 적당해요. 태양하고 거리도 알맞 고 크기도 맞춤하지요. 살기에 온도나 중력이 딱 좋게끔 말 이지요. 이 모든 것이 정말 디자인이 아니라 우연인가 싶을 정도로요. (그래서 저는 가끔씩 종교를 갖고 싶을 때가 있 었어요.) 그러니 저는 우주로 나가서 바로 이런 생존의 조 건들을 연구해보면 좋겠다, 그런 생각을 하곤 합니다."

—어릴 적에 달 위로 지구가 떠오르는 사진을 보고 감동 을 받으셨다고 했는데. 그 후로 생겨난 우주에 대한 기억들 은 어떤 게 있나요?

"그런 기억은 많아요. 기억에 강하게 남은 것은 슈메이커 레비 9이라고 할 수 있습니다. 슈메이커와 레비 부부가 찾 아낸 혜성인데. 그렇게 우연히 우리의 눈에 띄고서 겨우 일

년이 지났나, 목성의 인력에 붙잡혀서, 부딪히고 사라져버렸어요. 제가 스물몇 살 때였고 청춘과 죽음을 생각하던 때였어요.

나중에 이 혜성이 지나온 곳을 살펴보니까 태양계를 멀리 벗어나서 호쾌하게 우주를 누볐더군요. 그러다가 죽음의 부름을 받고서 마지막에는 스물한 개로 조각이 나고 목성을 향해 일렬로 여행을 가는 것이었어요. 그걸 우주의 진주 목걸이라고 불렀지요. 사진으로 보니 칠흑 속에 빨갛게 빛나는 모습으로 형제자매처럼 나란히 충돌을 향해 날아가는데, 아름다웠어요. 우리 인생과 다를 게 없어서 가만히 눈물이 나왔습니다. 우주는 볼수록 겸손을 가르쳐주는 것 같습니다."

—저 별은 나의 별, 그렇게 말하고 싶은 별이 있나요? 목성이나 슈메이커 레비 9을 말씀하셨는데…….

"굳이 꼽으라면 토성을 들고 싶습니다. (왜요?) 누이동생이 열 살 때 뇌종양으로 세상을 떠났어요……. 그러기 전에 제가 처음으로 망원경을 빌려서 그 아이한테 보여준 별이 토성이에요. (물론 항성이 아니고 행성이지요.)

해가 지고 나면 토성이 나타나요. 여름에는 일몰이 가시고 난 바로 그 자리에, 그리고 겨울에는 해가 뜨는 곳 부근에 나타나지요. 가장 밝은 별이 노랗게 빛나는 토성이고 그다음이 목성이에요. 누이한테 천사가 쓴 둥근 테가 보이니?

하고 물어봤어요. 그런데 그 아이는 누구도 상상하지 못했던 그런 말을 하더군요.

(무슨 말요?) 노란 달걀이 반지를 끼고 있어. (같이 웃음) 참 영특하고 발랄한 아이였어요. 그리고 저한테 우주인이 되고 싶다고 말했지요. 제가 봤던 낡은『어깨동무』를 가져가서 우주인 기사들을 읽고 또 읽었어요."

─(손등을 코로 가져가며) 꼭 가셔야 되겠네요……. 하지만 쟁쟁한 후보들이 너무 많은데 본인이 선발되실 것 같은가요?

"뛰어난 분들이 많더군요. 하지만 누구든 처음 타기는 마찬가지 아닌가요? 저는 보통 사람들에게 꿈을 주고 싶습니다. 우주인은 여러 임무가 있는데 이번은 실험 과학자를 뽑습니다. 그리고 저는 그 일을 잘합니다. 그 일로 먹고살거든요."」

12

우리는 벌써 사흘째 리허설이다. 전동 드릴을 든 목수가 세트에 정확하게 구멍 내는 소리. 그리고 후보들이 무대에서 연습하는 소리가 끊이지 않는다.

"같이 선발에 나섰던 분들도 객석에 많이 와 계십니다.

큰 힘이 되어 주셨고요…….."

김유진은 세련되게 말한다. 우리는 공통 의상을 받았는데—차이나 칼라의 재킷에 재봉선을 따라 흰 줄이 들어간 바지가 김유진에게 잘 어울린다.

후보들이 익숙해지라고 무대 앞에는 카메라도 놓아두었다. 그걸 보면 렌즈 앞에서 승패가 갈리는 순간의 심경도 알 것 같다. 어째도 좋으니 어서 이 시간이 빨리 지나갔으면. 어서 끝나버렸으면. 너무 초조해서 그렇게 생각할 것 같다.

내일 생방송 때도 가가린센터에 입교할 사람들의 이름이 차례차례 불리고 한 자리만 남았을 때 아나운서는 사태를 즐기려는 듯이 명랑하게 마이크를 가져가며 남은 이들에게 물을 것이다.

"자, 지금 소감이 어떠신가요?"

방송사는 갖가지 멘트를 준비시키지만 이 경우는 적나라하게 보여주고 싶어서 준비시키지 않는다. 이러면 뭐라고 대답해야 할까. 나는 고민하다가 그냥 부딪혀버리자고 정리하고 만다. 아무 말도 못 하고 침만 삼키지는 않으리라.

나는 지난주의 과학 실험 평가에 기대를 갖고 있다. 3차에서는 실험실 경험이 없는 사람들이 머리와 신발에 씌우는 방진 커버를 바꿔 쓰는 일도 있었다. 4차에 나온 이들은 모두 프로였다.

산소 발생기나 발전기를 만드는 시험은 긴박했지만 잘 해냈다. 둘씩 짝을 지어서 한 사람은 설계도를 보고 설명하고 다른 사람은 밀실에서 설명을 들으며 잡동사니들을 조립하는 것이었다. 나와 같은 조가 된 유진영이나 이지영 모두 내 설명이 쉬웠다고 만족스러워했다.

물과 전기를 아껴 쓰면서 식물들을 키우는 작은 입체 정원을 설계하는 일은 어렵지 않았다.

나는 가벼운 연필을 들고서 이리저리 그려보다가 초조해지면 비스듬히 앉아서 눈을 감고 몰입을 했다. 잠시 무아지경으로 들어가고 나면 직관적으로 나름의 해결책을 건져올리는 것이다. 그러고 나면 아이디어들을 빠르게 메모하고 스케치했다. 그리고 커피를 마시면서 다시 논리적으로 맞춰본다. 연구소에서 하던 방식인데 운이 좋은 건지 애를 써서인지 막힌 곳을 뚫는 힘이 되곤 했다.

김태우가 대본을 들고 중얼거리며 저기 건너편에서 뚜벅뚜벅 걸어오다가 내게 말을 건다. "인생도 리허설을 해보고 살면 얼마나 좋을까요?"

"그러면 재미없을 것 같아요……. 모르고 부딪히기도 해야지."

"일리 있네요. 그 말 혼자서 리허설 해본 거 아니에요?"

우리는 눈길을 떼지 않으면서 웃어 보인다. 그도 유난히 의상이 잘 어울리는데 사관학교의 생도처럼 보인다.

"내일 떨어지면 힘이 많이 빠지겠지요?"

"내일 소주 한잔해요. 혹시 하나가 떨어지면 위로주 사기로……"

"둘 다 떨어지면요?"

"……그럼 내가 살게요. 미국으로 돌아가야 하잖아요."

"아니, 도리어 홀가분해질 텐데. 제가 살게요."

하지만 눈길이 다시 만나는 순간 그나 나나 눈동자에 긴장이 인다. 검은자위가 정지하고 만다. 우리는 그것을 확인하고는 피식 웃는다.

같은 일을 하면 왜 이리 진정한 친구가 되기 힘들까?

후보들은 가끔 휴대폰을 받고는 세트 뒤로 나간다. 나머지는 괜히 궁금한 빛을 띠면서 초조해진다.

혹시 됐다는 소식을 받는 게 아닐까?

내 몸에서 아드레날린이 만들어져 갈수록 세차게 뿌려진다. 흥분이 되는 것이다.

그러다가 마침내 주머니의 휴대폰이 진동을 한다. 몸속이 아드레날린으로 샤워를 하는 것 같다. 내가 무대 뒤로 빠져나가자 심장이 마구 방망이질을 한다. 아아, 이 선발은 정말 나한테 이렇게까지 중요한 것이구나.

"여보세요?"

"형, 접니다."

대학원 후배다. 4차에서 떨어진.

"네가 어쩐 일이야?"

나는 목소리가 가늘어지고 숨이 가빠진다. 그는 과학 기자로 일하는 다른 대학원 후배의 이름을 댄다.

"그 친구가 좀 전에 대덕단지에 들렀다가 우산연 기자실에 갔대요. 내년 달력이 잔뜩 쌓여 있고." 무슨 말을 하려는 걸까? "그래서 별 생각 없이 몇 개를 들고 나왔는데. 차 칸에서 열어보니, 글쎄……."

내 이야기를 하려는 것이다. 장대비가 내리고 하얀 번개가 먼저 후려친다. 나는 조마조마하며 뒤따를 천둥소리를 기다린다.

"일월 사진은 최종 후보 모두 나왔는데. 이월은 누구 사진인 줄 아세요?"

"글쎄다……."

혹시…… 나는 얼굴이 달아올라서 가까스로 말을 하는 지경이다.

"형 사진이에요." 우레가 공중을 뒤흔드는 소리. "무중력 항공기에서 우주복을 입고 있는 사진요……."

아아…….

비 오는 하늘땅의 침묵이 깨지고 콰광! 서 있는 바닥이 흔들린다. 그의 말뜻은 내 머릿속으로 들어와서 지뢰처럼 터지고 만다. 그렇게 엉뚱한 곳에서 생각지도 못한 사람이 그렇게 중요한 사실을 알아내다니…….

"정말이야? ……그럼 내가 제일 앞이잖아?"

"그러니까요."

나의 머릿속은 휑하니 빈 듯하고 흥분한 그의 축하가 무슨 뜻인지 알아듣지도 못한다. 나는 알려줘서 고맙다는 말을 겨우 하고 나서 전화를 끊을 생각도 못 한다.

이게 무슨 일이지? 그런데 만일 합격이 아니라면…… 사진이 달력에 제일 먼저 나올 리가 없잖아? 그러니까……당연히 합격이지. 달리 이유가 없잖아. 안 그래?

그런데 갑자기 배에서 소리가 난다.

꼬르르륵…….

세상이 어떻게 되든 말든 상관없이 나오는 소리. 그러고보니 정말 배가 고프다. 통합병원에서 굶으면서 검사받던 생각이 난다. 그리고 연구실에서 달걀을 풀고 김치를 넣어서 먹던 꼬불꼬불하고 윤기 나는 노란 면발. 나는 침이 생긴다. 그리고 다시

꼬르르륵…….

누구나 기적을 바란다. 하지만 누가 기적을 믿는단 말인가? 내가 그렇게 특별한가? 우주인이 될 만큼이나…… 이렇게 꼬르륵거리는데. 그리고 지금이 그렇게 특별한 시간인가? 그런 소식을 받을 만큼이나. 도대체 그런 일이 일어날 수 있는 것일까? 내가 우주인이 되는 일이? …….

두 시간 후에 나는 스튜디오 위층의 임시 기자실 문을 조심스레 연다. 도무지 기다릴 수가 없다. 실내는 텅 비어 있다. 끔뻑거리던 형광등이 켜지고 나자 구석의 테이블에 누렇고 범상한 봉투 더미들. 아무렇지도 않게 쌓아둔 탁상 달력만 한 봉투들. 맨 위의 것을 열자 까만 스프링이 보인다.

정말 달력이다!

나는 가슴이 뛰기 시작한다. 하지만 실망하면 어떡하지? 달력을 여러 종류 만들었을지도 모르잖는가. 손이 부들부들 떨린다. 무얼 하든 손쉬운 일이 없었다. 어쩌다가 덜컥 성사되는 일조차도 따져보면 애를 많이 쓴 것이었다. 원래 달력 맨 앞에 내가 나와 있어도…… 내가 펴보는 순간에 멀쩡하던 달력이 바뀔지도 모르지 않는가.

아, 내가 이리 어리석어지기도 하는구나.

그리고 드러난 달력 첫 장에는…….

아니, 이건 내 사진이 아니잖아. 내가 아니야…….

나는 눈앞이 캄캄하고 가슴이 철렁 내려앉는다. 그러면 그렇지…….

하지만, 그게 아니야. 이월 사진이라고 했잖아.

맞다. 한 장을 붙잡아서 숨 가쁘게, 하지만 천천히 넘기려는데,

이건 나다. 내가 맞아!

기억이 난다. 공중에서 약간 무릎을 꿇고 앞으로 엎드린 포즈…… 그리고 갈피를 마저 넘기자 그런 자세로 기내에 떠 있는 얼굴이 드러난다.

우주복을 입은…….

나 같아 보이지가 않는다.

나 같아 보이지가 않아.

갑자기 콧잔등이 시큰해지더니 눈시울이 새빨개지는 느낌이다. 그냥 울어버렸으면 좋겠는데 도무지 눈물이 나오지 않는다. 내 기분의 밑바닥에는 쓸쓸한 아픔이 있다.

하지만 내 삶의 무대에는 그때 모든 조명이 일시에 켜졌다. 나의 어떤 의지와도 무관한 채로. 눈이 부셔서 앞을 볼 수조차 없게 하는 하얀 불빛이.

나의 가슴은 너무나 두근거려서 감당할 수가 없었다.

13

결빙된 개천의 얼음장을 조심스레 건너다 보면 거품 든 것처럼 유난히 하얀 부분은 발아래서 바스락바스락 내려앉는다. 쪼그려 앉아 빙판 깊은 곳을 내려다보면 공기구멍이 난 곳이 서서히 길어지고 휘어지면서 마침내 어느 순간부터는 물방울무늬의 투명한 뱀이 매끄럽게 빠져나가는 듯이 보인다. 겨우내 막혔던 물이 얼음 속에서 희망을 얻어서 앞으로 내달리기 시작한 것이다.

"어머! 우주인 아니세요?"

방송이 나간 뒤에 패스트푸드점 종업원은 나를 알아보고는 그렇게 부른다. 나는 그저 가가린센터로 입교하게 됐을 뿐인데.

"여기 사인 좀 해주세요!" "저도요!" "여기도 좀 해주세요." "우리 아이하고 사진 한 장 부탁드려요."

아내와 딸아이들을 데리고 갈비탕을 먹으러 나가서도, 자전거 타이어를 갈려고 줄을 서 있다가도, 내 차 열쇠를 받아 든 병원 주차원한테서도 나는 "우주인"으로 통했고 사진을 같이 찍거나 서명을 해줘야 했다.

그들의 바람처럼 나는 우주로 나가는 사람이 될 것인가.

선발된 우리 넷은 이월에 대전의 우산연으로 내려가서 한 달간 사전 교육을 받는다. 다음 달에 가가린센터에 입교해서 훈련을 받고 나면 십일월에는 탑승과 백업 이렇게 두 명으로 좁혀진다. 나머지 둘은 귀국하고 탑승은 내후년 사월에 우주선에 탈 때까지 백업과 함께 남아서 훈련을 계속한다.

탑승과 백업은 귀국하고 나서도 우산연의 직원이 되어서 적어도 삼 년간 일해주는 것이 의무다. 국회에서 올해나 내년에 예산이 통과되면 백업까지 나중에 우주로 다녀올 수 있다. 우리 모두가 그러리라고 기대하고 있는 것이다.

그런데 우리가 한 해나 네 해 동안 직장을 떠났다가 돌아가면 승진에는 보탬이 될까? 알 수가 없다. 그런 훈련은 업무와는 상관이 없으니까. 탑승과 백업은 우산연에서 정년까지 남아 있을 수 있을까? 그것도 알 수가 없다. 삼 년이 지나고 나서도 우산연에 그들이 계속 할 일과 자리가 생겨야 하니까. 그리고 어쩌면 원래 하던 일로 돌아가고 싶은 마음이 생길지도 모른다.

그리고 탑승과 백업은 우산연에 있는 동안 사규에 따라서 학교에까지 다닐 수는 없다. 지금 박사과정에 있다면 부득이하게 중단을 해야 한다. 나부터 해당되는 일이어서 여태까지와는 다른 차원에서 고심을 해야 했다.

이 일은 나중에 두고두고 열매를 거둘 씨 뿌리기가 될 것인가? 화약껍질만 나뒹굴 한밤의 불꽃놀이가 될 것인가? 나는 이 지점에서 마음가짐을 분명히 해야 한다.

나는 차라리 직장에 사표를 내고 새로운 삶에 전력투구를 할까 하는 마음이 생겨났다. 두 주간의 겨울휴가와 연말연시의 연휴를 거치고 출근을 하자 회사의 풍경은 빠르게 달라져 있었다.

나는 예전처럼 본관 지하주차장에 차를 댈 수 없었다. 고과가 미달 상태로 유예되었기 때문이다. 나는 창고동 뒤편에 차를 대고 걸어서 본관 로비를 거쳐서 1층에서 엘리베이터에 타야 했다. 지하 주차장에서 타고 온 사람들과 눈이 마주치면 얼굴이 화끈거렸다. 내가 거기서 타는 이유를 그들은 뭐라고 짐작할까.

내가 갈 뻔했던 대기반에 들른 적도 있었다. "이거 뭐야. 컴퓨터도 없이 책상하고 의자만 있네." 나는 그 방을 들여다보면서 놀랐다. 같이 간 김동석이 말했다. "서랍에 아무것도 없고 일도 전혀 없대." 연말에는 사람들이 회사를 많이 나갔다. 연구원이 매각을 준비한다는 느낌이 와 닿았다.

내가 새로 출근하고 나서 며칠 지나지 않아 사표를 쓰겠다고 하자 아내는 지지 않고 말렸다. 한솥밥을 오래 먹은 동료들, 눈 감고도 걸어 다닐 복도와 연구실들, 손때가 묻은 결실들이 미련을 남긴 것도 사실이다.

나는 결국 사표를 내지는 못한 채 가슴의 주머니에 넣고 다녔는데 한 번도 생각하지 못한 일들이 벌어졌다. 며칠 새 높은 사람들 사이에 무슨 이야기가 오갔는지 그날 오전부터 센터장도 본부장도 연구원장까지도 나를 당장 만나기를 원했다. 호들갑스럽게 악수를 청하고 앞다투어서 식사 약속을 잡았다.

"아, 휴직 보장할 테니. 아무 걱정하지 마."

"누가 본관 주차 태그를 뗐단 말이야? 우리 연구원을 빛낸 사람을." 본부장이 나 대신 사뭇 분노하기도 했다. 내가 보는 앞에서 인사지원실장에게 전화해서 단호하게 말했다.

"무슨 이런 일이 있을 수가 있어요? 우주인이 된 이진우 과장님 오늘부터 본관 주차하시도록 신속하게 조처해주세요. 바깥에 무슨 일이 어떻게 돌아가는지 나한테 상의를 하셔야 될 거 아니에요?"

입사하고 나서 한 번도 본 적이 없는 홍보담당 직원이 사진작가를 데리고 와서 두 시간이나 인터뷰하고 가기도 했다.

그러다 보니 내가 본관 지하에서부터 엘리베이터를 타면 나와 마주친 모든 직원들의 얼굴이 밝아졌다. "아, 좀 있으면 러시아로 간다니까. 여기 사인 좀 해줘." 아는 사람끼리 왜 이러세요? "아, 우리 아이들이 꼭 좀 얻어다 달래." "저도 좀 부탁해요." "이거 안 해주면 안 되는데." 나는 엘리베이터에서 내리고 나서도 한참 동안 둘러싸여서 그들이 내민 사원수첩이나 내 명함들에 서명을 하고, 또 해야 했다.

과학기술 부총리가 내가 휴직이 원활하게 될 건지 연구원장에게 직접 물어봤다는 이야기가 돌았다. 하지만 내가 확인해볼 수는 없었다. 실장은 내 보고서를 검토하고는 렉티놀라제의 효능을 특정했다는 것을 확인하고 나의 평점을 M, 보통으로 확정했다.

그리고 박사과정은 언제든 다시금 들어갈 수 있는 것이라는 생각이 들었다. 나는 새봄에 낯선 나라에서 새로운 가능성에 도전한다고 생각하니 서서히 마음이 설레었다.

아버지의 눈 속에서 실핏줄이 터진 반점이 매일 늘어났다. 서두를수록 좋은 수술이지만 서툰 의사에게 맡길 수는 없다. 나는 좋은 의사를 수소문으로 찾아내 수술 날짜를 2월 12일로 겨우 잡아놓았다. 하지만 아버지는 내가 출국하는 다음 날인 27일로 갑자기 날짜를 미뤘다.

"왜 바꾸셨대요? 내가 수술 결과를 보고 나가면 좋은데."

"아버지가 공항 가서 너 비행기 타는 거 보고 수술받겠단다." 어머니는 전화로 그렇게 말했다.

"하루라도 당겨서 받으셔야지. 갈수록 악화돼요."

"수술받으면 한 달 동안 밤낮 엎드려 지내야 하는데. 그러면 너 가는 것도 못 보잖아."

"아이, 그래도, 수술을 서두르는 게 중요하지. 공항 나오는 게 뭐가 중요해요……. 안 나오셔도 돼요."

"그래도, 금방 오는 것도 아닌데. 우리가 꼭 봐야 한다……."

"엄마까지, 왜 그런 고집을. 생각지도 못한 일을 하시네." 나는 또 신경질이 났다. "수술 빨리 잡느라고 얼마나 애를 먹었는데. 어서 취소하세요. 원래대로 하세요!"

하지만 아버지는 내 전화를 받지도 마음을 바꾸지도 않았다.

"수술하고 나면 아버지가 한 달은 목욕을 못 하시잖아. 그래서 이번 일요일에 목욕탕에 갔으면 하시는데. 네가 오는 김에 잘 한 번 씻겨 드리면 좋겠는데……."

내가 출국하기 전에 집에 들르겠다고 하자 어머니는 전화로 그렇게 말했다.

"약간 흐릿하긴 한데 뭐 이상해 보이지는 않는데요." 나는 집으로 가서 아버지의 눈동자를 살펴보았다.

"아냐. 내가 보면 눈앞에 검은 반점들이 가득해. 그게 다 피야."

내 모습은 어떻게 보일 건지. 내가 무슨 잘못하는 일이 있어서 아버지 몸에 탈이 나는 게 아닌지. 나는 어릴 적 경험들이 있어서 그렇게 생각하기도 했다.

아버지는 욕탕으로 가는 길에 손등으로 눈가를 자꾸 비빈다. 허리를 펴며 쉬엄쉬엄 걷는다. "제가 부축해드릴게요." "아냐, 괜찮아." 아버지는 팔을 거두지만 나는 그래도 혹시 넘어지면 어쩌나 싶어서 곁에 붙어서 간다.

내가 가끔 아버지에게 나도 모르게 소리치는 것은 아버지처럼 살지 않겠다는 결심 때문인 것 같다. 하지만 내가 얼결에 해고 직전까지 가보니 알 것 같다. 그러고 나서 얼마나 힘드셨을까. 참담하고 막막했을 것 같다. 아들은 둘이나 있고.

"아버지 팔꿈치에 때가 끼었네요. 정말 목욕 오실 때가 되었네." 목욕탕에 들어오자 아버지는 미끌미끌한 바닥을 디디다가 "어이쿠야." 하면서 내가 내민 손을 드디어 잡는 다. "초등학교 이후로 처음이네요. 아버지하고 목욕탕에 온 게……." 나는 감회에 젖어 말한다.

아버지의 몸은 살이 쏙 빠졌고 뺨도 조금 더 처지고 무 가마니를 한 아름 안아 옮기던 근육 대신 주름진 살이 늘어 졌다.

"아이고, 좋다."

아버지의 쉰 목소리. 아버지는 수증기가 피어오르는 온탕 으로 들어가서 물에 쑥 잠기더니 얼굴에 웃음이 번져간다.

나는 탕에서 나온 아버지의 등을 밀어준다. "등에 검버섯 이 많이 나셨네요. 얼룩덜룩한데. 어떻게 뺄 수 없나?" "왜 뺄? 그냥 늙으면 생기는 거야." 내가 어릴 적 아버지는 이 태리타월 속에 수건을 차곡차곡 접어 넣어서 부풀리는 법 을 보여주었다. 그리고 그 타월로 내 살이 빨개지도록 등이 며 허벅지를 밀어주셨다. 아버지와 함께 나갈 때까지 내가 사우나를 참아내면 사이다를 사줬다. 나는 사이다를 마시 고 싶어서 땀을 뻘뻘 흘리고 주먹을 쥐면서 참았다. 하지만 이제는 아버지가 먼저 구부정해져서 나간다. "아이구야, 뜨 거워서 도저히 안 되겠다."

샤워 물이 줄줄 내려오는 아버지의 무릎에는 오토바이 타다가 넘어져서 몇 번 깨진 흉터가 남아 있다. 발등에는 굵은 힘줄과 핏줄이 보인다.

채소 장사를 한창 하던 시절, 아버지는 여름이 되면 발가락 사이마다 틈이 쩍쩍 갈라져서 집에 오면 밤마다 하얀 티티 가루를 철철 뿌리고 나서야 자리에 누웠다. 가만히 잠든 수영이에게 조심스레 입을 맞추고 자곤 했다.

아프거나 가려울 때도 아버지는 이렇다 저렇다 말이 없었다. 아버지는 소 같았다. 나는 누이의 유분을 선산 가까운 송화강에 뿌려주었다. 어머니는 혼절을 하고 아버지는 가만히 눈물을 흘리며 지켜보다가 집에 와서 하루하고 한나절을 앓았다. 그게 아버지가 가장 오래 쉰 시간이었다.

아버지는 가끔 발뒤꿈치에도 굳은살이 배겨서 칼로 슥슥 도려냈었다. 잘라낸 그 단단한 살들을 만지작거리면서 어린 나는 말없이 슬펐다. 회사에서 밀려나고 가게마다 망해서 결국 여기까지 온 아버지. 소 발굽을 잘라내면 아마 이럴 거라고 나는 생각했다. 나는 밀리지 않을 거고 이런 소 발굽이 내 살에서 나오지도 않을 거다.

늙은 아버지는 다시 나한테 사이다를 사서 건네고, 삶은 달걀도 까서 준다.

"고맙다. 네가 씻겨주니 좋다." 그렇게 웃는 아버지는 이제 완전히 노인이다. "이제 너는 비행기 잘 타면 되고. 나는 수술 잘 받으면 된다."

아버지는 내 속을 모르는 채로 눈에는 흐뭇한 빛이 있고 입가에는 웃을 듯 말 듯 만족감이 있다.

"나도 말이야……. 젊을 때는 미국이나 영국에 한 번 가보고 싶었어." 아버지는 달걀이 든 입을 우물거린다. 반점들이 보인다는 눈으로 가보지 못한 먼 풍경을 바라보는 것 같다. "꿈 같은 일이었지……." 아버지는 말이 없다. "몸이 좀 좋아지면 모스크바로 구경 가보고 싶다. 니가 무슨 훈련을 받는지…… 꼭 보고 싶어."

나는 목욕탕을 나오면서 벽돌로 된 굴뚝을 올려다본다. 연회색 연기가 서서히 올라가는 곳에는 전깃줄로 이리저리 나뉜 낯익은 하늘이 있고 그 아래에는 접시 안테나가 여기저기 있다. 아직은 이런 하늘이 내게 편하다. 하지만 이제 저 하늘 바깥으로 날아가야 하는 것이다.

출국 전날 몇 가지 짐을 가져오려고 연구원에 들렀는데 등산반 회장 선배가 전화를 해왔다. 별관 구석의 동호회 사무실에서 사람들이 기다리니 들렀다가 가라고. 내가 회사 다니는 동안 겨울 텐트니 매트리스 아이스박스 등을 빌리느라고 보름에 한 번쯤은 들락거린 곳. 밤늦게 출출할 때는 여기서 라면을 끓이고 소주 한잔을 곁들여서 산 이야기를 하곤 했다.

내가 들어서자 좁다란 방에서 기다리던 선후배들이 일어나서 박수를 치더니 노래를 부르기 시작했다.

정든 우리 헤어져도 다시 만날 그날까지

자 우리의 젊음을 위하여 잔을 들어라.

　그들은 이렇게 술을 마시다가 대절한 버스가 자정 무렵
에 오면 덕유산으로 간다고 했다. 나도 이렇게 주말 산행을
하면서 100대 명산의 절반은 오를 수 있었고. 올해는 이러
면서 우주인이 될 준비를 한다는 생각에 설레었다.

　그들은 주섬주섬 나에게 선물을 하나씩 주기 시작했다.
우리는 밤새 비가 내린 계곡에서 자다가 급류에 텐트째로
떠내려 갈 뻔했었는데 그때 나를 구했던 선배는 기압계가
달린 등산용 시계를 풀어서 줬다.

　"그때 차던 거야. 꼭 우주인이 돼야 해."

　"아무리 힘들어도 떠나온 걸 후회하지 마. 지금 이 시간
을 즐겁게!"

　"한 번에 한 발씩만 가자고 생각해."

　그게 산에 오르는 우리의 마음이었다. 그리고 그들은 안
감에 모두의 이름을 새긴 패딩점퍼를 건네주었다. 내 마음
은 갑자기 뭉클해지고 눈물이 눈시울에 맺혔다.

　나는 속에 흰색 이름이 빽빽한 점퍼를 입고, 등산 시계를
차고 그들과 함께 사진을 찍었다.

　등산반 회장 선배도 와 있었다. 그는 내가 강원도 철책

사단에서 이병으로 복무할 때 같은 중대의 병장이었다. 내가 제대하고 우리 연구원으로 들어왔을 때 그는 축하 삼아서 나를 태워 토왕성폭포로 빙폭 등반을 하러 갔다. 아이스해머를 때릴 때의 그 통쾌하고 아슬아슬하던 느낌. 선배가 내려주던 자일의 단단함. 그리고 내려와서 삼겹살에 소주 한잔 같이 할 때의 기분. 나는 그때도 훗날에 무슨 일인가를 위해 준비하고 있다고 생각했다.

내일 비행기에 실을 짐들을 모두 꾸리고 나자 깊은 밤이다. 옷과 양말, 수건, 로션, 노트북 컴퓨터와 책과 카메라 같은 것들을 집어넣었다.

손바닥으로 감쌀 수 있는 알루미늄 함도 잊지 않았다. 시간의 물살에 스며든 내 누이의 일부다. 예전에 석사 시험을 치를 때도 내 속주머니에 이 함을 넣고 가려다가 어린아이에게 짐을 지우는 것 같아서 내려놓았었다. 하지만 이제는 짐은 나 혼자 지고 이 아이에게는 지구를 내려다보는 기쁨을 맛보게 해주고 싶다.

나는 고등학교 일학년 때까지 누이를 어린이집에서 데려왔다. 삼학년 때만 야간자습하고 오느라고 누이의 잠든 얼굴만 내려다보았다. 그해 겨울방학 며칠 전부터 누이는 머리가 아프다고 학교에 가기 싫다고 했다. 눈이 온 길바닥에서 자꾸 넘어졌다. 그리고 내가 대학 들어가던 해 봄에 그

어린아이는 밥을 몇 수저 못 뜨고 구역질을 하더니 앞이 잘 보이지 않는다고 했다. 그 중한 병을 그제서야 알게 되다니. 나는 수강과목 네 개를 포기하고 간병을 했다. 끝까지 살아남으라고 모닝듀를 담아서 누이의 병실 머리맡에 놓아두기도 했다. 누이만 살아난다면 나는 종교를 가질 생각이었다.

이제 나는 누이를 가슴에 담고…… 헝겊 인형처럼 널브러져 자고 있는 딸아이들의 부푼 뺨에 입을 맞춘다. 입술이 살갗에 닿을 때의 천진난만한 보드라움, 아쉬운 듯 입술을 뗄 때의 순수한 만족감. 그 아이는 천사가 되었다. 나는 그렇게 생각해본다. 이제 내 딸 다영이는 잠을 자면서도 뽀뽀하듯이 뾰족한 입술이 되었다가 쿡쿡 하면서 콧소리를 내며 웃는다. 나는 한 번 입술을 맞추고 나서도 모자라서 번갈아 가며 네 번, 다섯 번…… 입술을 맞춘다. 하지만 아이들은 아빠가 그러는 줄도 모르고 깊은 잠을 자고 있다.

나는 소박하고 선량한 아버지들처럼 주름이 자글자글해질 때까지 이 아이들을 잘 키울 수 있을까? 앞으로 이십 년가량…… 이 아이들한테 그늘이 지지 않게끔…… 혹시 내가 지금 가능성의 도전을 한다는 것은 착각이 아닐까? ……아이들의 앞날을 붙잡혀 놓고 불장난을 하는 건 아닐까? 나는 그런 걱정을 하지만 소영이가 갑자기 고개를 슬쩍 돌렸다가 원래대로 돌아오면서 입가가 올라간 웃음을 짓는다. 그러자 나는 그 웃음을 반영이라도 하듯이 미소가 떠오른다. 그래, 믿어줘. 최선을 다하고 돌아올게. 너희들이 걱정하는 일은 없을 거야.

그리고 나는 아내에게 그동안 말하지 않고 지녀온 주식을 내일 공항 가는 길에 털어놓기로 하고 계좌번호 등을 메모지에 적어놓았다. 비밀번호 카드도 꺼내놓았다. 어차피 모스크바로 가면 여섯 시간 시차라서 주식이 어떤지 살펴볼 수도 없다. 이것이 그녀에게 주는 나의 선물이다. 우산 연 생명보험 말고도 개인적으로 보험에 들어놓고 출국하고 싶었다. 하지만 보험사는 보험료를 어떻게 정해야 할지 가늠하지 못하다가 깜짝 놀랄 만큼 높은 금액을 불러서 나는 간단하게 마음을 접어버렸다.

나는 새벽까지 곤하게 곯아떨어졌다가 희미하게 의식이 생겨나면서 눈가에 어둑어둑한 기운이 지나갔다. 거기 가서도 경쟁이 있겠지. 그런 생각을 했다. 그리고 고흐의 〈별이 빛나는 밤〉이 보였고 그것이 꿈틀꿈틀 움직이는 실제의 밤 풍경이 되었다. 뾰족지붕을 한 성당과 마을은 잠이 들었는데 높이 솟은 사이프러스 나무 혼자 하늘에 기도하고, 달은 노란 공으로 구르는데 우주의 별들은 흰 물결로 감기면서 진한 남색의 밤하늘을 뒤덮고 있었다. 나는 나무 옆에 서서 흐르는 별들을 올려다보았다. 그런데 그 풍경의 거죽이 서서히 벗겨지면서 '승리는 유일한 것'이라는 글귀가 나타났다. 김태우의 글씨였다.

그는 구월에 서울에 와서 부모님 집에 있었는데. 왜 갈 곳이 없다고 통합병원에 하루 일찍 입소하고 싶다고 말했을까. 원래 나는 김태우에게 좋은 마음이 있었는데. 그는 가까이할수록 내 마음속의 지기 싫어하는 신경을 일깨우는 것 같다. "아" 나는 잠든 채로 숨을 길게 내쉰 것 같다. "잘해야 하는데……."

"왜 그래? 자기야." 아내가 내려다보면서 누나처럼 말했다. "늦겠어. 이제 공항 가야지."

3부 바늘구멍 바로 앞

나는 승진을 다투지 않는데
어찌 벼슬살이의 위험을 두려워하겠는가.
『채근담』

1

원래는 조장호 소령이 뽑혔지만 출국을 일주일 앞두고서 축구를 하다가 새끼발가락의 뼈에 살짝 금이 갔다. 그는 "보름만 더 깁스하면 충분한데." 하고 조심스레 자신했지만 후보는 정우성으로 바뀌었다. 입교 전 검진을 통과할 수 없기 때문이라고 했다. 결국 나와 김태우가 1조로, 둘 다 미혼인 김유진과 정우성이 2조로 편성이 되었다.

"결국 우리 둘이 우주로 가지 않겠어요?" 김태우는 우주인이 결국 둘 셋 이어질 수밖에 없다고 생각을 했는데 셰레메티예보 공항에 내려서 수화물을 기다리다가 내게로 몸을 기울이며 속삭였다. "저 팀에 미안하긴 하지만…… 선발 내내 쌓여온 성적이 있으니까. 그냥 1조라고 한 것도 아닐 테고."

그가 나처럼 긴장을 했으면 해서 나는 기록작가의 말을 전했다. "김유진이 지금까지 일등이라는데, 줄곧 일등." 그는 수화물을 발견하고는 반갑게 따라나가려다 멈칫 놀라 나를 돌아보았다. 그 표정에 나는 왠지 공감이 갔다. 그녀는 지원 순서가 늦어서 통합병원에서는 우리 조가 아니었다. 그래서 내게도 갑자기 불쑥 솟아난 느낌을 주었다. "모두 간발의 차이이긴 하지만…… 쉽지는 않을 거야." 나는 그가 함께 가져온 내 짐을 받아 들면서 말했다.

게다가 정우성은 이번 우주인 사업의 모자란 예산을 대겠다고 나선 대기업에 재작년까지 다녔다. 그곳은 그와 여럿이서 세운 회사인 〈투어리스트〉에 출자를 했다. 그런 일들은 내 마음에 바위처럼 들어앉았다. 그런 것이 선발에 은밀하게 작용을 한다면 나로서는 도저히 어쩔 수가 없는 것이다.

모스크바는 두 번째 찾아오자 시내가 눈에 들어왔다. 여전히 경제적으로 어렵고 어수선한 느낌이었다. 식당 거리에 차들이 세워졌는데 모두들 핸들에 큼직한 걸 채워 놓았다. 도둑이 하도 많아서 걸어둔 핸들 자물쇠라고 했다. 공중화장실마다 누군가가 나사를 풀고 변기 커버를 가져갔고, 황당하게도 앉는 틀까지 가져간 곳도 있었다. 이러면 어떻게?

호텔 엘리베이터를 타보니 멈출 때마다 바닥이 부르르 떨고, 안문과 바깥문 사이가 너무 넓어서 피댓줄이 다 내려다 보였다. "이거 무섭네." 김태우가 눈을 동그랗게 뜨고 바라보면서 중얼거렸다. 모스크바의 생활 상태는 이래도 러시아의 우주공학은 완전히 수준이 다르다. 그런 현실을 받아들이려면 이제부터 시간이 필요했다.

가가린센터로 들어와 우주인 주택에 방을 배정받자마자 우리는 의학 검사를 닷새나 받았다. 주사기로 채혈하면서는 나도 몰래 "지긋지긋하다." 하고 나지막이 속삭였는데 간호사는 우리말을 아는 것처럼 흘끗 쳐다보았다.

이런 검진은 훈련을 할 때마다, 심지어는 발사를 코앞에 두고서도 이어진다고 했다. 그리고 이상이 나타나면 후보는 가차 없이 교체된다. "통과 못 하면 공항으로 돌아가야지 뭐." 김유진은 수화물 꼬리표를 떼지도 않은 가방을 끌고서 방으로 가며 말했다. 하지만 홀가분한 태도에 자신감이 가득했다.

복부 시티를 촬영하기 전에는 물을 많이 먹어서 방광을 부풀려야 했는데 2리터를 채우려고 마지막 컵을 마실 때는 부은 목이 다 따가웠다.

김유진은 혈관 조영 주사를 맞고 나자 머리부터 뜨거워

193

진다고 말했다. "뭔가 구불구불한 것이 혈관을 징그럽게 지나가는 느낌이에요." 하지만 표정은 태연하고 자세는 단단했다.

"배가 달아오르는데 다들 그래? 입에서는 알코올 냄새가 나고."

나의 그 냄새는 남의 것처럼 생경했는데 결국 코가 맹맹해지더니 막혀버리고 말았다. 조영제는 하루나 지나서야 소변으로 빠져나간다고 했다. 나는 속이 불편했지만 이후로는 한 번도 하소연하지 않았다.

우리가 결과를 기다릴 때 곁에는 미국에서 온 우주인 대여섯 명도 앉아 있었다. 주위를 슬쩍슬쩍 둘러보며 목 울림이 없는 나직한 목소리로 얘기를 주고받았다. 여기서 훈련도 받고 러시아의 우주선도 같이 타는 사람들이었다. 정우성과 김유진은 게시판 앞에 남매처럼 서서 내년에 우리와 함께 우주로 올라갈 러시아 후보들의 사진을 찾아냈다.

"스테파신 샤밀…… 보리스 빅토르…… 바실리 부닌…… 사샤 바벨……."

읽기에도 생경한 이름을 가진 이들 가운데 두 명만이 내년에 올라간다. 우리는 긴장해서 음료를 홀짝거리다가 이름이 불리면 건넌방으로 가서 열 명이 넘는 의학위원들 앞에서 재판을 받듯이 옹색한 의자에 앉았다.

—브이 프로하디체!

이 말이 그날 내내 묵직하게 복도를 울렸다. "너는 합격!" 우주인양성위원장 미하일 데주로프의 말이다. 그는 내가 청원의 통합병원에서 만난 바로 그 두 명의 러시아 노인 가운데 하나였다.

나는 그 얼굴의 기세에 눌리면서 그를 알아보았다.

불콰한 안색, 갈색의 예민한 눈동자, 역정을 낼 것 같은 미간의 주름, 불룩한 배…… 그는 가지런한 턱석나룻에 넉넉한 양복을 입은 채 희고 긴 손가락으로 하얀 서류들을 매만졌다. 위원들의 가운데에 앉아 눈을 가늘게 뜬 그를 살그머니 바라보는 순간 그가 우주인 선발을 좌우하는 권력을 쥐고 있다는 직감이 왔다. 나는 가슴이 천천히 묵직해졌다.

통합병원에서 봤을 때는 우크라이나의 흑토에서 농사짓다가 온 것 같다고 생각했다. 하지만 이제는 나를 보면서 "너 아까 지긋지긋하다고 했지?" 하고 꿰뚫어 보기라도 하는 것 같았다.

발표가 끝나자 비행 엔지니어인 사샤와 바실리는 미소를 머금으며 우리와 악수를 나눴지만 나이 든 선장들은 우리를 아는 체도 하지 않고서 성큼성큼 나가버렸다. 구두 굽 소리는 복도에서 계속 울렸다.

합격은 기쁜 일이어서 우리는 걸핏하면 웃었다. 웃는 이

유도 딱히 없었고 누가 웃으면 화음을 만들 듯이 따라 웃었던 기억이 난다.

정우성은 서울의 택배 기사한테서 국제전화를 서너 번 받았다. 그는 "제가 지금 가가린센터에 와 있는데요." 하고 외쳤고 기사들은 한결같이 "가가린센터요?" 하고 소리를 높였다. "그럼 거기까지는 어떻게 가야 해요?" 정우성이 대책이 없어서 웃자 김유진이 "왜 이래?" 하면서 영문도 모르고 웃었다. 나중에 그가 설명을 해주자 김유진은 그의 팔이며 등을 두드리면서 한참을 더 웃었다. 기혼인 조장호 소령이 왔어도 이런 모습일까?

우리는 결국 차를 타고 모스크바까지 나가서 정경수 실장의 호텔방에서 샴페인을 터뜨리기로 했다.

"축하해요. 드디어 별의 도시에 사는 주민이 됐네." 그는 방에 들어서자 홈이 파인 넥타이의 매듭을 쑥쑥 잡아당기면서 관료에서 민간인으로 간단하게 탈바꿈을 했다.

"……그런데" 김태우는 비니 모자를 벗고서 망설이다가 결심을 한 듯이 물어보았다. "많이들 도와주시겠지요? 예산 배정하시는 분들 말입니다."

종일 이 질문을 빼고서 우리는 웃으며 겉돌기만 한 것 같다. 예산이 얼마나 나올까. 그래서 탑승자가 결국 몇이나 될까. 이러한 질문의 뒤에는 우리의 아슬아슬한 앞날이 걸려 있다. 정 실장의 낯빛에 한순간 긴장이 감돌더니, 굳었

196

던 뺨이 움직이면서 슬그머니 빠져나간다.

그는 우리가 안도도 불안도 할 수 없는 대답을 했다. "도 와주실 거예요. 그렇게 되도록 우리도 최선을 다해야지." 그는 천천히 옷장을 열더니 넥타이를 걸었다. "여론이 좋아 요. 의원님들은 시간이 걸려도 한 분씩 만나 뵈려고 해요. 기재부는 높은 분이 찾아갈 거고. 우리 긍정하는 마음으로 기회를 잘 살려 나갑시다."

그는 우리의 긴장을 모르는 듯이 잔을 내밀었다. 기록작 가며 통역, 통합병원에서 같이 온 주치의까지 여덟 명의 잔 이 쟁쟁거리며 모여 들었다. 결국 어떻게 될까? 하는 생각 에 나는 골몰할 뻔했지만…… 그래, 오늘은 여기까지, 라고 정리하고 말았다. 흩어진 잔이 다시 두세 잔 만나서 부딪히 는 소리에 우리는 서서히 취해갔다.

김유진은 성에가 한 꺼풀 고르게 내려앉은 창에 손가락 으로 V자를 굵게 그었다. 자기가 앞서 나간다는 걸 알고 있 는 것 같았다. 그 투명한 글자 너머로 첨탑같이 생긴 모스 크바의 외무성 건물이 불을 밝힌 채 나타나고 뜻밖에도 희 미하게 얼룩이 진 달이 떠 있다. 밖을 내다보는 그녀는 의 욕으로 가득 차 있다. 그리고 나는 왠지 저 달에 발을 디딜 수 있을 것 같은 느낌이 난생처음으로 드는 것이었다.

김태우는 우주인 주택으로 돌아와서는 연필로 나를 손수

그린 캐리커처를 내 방으로 가져왔다. 그는 명화 카드만 모으는 게 아닌 것 같았다. 간단한 선으로 그린, 머리숱이 적고 이마가 과장되게 튀어나온 내가 눈을 동그랗게 뜨고 놀라는 표정이 그려졌다.

"이게 뭐야? 나야?" 그는 뜬금없이 그려낸 내 얼굴과 똑같은 표정을 지으면서 내가 어쩌나, 하고 눈치를 보고 있었다. 그보다 훨씬 취한 나는 그 얼굴을 보면서 웃음이 쏟아져 나왔다. "아유, 이 귀여운 녀석!" 나는 불쑥 그의 뺨에 입술을 갖다 댔다가 흥허물이 없어진 것 같아서 뺨을 쭉 당기기까지 했다.

"아니! 이게 뭐야! 침 묻게스리!" 그는 화들짝 놀라서 내 입술을 떼내고는 술 냄새를 손으로 내저으면서 어이가 없다는 듯이 웃었다. "거 징그러운 사람이네. 누가 보면 어떻게 하려고 그래?"

"뭐 어때? 우리는 이제 같은 팀인데." 그러면서 나는 그가 그린 내 얼굴을 받아 들었다.

2

나는 오래된 노트 속의 내 글을 읽어본다.

「러시아의 봄은 하늘에서부터 찾아온다.

습기를 머금은 눈은 삼월에도 녹지 않고 별의 도시의 우주인 주택 둘레를 따라서 장화 높이만큼 쌓여 있다. 이곳에는 러시아를 찾아온 다른 나라의 우주인들이 산다. 비스듬한 지붕의 처마에서는 종일 낙숫물이 떨어져 시멘트 바닥에 얕게 괸 물을 톡! 톡! 튀겼다. 점심 무렵에는 식사를 일찍 마친 공군 사병들이 털모자에 목이 긴 군화 차림으로 처마 밑으로 와서 담배를 피우면서 두런두런 얘기하다가 멀어져갔다.

하늘은 구름 없이 청명하다가 오후 늦게부터 높은 곳에서 가늘고 희미한 털구름이 생기면서 대기가 어떻게 흐르는지 보여준다. 가끔 네 대의 전투기가 편대 비행을 한다. 하늘은 광활하고 파르스름하며 땅에서 초연하다.

그 쌀쌀한 하늘을 보면서 나는 생각한다.

지구가 사과라면 하늘은 사과껍질 정도라고. 지구 지름에 비한다면 대기의 두께라고 해봐야 백 분의 일도 안 되니까. 그토록 얇은 껍질 속에서 유성이 타오르며 떨어진다. 봄비가 내려오고 적란운이 솟구치고 여름 장마가 진다. 회오리가 몰아치고 우박이 떨어지고 폭설이 쏟아진다.

그리고 내가 평생을 살아간다. 그리고 그 투명한 껍질을 올려다보면서 깊고 무한하다고 생각한다. 그 뒤에 끝없이 아득한 우주가 있어서다. 겨우 티끌만 한 크기로 매일 숨

가쁘게 살아가더라도 언제든 고개만 들어보면 무한을 볼
수 있다니.

나는 얼어붙은 채소밭 옆에서 마냥 흐뭇해한다. 저 연약
한 공기는 어쩌자고 이토록 숭고한 모습으로 내 위에 펼쳐
졌다는 말인가.」

3

식당으로 가면 나와 김태우는 러시아 만두인 피로슈키를
좋아했다. 계란과 소금을 넣은 빵 반죽에다가, 다진 양고기
와 당면, 감자 양파를 넣고 고슬고슬하게 구운 것이다. 한
입 물었을 때 물컹, 하면서 입안 가득 따스하게 퍼지는 식
감이 살아 있었다.

김태우는 팜푸슈키도 좋아했는데 짭조름한 맛이 나는 도
넛이다. 내가 특히 좋아한 것은 흘렙이라는 검은 호밀빵,
그리고 끓는 물에다 쇠고기와 야채를 넣었다가 건져 올려
서 말그스름하게 만든 콘소메 수프였다. 그리고 토마토와
당근이 담긴 빨갛고 걸쭉한 보르쉬 수프도 좋아했다.

나는 식당에서 국물을 떠먹으면서 속을 데운 다음에 같
이 빵을 베어 물면서 우리가 식구라는 느낌을 가졌다. 먹을
식食, 입 구口. 나는 대바구니에 그의 빵까지 챙겨두었고, 그

가 더 먹고 싶어 하면 내 접시의 것도 덜어주었다. 아침저녁으로 같은 요리를 먹으면서 입을 우물거리는 서로의 모습을 바라보고, 입가를 닦을 티슈를 챙겨주고, 마실 물을 나눠주면서 우리 사이는 서서히 두터워졌다.

우리는 검진 때 알게 된 사샤와 앞서거니 뒤서거니 가까워졌다. 사샤는 서른네 살 된 총각인데 이곳의 구내 아파트에서 어머니, 형과 누나와 함께 살았다.

그는 우주인으로서는 다소 큰 키였는데 갸름한 얼굴에 턱이 길고 차분한 갈색의 눈동자였다. 입가에 팔자 주름이 생길 만큼 활짝 펴지는 웃음이 마음에 들었다.

그는 진지하면서도 붙임성이 있었는데 집 안의 텔레비전과 냉장고, 세탁기가 모두 우리나라의 것이라고 하면서 내 표정을 살폈다.

나는 아침에 순환도로에서 달리기할 때 그와 시간이 맞아서 자연스레 만나곤 했다. 우리는 쉬운 영어로 말하고 수영도 같이하고 카페에서 음료수를 번갈아 가면서 샀다.

그가 말하는 몇 년 간의 러시아의 가난과 혼란은 어마어마한 것이었다. 소련 시절에 최고로 선망받던 직장이 로켓 만드는 회사 에네르기아였는데 거기 기술자들이 그때 받던 월급이 5만 루블, 우리 돈으로 겨우 3만 원 정도였으니까. 내가 감기로 재검을 받을 때, 이상하게 까탈스레 구는 눈치가 보이면, 하고 오해해서 준비한 돈이 그 열 배였던 기억이 났다. 그는 식재료가 싸고 교육이나 주거에 무료가 많으니까 그나마 버티는 것이라고 했다.

그는 이곳의 속사정도 알려주곤 했는데 그때마다 김태우가 귓바퀴를 세우고 끼어들곤 했다. 밖에서는 모르는 정교한 서열이 이곳에 있다고 할 때도 마찬가지였다. 우리가 막 들어서려고 하던 미로의 어두운 내부를 문틈으로 보여주는 사샤의 설명은 숨을 잠시 막히게 했다.

"예를 들어 어떤 서열이 있다는 거지?"

"우주에 몇 번 다녀왔고 얼마나 오래 있었는지, 선장이나 비행 엔지니어를 했는지, 아니면 임무 전문가나 실험 과학자였는지……."

"그러면 선장들끼리도 위아래가 있는 거야?"

"더 촘촘하다고 할 수 있어. 우주정거장이나 왕복선, 그리고 소유스 우주선 그 어디에서 선장이었는지도 따지니까 말이야. 그리고 만일 우주유영을 했다면 생명선을 매달았는지, 유인이동장치로만 했는지. 로봇 팔을 써봤다면 위성을 보관실에서 꺼내서 날렸는지, 정거장 수리를 한 건지."

그렇게 세세하게 따져서 같은 우주선에 탈 때는 서열이 높은 사람이 선장이 되고, 승무원의 국적이 어디든지 해치를 열고 말고 하는 것까지 지시에 따라야 한다는 것이었다.

"하지만 가장 서열이 높은 사람은 문워커가 아니겠어?"

김태우가 끼어들면서 말했다. "나는 달에 다녀왔는데. 나직하게 딱 한 마디 하면 와글거리던 주위가 다 숙연해지지."

"하지만 다 은퇴하지 않았어? 그리고 이 센터에 와본 사람이 있을까?" 나는 김태우를 물끄러미 바라보았다.

"그래도 이 세계에서는 절대적으로 존경을 받지." 그는 단정적이었다. 하지만 사샤는 어째도 상관이 없다는 듯이,

"우주로 나갔다 오면 신분이 한 단계 올라가는 거야. 부인이나 아들딸들도 학교에서 대접이 달라지지. 하지만 계속 찍혀서 기회를 자꾸 놓치면 카스트의 맨 아래에 남게 되는 거야. 본인은 힘들지만 조직은 봐주지 않고, 그래서 아예 지상 근무로 빼낸 다음에는 밖으로 내보내는 거야." 그는 퇴사를 말하는 모양이다.

"너는 얼마나 됐지?" 나는 묻고서 실례가 아닌가 생각했다.

"여기 와서 칠 년째고 보조하는 백업만 사 년을 했지……. 그래도 우리가 쉽게 불평을 못하는 게 백업만 십몇 년 하다가 퇴사한 사람도 있으니까." 우주인을 하다가 나간 사람도 영웅 심리를 지닌 채로 다른 데서는 적응을 못 하다가 철로 변에서 자살하기도 했다는 것이다.

"미국에선 스무 해 동안 준비하다가 그냥 나간 사람도 있어. 믿어지지 않는 기간이지……." 김태우는 미국에서 우주인들과 어울리다가 온 듯이 감정이입이 되어서 말했다.

"그러니 이 바닥도 아주 잔인한 곳이야. 내 말은 여기도 요직과 말직, 출세와 좌천이 있다는 거야." 사샤가 손마디를 뚝뚝 꺾으면서 말했다.

나는 허탈한 느낌이 들어서 고개를 저었다. "회전문으로 나갔다가 도로 들어온 거 같아. 여기도 이렇다니까."

이튿날 사샤가 나와 저녁을 같이 먹고 산책을 나갔을 때 해준 말은 좀 더 심각했다. "조심해야 돼. 너희는 넷 중에 둘은 우주로 나갈 거라고 믿는 모양이던데." 그는 숨을 나직하게 내쉬더니 다짐한 듯한 눈동자로, 놀라는 내 얼굴을 바라보았다. "너희 중에 누구도 못 가는 수가 있어."

"무슨 말이야? 나라들 사이에 계약을 해서 돈까지 줬는데."

"나라가 아니라 정확히는 너희 연구원하고 우리 우주청 사이에 오간 것이지. 아직 돈은 일부만 들어왔고." 그가 잠깐 부릅뜨듯이 나를 바라보자 한 번도 보지 못한 엄한 표정이 나타났다가 사라졌다. "여기는 복잡하단 말이야. 너희처럼 왔다가 일이 무산돼서 훈련만 하고 돌아간 나라가 한둘이 아니야. 그리스와 아르헨티나, 그리고 멕시코……." 그러면서 그는 몇몇 나라의 이름을 더 말해주었다.

"아니, 왜?" 나는 그의 진지한 표정 때문에 더 놀랐다.

"여기는 복잡하다니까. 너도 나도 어쩔 수 없는 일들이

있어. 너희가 너무 모르니까 하는 말이야. 앞으로 겪으면서
알게 될 거야……. 한 명도 못 가는 수가 있다고."

그리고 나는 오래지 않아 그의 말이 현실이 되고 있다고
느끼게 되었다.

4

그 무렵에 김태우가 기록작가에게 남긴 이야기이다.

「"회전문으로 도로 들어온 거 같아."

이상한 일이지요. 저에게는 이 말이 오히려 형이 앞으로
선발돼서 우주인으로 살아갈 거라고 마음을 굳히는 것처럼
들렸어요. 회전문 안의 세계에서 계속 살아가리라는 말처
럼 말이에요. 형의 그러한 내면의 바닥을 읽으려고 하면 할
수록 저는 스트레스를 받곤 했어요.

우리는 사이좋은 공생을 한 것일까요? 속마음을 감추고
면종복배를 한 것일까요?

거기는 언덕마저 없어서 제가 본 하늘 가운데 가장 드넓
은 하늘이 있었어요. 건물마다 우주선의 모형들하며 갖가
지 우주복들과 실제로 비행을 해보는 듯한 시뮬레이터들, G
테스트를 하는 크나큰 기기에, 돔의 천장에 별자리들이 떠

오르는 플라네타륨까지…… 우주인들은 여기서 밥벌이를 하는 것이지만 우주복을 입고 수조에서 훈련받는 것을 보면 영화 세트 속에 들어온 것 같았지요. 미국에 계속 있었으면 나사에 가서나 볼 수 있었을 겁니다.

식당이나 카페에 가보면 놀랍게도 크리칼레프나 폴리아코프, 솔로비예프 같은 제가 겨우 이름만 외우고 있는 우주인들이 제 건너편에 앉아 있었어요. 어떤 다큐멘터리에서 곧장 걸어 나온 것 같은 느낌을 줬지요. 내가 잘못 본 게 아닌가 싶어서 실례를 무릅쓰고 똑바로 쳐다보는데, 아무리 봐도 본인인 거예요. 우리나라에서는 잘 알려지지 않았지만, 미디어를 숱하게 탄 이 세계의 거장들이에요.

김동석 형이 전화해왔을 때 저는 "프리미어 리그에 온 것 같아요." 하고 말했습니다.

"그러면 너희는 어떻게 되니? 벤치에서 구경하는 후보?"

"무슨 말씀을요. 진우 형하고는 매일 팀워크를 맞추고, 훈련을 많이 해요. 우리는 꼭 프리미어로 갈 거예요."

"그러면 진우도?"

그는 이런 질문은 왜 던지는 것일까요?

"우리는 같이 가지 않겠어요? 늘 동고동락하는데…….."

"살아 보니 꼭 그런 게 아니더라."

"무슨 말이에요?"

"너로 이미 내정이 됐다고 하던데. 우산연에서 나온 말이니까……."

"그러면 왜 제가 모르고 있지요?"

"그건 그럴 수도 있지."

"형, 그런 말씀하지 마세요. 저는 지금 방심하면 안돼
요……. 그러면 다른 사람은 또 누구래요?"

"너 이름만 나왔어. 나는…… 너한테 도움이 되라고 하는
말이야."

대전 출장이 잦은 그는 인맥도 넓고 소식도 빨라서 무시
할 수 없었어요. 저는 한참이 지나서야 그가 실없이 한 말
은 아니라는 것을 알았어요.

우주선 교육은 격납고 같은 데서 받았는데 구석에 먼지
를 뒤집어 쓴 안락의자도 있고 마른 흙만 담긴 화분도 있는
오래된 곳이었어요.

나이든 우주선 교수는 오래된 소유스 TM에 대해서는 훤
한데, 최신식 소유스 TMA의 앞에서는 머뭇거리더군요. 그
러면 이상하게도 더벅머리에 선머슴 같은 젊은 통역이 도
리어 나이 든 교수에게 가르쳐주곤 했어요. 우습기도 하고
미국이라면 상상할 수 없는 광경이지요. 물론 그 과목 전문
통역이긴 하지만.

소유스 우주선은 말하자면 테니스공 밑에 보온병을 붙인
모양이에요. 교수가 그 '테니스공'의 한쪽에 화살처럼 뾰족

튀어나온 쇠막대를 가리키면서 "이게 뭔지 알고 있나?"하고 묻는 거예요. 겨우 두 번째 강의일 뿐인데. 진우 형이 머뭇거리니까 제가 슬며시 주먹과 손바닥을 마주치는 시늉을 해줬지요. 형이야 어차피 저한테 빚을 많이 지고 사니까.

"앵커요." 진우 형은 슬쩍 눈치를 채면서 저한테 미소를 띄우더군요. "정거장의 포트에 끼워서 도킹을 하는 거잖아요."

"그런데 우주선이든 정거장이든 둘 다 초속 8킬로미터다. 한 시간에 2만 8800킬로미터, 얼마나 빠른지 상상이 되나." 눈썹마저 하얗게 센 러시아인 교수는 허리를 꼿꼿하게 펴고 눈동자를 빛내더군요. "둘이서 과연 결합이 가능하겠어? 사람이 그걸 해낼 수 있을까? 총알보다 열 배나 빠른데?"

러시아인의 의기양양해하는 모습을 보면서 나와 형은 다른 생각 없이 부러웠어요. 7.2톤의 단단하고 완전무결한 선체. 표면은 매끈하고 완강합니다. 형이 그걸 쓸어보면서 "아름답다"고 하더군요. 저도 괜시리 아쉬워서 손을 얹은 채로 고개를 끄덕거리고.

교수들의 구술시험은 물리 생물의 원리부터 우주정거장의 시시콜콜한 이용법까지 다 들어 있었어요.

우리는 서로의 방에서 실제처럼 한 사람이 팔짱을 낀 채로 질문을 던지면 다른 사람이 숨소리도 내지 않고서 대답을 했지요.

우주로 나가서 한 시간에 필요한 산소나 음식 열량 같은 것은 형이 더 잘 이해했어요. 생물학을 했으니까. 물론 우주선이 궤도를 틀거나 덮개를 떼내는 일 같은 것은 당연히 제가 더 잘 이해하고.

이산화탄소가 필요한 식물은 산소를 만들고, 산소를 마시는 동물은 이산화탄소를 내놓는다. 우리는 그런 식으로 도운 거죠. 형은 제가 이름에 도울 우佑자를 쓰느냐고 묻더군요. 알고 보니 우리는 둘 다 이름에 도울 우 자를 쓰는 거예요.

그런데 형은 가끔 내가 모르는 부분에 대해서 의문을 풀어줄 때 자부심 같은 것이 얼굴에 생겨났어요. 이 친구와 내가 비로소 대등하게 되는구나. 아마 그런 마음이었겠지요. 새로운 신호가 나타났다는 생각 말이에요. 저는 물론 러시아말보다는 우리말로 해서 훨씬 쉬워진 설명을 형한테서 들으면 어떨 때는 자존심이 상하기도 했고 어떨 때는 깨닫는 희열을 느꼈어요. 고마워하는 표정도 저절로 떠오르고. 형이 저한테 넉넉하게 가르쳐준 것은 아마 그런 표정 때문이었을 거예요.

체련 교수는 가끔 둘씩 짝을 지어서 수영 경기를 열었는데 우리는 호흡이 잘 맞아서 일등을 하곤 했어요. 아시나요? 둘이서 나란히 손을 잡고 동시에 접영을 하는 거요. 뒷사람이 앞사람의 발목을 잡고 헤엄치기도 하고.

진우 형은 출발 전에 두 주먹을 마주치는 범핑을 나한테 했는데 골인하고 나서는 하이파이브까지 하더군요. 그게 좋아 보여서 다른 우주인들도 하나둘씩 따라서 하고.

김유진씨는 한번은 손톱을 바싹 깎지 않아서 정우성 형의 발목에 상처를 낸 적도 있어요. 하지만 그분은 성격이 대범해서인지 아무 말 없이 그냥 넘어가더군요. 내가 살갗이 까진 상처를 봤다고 말해주니까 유진씨는 "왜 난 몰랐지?" 하더니 연고를 가져와서 직접 발라주었다고 했어요. 나중에 유진씨는 저보고도 연고를 주더니 "진우 오빠 살이 까졌더라"고 말하더군요. 우리는 조금씩 예민해지는 것 같았어요.

하지만 그녀의 수영 실력은 본받을 만하더군요. 담배를 한 모금도 안 한 것은 저와 같지만 우리가 숨을 참고 잠영을 한 바퀴 반 했는데도 그녀는 한 바퀴를 더 하더군요. 우리는 그녀에게 아가미가 있는지 살펴보려고까지 했습니다.

교수들은 우리 수업을 넘어선 내용에 대해서도 질문을 던지곤 했습니다. 어려운 내용이라서 설명을 해야 하나, 망설여지는군요. 가령 이런 것입니다.

"우주선이 지구를 빙빙 도는데도 펼쳐낸 태양전지판은

언제나 태양을 바라보게 해야 한다. 어떻게 해야 그것이 가능할까?"교수는 그렇게 묻고서는 뒷짐을 지고 몇 걸음 왔다 갔다 하고.

"지구로 돌아오는 착륙선 바닥에는 두꺼운 덮개가 있다. 공기의 마찰열을 막는 건데. 만약 우주선이 뒤집혀서 덮개가 위로 돌려진 채로 대기권에 들어오면 어떤 일이 일어날까?"

그림 없이도 이 상황을 짐작하실 수 있겠어요? 그리고,

"우주선은 지구의 어느 상공을 날더라도 높이를 일정하게 유지해야 한다. 그러려면 어떤 감지기들이 필요할까?" 교수는 팔짱을 끼면서 우주선의 커다란 도해를 바라봅니다. 그러고는 "선장이 감지기 대신 눈으로 잠망경을 보는 것만으로도 높이를 유지할 수 있을까?"그렇게 또 묻고요.

저나 형은 우주선 안의 자이로스코프나 무게중심, 우주선의 바깥으로 내다보이는 지평선의 변화 같은 것을 떠올리면서 거의 상상에 가까운 대답을 했지요.

재밌는 것이 무언지 아십니까? 그럴 때 교수들의 표정입니다. 이제 시작한 학생의 대견스러운 응용력을 살펴본다기보다는 외국인이 얼마만큼 알고 있는지 떠봤다는 인상을 준다는 거예요.

교수가 학생의 대답을 듣고 흐뭇해야 할 지점에서 오히려 눈동자가 정지하며 당혹스러워 하는 긴장이 생기곤 했

어요. 수업이 끝나고 저의 질문을 받게 되면 교수들은 답을 알려주기는 했습니다. 하지만 제가 더 파고들면 후련한 느낌을 줄 때까지 응해주는 경우는 거의 없었어요. 통역들이 시간이 다 됐다면서 먼저 자리를 뜨기도 하고. 이곳은 우리에게 얼마만큼 가르쳐줘야 한다고 계약서에 썼던 것일까요? 솔직히 저희는 그걸 몰랐어요.

하지만 다행스러운 것은 어려운 질문에는 형도 제대로 대답하지 못한다는 것이었어요. 그게 안도감을 주었고 동병상련이 생겨나더군요.

그런데 형은 갈수록 저나 교수들의 허를 찌르는 상상력을 발휘하더군요. 그렇게 해서 자기만의 설명을 만들어내곤 했습니다. 저는 경쟁자가 그러니까 긴장해서 듣느라고 잠시 무아까지 찾아오더군요. 경계심을 가지고 듣던 교수가 마지못해 칭찬을 해주면 형은 기숙사로 돌아갈 때 바짓가랑이에 바람이 일만큼 힘차게 걸었습니다.

그가 나를 바라보는 시선에 신비감 같은 것이 서서히 사그라지는 것을 느낄 수 있었어요. 자신감이 생긴 것이지요. 그게 왠지 스트레스를 가져오더군요.

우리는 사이좋은 공생을 한 것일까요? 속마음을 감추고 면종복배를 한 것일까요?

이런 의문은 그가 경쟁에서 갑자기 낙오하던 날까지 제 속에서 메아리 쳤어요. 며칠 지나서야 이제 남은 우리 셋이

겨루는구나 싶어서 낙담한 그에게 물끄러미 연민이 갔지
요.」

5

그러면 김유진과 정우성의 사이는 어떠한 것이었을까?

수영장에는 여성용 탈의실이 별도로 없었는데 김유진이
안쪽에서 커튼을 치고 몸을 닦고 옷을 갈아입는 동안 먼저
나온 정우성이 출입문 근처에서 서성거리며 기다려주곤 했
다. 그럴 때마다 그는 무슨 생각을 할까? 나는 그 둘이 얼
마나 가까운 건지 시시때때로 호기심이 일었다.

정우성은 그녀의 앞에 카드 한 벌을 좍 펴놓고 게임 방법
을 가르쳐 주거나 체스판을 놓고 묘수 쓰는 법을 알려줬다.

우리는 알료샤의 숲속의 '캐빈'으로 초대받아 갈 때가 있
었는데 미국이나 유럽의 우주인들이 쉬는 곳이었다. 그곳의
카드나 체스는 우주인들이 틈만 나면 독특한 룰을 보탠 것
이어서 나는 골치가 아팠지만 김유진은 한 달쯤 지나자 아
주 능숙하게 해냈다. 다른 나라 우주인들은 그녀와 가까이
앉아 얘기하기를 좋아했고 그녀의 이름을 금세 외웠다. 김
태우는 그녀가 "친화력이 대단한 거 같다"면서 부러워했다.

그녀는 요리를 자주 했고 쉬는 날 우리까지 불러서 메밀국수나 상추쌈을 해서 먹었는데 쌈을 직접 정우성의 입에 넣어 주기도 했다.

햇볕 좋은 날에는 우주인 주택의 데크에서 그의 목둘레에 보자기를 두르고 가위로 머리카락을 사근사근 손질해주기도 하고. 그리고 최수열이 준 네모난 거울로 이리저리 얼굴을 비춰주곤 했는데 빗질한 머릿결을 따라서 윤이 흘렀다.

"결혼한 조장호 소령이 왔어도 이렇게 했을까?" 그의 뼈에 간 실금이 생각났다. 운명은 이런 작은 수手를 예기치 않게 둬서 장래의 판세를 바꾸는지 모른다.

"사귀는 분이 있다고 하지 않았어요?"

내가 나중에 물어보자 정우성은 손으로 얼굴을 문질렀다.

"여기 가겠냐고 하길래, 정말 고민이 많았어요."

"왜요?"

"마음의 준비가 안 됐고…… 여자 친구가 만나주지 않았거든요. 두 달 넘게…….." 그가 올려다보면서 입술을 입 안으로 넣었다가 떼자 입술이 하얗게 변했다. "아마 내가 나이가 많아서겠지요?"

"출국할 때까지도?"

그는 고개를 끄덕거렸다. 나는 김유진이 마음에 드느냐고 묻지는 못했다.

"유월은 정말 다르네요. 여기 와서 날씨가 가장 좋은 것 같아요."

맑은 일요일 아침에 김유진은 배낭을 메고 한나절짜리 도보여행을 가면 어떻겠느냐고 우리에게 제안을 했다.

"그러면…… 내가 마가진에 가서 샌드위치와 컵라면 과일들을 사올 테니까. 진우씨가 물을 끓여서 보온병에 넣어 올래?"

정우성은 곧장 응했고 나는 문득 그들이 얼마나 가까운 사이인지 알고 싶었다.

양복 차림의 레닌이 타일 모자이크로 그려진 붉은 탑을 끼고 돌면 별의 도시의 바깥으로 나가는 쪽 곧은 가로수 길이었다. 일대에는 대평원 위에 뭉게구름이 지나가고, 소나무와 잎갈나무가 번갈아 숲을 이뤘다. 그 사이로 지프 바퀴 자국을 안은 흙길이 완만하게 오르락내리락하고.

숲에서 소나기를 만나자 우리는 가까운 오두막으로 내달렸는데 천둥이 콰쾅! 섬뜩해지도록 울리고 나자 공기는 오히려 더 적막해졌다. 젖은 잎사귀와 가지들 위에서 하얀 섬광이 번들거리더니 빗물이 쏴아! 하고 풀려난 듯이 쏟아졌다. 빗줄기는 통나무 지붕을 요란하게 두들기더니 처마에서 줄줄 떨어져 내린다.

"이게 좋은 날씨인가?" 나는 퉁명스러웠다.

"이 정도면 조화로운 거지. 봄에 날씨들이 얼마나 변덕

215

스러웠는데. 생각 안 나?" 정우성은 김유진을 막아서는 듯
했다.

"맞아요." 김유진이 반가워했다. "지난달인가? 우리 수업
마치고 오다가 장미에 함박눈이 내리는 것도 봤잖아요? 무
슨 판타지 같았어……"

비가 언제 그랬냐는 듯이 그치자 피부에 소름이 돋을 정
도로 서늘한 한기가 주위에 퍼졌다. 여전히 낙숫물이 반짝
이는 처마 아래서 그녀는 슬며시 뒷짐을 진 채로 눈을 감고
콧속으로 들어오는 공기의 맛을 보았다. 정우성이 흉내라
도 내듯이 코를 살짝 들고 긴 숨을 들이쉬고. 나와 김태우
는 난감하게 웃었다. 습기 배인 흙내는 향긋하고 풀의 물비
린내는 상큼했다.

"여기 빽빽하게 들어찬 나무들 보이지." 숲의 언저리에
다다르자 내가 가르쳐주고 싶은 게 생겼다. "이게 다 다릅
나무와 들메나무야. 잎이 넓고 예쁘지. 내가 좋아하는 나무
들이야."

김유진은 안경수건으로 얼룩들을 꼼꼼하게 닦아낸 조종
사 선글라스를 끼고서 숲의 바깥으로 나섰다.

나는 깨끗한 자연광이 좋았다. 우리는 무시로 바뀌는 흰
구름의 색깔에 취해서 넋을 잃고 하늘을 바라보던 길고 투
명한 봄날을 살았다. 살찐 들고양이가 새끼들을 데리고 느
릿느릿 건너가는 흙길 아래에는 젊은 부부와 어린 오누이

가 앉아서 감자 줄기에 도톰하게 북을 주고 있었다. 그들의 뒤로 하얀 감자꽃이 끝없이 핀 들판이 있고 트랙터가 세워진 길 건너에는 라디오에 연결된 스피커에서 가요가 흘러나왔다. 다 익은 보리밭이 바람에 나부꼈다.

우리가 걷다가 쉬다가 먹다가 웃다가 오후 내내 숲과 들을 번갈아 가로지르자 드디어 뾰족한 삼각 지붕에 다락 창이 나 있는 농가들이 하나둘 나타났다. 저 너머 가가린 성당과 콜호즈의 공회당, 그리고 널찍한 앞마당. 유모차를 밀고 가는 젊은 부부와 지팡이를 짚은 할머니 주위를 맴도는 아이들이 있었다. 김태우가 기지개를 켜더니 부드러운 눈길로 중얼거렸다.

"우리가 진정한 러시아에 온 것 같은데."

"참 평화스러워요……." 김유진이 공회당 앞의 나무의자에 앉으면서 한숨을 쉬었다.

투명한 백야의 땅거미가 고즈넉하게 내려오고 들녘의 이내가 거무스레해졌다.

"이게 언제 붙은 거지?"

정우성이 그녀의 재킷과 바지에 붙은 풀씨들을 하나하나 뜯어내주었다. 가슴과 궁둥이로도 손가락이 가는 것을 보고 나는 놀랐다. 그녀 역시 자연스레 몸을 돌려주고. 김태우도 긴장하며 바라보았다. 정우성은 새카만 바늘 같은 씨들을 자갈밭에 버리지 않고 치성을 드리듯이 열몇 걸음 더 걸어가서 길 아래 묵정밭에 뿌려주었다. "살 기회를 줘야지." 김유진은 그를 물끄러미 바라보았다. 둘이 사랑한다는 생각이 문득 들자 그들의 다정함이 내게로 번져오는 것 같았다.

"남자와 여자가 무중력인 그림 있잖아요." 김태우가 말하자 내가 느릿느릿 돌아보았다. 샤갈이요, 하고 그가 말했다. "떠 있지 않아요? 둘 다?" 푸르스름하게 잠이 든 시골 마을과 흰 닭과 염소, 꽃들에 둘러싸여 하늘로 날아가는 남자와 여자.

두 사람이 저 앞에서 살짝 돌아보더니 카페 안으로 들어섰다. 나는 하늘을 우두커니 올려다 보았다. "그래도 차분해 보이는데."

낮을 다 거쳐온 마을로 백야의 투명한 밤이 들어서고 있었다.

"너 혹시 말이야, 센터에 좀 복잡한 사정이 있다는 말은 못 들어봤니? 훈련만 하고서 무산돼버린 나라도 있다는데……." 나는 긴장했지만 발끝으로 태연히 자갈을 문질렀다. "여기 온 사람들이 모조리 집으로 돌아갔대."

그는 흠칫 놀라는 표정이었다. "그런 일이 있었대요? 하지만 적응을 못한 게 아닐까요? ……여기도 만만찮은 곳이니까." 그는 생각에 잠기는 듯하더니 신발을 털고 카페로 들어섰다.

갈래머리 여자아이가 어린 남동생과 떠들썩하게 잡기 놀이를 하다가 카페 문을 열고 달려 나왔다. 문틈으로 '헤이 주드'하는 노랫소리가 흘러나왔다.

이튿날 김태우는 내가 샤워를 하고 있을 때 문을 두드렸다.

"들어와요." 내가 욕실 문을 살짝 열고 말할 때 하얀 김이 빠져나갔다.

"어디 있어요?"

그가 들어오자 나는 타월로 비누칠을 하면서 말했다. "들어오라니까."

"징그러운 사람이네. 다 씻고 내 방으로 좀 와줘요."

내가 옷을 갈아입은 채로 방으로 찾아가자 침대의 테두리에 걸터앉은 정우성과 김유진이 손을 흔들며 반가와 했다. 어제의 네 사람이 모두 모인 것이다. 김태우는 책상 모서리의 묵직한 복사물 뭉치를 들어 올렸다.

"그게 뭐야?" 나는 예상을 못한 채로 그것들을 바라보았다.

"선물이야." 그는 의기양양해하면서 뭉치들을 나눠주었다.

"선물? 뭔데 그래?" 나는 그것들을 한 장 한 장 넘겨보다 보니 얼굴에 웃음이 생겨났다. 소유스 우주선과 로켓의 이

치를 설명하는 교재였다. 그것은 아무런 허물도 없고 정겹
기만 한 우리들의 사이를 보여주는 표징 같았다. 이것을 놓
고 지난주만 해도 우리들은 생각들이 달랐는데 오타쿠인
그와 김유진 정도만이 러시아말로 된 이것을 구하자고 했
던 것이다. "해냈구나. 어떻게 이렇게 빨리 구했어?"

"이거 그냥 주는 거 아냐. 파는 거야."

내가 팜푸슈키를 그에게 덜어주면서 늘 하는 말이었다.

"파는 거야? 그래? 그럼 어딜 파줄까? ……어딜 파면 되
겠어?" 나는 그를 침대에 쓰러뜨려서 겨드랑이를 손으로
파고들었다. 정우성과 김유진이 화들짝 놀라면서 자리를
비켜섰다. "여기면 되겠어?" 그가 깔깔거리더니 자지러질
듯이 소리를 질렀다.

"더 파줄까? ……모자라지? 모자라구나. 그래, 더 파줄
게."

"그만! 그만!" 그가 버둥거리면서 깔깔거리는 웃음소리
는 복도에까지 울려 퍼졌다.

6

그렇게 사이좋았던 우리에게는 무엇이 기다리고 있었을
까. 김유진이 남긴 이야기다.

「정경수 실장님은 두 달에 한 번 모스크바로 오기로 하셨는데 왜인지 이번에는 한 달 앞서 유월에 오신다고 전화해오셨어요. 우리가 우주인의 집 행사에 가려고 방을 나서던 참이었지요. 그래서 자세히 여쭤볼 생각도 못 하고서 기다리겠다고만 말씀드렸어요.

행사장에는 테레시코바가 나온다고 했어요. 잘 아시지요? 여자로서는 최초로 우주인이 된 분이요. 그녀를 처음본 것은 삼월이었어요. 수업을 마치고 나오니까 트럼펫이며 호른을 앞세운 군악대가 발맞추어서 순환도로를 나가고있더군요. 그날이 그분의 생일이라는 것이었어요.

의장대 사병들은 가가린 석상이 있는 광장까지 가더니붉은 술이 달린 총을 돌리기도 하고 좌우의 어깨에 번갈아메기도 하고 위로 던졌다가 받기도 하더군요. 일제히 총을바닥에 부딪혀서 착! 착! 착! 착! 소리를 내니까 신속한 절도가 생겨났고요. 사병들이 착검한 총을 얼굴에 붙인 채로동작을 정지하니까 테레시코바가 주름 하나 없는 정장 차림으로 꽃다발을 들고 나타나더군요. 나이가 꽤 드셨는데도 태연함에는 카리스마가 깃들어 있고. 당당하게 나가셔서 가가린에게 헌화를 하셨어요.

최초라는 것은 참 대단하더군요. 살아 있는 사람의 생일을 이렇게 의장대까지 나와서 기념해주다니.

테레시코바는 연회장에 주빈으로 소개되고, 연설을 하고 도열한 관료며 군인들과 악수하고, 우주인들의 등을 두드려주더군요.

그녀는 명예의 기념관이에요. 박사 공군소장 의원 소련 영웅이 되고. 훈장 메달 명예학위와 명예시민증을 온갖 나라에서 받았어요. 기념관 기념탑 박물관에, 달의 분화구에 이름까지 붙여졌지요. 원하면 언제든 크렘린에 들어가 대통령을 만날 수도 있고.

태어나 저렇게 한번 살아봤으면 하는 강렬한 동경이 제 속에서 잉걸불처럼 일어나는 거예요.

그런데 사샤가 사람들 사이에서 와인 잔을 들고 선 낯선 할머니를 가리키더군요. 주름이 자글자글하고 허리가 약간 굽은 분이었어요.

"저분이 옐레나야."

"저분이라면 조깅하다가 만난 적이 있어. 밭에서 따낸 토마토를 나한테 세 개나 주셨는데. 멀리서 왔다면서."

"한때는 테레시코바와 겨뤘던 분이야."

"그분이야? 우주인 아파트에 사신다던데."

사샤는 결국 그녀가 우주로 올라가지 못했다고 말했어요.

"옛날에는 우주에서 돌아올 때 착륙선을 끝까지 타지 않았어. 중간에 낙하산으로 뛰어내렸거든. 옐레나는 전국 낙하산대회 우승자였고. 가냘프게 보이지만 초인이었지. 폭우가 쏟아져도 낙하산으로 내려왔으니까. 저분은 테레시코바 다음 차례로 우주선을 타려고 했어. 하지만 그때부터는 사람이 탄 채로 내려앉는 소유스 시대가 열렸어. 낙하산이 필요 없어진 거야."

저는 다음 이야기를 듣지 않아도 알 것 같았어요. 앞바다가 메워져버려 더는 갯벌에서 소라 고동을 주울 수 없는 소녀가 생각나더군요.

백발인 옐레나 뒤로 머리 손질을 완벽하게 한 테레시코바가 지나가며 눈인사를 할 때 저는 서글프더군요. 사람들이 그분을 소개할 때 "이분이 바로 테레시코바와 함께 훈련을 받던……." 하고 얼버무리면 손님은 "아!" 하고 얼른 눈치를 채면서 옐레나와 포옹을 하더군요. 그녀는 그때 한번 기회를 잃어서 여생 동안 조연으로 소개받는 사람이었어요. 그날 행사는 그 기억으로만 남았어요.

가브릴라는 안나에게 뒤져서 아직 우주로 갈 기회를 갖지 못했는데 러시아 아이들의 노래를 들으면 서글퍼진다고 하더군요. "민들레 씨는 하늘로 올라가네. 올랐다가 내려와서 꽃으로 피어나네." 하는 노래요. 그런 말을 전해주던 사샤의 얼굴에도 오랜 백업 생활에 지친 그늘이 지나는 것을 저는 보았어요.

정 실장님은 중앙부처에서 잔뼈가 굵은 관리였어요. 승

용차에 탈 때나 음식점에 앉을 때 상석과 말석을 가리셨고. 우리는 그분이 파견 나온 우주인양성실의 부하였지요. 하지만 그분은 세련된 관료답게 분위기를 항상 부드럽게 만들어 주시곤 하셨어요.

그날 우리는 모스크바로 가서 한인식당에 자리를 잡았는데 처음에는 기분들이 좋았어요. 주인이 매생이굴국과 흑미밥 세트를 추천해서 모두 그렇게 주문했고 이진우씨만은 고등어구이를 시켰어요.

그러고는 우리가 지은 러시아 이름들을 가지고 얘기가 오갔지요. 저는 소피아, 정우성씨는 바냐, 이진우씨는 유리, 김태우씨는 미하일, 그런 식이었지요.

"유리라니! 유리 가가린이라는 건가?" "미하일? 미하일 고르바초프라는 말이야?"

실장님은 그러면서 "이봐, 바냐!" "왜? 소피아?" 하고 천연덕스럽게 우스갯소리를 주고받았지요. 그러다가 굴국에 밥을 말면서 생각지도 못한 말씀을 하셨어요.

"아무래도 우주선을 두 번, 세 번 타게 하지는 못할 것 같아." 저는 밥을 먹다가 그 말의 의미가 뒤늦게야 머릿속에서 터져 나왔어요. 우리는 한 사람, 한 사람 수저를 멈추고서 상사를 바라보았습니다. 한숨을 내쉬셨어요. "역시 예산이 문제이고……."

"……한 사람만 탑승한다는 말씀이신가요?" 제가 여쭸습니다. "두 사람이 아니고요?" 저는 초조했을 겁니다.

실장님은 고개를 끄덕이셨어요. "최선을 다했어. 국회로 재경부로 다니면서…… 다음 주에 발표가 있을 거야……. 우주인 한 명 배출로 정해졌어."

방송사의 스태프는 어느 만큼까지 알고서 상사와 동행을 한 것일까요? 까만 렌즈가 벌써 우리들의 표정을 잡더니 한 사람씩 클로즈업을 하는 것 같았어요.

"큰 차이 없어. 탑승이 정해지면 두 사람은 십이월에 귀국해서 회사로 돌아가면 되는 거야." 실장님은 차분해지셨어요. 하지만 큰 차이가 없다니요……?

"그러면 백업은 못 가는 것인가요?" 김태우씨가 확인하듯이 물었습니다.

"그렇지." 아무런 흥분이 없는 태도를 보면서 저는 실장님과 거리가 생겨났어요. 이분은 여태까지 우리 기대만 부풀려왔구나. 책임져주지도 않을 것이면서…… 아픔이 왔을 때 심경마저 우리와 다르구나…….

저는 정우성씨와 눈길이 마주쳤어요. 우리에겐 우리 조가 선택돼서 같이 간다는 희망이 있었거든요. 아시지요? 그런 희망…… 팀원들 사이에 믿음이 생겨나게 하는…… 사실 우리는 그것으로 살아가는 것이잖아요…….

"그러면 앞으로도 계획이 없는 건가요?" 이진우씨가 고개를 앞으로 내밀었어요.

"뭐 아직은 잡혀 있지 않은 거지." 실장님이 그를 바라봤습니다. "하지만 이렇게만 하고 말겠어?"

전혀 전문적이지 않고 소박한 추측 같은 이야기는 무책임하게 들렸어요. 남의 일을 예상하는 것 같은. 실장님은 눈을 슬쩍 떠서 우리를 둘러보더니 덧붙이더군요. "앞으로 우리가 하기에 달린 거지."

우리에게 책임을 떠넘기려는 것처럼 들리는 말. 지금까지도 우리는 있는 힘을 다해왔는데. 그분들에게는 과연 우주인을 만든다는 것이 무슨 의미일까요?

'관료들은 어차피 이번 일을 하고 나면 다른 일로 건너갈 거예요.' 예전에 김태우씨가 그렇게 단정적으로 말할 때 저는 언짢았어요. 저는 기대가 있었거든요. 하지만 결국 그 말이 맞는 게 아닐까요? 그가 실장님에게 물었습니다.

"그런데 왜 이렇게 된 거죠?"

"예산 잡는 의원들한테 먹히지가 않는 거예요. 우주에는 표밭이 없잖아." 실장님은 웃음을 구하듯이 둘러보았지만 누구도 웃지 않았습니다.

나중에 카메라가 빠져나간 다음에 이진우씨가 다소 긴장한 얼굴로 실장님에게 물어보았습니다. "혹시 가가린센터에서?" 그는 더욱 조심스러워졌습니다. "센터에서 무슨 요구가 있었나요? ……인원을 줄이자는?"

"아니." 실장님은 무표정해졌습니다.

226

"예산 때문이라니까."

기숙사로 돌아오는 차 안에서 김태우씨가 말하더군요.
"그래도 둘은 가야지. 가가린이나 티토프처럼……."

"백업을 하고도 영영 못 간다니……." 저는 옐레나가 생
각났습니다. 하지만 옐레나는 훈련받으면서는 자기도 간다
고 생각했겠지요. 하지만 우리는 못 간다는 걸 알면서도 훈
련을 열심히 받아야 했습니다.

정우성씨가 이마를 앞좌석의 머리받침에 대고 슬그머니
눈을 감더군요. 얼굴이 납빛이 돼 있었습니다. 저는 그의
손등을 쓰다듬었는데 그가 손을 마주 잡았어요. 하지만 따
뜻하지는 않았어요. 제 손도 그랬을 거예요.」

7

이튿날 아침에 일어나자 나는 힘들었다. 회사에서 감원
발표가 난 것 같았다. 사막을 가로질러 바늘구멍의 앞에까
지 왔는데 구멍이 하루 밤 사이에 절반으로 줄다니……. 바
깥은 차가운 안개가 숲을 감싸고 사잇길을 굼실굼실 부유
하고 있었다.

나는 물 한 잔을 마시고 순환도로를 달리다가 별의 도시

로 빠져나갔다. 센터 본관이 건너다보이는 아파트 앞에서 멈춰서고 말았다.

구수한 수프 냄새가 나고 가요와 뉴스를 전하는 라디오 소리가 들렸다……. 본관을 둘러싼 철조망과 솔숲, 옆에는 자동차의 보닛들이 빛을 반사하는 너른 주차장. 콧수염을 기른 직원이 승용차 트렁크에서 상자를 꺼내 들고는 느릿느릿 본관으로 향했다.

그래, 용인의 내 연구소……. 저 본관의 2층 저기쯤 되는 곳에서…… 가느다란 눈매의 실장과 내가 만났지…….

혓바닥을 부드럽게 감도는 매생이와 굴, 그리고 고슬고슬한 흑미의 맛……. 하지만 다시는…… 그 메뉴를 먹을 수 없으리라. 왜 우연은 갑자기 실현되어서 나를 느닷없이 괴롭혔을까.

내가 회사로 돌아온 게 아닐까? 저 본관으로 들어가 보면 먼지 쓴 지구본이 있는 텅 빈 자연사박물관 준비실이 있을 것 같다. 허리 쿠션이 달린 내 의자와 책상도. 그리고 실금 같은 눈 속에 표정을 감춘 실장과…… 감원 후보로 점찍은 직원들에게 본관 주차 태그를 내놓으라고 요구하는 경영지원실도…… 직원들이 서글프게 짐을 푼 커피포트도 없는 대기반 사무실도…….

그렇구나. 나는 아직 멀리 떠나오지 못했구나…….

8

긴장하기는 김태우도 마찬가지여서 우리 사이는 무엇이 벌어질지 몰랐다. 김태우의 이야기다.

「그 옛날 가가린과 같이 뽑힌 후보들은 원래 스무 명이 었어요. 가장 뛰어난 조종사였던 넬류보프가 의외로 잘난 체하기를 좋아해서 떨어져나갔고 티토프가 마지막까지 함께 남았어요. 결정권은 공군 참모총장이 쥐었는데 여기 와서 보니 고뇌 속에 쓴 일기가 전시돼 있더군요.

'가가린인가? 티토프인가? 이것은 누구를 영원한 죽음으로 내보낼 것인가 결정하는 일일 수 있다. 하지만 누구를 인류사에 영원히 남게 할 것인가 결정하는 일이기도 하다.'

참모총장은 결국 최고의 조종사인 티토프로 기울었는데 발사 나흘을 남기고 가가린으로 정해지고 말았어요. 우주 항공학의 총수가 코롤료프였는데 최종 낙점하는 국가위원회에서 가가린을 민 것이지요. 자기가 만든 보스토크 우주선에 가가린이 구두를 벗고 들어가는 모습을 보고 마음에 들어 했다고 하지요. 알면 알수록 사람 됨됨이가 됐다고 생각했다고 하고.

가가린은 수학에 뛰어나고 천체 운행을 잘 이해했어요. 어떤 일이건 철저하게 준비하고 긴급 사태에 반응도 빠르고. 상상력도 뛰어나고 야한 농담까지 은근히 잘했어요. 비슷한 나이의 조종사들보다 인간이나 인생의 본질을 잘 이해했는데. 그래서 자기를 훨씬 더 객관적으로 볼 수 있었지요. 겸손했다는 뜻이에요. 어릴 적부터 주물 공장에서 쇳물 뜨는 일을 했던 고생이 성숙하게 만들지 않았을까요. 그런 평가들이 센터에 문서로 남아 있는데 작가님도 살펴보셨나요?

가가린은 우주를 다녀와서도 대중 앞에 나가면 소박하고 반듯했어요. 난처한 일이 있어도 티 내지 않고 선량하고 영민하게 처세해서 실수 없는 사람으로 사랑을 받았지요.

모스크바에 찾아온 유럽의 기자들은 그가 어떻게 착륙했는지 묻곤 했습니다. 중요한 비밀이 숨어 있었거든요. 가가린은 보스토크가 어떻게 땅에 닿았는지는 잘 설명했지만 자기가 거기서 어떻게 빠져나왔는지는 슬쩍 넘어가곤 했어요. 우주복을 입은 자기를 처음 만난 어린아이와 할머니가 얼마나 놀랐는지, 그리고 그 밭 위에서 육 년 전 자기가 처음 비행기를 탔다는 우연이 얼마나 신비스러웠는지 말하면서 말이에요.

사실 그는 고공에서 보스토크에서 튀어나와 낙하산을 타고 내려온 거예요. 미국보다 앞서려고 소련은 유인 착륙은 뒤로 미루고 서둘러서 쏘아 올린 거고. 사정을 이해한 가가린은 치적을 중시하는 관료들의 요구와 속을 캐내려는 미디어의 요구 사이에서 태연하게 줄타기를 했던 거예요. 거짓말을 하지 않으면서도 보고들은 것을 솔직하게 열거해서 사람들에게 알려준 것, 쉽게 할 수 없는 일이었지요.

코롤료프가 선택을 잘한 것이고, 이게 여러 나라에서 최초의 우주인을 뽑는 기준 중의 하나가 되었어요.

여기 이 사진을 보세요. 발사 날 가가린이 버스에 올라탄 사진이요. 제게는 가가린 뒤에 흐릿하고 자그마하게 앉은 한 사람의 얼굴이 가슴에 와 닿습니다.

똑같이 발사 날 아침에 일어나 마주 보며 식사하고 나란히 우주복으로 갈아입고 버스에 앞뒤로 올라타 비스듬히 누운 채로 발사장으로 가는 얼굴. 가가린은 결연하다 못해 관조적인 위엄마저 띠는데 뒤에는 존재감마저 없는 한 사내가 허탈한 체념으로 눈을 감았어요. 한 걸음 앞에서 인류사에 한 획을 그을 기회를 영영 놓쳐 버린 사내가. 모든 세상을 잃어버린 듯이…… 그 사람이 바로 이등이었던 티토프였지요.

네 달 뒤에는 자기도 두 번째로 지구를 도는데 성공했지만 표정은 그다지 바뀌지 않아요. 우리가 받은 교재의 표지에는 그의 환영식장에 나온 가가린의 얼굴이 있어요. 흰 이가 다 드러나는 웃음을 머금고. 정작 주인공인 티토프는 나직하게 웃고 있고. 평생 동료의 그늘 아래서 지내야 할 운명을 아는 표정, '둘째일 뿐인 사람'의 얼굴이지요.

가가린은 지구를 한 바퀴 돌았지만 티토프는 스물다섯 시간 동안 열일곱 바퀴나 돌았어요. 사람들은 티토프에게 최초로서의 숱한 가치들을 부여했지요.

"지구를 두 바퀴 이상 돌고 온 첫 번째, 우주에서 하루를 넘게 보낸 첫 번째, 우주에서 취침한 첫 번째, 잠에서 깨어나 팔이 둥둥 떠 있는 것을 발견한 첫 번째…… 우주선에서 버튼과 레버를 조작한 첫 번째"

하지만 그 많은 첫 번째는 "우주로 나간 첫 번째"라는 너무나도 단순하고 위대한 업적 앞에서 아무런 힘이 없었지요.

부주의한 사람들이 "어쩌다가 백엽이 되었느냐?"고 물어오면 그는 견디다 못해서 "그런 건 왜 묻냐?"고 신경질을 부리기까지 했지요. 그는 가가린의 그늘에서 벗어나 보려고 기독교 국가인 미국으로 건너가서 작심하고 도전적인 말을 꺼내보았어요. "내가 찾아봤는데 우주에는 신도 천사도 없더라"고. 하지만 며칠 지나 가가린이 이 말을 한 것으로 잘못 알려지니까 반응이 달라지는 거예요. 솔직하고 담대하고 놀랍다고. 티토프가 얼마나 무기력해졌겠습니까…….

한번은 사샤가 자작나무에 둘러싸인 가가린의 조각 뒤로 저희를 살금살금 데려가는 거예요. 뒤를 볼 생각은 못 했는데. 뜻밖에도 가가린은 등으로 돌린 왼손에 꽃을 쥐고 있었어요.

"누구에게 주려는 것 같아?"

그는 비밀스러운 분위기가 나도록 나직하게 속삭였어요.

"우주과학자들 아닐까? 아니면 우주선을 만든 노동자들에게?" 저의 대답과는 달리 이진우씨는 "티토프 아닐까?" 하고 말하더군요. 그는 가끔 그렇게 뜻밖의 생각을 해내곤 하지요.

"그거 좋은 생각이다." 사샤는 뒤란에 메아리가 생겨날 만큼 감탄했습니다. 마주 보는 두 사람을 보면서 저는 질투를 느꼈습니다. 인간에게는 왜 이런 감정이 있는 것일까요? "티토프는 백업이었어." 사샤가 설명을 하자 저는 "알아." 하고 퉁명스레 대꾸했지요.

"우리나라 백과사전들에는 가가린이 가장 먼저 나와." 이진우씨가 동의를 구하듯이 저를 바라보았습니다.

"티토프까지는 안 나오겠지?" 사샤는 궁금해했지만 백과사전에서 찾아보기 전까지는 우리도 알 수 없는 일이지요.

티토프라는 이름을 몇이나 알고 있을까요? 우리가 가가린을 숭모하는 마음조차 무엇보다 그가 경쟁자들과 겨뤄서 끝내 이겼기 때문에…… 최초가 되었기 때문에 생겨난 게 아닐까요.

저의 마음가짐은 분명합니다. 어차피 두 명을 뽑아도 간발의 차이로 두 번째가 되면 상처만 남는다. 처음부터 한 명뿐이었다. 그렇게 생각하자. 그래서 있는 힘을 다해서 최초가 되자.」

9

내가 토요일 자정 넘어서까지 러시아어와 로켓 공학을 공부하다가 커피포트를 들고 식수대를 찾아가자 역시 포트를 들고 나온 김태우는 건성으로 무표정하게 인사했다. 나중에는 모른 체하기도 했다.

내가 수영을 하다가 종아리에 쥐가 나서 물속에서 웅크리고 신음을 할 때 그는 무심하게 앞질러 갔다.

그는 숲속의 '캐빈'에 초청받아서 갈 때 예전처럼 내게 함께 가겠냐고 물어보지 않았다. 나는 네 개들이 캔 맥주를 사 들고 혼자서 오솔길로 사라지는 그의 뒷모습을 커튼 너머로 바라볼 뿐이었다.

우리는 더 이상 수업 중에 서로에게 힌트를 주려고 손짓을 하는 일이 없었다. 2조보다 잘하려고 둘이서 질의응답을 하던 모의시험도 없어졌다.

구술시험을 하면 교수들은 묻고, 답을 듣고, 받침을 댄 기록지에 점수를 적었다. 사사삭 소리 나는 일 초는 갈수록 날카로워졌다. 시간은 금이지만 이 순간은 납처럼 무거웠다.

실수를 하고 나면 수업이 끝나고 복도로 나와서도 얼굴이 달아올랐다. 교수들은 키릴 문자로 점수를 쓰는데 나중에는 슬쩍 듣기만 해도 아$_a$인지 베$_6$인지 알아차렸다. 간발의 차이는 계속 합산됐다.

봄에는 상상이나 느낌을 담아 질문을 했지만 이제는 질문 없이 마치곤 했다. 실수하지 않는 것이 중요했다. 선생님이 시킨 것을 고스란히 기억해뒀다가 그대로 해야 했다. 내가 이해하는 인체나 궤도, 화학반응이나 역학과 달라도 질문을 하려고 들면 입이 떨어지지 않았다.

잘못되면 채점에 영향을 주지 않을까?

배우기보다 이기기가 더 중요한 것이다.

봄에 강의를 들을 때 생겨나던 유인우주기술에 대한 신기함과 존경심, 중력의 신비스러움과 태양계의 조화에 대한 놀라움, 먼 은하에 대한 동경과 시간의 다른 차원에 대한 상상 같은 것은 서서히 사라졌다.

체련이나 수영 시간에는 숨통이 좀 트였다. 스톱워치로 측정하는 절대평가였고 점수를 공개했다. 그래도 우리는 날마다 머릿속에서 점수를 더해나갔다. 나의 것과 그의 것을. 본심은 갈수록 무표정 뒤에 숨었다.

금세라도 무슨 일이 벌어질 것 같았다.

어느 날 내가 훈련장 앞의 잔디밭에 들어서자 흙이 드러난 언저리에 개미들이 와글거리고 있었다. 내가 쪼그려서 내려다보자 개미들은 검고 작은 무리와 자줏빛의 덩치가 큰 무리, 둘로 나뉘어 싸우고 있었다.

배를 드러내고 누운 어떤 곤충을 놓고서였다. 검은 개미들이 수가 많고 치열하고, 자줏빛은 크고 힘이 세다. 혈전의 뒤편에선 검은 개미들이 죽은 자줏빛 개미들을 물고 어디론가 옮기고 있다. 죽어서 늘어진 동료들도 옮긴다. 어딘가 놓아뒀다가 조금씩 꺼내 먹겠지.

뉘엿거리는 저물녘의 햇살이 잔디밭을 누렇게 물들이며 물러나고 있었다. 따스하고 부드러운 광선이 미약한 잔디의 연초록 잎사귀 하나하나를 테두리가 선명하게 비췄다.

이 한가하고 평화로운 풍경의 껍질 한 귀퉁이 속에서 살고 죽는 싸움이 이렇게 사납게 벌어지고 있다니. 공기에는 볕이 이렇게 풍부하고 고요한데도 끔찍한 살육이 꼬리를 물다니. 몸부림과 발버둥이 저리 처절하다니.

내가 알지 못했을 뿐 내 인생의 발걸음 하나마다 가까운 곳에서는 이런 개미들의 싸움이 있었다. 연구소에서건 여기서건.

내 손등으로 올라와서 화급하게 싸우는 개미 두 마리를 입으로 불었다. 하지만 두 마리 모두 악착같이 버티다가 내 살갗까지 물어뜯는 바람에 나는 손으로 털어내고 말았다.

나는 그 길로 후생관으로 들어섰다가 이발소에 앉아서 차례를 기다리던 정우성을 보고는 멀리서 손을 들어 보였다.
"요즘은 김유진씨가?" 나는 가위질을 흉내 냈다.
"바쁜 것 같아서……." 그는 어두운 얼굴에 입술을 당겨 웃더니 고개를 쓸쓸하게 저었다. "……내가 그냥 여기 와서 자르는 거야."
그들 사이에는 또 무슨 일이 생겼다는 말인가.

10

내가 팔월의 금요일에 숲에서 열린 파티에 나간 것은 경쟁으로 달궈지던 우리 사이가 달라질지 모른다는 기대감 때문이었다. 나는 가끔이라도 우애를 느끼고 싶었고, 시간이 갈수록 우애가 갈급해지는 느낌이었다.

그런 마음이 오갔는지 숲의 사잇길로 선선한 바람이 불어오자 우리는 하나둘 수업의 긴장감을 내려놓고서 홀가분해져갔다.
"걷는 게 부드럽네요……. 솔잎이 깔려서." 김유진이 내게 말했다. "이런 길이면 파티에 안 가고 계속 걸어가고 싶어."

나무들 사이로 백야의 태양이 지지 않고 지평선을 스치듯이 지나갔다. 어스름한 빛이 하늘에 살짝 비꼈다가 스러지고 희미한 어둠이 서서히 찾아왔다.

숲속의 카페로는 행정실과 관제센터의 사람들뿐 아니라 퇴역자들까지 스무 명도 넘게 찾아와서 분위기가 차츰차츰 달궈졌다.

"보드카로 질펀해질 것 같은데." 하고 나는 걱정스러워했다. "그럼 우리도 좀 마시죠, 뭐." 들뜬 것처럼 웃는 김유진은 볼우물이 생겼고 귀여웠다.

나무들의 우듬지 사이로 잔뜩 주름이 진 먹구름이 몰려들고 부엉이가 가끔씩 스산하게 울면 긴 여운이 생겼다. 불길한 느낌이 난다고는 생각하지 않았다. 지금 생각하면 그날 나는 이상할 정도로 나쁜 조짐 같은 것을 눈치채지 못했다.

그날 모임은 정거장에서 반년 동안 일하다가 며칠 전 지상으로 내려온 여자 우주인을 환영하는 자리였다. 그녀는 서른여섯 살의 안나 유스포바였는데, 남편도 우주인인 것이 특이했다.

그녀에 대해서는 김유진이 내게 해준 이야기가 있었다. "안나는 에네르기아에 다녔는데 여기로 파견 와서는 첫날 내내 엄청나게 긴장을 했대요. 그래서 모스크바로 퇴근하는 통근버스에 올라서는 옆 남자한테 기대서 스르르 잠이 들었대요. 그런데 붉은광장이 종점인데 안나가 깨지를 않으니까 어깨를 내준 그 장교가 이마를 톡톡 두드렸대요. 그래도 안 깨니까 뺨을 살짝 꼬집었다고 하고요." 그리고 두 사람은 세상에서 세 번째 우주인 부부가 되었다고 한다.

나는 안나가 대단한 차림일거라고 기대했는데 김유진이 예상한 대로였다. 짧은 커트 머리에 면티, 갈색 가디건에 베이지색 면바지…… 수수한 차림이었다. "그래도 볼은 내가 맞췄어. 봉긋하잖아." 내가 속삭이자 김유진이 고개를 숙인 채로 "그거 하나." 하고 웃었다.

안나는 건너편에서 우리말을 알아차리기라도 한 듯이 싱글거리며 주위에 말했다.

"집에 누워 있는데 자꾸 공중에 떠있는 느낌인 거야. 아침에 깨면 손이 저절로 어깨로 가서 벨크로를 떼내려고 하고."

정거장에서는 벽에 붙인 침낭에 들어가 자는데 안나는 몸이 안 떠오르게 찍찍이 끈으로 어깨를 막고 자는 습관이 붙은 것이다.

그녀는 중력의 감각이 회복되지 않아서 컵이나 포크를 공중에 띄워 놓으려고도 했다. 그러면 곁에 앉은 사샤나 바실리가 번갈아 소리치며 붙잡곤 했다. 바실리는 못마땅한 듯이 어깨를 움찔거렸다.

하지만 우리는 이야기를 진지하게 들었고 하나하나가 즐

거웠다. 그녀의 이야기가 우리의 생활로 옮겨와서 이달에 있을 흑해 훈련에 대해서 경고하기 전까지는 그랬다.

"아르헨티나나 멕시코 그리고 그리스에서 온 후보들…… 모두 다 거기서 고배를 마시고 자기 나라로 돌아갔어. 부적격 판정이 나왔으니까. 우주에 몇 번씩 다녀온 베테랑들도 아웃되는 고비가 거기야." 그녀는 초봄에 사샤가 내게 주의를 주던 때보다 더 엄격한 얼굴이 되었다. "나도 다음에는 흑해에서 잘 해낼 거라는 자신이 생기지 않아. 나이가 들었나 봐."

나는 흑해에서 하는 그 훈련에 대해서라면 사샤의 설명을 들은 적이 있었다. "우주선이 시베리아에 떨어진 적이 있거든. 바다에 빠질 수도 있고. 그런 일에 대비하느라고 펄펄 끓는 한 여름 흑해에 착륙선을 띄우고 훈련을 하는 거야. 비상 탈출 훈련이지."

"그런데 도대체 얼마나 힘들길래 그래?"

나는 눈을 가늘게 뜨고 진지하게 물었지만 주위에선 쓴웃음인지 야릇한 표정들이 퍼져나갔다.

"훈련을 하다가 죽은 사람도 있어……. 뇌출혈로 말이야……. 혈압이 높으면 견딜 수가 없으니까." 사샤가 친절을 베풀 듯이 나를 돌아보면서 설명해주었다. "나중에 겪어보면 알게 될 거야."

나는 곁으로 와서 앉은 그에게 목소리를 낮췄다. "사샤,

네가 예전에 말하던 게 이런 거야? 훈련이 무산되고 우주
인도 집에 가야 한다는 게······."

"······아냐. 여기는 복잡한 면이 있다는 거지. 그래서 훈
련이 더 가혹해질 수도 있어······. 나는 네가 마음을 단단히
먹으라고 한 말이야. 호락호락한 곳은 없으니까······."

그가 말을 아껴서 내 궁금증은 긴장감이 되어갔다.

아무 데도 호락호락한 곳은 없다는 그의 말은 곧장 체감
하게 되었다. 그곳을 행정부실장이 이리저리 돌아다니면서
체스 다섯 수를 둬서 지면 벌주 마시는 내기를 하고 있었는
데 "우표!" 하고 나를 불렀다. "이봐! 우표!" 설산의 조약돌
이 떨어져서 눈사태가 나듯이 그날 갈수록 커진 내 불운의
시작이었다.

"왜 날 우표라고 부르지?" 나는 자리로 돌아와서 물어보
았다.

"네가 그랬다면서." 바실리가 말하다가 말고 목젖이 보일
정도로 웃어 젖혔다. "우표 가지고서 우주선에 탄다고."

"너는 돈 잘 벌겠더라." "너는 비즈니스를 하는 게 좋겠
던데." 빅토르와 샤밀 선장이 앞서거니 뒤서거니 나를 돌아
보면서 비아냥거렸다.

두 사람은 우리가 탈 우주선의 선장 후보들인데 슬라브
인 특유의 날렵한 얼굴과 부리부리한 눈매를 지닌 베테랑

이었다. 앞으로 우리가 훈련을 받을 때는 그들이 채점관이 되는데 이런 말까지 듣다니, 내가 눈 밖에 나는 것이 아닌가. 그런 생각을 하자 나는 쭈뼛해질 만큼 소름이 끼쳐서 더할 나위 없을 만큼 조심스레 해명을 했다.

"우표에 대해서라면, 유쾌해지라고 한 농담이었습니다. 실제로 그럴 사람이 어디 있겠습니까? 탑승해서 할 일이 얼마나 많은데요."

그것은 진심이었다. 우주인은 탑승을 돈벌이로 삼아서는 안 된다. 하지만 김태우는 왜 광고에 나갈 수는 없는지 불평을 한 적이 있다. 나는 능청스레 "그러면 우표를 가져가. 스탬프도. 자, 우주 다녀온 우표 팝니다. 처음 나온 겁니다……. 한 장에 백만 원도 받겠다." 하고 말했다……. 그러자 그가 더 재밌어 하면서 "엽서에 사인해서 가져오면 더 비싸지겠는데." 하고 한술을 더 떴다. 누가 들어도 웃자는 말이었는데, 다른 데서는 한 적도 없고…… 어떻게 채점관의 귀에까지 들어갔을까? 이렇게 불쾌한 뒷말이 되어서…….

나는 바깥으로 나와서 나뭇가지 사이의 희푸르스름한 어둠을 심각하게 바라보았다. 말이란 한 사람만 건너가면 색채를 바꾼다. 그러니 이런 일을 겪더라도 결국 너그러움으로 대할 수밖에 없는 것이지 않는가.

나는 착잡하게 체념을 하고서 다시 자리로 돌아갔지만

아무래도 나의 유일한 클래스메이트가 나를 깎아 내리려고 내 이야기의 색채를 일부러 바꿔왔다는 생각이 들었다.

다름 아니라 샤밀 선장이 굳은 얼굴로 또다시 나에게 추궁하듯이 묻는 것이었다. "그러면 너는 정말 우주비행사가 트럭 운전사 같다고 생각하나? 우리가 열차 기관사 같아?"

그는 머리숱이 많고 목과 가슴이 흰 곰처럼 두툼한 남자였다. 부드럽지는 않아도 늘 신사적인 데가 있었는데…… 취해서인지 그날은 나에게 거칠게 나무라듯이 물었다.

나는, 김태우가 그러던가요? 하고 묻고 싶어졌다. 그에게만 말했던 것이어서였다.

내가 대답을 생각하면서 분한 마음을 가누는 동안 샤밀 선장은 연어 접시를 싼 포장 비닐에 손가락으로 구멍을 내더니 한 점을 집어서 느릿느릿 먹다가 나를 바라보았다. 내 해명이 궁금하다는 그 표정 때문에 나는 진정할 수 있었다.

"제 말은 그런 뜻이 아닙니다." 나는 선장을 너무 도전적으로 바라본 것 같아서 선웃음을 지으려고 했다. "우주인이 대단하지만 시간이 지나면 운전사처럼 될지도 모른다는 뜻이었습니다."

"왜?"

"흔해질 거니까요. 처음에는 왕실에나 있었던 운전사도 지금은 숱하지 않습니까."

"그래도 우주 비행사는 우주 비행사, 트럭 운전사는 트럭 운전사로 남을 텐데."

"그렇지요. 맞습니다. 하지만 저는 단지 최초가 되려고 아등바등할 필요는 없다는 뜻이었습니다. 우리는 배나 자동차를 처음 운전한 사람이 누구인지 이제는 모르잖습니까?"

"너희 나라에서는 누가 비행기를 처음 조종했는지 모르나?"

"물론 알지요. 그런데 제 말은, 우주인이 되어서 가치 있는 일을 하는 게 소중하다, 최초에 집착할 필요는 없다, 이런 뜻이었습니다." 미국에서 터전을 닦은 김태우가 여기서 잘 배워서 돌아가면 기회는 또 다시 올 거라는 말이었다.

"맞는 말이네." 정우성이 고개를 끄덕이면서 샤밀을 바라보았다. 샤밀은 연어를 우물거리면서 미간을 긁었다.

바깥으로 나갔던 김태우는 한 시간쯤 지나서야 입가의 우유를 닦으면서 문안으로 들어섰다. 그는 보았으리라. 내 눈썹 사이에 폭풍이 숨을 죽이고 있는 것을.

그는 왜 내 말을 왜곡해서 퍼뜨렸을까? 내게 흠집을 내고 싶었던 것일까? 그렇지 않다면 이 러시아인들은 왜 이렇게 나에게 트집을 잡는 것일까…….

그것은 알 수가 없고 어째도 좋다. 내가 방심한 것을 내 스스로 나무라야 한다. 나는 내 자신을 너무 믿었고 여태껏 사람을 알아보는 눈매가 없다.

세상은 끝없이 의심하고 싸워야 하는 각축장이 아닌가. 선량하게 책임을 다하려고만 하면 급소를 내보이는 곳이다. 회사에서 그토록 배우지 않았던가. 경쟁이 있는 동안에는 살얼음을 딛듯이 조심하고, 말을 겸손하게 아껴야 한다는 것을.

내가 마음을 다지는 동안 카페의 분위기는 여러 갈래로 고조되었다. 페치카 건너에서는 노래를 부르고 우리 쪽에서는 불그레해진 행정부실장이 권커니 잣거니 테이블을 옮겨 다녔다. 그러다가 놀랍게도 보드카에 불을 붙여서 건배까지 하게 하는 것이 아닌가. 그는 "더드나До дна!" 하면서 쟁쟁하게 외치고 다녔지만 검진이 가까운 이들은 혹시나 화상을 입을까 봐 의자에서 일어나 피해 다녔다. 하지만 나는 그때까지도 조금 뒤에 찾아올 불운을 전혀 예감하지 못하고 있었다.

내 앞의 테이블에서 행정부실장을 물리치지 못한 사샤가 결국 웃통까지 벗고서 보드카를 들이키게 되었다. 하지만 술이 실날처럼 가느다랗게 흘러내리고 말아서 불길이 재빠르게 그의 입술에서 턱, 가슴과 배까지 미끄러졌다. 놀란 사람들이 순식간에 달려들어서 젖은 수건으로 불을 털어냈지만 분위기는 좀체 차분해지지 않았다. 오로지 빅토르 선장만이 달라 보였다.

"이거 좀 마셔라." 그는 직속 엔지니어인 사샤에게 얼음

재운 물을 건넸다. "화상 없어?" 사샤의 입 속을 들여다보고 안심하더니 행정부실장에게 눈살을 찌푸렸다. "이봐, 예고로프, 이제 그만 해. 위험하다니까."

하지만 예고로프는 아랑곳하지 않고 술병을 든 채로 성큼성큼 이쪽으로 걸어왔다. 그는 배가 나오고 구레나룻이 턱까지 이어졌는데 다가올수록 허우대가 더 커 보였다. 샤밀 선장의 직속 엔지니어인 바실리가 벌떡 일어나서 야릇한 미소를 짓더니 손을 내저으며 피해나갔다.

"바실리! 바보 같은 녀석! 그래서 무슨 일을 하겠어?"

예고로프는 몇 걸음 내쳐서 내 앞에 와 서더니, "친구, 드디어 네 차례야." 하면서 선심처럼 보드카를 가득 따랐다.

그것은 조종사 출신들의 악습이었다. 왜 이런 일을 하는 것일까, 하고 나는 난감해졌다. 차라리 소유스에 대해서 말해보라면 도전 의식을 느끼겠지만, 이런 만용을 겨뤄서 대체 어쩌자는 것인가.

하지만 이제 와서 바실리처럼 빠져나갈 수도 없었다.

"친구, 너는 우표니, 트럭 운전사니, 그런 말을 했으니 입속을 한 번 씻어버려야 하지 않겠어?" 그는 내가 마다할 이유조차 막아버리는 것이었다.

"시키지 마." 나를 돌아보는 빅토르 선장의 목소리가 높아졌다. "너, 그거 하지 마. 혀를 덴다고. 식사를 못해." 큰 키에 곱슬곱슬한 머리카락에 살짝 가린 그의 눈을 보니 고마워졌다.

"아냐!" 그에 맞서듯이 조종사 출신의 샤밀 선장이 내 곁에 와 앉으면서 말했다. "이건 정신의 문제야. 겁먹지 마. 술을 단숨에 털어 넣어. 삼키지만 않으면 돼. 알겠지?"

내가 누구 말을 들어야 할지 머뭇거리자 샤밀은 빅토르와 기세라도 겨루듯이 두 팔을 소파 팔걸이에 쫙 걸치고는 소리를 질렀다.

"입에는 공기가 적어. 불은 꺼져. 단숨에 해치우는 거야."

"그렇게 쉽지가 않아. 하지 마. 내 말 들어."

나는 전혀 원하지 않는데도 두 선장의 대결장처럼 돼버렸다. 내가 화상을 입으면 어쩔 것일까? 어느 누구도 책임을 지지 않을 건데.

하지만 나의 시험대를 만들 듯이 예고로프는 곧장 보드카에 불을 지피고 말았다. "이건 말이야, 우주에서 가져온 술이야. 얼마나 귀한 건지 알아?" 불이 잔에서 너울거리며 솟아올랐다.

"이건 자기를 다스리는 일이야. 과감한 전통이고. 너희는 시험 점수에만 몰두할 거야? 우주선에 불이 났잖아? 어서 꺼야 할 거 아냐?" 샤밀이 재촉했다. "이 친구가 자신이 없으면 다른 자원자 없나?" 그는 심각한 표정으로 정우성 등을 돌아보았다.

그들이라고 내킬 리가 없었다. "오빠, 하지 마세요." 김유진이 난처해져서 손을 한 번 내저으며 단호하게 말했지만 다른 사람들의 반향이 없었다.

오히려 옆의 테이블의 러시아 사람들까지 건너와서 지켜보는 것이었다. 진지한 안나가 나와 눈이 마주쳤다. 예고로프는 실망스러운 눈길이었다. "지금 기도하나?"

이 잔을 물리칠 수는 없다. 숱한 회식들이 가르친 게 있지 않는가. 권력 뒤의 사소한 감정을 얕보면 안 된다. 우리를 비웃을 텐데 여기서 시시비비를 따져서도 안 된다. 내가 그냥 총대를 매자, 그냥.

나는 술을 단숨에 던져 넣었다. 불이 입천장을 핥는 느낌은 선명했다. 혀에 얹힌 무게감이 났다. 나는 목구멍을 닫았다. 태연히 주위를 둘러보자 놀라워하는 탄성이 터져나왔다. "와아!" 그들이 이런 순간을 즐기는 이유를 알 것 같았다.

잔의 안벽을 타고 남은 불길이 솟구쳤다. 잔을 들어올리자 모두들 흐뭇해하면서 박수를 쳤다. 김유진이 겨우 안도하는 눈길로 나를 바라보았다. 보드카를 삼키자 이상하리만큼 상쾌했다. 행정부실장이 내 등을 두드렸다. "어때? 괜찮지?" 빅토르 선장이 물끄러미 바라보다가 눈살을 찌푸리며 밖으로 나가버렸다.

샤밀 선장이 다가와서 내 어깨에 손을 얹었다. "잘했어. 멋지게." 그의 노르스름한 눈동자에 주홍빛이 살그머니 퍼졌다. "중요한 거야. 서로 존중해주는 건."

내가 그의 자존심을 세워줬다는 뜻이었다.

나는 소나기가 내린 화요일 늦은 오후에 수업을 마치고
나서 예상치도 못한 소식을 듣게 되었다. 캐주얼 차림에 후
리후리한 바실리가 강의실 앞에까지 찾아와서 기다리고 있
었는데 내가 문을 나서자 손짓을 해서 불러냈다. 그는 강의
동 뒤란의 응달 진 구석에 가 섰는데 굵은 눈썹 사이에 주
름이 서고 얼굴이 어두웠다. 그는 헛기침을 했다. "오전에
실장단 회의가 있었는데…… 그날 술에 불을 붙여서 돌린
사람들에게 징계를 내리기로 했대."

물론 나도 포함되어 있었다. 올해 말이면 퇴직하는 행정
부실장은 아무래도 상관이 없지만 내 경우는 달랐다. "정말
이야?" 나는 혼이 나갔는지 멍해진 얼굴로 자꾸 물었다고
한다.

"사실은 어제도 회의가 열렸는데…… 오늘 그렇게 정해
졌대. 너한테도 연락이 갈 거야. 샤밀 선장이 굉장히 미안
해하고 있어." 바실리도 겸연쩍은지 계속 헛기침을 하다가
눈이 빨개졌다. 나는 숨이 저절로 멈췄다. "누가 훈련실장
한테 고한 모양이야. 수칙 위반이라고…… 이런 사람, 저런
사람, 그렇게 여럿이 섞였는데 그런 짓을 벌이다니. 정말
미쳤지." 그는 입술 떼는 소리를 내면서 한숨을 내쉬었다.

러시아의 직업 우주인들과는 달리 내게는 올해 한 번만 기회가 주어진다. 더욱이 일이 점 차이로 당락이 오가는데. 징계는 회복이 불가능한 퇴소 명령처럼 생각되었다. 나는 오 분 전과는 완전히 다른 사람으로 바뀌어 있었다.

여기 와서 일 분도 게으른 적이 없는데 어떻게 이렇게 황당한 일로 사람을 주저앉힌다는 말인가…….

당장 상의를 하려니 상대가 없었다. 응달에서 햇살이 비치는 쪽을 바라보는데 도리어 눈앞이 캄캄해졌다. 머릿속에 휑뎅그렁한 뒤란만 들어와서 아무런 생각도 나지 않았다. 크고 아름다운 호랑나비 한 쌍이 여름의 씻긴 공기 속으로 너울거렸다. 아무런 시름도 없어 보여서 멍하니 바라보며 부러워했다.

어디서부터 잘못됐을까? 체련장에서 철봉이라도 좀 더하고 술자리에 늦게 갔으면 어떻게 됐을까? 나도 바실리처럼 재빠르게 자리에서 빠져나갔어야 했을까? 아니, 예고로프가 "우표"라고 부르든 말든 무시했어야 했을까? 아니 아니, 봄에 김태우가 광고로 투정을 하든 말든 나는 그런 말을 꺼내지도 말았어야 했어.

지금 이 시간을 응시하는 내 의식이 한 꺼풀 벗겨지더니 불을 쬐면 글씨가 나타나는 두툼한 종이처럼 예전의 일들이 떠올랐다. 하지만 이런 시간의 역순이 무슨 소용이 있을까? 경쟁이 가혹해지면서 처음부터 이런 운명으로 예정되지 않았을까?

어떻게 해야 하나? 귀국해서 연구원으로 돌아가야 하나? 그러면 비록 몇 달이지만 여기서 훈련받은 게 보탬이 될까? 아니야……. 아마 나는 거의 실직으로 가겠지. 그러면 여기 경력을 활용할 직장이 있는 것일까……? 어딘가에?

사실은 여기 오지 않고 인생을 다르게 살 수도 있었는데…… 훨씬 평범하게. 축구하고 등산 가고 연구하고 딸애들 데리고 꽃놀이에 단풍 구경 다니고. 모스크바는 돈 모아서 구경 올 수도 있었는데. 아버지 모시고, 가가린센터도 하루 관광 코스로 넣어서.

하지만 이것은 내가 결정한 일이지 않는가.

갑자기 눈물이 나려고 했다. 나는 내가 철저하게 혼자라는 것을 깨달았다.

11

그 무렵 김유진과 정우성의 사이는 어땠을까? 김유진이 남긴 이야기다.

「가가린이 탑승을 앞두고 아내에게 보낸 편지를 여기 와서 읽어 보았어요. 사랑이 배어든 비장한 편지지요.

251

'만의 하나 무슨 일이 생긴다면, 당신에게 첫 번째로 부탁하는데 너무 슬퍼하지 말기를 바라오. 사람의 목숨은 하늘에 달려 있소. 우리의 두 딸을 사랑하고 보살펴주시오. 내가 당신을 사랑하는 것처럼 당신도 스스로의 삶을 잘 꾸려 가시오. 내 양심이 말하는 그대로, 내 양심이 필요하다고 여기는 그대로, 나는 어떠한 의무도 당신에게 얹어 놓지 않겠소. 내게는 그럴 권리가 없소.'

이 구절은 발루샤에게 만일의 경우에는 재혼하라는 뜻으로 읽혀요. 하지만 발루샤는 몇 년이나 지나서 가가린이 전투기 시험비행 중에 죽고, 비로소 이 편지를 받은 뒤에도 다른 남자를 만나 살지는 않았어요. 평생을 말이에요.

그런데 저는 이런 상상을 해보았어요. 만일 결혼하지 않은 시절의 가가린과 발루샤가 하나 있는 자리를 놓고 겨루는 우주인 후보였다면 한결같이 사랑을 할 수 있었을까?

저는 김태우씨의 말에 가끔 비치는 자부심에서 조용히 상처받고는 했어요. 어려서부터 우주인을 동경하고 준비해 왔다는 말이지요. 그래서 누구보다 자격이 있지 않느냐고 묻는 듯이 둘러보지요. 그를 대하는 가가린센터 직원들의 태도마저 우리와는 다릅니다.

하지만 여자들이라고 해서 왜 그런 꿈이 없었겠어요. 소년잡지의 화보나 과학소설을 읽으면서 그런 꿈을 가졌다가도 현실이 허용하지 않겠다고 어렴풋이 깨달으면서 마음을 접고 한때 동경했다는 사실마저 차츰 잊어버리는 것이지요. 우리는 갈망을 품을 기회마저 없었다는 사실, 그래서 이런 방면에서 평생의 희망을 품지 못한 것이 결격은 아니라는 현실을 그가 생각해낼 수 있다면 얼마나 좋을까요.

이진우씨의 내면에는 제가 어떤 사람으로 비칠까요? 우리는 우주에 올라가서 열흘 동안 씨앗이 움트게 하거나 자기 몸에 센서를 붙이거나 분자들을 초저온 상태로 만드는 일들을 하고, 갖가지 기발한 실험들도 하겠지요. 그런 임무는 우리 중에 그가 가장 잘하고, 새로운 아이디어도 가장 많이 낼 거예요. 그분도 그걸 알고서 탑승을 놓치려고 하지 않지요.

하지만 저는 알아요. 그분은 저에게 친절하지만 사실은 여성이어서 여기 온 게 아닌가 생각한다는 것을요. 그분은 "수영장 탈의실에 여성 칸이 없는 것은 여자들을 무시하기 때문"이라고 하더군요. 하지만 저는 생각이 달랐어요. "우주로 가면 공간이 너무 좁아 남녀라고 특별히 의식하지 말고 살아야 하니까. 그걸 준비하는 거예요." 나중에 안나에게 물어보니 제 생각이 맞았어요.

하지만 수영이 끝나고 제가 옷을 갈아입고 탈의실 가운데 복도로 나갈 때 그분은 상당히 어색해하더군요. 남자 우주인들이 옷을 벗고 있으니 돌아가서 수영장 출입문으로 나가는 게 어떠냐는 거예요.

그분은 응용력이 뛰어나지요. 하지만 왜 내가 우주선에서 일하는 경우는 생각해보지 않는 것일까요? 저는 나중에 기저귀가 우주복 속에서 뽀드득 소리를 내도 신경 쓰지 않을 거예요. 남자들이 내복 같은 냉방복을 벗는다고 해도 저는 자리를 피해주느라 시간을 뺏기지는 않을 거예요.

정우성씨는 제 마음을 잘 알아주는 분이에요. 그리고 우리 중에 유일하게 등수가 알려진 분이지요. 사등이요. 그리고 유일하게 문과를 나왔어요. 심리학을 공부하셨지요. 하지만 저는 그렇기 때문에 그분이 우리 중에 능력이 가장 뛰어나다고 생각해요. 어떻게 실험실 경험도 없는 분이 여기까지 올 수 있었을까요. 하기는 엔지니어들을 데리고 웹 서비스를 하는 스타트업까지 차릴 정도이니까요.

그런데 그분은 참 놀라운 이해력을 갖고 있더군요. 삼단 로켓을 기계적으로 분리해내는 과정이나 소콜 우주복을 입을 때 주의해야 할 체크 리스트 같은 것을 교수님이 차트에 그려주신 그림째로 암기하더군요. 수업이 끝나고 제가 혹시 해서 물어보니 종단면과 횡단면 두 가지를 봤을 뿐인데도 자기 나름대로 입체적으로 스케치를 하면서 설명하는 거예요.

나중에는 아예 공기 중에 로켓이 있다고 치고 손바닥 두 개로 이 로켓을 빙빙 돌려가면서 자기가 이해하는 추력의 변화를 차근차근 설명하더군요. 그런데 공학도인 제가 보기에는 그게 교수님의 설명보다 간명한데도 자세 제어 방식을 더 잘 보여주는 거예요. 이러니까 그분이 일했던 대기업에서 우주인 사업을 후원하겠다고 나선 게 아닐까, 그런 두려움까지 들더군요.

하지만 저의 그런 생각과는 아랑곳없이 그분은 저를 늘 챙겨주려고 하시지요. 조깅이나 수영을 할 때는 늘 저에게 보조를 맞춰주시고. 그러면 저는 점점 더 빨리 나가게 되고요. 결국 여기 와서 했던 세 번의 G 테스트와 무중력 항공기 테스트에서 제가 가장 높은 점수를 얻었던 것도 그렇게 하면서 열심히 했던 덕분일 거예요.

그리고 제가 전화로 서울의 오빠와 싸우고 나거나, 여기서 이런저런 실망을 하고 하소연을 할 때도 그분은 해결 방법을 서둘러서 말하려고 하지 않았어요. 한참이나 들어주면서 제 마음을 이해해주려고 했지요. 같은 팀원이 그렇게 해주니까 고마웠어요.

가끔 눈비나 우박이 떨어지거나 천둥번개가 칠 때면 그분은 3층의 제게 전화를 하곤 했어요.

"한번 내다봐. 날씨가 기가 막힌다. 좀 전까지 은하수가 다 보였는데."

이불 속에 누워 이런저런 수심에 잠겨 있다가도 이런 전화를 받으면 아, 이 사람이 지금 서 있는 창에도 이렇게 빗물이 흐르겠구나 생각하고, 그러면 빗방울 하나하나가 정겹고 예쁘고, 이상하게 마음이 즐거워지는 거예요.

하지만 이제는 달라졌어요. 참 반가운 목소리였는데. 그분 마음이 바뀌었다기보다는 그런 일로 전화하면 어색할 것 같은 지금 상황 때문일 거예요. 우리 둘 다 올라갈 수 있는 가능성은 없어졌으니까요.

작가님도 아시지만 러시아말 강의를 영어로 바꿔주는 통역이 있잖아요. 과목마다 전문 통역에 보조까지 있어서 보조가 청강도 하고. 골레니셰프 교수님이 지구 궤도 수업을 하다가 보조에게 기회를 주자고 했어요. 전문 통역이 잘못을 잡아주기도 하고, 보조가 머리를 긁으며 어리숙한 표정을 지어서 웃기도 했고요.

그런데 제가 잠시 착각을 했어요. 우주선이 정거장과 도킹을 할 때 어느 쪽 포트를 쓸 건지에 따라서 둘의 궤도가 만나는 교점이 달라진다는 내용이었어요. 저는 '교점'을 "노드"라고 말해버렸는데 보조는 제가 "노달 포인트"라고 바로 말한 줄 알고는 "우즐라바에 토시카"라고 제대로 옮기더군요. 청강을 워낙 많이 해서 용어를 훤히 아니까요. 그런데 정우성씨가 "오이즐" 하고 제 말대로 잡으니까 보조가 "아차" 하는 거예요.

그날 그런 일이 세 번 있었어요. 정우성씨가 그날은 그렇게 둔감했던 것일까요? 표정만 봐서는 알 수가 없더군요. 보조가 나왔으니 가볍게 바로잡아주는 것 같기도 하고. 하지만 그건 제가 감점 당할 요인인데요……. 왜 그랬어? 하고 물어볼 수도 없고, 방에 돌아오니 서운해서 막 눈물이 나려는 거예요.

결국 그날은 새벽까지 예습을 했어요. 분위기가 심상치 않은 거예요.

그리고 부브니치 교수님은 저희더러 상대 의견에 대해 자기 의견을 말해보라고 하시잖아요. 이바노프나 로마넨코 교수님도 그러시고. 우성씨나 저나 서서히 치열해졌다고 할까요, 신경 써서 듣고 상대 잘못을 집어서 치게 되더군요. 예전 같으면 고개 끄덕끄덕하고 재밌어 하거나, 쑥스러워서 한번 웃고 말던 일인데도 집요하게 반론을 꺼내면서 항복을 받아내려는 것이었어요. 결국 메커니즘으로 가면 제가 우세할 수밖에 없었어요. 추궁하듯이 그를 코너로 몰아세울 때도 있었는데 아무리 예의를 갖추고 차분하게 했어도 마음이 편치가 않았어요.

하여튼 그러고 나면 수업이 끝나고 기숙사로 갈 때까지 눈 감고 한마디도 안 할 때가 찾아왔지요. 저부터 그랬으니까요. 미안한 마음이 생겨나지요. 쌍둥이로 자란 저에게는 겨루기보다는 나누기와 어울리기가 더 익숙했거든요. 그릇도 수저도 옷도 양말도 이불도 심지어는 아기집까지 같이 썼으니까요.

하지만 우리 둘에게는 매일 같이 다니면서 나란히 훈련

받고 수업을 들어라, 양보하고 챙겨줘라, 하지만 너희 둘 다 우주로 갈 수는 없다, 하나는 낙오해야 한다……. 이건 참…… 너무나 잔인하고 고달픈 일이었어요.

결국 저는 금요일에 행정실장님과 개인 면담을 할 때 생각해오던 것을 말씀드렸어요.

"우리 과기부나 우산연도 우주정거장의 모듈을 만드는 사업에 나서도록 러시아가 제안을 해보면 어떻겠어요?" 하고요. 그는 그렇게 할 수 있는 러시아 우주청으로 팔월에 복귀하니까요. 데주로프 위원장과도 가장 가깝고. "벨기에나 덴마크, 브라질까지 참여하는데. 우리나라는 정거장에서 할 일이 훨씬 더 많을 거예요. 그리고……." 저는 숨을 내쉬었어요. "일이 있으면 사람이 더 필요하지 않겠어요?" 우주인 말이지요.

그분은 무슨 뜻인지 금세 알아차리고는 따뜻한 목소리로 차를 권하시더군요. "자네는 방향을 정확히 알고 있구나." 하시면서. "한 사람 한 사람이 그런 목소리를 내면 결국에는 큰 방향이 정해지는 거야. 길이 만들어지는 거지." 그는 고개를 끄덕거렸습니다.」

12

나는 시말서를 내고 견책을 받았다. 당장 불이익이 생기진 않지만 고과에서 불리하다는 것은 지구의 공전만큼이나 분명했다. 내 방 유리문의 모슬린 속커튼 너머에는 용인의 연구실 직원들이 나란히 서서 나를 기다리고 있는 것 같았다. 견책은 나와 사샤, 모두 여섯 명이 받았는데 본관 행정실의 게시판 아래에 눈에 띄지 않게 이틀만 공지되었다. 하지만 하필 행정실장과 면담하고 나오던 김유진의 눈에 띄고 말았다.

내 방문을 두드린 그녀의 위로는 따스했다. 마음이 정리될 때까지만이라도 아무 일 없는 듯이 지내려던 나의 바람은 어긋나고 말았다. 정우성과 김태우는 이튿날 나와 식당에서 식판을 든 채 만났는데 나는 첫 눈에 그들이 내 소식을 안다는 걸 깨달았다. 우리는 마주 보고 앉았지만 아무 말도 못하고 밥만 먹었다. 누가 먼저 말을 꺼내는지 시험이라도 하는 것 같았다.

"아, 참…… 어제 프로야구 어떻게 됐어요?"

나는 불현듯이 그게 궁금했는데 두 사람은 뜬금없다는 듯이 눈을 멀뚱거리면서 나란히 나를 바라보았다.

"……이승엽이 홈런 쳐서 삼성이 또 이겼고, 기아도 이겼어요."

"……너는 지금, 그게 궁금하냐?"

정우성이 어이가 없다는 듯이 헛웃음을 터뜨렸다.

나는 사실 다른 사람보다 샤밀 선장에 대한 원망이 더 컸다. 불붙은 보드카를 마셔야 자기를 다스린다는 둥, 과감한 전통이라는 둥…… 그렇게 몰아붙이지만 않았어도 좋았을 텐데. 그는 도리어 말렸어야 하는 게 아닌가. 그리고 징계까지 나오면 자기가 나서서 막아주는 게 상식인데. 그는 실장회의에 그럴 힘이 없는 것 같았다. 나는 훈련실장에게 불려가서 그날 일을 사실대로 밝히고 징계는 심하다는 뜻을 그가 심각해질 만큼 분명하게 전달했다.

"이런다고 취소하지도 않으시겠지만, 저는 마음으로는 받아들이지 못합니다." 나는 겸손하지만 진지하게 말했다.

샤밀은 달라졌다. 아침에 체련실에서 내게 겸연쩍어 하면서도 손을 들어 반가워했다. 그가 봄부터 먼저 알은 체를 하는 것은 처음이었다. 하지만 나는 부아가 도사리고 있었다. 그는 내 속을 눈치채고는 달래려고 했다.

"그거 별일 아냐…… 도리어 운이 좋아진다…….."

내가 내키지 않아 하자 그는 마지못해 웃는 표정을 지었다.

"여기는 복잡한 게 있어…….."

사샤 말고도 이런 말을 쓰는 사람이 있다니. 우주청으로 돌아가는 행정실장…… 그에게 징계를 받는 나이 많은 행정부실장…… 부엉이가 울던 잎갈나무 숲…… 보드카에 불을 붙이던 두툼한 손…… 둘러서서 지켜보던 눈동자들…… 훈련실장의 방을 비밀스레 노크하며 들어선 그 누구……. 나는 무언가를 눈치 챌 듯 말듯, 어떤 것이 떠오를 듯 말 듯 했지만 선명해지지는 않았다.

"너는 우리와 섞여 놀려고 했던 거야. 우리가 지켜보고 많이들 좋아했고. 너무 힘들어 하지 마라. 좋은 일이 너에게 돌아간다. 나도 시말서 여러 번 써봤어. 하지만 다른 일을 잘 해내니까 아무것도 아니더라. 내 말 한번 믿어 봐."

내 마음은 슬쩍 가라앉으려고 했다. 이런 격려는 처음이었으니까. 일단 그렇게 마음의 문을 조금 열고나자 그는 나와 비슷한 시간에 만나면 같이 운동하고, 함께 사우나도 하고, 마주 보고 저녁을 먹곤 했다. 두툼한 지갑 속에서 가족 사진을 빼내 보여주기도 했다.

그는 속정이 깊고 따스한 사람이었다. 외롭지는 않냐, 이런 경쟁을 하다 보면 서로 예민해질 수 있어, 동료들하고 평범한 얘기를 많이 나눠라, 그날 보니까 너는 말이 와전돼서 오해를 사도 참을성 있게 잘 설득하더라, 사람이 그러면 오히려 신망을 얻는다, 가을에 시간 나거든 바실리와 함께 시내로 나가자, 모스크바는 너를 감동시킬 예술문화로 즐비하니까.

나는 '우주인'을 빼놓고는 처음으로 러시아에 온 보람을 느꼈다.

그는 금요일 저녁에 식당이 텅 비자 의자를 바싹 당겨 앉더니 나지막이 속삭였다. "지금까지는 김유진이 잘하고 있어……. 하지만 말이야, 흑해 갈 준비를 잘 해둬라." 그는 손을 깍지 끼고는 내 쪽으로 바싹 수그렸다. "지금까지는 겨우 일이 점 차이지만 흑해는 달라……. 몇 명은 탈락하고…… 판도가 바뀐다."

"판도가?"

"역시 체력이야……. 근성을 길러야 해."

그는 눈을 부릅떴다.

바실리는 순환도로를 달리다가 잠시 쉴 때 나에게 말했다.

"샤밀은 나이가 많이 됐어. 저혈압이 있고……." 그의 목소리가 낮아졌다. "내년만 다녀오면…… 대령이 될 건데. 이번이 고비야." 그는 내 눈을 빤히 들여다보았다. "혹시 말이야……. 흑해에서 힘들어 하면 도와줘라."

"내가 선장을?" 어떻게 그럴 수 있다는 말인가.

"가보면 알게 될 거야."

"도대체 얼마나 힘들길래?" 나는 궁금해서 화가 나려고 했다.

"가보면 안다니까." 그는 입가에 싸늘한 웃음이 지나가더니 이맛살을 찡그렸다. "파도가 문제야. 팀워크로 이겨내면 아무도 뭐라 하지 않아. 편대가 돼야 해." 그는 콧김을 내뿜었다.

"편대가?" 조종사들이 쓰는 말인가?

"서로 통해야지."

내가 유리한 것은 허벅지가 굵다는 것이었다. 자전거와 등산을 오래해서였다. 나는 고추, 마늘과 양파, 홍삼 액, 칼슘과 아연이 든 캡슐을 매일 먹었다. 체련실에 하루 세 번 나가고 새벽에 도서관 앞에서 계단 뛰기를 따로 했다. 나는 샤밀의 충고로 남들보다 앞서서 준비를 여유롭게 한다고 생각했다.

하지만 닷새가 못 가서 나머지 셋 다 체련실로 찾아와 살다시피 했다. 나는 토요일에 격납고의 모형 착륙선에서 우주복을 벗고 입는 훈련을 혼자서 해보기로 했다. 문을 열고 들어서자 놀랍게도 이미 모두들 나와 있었다. 캐비닛에서 헌 우주복을 꺼내서 가슴의 V자형 지퍼를 열고 있었다.

우주복 가슴 안에는 자루 같은 공기 주머니가 있는데 김유진의 얼굴이 주둥이에 쏠리면서 파리해질 만큼 긴장한 채로 빠져나왔다. 긴 머리카락이 엉클어지고. 헬멧을 우주복 목에 끼우는 둥근 플랜지의 광택이 돋보였다.

"어서 오세요. 좀 늦으셨네요." 그녀의 고운 뺨에 땀줄기가 길게 흘러내렸다. 절대 지지 않는다는 그녀의 열기처럼.

13

우리는 비행기에 착륙선을 싣고서 센터에서 남쪽으로 두 시간을 날아갔다. 처음에는 푸른 기 도는 빛이 비스듬히 날아온다는 느낌이었고 나중에는 공기에 가득한 빛 속으로 깊숙이 들어가는 느낌이었다. 세바스토폴에 내려앉아서 우리 일행이 오래된 석조 건물과 초록색 트롤리 전차가 많은 시내를 가로지르자 군함들이 닻을 내린 기지가 나왔다.

착륙선을 훈련함 갑판에 옮기고 나자 불그레한 노을이 불길처럼 타올랐다. 막힌 데 없던 하늘과 바다는 날이 저물자 거뭇한 구름과 흰 갈매기들을 감추고서 캄캄하게 사라졌다. 세 사람이 겨우 들어가 앉는 착륙선은 우렁이처럼 가냘펐다. 백야 없는 밤이 오자 비로소 멀리 왔다는 느낌이 났다. 우리 일행은 의사와 교수까지 스무 명이 넘었다. 군함 식당에 모여 저녁을 먹을 때 긴장했고 말이 거의 없었다. 분위기가 심상치 않았다.

군함은 컸지만 바다의 일렁임이 전해졌다. 우리는 늘 조금씩 흔들거렸다. 머리와 배 속이 조금 불편했다. 앉으나 서나 균형을 잡아야 하니까 피로가 빨리 찾아왔다. 소뇌가 쉬지를 못하는 것이다.

이튿날 미국 우주인 로이 하디가 부적격 처리됐다. 바다에 떨어진 착륙선 안에 불이 났을 때 빠져나오는 훈련을 하면서였다. "헬멧을 벗고 방독면을 썼는데. 턱 끈을 늘이려다가 기절했어." 사샤가 간식 팩의 비닐을 벗기면서 말했다. "더웠겠지. 안의 체감온도가 90도였다니까."

우주정거장에서는 미국인과 러시아인이 같이 일하는데 소유스 우주선을 타고 갈 미국인들은 가가린센터에서 훈련을 받는다. "로이는 여기서 우주에 세 번이나 다녀왔어. 아침 검진에서도 이상 없었고. 그런데 저혈압이래. 저기 군함 의무실에 누웠다가 항구의 병원으로 갔어."

그다음 날에는 러시아 우주인이 부적격 처리됐다. 바다에 떨어진 착륙선에 환자가 생겼을 때 함께 나오는 훈련이었는데 한 사람이 실제로 부상을 입고 말았다.

"파도가 심해서 착륙선이 곤두박질쳤는데. 바닥에 쓰러지면서 명치를 부딪힌 모양이야. 심장마비가 오고 검은자위가 넘어가서 같이 탑승한 사람들이 가슴을 서둘러서 눌렀는데 잘 안됐대." 바실리는 쓰라려 하는 주름이 미간에 세워진 채로 말했다. "안이 비좁고 흔들리고, 옷까지 겹겹이 입었으니까 제대로 안 되지. 바깥으로 꺼내서 보트에 실었는데 거기도 흔들리기는 마찬가지니까. 세바스토폴로 가서 호흡기를 달았는데 오늘 밤을 지나봐야 의식이 돌아오는지 알 수 있대."

"그런데 이런 훈련 상황이 실제로 일어날 수 있을까?" 나는 속이 착잡해서 그에게 따지듯이 물어보았다. 그는 무슨 말이야? 하는 눈으로 나를 바라보았다.

"지상으로 돌아오다가 궤도를 잃고 바다에 꽂힐 수도 있다. 그래서 훈련을 한다……. 하지만 무시무시한 추락에 중력은 9G까지 올라가고…… 착륙선은 팽이처럼 돌 건데…… 바다에서 충격을 받아서 다들 부상을 입겠지……. 그런데 안에서 불이 난다고 방독면을 쓰고 나갈 힘이 있을까? 아마 다 기절했을 텐데."

"너의 지적은 예리한데……." 그는 야릇하게 웃으면서 식당의 천장을 올려다보았다. "하지만 셋 다 기절하지는 않을 거야. 누구라도 깨어나면 먼저 그런 조처를 취해야지. 그래서 훈련을 하는 거고."

"그렇게 충격을 받고 누가 깨어날 수 있지?"

"깨어나기 위해서 이런 훈련을 하는 거야. 내일부터는 너희 차례잖아. 너는 이제 남들하고는 달라. 이런 생각을 하지 말고 잘해내야 해. 그렇지 않으면 모든 것을 잃는단 말이야."

14

나는 이튿날 군함에서 내려와 보트에 올라타고는 손차양을 했다. "착륙선이 저건가? 페트병 뚜껑 같아 보이는데."

김태우는 아무런 대꾸를 하지 않았다. 오전에 김유진과 정우성이 능숙하게 해냈다는 말을 듣고는 고무됐었는데.

파도는 걱정했던 대로 높았다. 세 시간이 넘는 훈련을 마치고 돌아오는 보트가 물살을 가르면서 가까워졌다. 우리가 뿌려지는 물방울을 맞으며 손을 흔들자 내 곁의 샤밀 선장도 들릴까 말까 한 목소리로 인사한다. "수고했어." 근심스러운 얼굴이다.

바실리가 맞은편의 뱃전에서 스웨터를 벗다가 후련하다는 듯이 흰 이를 드러내며 뭐라고 말한다. "잘하세요"인 것 같다. 그 옆의 선장 한 사람과 다른 승무원은 어깨가 쳐진 채로 비스듬히 앉아서 잠시 손을 들었다가 내리는 시늉을 한다. 탈진한 것이다. 누군가 다치지 않아서 다행이다.

가까이 가보자, 착륙선은 실제로 물에 떨어진 때처럼 튜브가 터져 나와서 둘레를 감싸고 있다. 우리는 대기하던 수병들의 부축을 받아가면서, 앞뒤좌우로 뒤뚱거리는 착륙선 위로 올라가서 안으로 조심조심 내려갔다. 갈매기들이 상공에서 선실 속을 내려다보며 빙빙 돌았다. 새가 바싹 다가오자 샤밀이 신경질적으로 팔을 내저었다. "저리 가라!" 그러고는 우리 가운데 자리에 앉았다.

"아, 이거 펄펄 끓네."

나는 속상한 듯이 계기판의 온도를 읽었다. 59도씨. 하지만 김태우는 역시 내 말에 아무런 반응이 없이 좌석에서 계속 꿈지럭거리고만 있다.

누군가가 바깥에서 렌치를 돌려서 해치가 꽉 잠기고 나자 셋이 겨우 끼어 앉은 손바닥만 한 공간에는 몇 시간째 달궈진 열기만이 숨을 막았다. 명령을 기다리는 초조한 얼굴들. 온도는 이제 62도씨.

나는 갑자기 너무 후덥지근해서 "아무래도 이건 아닌 것 같다"고 소리치고 싶었지만, 첫 음절이 혀끝에 걸렸다.

"바깥에서 보던 것보다 요동이 훨씬 심하네요."

당황한 김태우가 앞뒤로 크게 흔들리면서 내게 동의를 구하듯 말했다. 하지만 나는 외면하고 입을 다물었다.

무중력이 되면 가장 먼저 떠오르는 고릴라 인형이 줄에 매달린 채로 요란하게 춤을 추며 김태우의 헬멧을 여러 번 때렸다.

"시작해." 방송이 나왔고,

시간이 컨트롤 보드 구석의 타이머에서 맹렬하게 내달리기 시작했다. 하지만 우리는 몸을 가누지 못해서 신음을 내며 그것을 노려볼 뿐이다.

우리는 이제 비상 착수했는데 가라앉을지 모를 착륙선을

속히 떠나야 한다. 구조될 때까지 차가운 바다에 몇 시간이고 떠 있으려면 우주복을 벗고 갖가지 두툼한 옷들을 껴입어야 한다. 이 한증막에서.

"신났구만, 신났어."

샤밀은 인형을 툭 쳐내더니 땀을 줄줄 흘리면서 "이런, 좌석을 세워놓았어." 하고 못마땅해했다. 그리고 좌석 등받이를 눕히고 나자 "너부터" 하고는 나를 바라보더니 김태우와 함께 벽 쪽으로 바싹 붙어 앉았다. 이제 네 시간 내로 이 해치를 열고 모두 빠져나가야 한다.

실제라면 우주인들이 해낼 수도 없을 이런 훈련을 누가 고안했을까?

하지만 나는 불평 없이 입을 다문 채로 손목의 플랜지를 돌려서 장갑부터 벗고, 목의 플랜지를 돌린 뒤에 하드헬멧과 소프트헬멧, 헤드셋을 차례차례 떼냈다.

넓어진 의자에 비스듬히 누워서 우주복 가슴의 V자 지퍼를 내리고, 그 속에 나타난 공기주머니의 기다란 주둥이를 묶은 끈을 차근차근 풀어냈다. 또 그 속에 가슴과 배에 걸쳐서 군화 끈처럼 좌우로 옮겨가며 묶은 줄을 차곡차곡 풀어내고, 목 플랜지로 빼낸 머리를 이번에는 공기 주머니 주둥이로도 빼내는 일을 쉬지 않고 해나갔다. 비지땀이 차다 못해 피부에 끈적한 기름 막을 덧입히는 느낌이 났다.

"이건 완전히 땀으로 샤워를 하네."

나는 얼굴이 벌겋게 달아서 발밑에 둔 우주복용 통풍기를 들어서 잠시 땀을 식혔다. 후덥지근한 바람이 나왔다.

파도에 떠있는 2톤짜리 착륙선은 바로 서든 모로 눕든 유리병처럼 가냘펐다. 한 손으로 벽의 손잡이를 꽉 붙잡고 순전히 한 손으로 이 일들을 하는데 서너 번 벽에 부딪히고 나니 광대뼈가 부어 올랐고 귀가 아팠다. 귀중한 컨트롤 보드로 엎어지지 않으려고 기를 써서인지 목과 무릎이 벌써부터 아프고 배가 당겨왔다.

"잘하고 있다. 좀만 더 힘을 내."

샤밀의 무더운 숨결이 내 볼까지 건너왔다. 김태우는 헬멧을 모두 벗어버린 채로 내 손의 움직임을 뚫어지게 바라보고 있고.

우리 사이는 어제오늘 한마디도 제대로 오간 적이 없다. 샤밀은 이 분위기를 눈치채지 못한 것 같다. 아니면 모르는 체하거나.

내가 바지 부분을 벗기 위해 흔들거리면서 좌석에서 일어서려니까 샤밀과 김태우도 일어서서 벽 쪽으로 붙었다. 하지만 소콜 우주복이 앉는 자세 위주로 만들어져서 허리를 완전히 펼 수가 없어서 엉거주춤한 채로 힘든 얼굴이다. 나는 속이 심하게 울렁거려서 시척지근한 신물이 올라왔다. 그 와중에도 샤밀은 내 바지를 내려주고 팔을 잡아 주었다. 내가 드디어 내복처럼 생긴 냉의冷衣 바람이 되자 그의 번들거리는 얼굴이 환해졌다.

"잘했다."

그는 지쳤지만 자기의 V자 지퍼를 내리기 시작했다.

한 시간 반이 지나고 있다. 사탕종이가 든 채로 구겨진 작은 종이컵이 밟혔다. 저번 팀이 버린 건가? 지금쯤 배에서 샤워를 마쳤겠지. 과일 주스를 들이키고 있으려나. 얼핏 보아서는 상태가 안 좋았는데.

우리는 미친 말 등에 올랐거나 롤러코스터에 탄 것 같다. 동그란 선창이 파란 하늘을 보여주다가도 해초가 지나는 새카만 물속에 잠겼다. 솟구친 물마루에 올라섰다가도 볼링 핀처럼 나자빠졌다.

우리는 모두 스코프렉스를 먹었는데도 약 기운이 제대로 퍼지지 않았는지 신물을 돌아가면서 뱉어냈다. 공기에 시큼하고 질척한 냄새가 난다.

"점심을 거른 게 다행이네."

나는 나지막이 혼잣말을 했다. 역시 김태우는 아무런 대꾸가 없고. 온도는 이제 67도씨. 냉의는 땀으로 들어차서 손으로 칠 때마다 철벅철벅 소리를 냈다.

김태우는 쉴 새 없이 흔들리면서도 군더더기 없는 동작으로 우주복을 벗어냈다. 머리칼은 두피의 땀에 절어서 엉망이 돼버렸다. 이마와 얼굴에는 놀랄 정도로 굵은 땀방울이 샘처럼 송글송글 솟아나고 목과 가슴팍에서 생겨난 땀 줄기와 끈적하게 엉겼다. 저 땀은 겨드랑이와 가랑이로도 내려가서 축축하게 고이리라.

가운데 앉은 샤밀은 벽에 붙어 있다가도 그의 팔이나, 종아리를 잡아줬다. 김태우마저 냉의 차림이 되자 땀 투성이가 된 샤밀은 "잠깐만 쉬자." 하고 숨을 내쉬었다. 그는 발밑의 물주머니를 찾아서 주둥이를 쭉쭉 빨아들였다.

"기절한 우주인들이 깨어나도 과연 이 일을 해낼 수 있을까요?" 나는 등 뒤의 화물칸 벨크로를 벗겨내서 옷가지들을 꺼내면서 말했다.

"무슨 말이야?"

"우주에서 풀어진 관절들이 중력을 받아서 조여 들 텐데. 무중력 느낌이 남아서 일어서지도 못할 거고…….." 어제부터 일기 시작한 의문이 점점 더 커졌다.

"이것은 재난을 가정한 훈련이 아니야. 훈련 그대로가 재난이야."

샤밀은 뜻밖에도 나를 이해한다는 눈으로 물주머니를 김태우에게 먼저 건넸다. "고맙습니다." 김태우는 힘겹게 벽에 기댄 채 어깨가 쳐져 있다. 샤밀은 폐쇄회로 카메라를 향해서 턱짓을 했다.

"근성으로 하는 거고. 어떻든지, 한번 해보는 거야."

선체가 좌우로 크게 왔다 갔다 했다. 피로가 무겁게 번진다. 시야의 둘레가 거뭇해지면서 선실 여기저기의 테두리가 두 개로 보이기도 했다. 나는 일부러 헛기침을 해서 정신을 차렸다.

전신일체형의 옷들을 입을 일이 남아 있다. 나는 흔들리고 비틀거리는 대로 일어섰다 앉았다 누웠다 틀었다 하면서 하늘색 비행복을 입고, 두툼한 스웨터를 걸치고 청색의 방한복을 착용했다. '내가 될 거야.' 하는 기대와 흥분으로 가슴이 부풀다가도 '그럴 리가 없어.' 하는 낙담으로 풀이 죽곤 했다. 그리고 오렌지색 방수복까지 입고 나자 살갗의 모든 땀샘에서 수분이 줄줄 새어 나왔다. 콩죽이 끈적거리는 느낌에 소름이 돋은 지 오래였다. 온도는 68도씨. 체감은 85도 정도인 것 같다. 벼랑 끝에 와 있다고 생각하면 이 숨 막히는 더위와 북받치는 역정도 견디고 버텨야 했다.

샤밀은 뒤뚱뒤뚱 옷을 걸치면서 혼잣말을 계속 했다.

"아, 힘들다…… 정말 힘드네."

김태우는 벽에 머리를 두어 번 부딪혔고 "고문이네." 하고 중얼거렸다. 나는 땀으로 뒤범벅이 된 그의 얼굴을 보면서 갑자기 동정심이 뭉클하고 솟아났다. 코끝에 구슬처럼 맺힌 굵은 땀방울이 툭, 하고 떨어질 때였다. 나는 선장을 넘어 그쪽으로 몸을 기울여서 통풍기의 팬을 갖다 댔다.

"바람이 좀 후덥지근하지만."

"고마워요. 좀 낫네……."

하지만 그는 옷들을 다 껴입고서 자리에 앉자마자 얼굴이 아래로 축 처지더니 볼이 불룩해졌다.

나는 재빨리 봉지를 그의 입에 대고는 이리저리 받아냈다. 그의 등을 쳐주는데 두툼한 옷에 물이 차서 첨, 첨 소리가 났다. 도대체 이게 다 뭐 하는 짓인가? 내 목구멍도 시큼해지고 침이 자꾸 생겨났다. 사람들은 우주인들이 이런 일까지 한다고 생각이나 할까.

흔들리는 봉지는 자꾸 불룩해진다. "고맙습니다. 이제 좋아요." 그는 입가를 닦는데 눈시울에는 눈물이 한 줄 그어져 있다. "약을 너무 늦게 먹었어." 그가 나를 물끄러미 바라보았다.

이 친구는 작년에도 내게 약을 주었지. 페냐그렌이라는.

"그래. 약 시간이 늦었어." 일찍 먹었어야 하는데.

나는 우주 유영이 꿈이라던 그의 말이 생각났다.

유영을 하다가 선바이저의 내벽에 게워 놓으면 시야가 가려져. 닦을 수도 없고. 그래서 생사의 갈림길에 서는 거야.

그는 그렇게 말했다. 낙담을 해서 눈물이 비친 것일까? 나는 입안으로 신물이 약간 올라왔지만 다시 삼켰다. 목구멍이 시큼해지고 갑자기 눈물이 솟아났다. 도대체 뭐 하는 짓인가.

우리는 세 시간을 코앞에 두고 모두들 방수복까지 완료

했다. 온도는 72도씨.

끝으로 오렌지색 구명부이를 돌아가며 입고 나자 몸피가 부쩍 커졌고 비행복 속이 불가마처럼 뜨거워졌다. 갑자기 고래고래 고함을 치면서 발광을 하고 싶어졌다. 이제 그만! 하고 고함치면서 옷을 뜯어내고 싶었다.

겨우 진정이 되자 나는 해치의 고리에 렌치를 걸어서 까치발을 한 채로 아득바득 돌렸다. 눈앞이 가물가물해질 무렵 끼긱 하고 해치가 들리더니 초승달 같던 하늘이 보름달처럼 커지면서 텅! 하고 넘어가고 말았다. 이 소리가 이렇게 반갑다니.

아아, 이게 다 뭔가. 콧속으로 바다 냄새가 훅 끼쳐왔다.

"이제 살았다!"

선체가 기울 때마다 주위에 뜬 보트와 수병들이 슬쩍 슬쩍 보인다. 라디오를 틀었는지 애잔한 러시아 가요가 바람에 섞여 있다.

"선장님, 어서!" 나와 김태우가 부축하는데 그는 풀쩍 뛰어 손을 해치 바깥으로 내밀었다가 "어엇!" 하고 밀려 내려왔다.

"괜찮으세요?"

"저놈의 갈매기."

바깥에는 검정콩 같은 눈을 한 갈매기가 아직도 나지막이 날고 있다.

그는 다시 올라가서 팔꿈치를 해치 바깥으로 내밀다가 착륙선이 휘청 흔들리자 궁둥이부터 쑥 내려왔다. 다칠 뻔했다. 내가 붙잡으면서 내려다보자 그는 눈꺼풀이 게슴츠레 내려와 있다.

"내려드리자."

나는 샤밀을 좌석에 앉히고는 지퍼들을 내려서 목을 열어주었다. 남은 식수를 주자 그는 줄줄 흘리면서도 벌컥벌컥 마시고는 물통을 손에 쥐었다. 나는 그 물을 목에 쏟아주었다.

나는 처음에 오만해 보였던 그에게 반감이 있었다. 하지만 그는 흐트러진 아령이나 역기들을 번번히 가지런히 정리하고는 체련실을 떠나곤 했다. 내가 눈여겨보고 있었다는 것을 그는 까마득히 몰랐으리라. 그는 지상 근무가 되면 진급도 접어야 하지만 당장 훈련수당이나 비행수당과도 작별이다. 나는 물과 땀에 절은 그 창백한 얼굴에서 일남 일녀를 둔 가련한 가장의 눈동자를 보았다. 카메라는 의식할 필요가 없다. 팀워크로 해내기만 하면 된다.

"파도가 세네. 흔치 않은 날인데."

그는 자존심이 살아나는 눈빛으로 비척거리며 일어섰다.

"자, 힘을 내자. 이제 나가기만 하면 되잖아."

그는 우리를 질책하듯이 말하고는 부들부들 팔이 떨리는 우리의 부축을 받아가며 마침내 해치 바깥으로 불쑥 나갔다. 첨벙! 바다 속으로 빠져드는 소리.

김태우도 상태는 좋지 않다. 또 파도가 거세져서 우리는 러시아 연방의 이 자산을 보호하기 위해서 해치를 도로 닫아야 하는 것인가 고민했다. 하지만 지시는 없었다.

"오늘 아침에, 여기 온다니까 수병들이 야릇하게 웃는 거야……." 김태우는 얼굴이 땀 칠갑이다. "……이러니까 그랬겠지?"

"우린 잘 해왔어…… 이 이상 어떻게 해낼 수 있겠어? ……."

나는 그의 허리를 붙잡고 들어 올리는데 바닥이 불안해서 쉽지가 않다. 나는 도로 내려온 그를 마주 보고서 말했다. "자, 한번 더 해보자."

그런데 나도 모르게 손바닥이 그의 뺨에 불쑥 가 닿았다. 그가 싫어하는 짓이다. 나는 정겹다고 생각하고. 나는 좀 놀라면서 그의 끈적한 땀을 쓸어내렸다. 왼뺨도 닦아주고. 그는 징그럽다고 하지 않았다.

"고마워." 그는 웃으면서 해치를 올려다보았다.

그를 들어서 내보내고 나서, 나도 그 감옥에서 바둥거리다가 쑥 빠져나오고 말았다.

나의 세계는 일순 광활하고 상쾌해졌다.

나는 상반신만 내민 채로 투명하고 크나큰 하늘의 돔을 올려다보았다. 무궁무진한 우주가 공기의 얇은 막 너머에서 내려다보고 있다. 텅 비지 않고 생기와 숨결로 가득한 하늘. 지금까지 사투를 한 것은 이것을 보기 위해서였다. 나는 숨을 크게 쉬었다.

하늘과 맞닿은 수평선은 한 번의 시야에 잡히지 않았다. 둘러보니 수평선은 매끄럽게 이어진 직선이면서도 원의 일부라는 느낌을 준다. 너무나 곧아서 오히려 인공처럼 보이는.

이 모든 게 누군가가 디자인한 세트가 아닐까.

그런 생각이 들었다. 왼쪽에서 빛을 반사하는 거울이나 금속의 광택을 보았지만 돌아보니 바다에는 아무것도 없었다.

배를 타고 저 너머로 가보자고 처음 생각한 사람은 누구였을까? 저 물의 절벽 너머로…… 그러면 얼음으로 만든 대륙과, 들소 떼가 질주하는 초원, 하늘에서 밀림으로 쏟아지는 폭포를 만날 지도 모른다고…… 처음 상상했던 사람은……?

검푸른 바다는 사후 세계처럼 심오한 비밀을 저 밑바닥에 지니고 뱃길과 함께 끝없이 출렁이고 있었다.

그리고 이제 저 공기 너머의 우주…… 저 길로 갈 수만 있다면 좋은데…… 나는 잠시 가슴이 부풀었다.

"이봐, 뭐 하고 있어? 나오려니까 아쉬운 거야?"

샤밀이 방수부이 속에서 큰대자로 벌리고 있다가 연기탄

을 꺼내 들었다.

"정말 정이 들었나 봐요."

나는 수병들의 부축을 받으면서 선체를 미끄러져 내려가 싱그러운 바닷물에 얼굴을 담갔다. 바다는 거무스레하지만 물은 속이 비치도록 희고 맑았다.

시원하다. 다 끝났어…….

나는 물속에서 피에로처럼 큼지막하게 웃었다. 피로해서 소리를 지르고 싶었지만 뒤통수로 물을 퍼 올리듯이 그냥 고개를 들었다.

"수고했어." 샤밀은 내가 떠밀릴 정도로 어깨를 한번 툭 치더니 믿음이 담긴 눈동자로 시원하게 웃었다. 그러고는 김태우를 돌아다보면서 "정말 잘했어. 그 정도면 이거야." 하고 엄지손가락을 치켜세웠다.

고무된 김태우는 후련한 표정으로 다가와서 내 손을 맞잡았다. 그의 뺨에 갖다 댄 감촉이 내 손에 남아 있다. 나는 샤밀이 준 연기탄을 세게 흔들었다.

탕!

예상 못한 폭음이 터져 나왔다. 갈매기들이 놀라서 순간 이동을 하고 라디오 노래가 뚝 끊겼다가 다시 이어졌다. 치솟은 오렌지색 연기가 뭉글뭉글 퍼져나갔다. 그냥 그렇게 떠 있기만 해도 나는 행복했다.

훈련함의 갑판으로 올라오자 비극의 뒤에서 누군가의 소원이 이뤄지고 있었다. 쓰러진 로이 대신에 백업만 해온 미국인 에디 허셜이 생애 처음으로 탑승할 길이 열린 것이다. 그는 통지를 좀 전에 위성 전화로 받았다고 했다. 그는 선교 앞의 갑판에서 눈이 부신지 손차양을 하고서 사람들과 악수를 나누었다.

　그는 봄부터 우리와 알던 사이인데 김태우처럼 메릴랜드대학에서 공부하고 고더드센터에서도 오래 일한 선배다. 이마가 드러나는 짧고 곱슬곱슬한 갈색머리에 콧등이 발그스름하고 쌍꺼풀 진 눈이 순하게 생겼다. 내가 손을 내밀자 그는 나를 바싹 당겨서 등을 두드렸다. 팔뚝이 굵은 그는 손바닥이 거칠거칠했다.

　"너희도 이제 탑승자가 결정 나지? 좋은 소식 바란다."

　나는 힘이 빠진 채 선웃음을 지었다. 합격자 발표를 기다리는 수험생이 된 것 같았다. 우리 넷의 처지가 같았지만 견책이 그렇게 쉽게 회복될 수는 없었다. 봄부터 내정자는 누구이고 일등은 누구, 또 누구는 후원사가 뛰고 있다는 소식까지 듣지 않았던가.

　그러지 않아도 정우성의 다정한 성품과 뛰어난 지성, 김태우의 오래된 열정과 활발한 지식욕, 김유진의 풍부한 이해력과 반듯한 처신은 갈수록 러시아인들에게 깊은 인상을 주는 것 같았다.

그리고 사실은 세바스토폴로 오기 이틀 전에 우주인 인사 평가 설명회가 있었는데 그날 내 방으로 돌아와 『러시아 우주개발사』를 펼치자마자 카자흐스탄에 안착한 소유스 우주선의 해치를 열어보니 돌아온 우주인 세 명이 죽어 있더라는 페이지가 나왔다. 소유스 11호 이야기였다. 언짢은 마음을 상쇄하려고 『스푸트니크부터 우주왕복선까지』를 폈더니 곧장 챌린저호가 공중 폭발하는 사진이 나왔다. 나는 불길한 마음에 고개를 젓고는 마음을 내려놓아 버렸던 것이다.

서쪽에는 하늘과 흑해가 광활하게 만나고 있었다. 험하고 거무스레한 구름들이 불그레한 기운을 안고서 모여들며 저녁을 불러오고 있었다.

15

탑승자 선발 결과는 예상하지 못한 방식으로 불쑥 알려졌다. 여기에 정우성이 남긴 기록이 있다.

「저와 친구들은 〈투어리스트〉라는 벤처를 세웠어요. 이용자가 날짜를 정해주면 호텔이든 항공편이든 가장 좋은 조건을 제공하지요. 여기 와서 놀라운 건 제가 신문 방송에 계속 나오면서 회원이 쑥 늘었다는 겁니다. 제가 만일 탑승자로 뽑히면 회사에 상상도 못 할 도움이 되지 않을까요? 동업한 친구들은, 만일 그러면 저한테 놀랄 만큼 큰 보상을 해주겠답니다. 제가 전혀 예상했던 일이 아니에요.

흑해가 훈련의 정점이었는지 수업은 많이 줄었습니다. 코즈니셰프 교수의 종강 때는 김유진씨가 칠판을 촬영하려니까 안 된다며 막아서던 기억이 납니다……. 교수들은 가끔씩 필기는 되지만 녹음은 안 된다고도 했거든요. 그러면 이 강의를 왜 하는 것일까요. 그녀는 불만을 터뜨렸습니다. 저도 이해하려고 애를 쓰긴 하지만 서운하기는 마찬가지고요.

도서관에서도 봄에는 소유스 북을 열람하도록 편의를 봐줬지만 이제는 안 된다고 하더군요. 그러면 구형인 소유스 TM에 대한 책을 보자고 했더니 사서는 역시 손을 저었습니다. 봄에는 인턴이 뭘 모르고 내줬던 거라면서.

그리고 러시아인들은 이제 시뮬레이터에서 실제처럼 조종 훈련에 들어간다는데 저희는 상관없는 일처럼 되고 있었습니다……. 이대로는 안 될 것 같아서 저희는 훈련에 대해서 어떤 협정을 맺었는지 알려달라는 문서를 과기부에 보내기로 했어요.

그리고 저희가 우산연에 의무로 남아 일하는 기간을 일 년 줄여줄 수 있는지 봄에 요청했는데 여태 정 실장님한테서 아무런 응답이 없었지요. 우산연에 다니면서는 박사과정을 할 수 없다는 점도 있습니다. 이런 요구 사항들을 모두 쓰고 넷이서 서명해서 진우가 우편 발송실로 가져가던 기억이 나요. 저희는 누군가 개인의 메일로 보내는 것은 꺼렸거든요.

정 실장님은 "후속 우주인이 나오는 것은 여러분 하기에 달렸다"고 하셨는데…… 교육이 이런 상황이면 그것이 난 망해서 반드시 바로잡아야 한다고 생각했습니다. 그러면서 저희는 누가 선발될까, 속이 타들어가는 기대와 불안에 시달리고 있었어요. 사실 저희 넷은 서로 자기가 탑승할 거라고 기대하고 있었어요. 끝까지 팽팽하게 겨뤘으니까요.

저는 흑해 훈련을 깔끔하게 해내서 점수를 많이 받았습니다. 에디가 확인해보고서 알려줬으니까요 확실한 것이겠지요. 그리고 저는 에디가 로이를 대신해서 탑승자가 되는 것을 보면서 반전은 언제나 일어난다는 희망이 생겼습니다.

로이는 활달한 전투기 조종사이지만 에디는 과학자인데 새치와 주름이 많고 자주 웃는 바람에 긴급할 때 늑장을 부릴 것 같지요. 입만 보면 우리 하회탈 같은 인상이고요.

뛰어난 자질 덕분에 몇천 대 일의 경쟁을 거쳐서 후보로 뽑혔지만 아득바득 지지 않으려는 동기들 사이에서 십 년 넘게 밀리고 처지고, 분노와 불안을 삭이면서 자신감을 잃어버린 흔적이 역력했습니다. 선량하지만 야멸차지 못하고,

왠지 주눅이 들어 보였어요. 그래서 가끔 과학적으로 독창적인 생각을 말하면 왠지 어울리지 않아 보였습니다.

그런데 지난달부터는 수영장에서 에디를 만나면 몸의 상처가 보여서 도리어 부러워졌습니다.

에디의 어깨, 약간 솟은 뼈가 만져지는 살갗 주위에는 벌겋게 긁힌 자국이 늘 있고, 그 속에는 쑥색의 얼마 전에 곪았다가 나아가는 생채기가 있습니다. 또 그 속에는 검자줏빛으로 아물어 가는 오래된 상처가 있어요. 그런 찰과의 흔적은 유영복을 입고 훈련을 했다는 증거이지요.

유영복은 140킬로그램이나 되고 공기를 넣어서 팽팽해지면 철갑처럼 단단해지지 않습니까? 장갑에 든 손가락으로 주먹을 쥐었다 폈다 몇 번 하는데도 금세 고단해질 만큼 악력이 필요하고요.

우주에서 유영하면 몸이 우주복 속에 자연스레 떠 있지만 지상의 물에서 훈련할 때는 다릅니다. 물속에서 물구나무를 설 때마다 몸이 딱딱한 유영복 안에서 번번이 사오 센티미터 추락해서 어깨 부분에 부딪히는 것이지요. 중력이 있으니까요.

에디는 팔 안쪽이나 등에도 쓸린 흔적이 있습니다. 뺨이나 턱에도 목 플랜지에 눌린 자국이 나곤 하고요.

그것은 훈장인 것입니다. 태양전지판이나 해치가 고장나서 동료 우주인들이 생사기로에 섰을 때나 우주망원경을 손수 고쳐야 할 때, 새 위성을 적재함에서 손으로 직접 들어서 궤도에 띄워야 할 때, 번개 같은 위성과 나란히 날다가 손으로 붙잡아야 할 때…… 그럴 때를 위한 훈련을 받는다는 뜻이거든요.

미래의 대 우주인이 되는 길에 섰다는 증거이지요. 연봉도 2억 원 가까이 받지만 목숨 거는 일의 가치를 따져보면 아무것도 아니지요. 그래도 많나요? (웃음)

제가 에디를 훨씬 깊숙이 이해하게 된 것은 홀에서 같이 수업을 기다리다가 그의 아들 사진을 어깨 너머로 보고 나서였습니다. 그는 소파에 앉아서 사진들을 들춰 봤는데 저는 처음에는 무슨 사진인지 이해를 못했습니다.

노란 머리에 가냘퍼 보이는 여덟 살 정도의 소년…… 농구공을 던지거나, 물속을 헤집는 다이버도 돼보고 스케이트보드를 타고 길을 내려가기도 하지요. 하지만 사진을 유심히 살펴보면 농구대나 물고기 떼 그리고 내리막길은 흰 천 위에 아크릴로 그린 그림이었습니다. "에디야, 지금 너희 아들, 그림에 누워 있는 거니?" 저는 조바심이 났습니다. "그래……, 저이 엄마가 생일이라고 차려준 거야." 그의 대답은 즐거우면서도 구슬프게 들렸어요.

그가 봉투에서 꺼낸 사진에는 부인도 있었습니다. 투명하게 웃고 있지만, 거무스레하게 처진 눈 밑과 뺨에 기미가 있고 왠지 떠있는 낯빛.

저는 그 집안의 정황을 알 것 같았습니다. 여인의 얼굴은 계속 탑승에 실패하는 남편 때문에 시름이 생겼다기보다는, 무슨 병인지 일어서지도 못할 만큼 아픈 아들을 돌봐주면서 생긴 피로를 담고 있었지요. 저는 그런 슬픔을 알게 되면서 에디를 더욱 존경하게 되었습니다.

에디는 말했습니다. "네가 만일 이번에 뽑혀서 우주에 다녀오고 미국으로 찾아온다면 말이야, 나는 너를 누군가에게 소개시켜 줄 거야. 아주 중요한 사람한테. 네가 만일 우주인으로 계속 살고 싶다면 말이지."

그것은 제게 힘을 주는 말이었습니다. 이번에 만일 제가 뽑힌다면 반드시 볼티모어의 시골로 찾아갈 것입니다. 에디를 만나고, 또 누워 있는 그의 아들을 제 품에 꼭 안아주고 싶습니다.」

16

사실 우리는 탑승자 결정이 어떻게 알려지는지도 몰랐다. 평소처럼 태연한 듯이 지냈지만 실제로는 하루하루가 숨 막혔다. 여기에 김유진이 남긴 기록이 있다.

「저는 매일 새벽 두세 시쯤 깨고 있어요. 자면서 탑승자가 누구일까 생각하다가 깨는 것 같아요. 다시 눈을 붙이려고 하면 그 생각 때문에 머릿속에 불이 켜져서 좀체 잠이 오지 않는 거예요.

방송사 피디님은 참 잔인하시더군요. 우리 넷을 앉혀놓고 마이크를 차례로 돌리더니 "왜 다른 사람도 아닌 본인이 탑승을 해야 합니까?" 하고 물으시더군요…….

이런 질문에 우리가 대답하고 나면 피디님은 녹화를 챙겨서 떠나면 되지만 남은 우리는 서로를 어떤 기분으로 바라봐야 할까요? 시청자들은 무슨 생각을 하면서 저희들의 대답을 듣게 될까요?

그다음 질문은 더 잔인한 것이었습니다. 피디님은 저를 가리키면서 정우성씨한테 묻더군요.

"김유진씨 단점은 무엇인가요? 우주인이 돼서는 안 되는 결격사유 말이에요."

너무 난데없는 질문에 그가 망설이고 머뭇거리니까 피디님은 결국 저한테 먼저 묻더군요. 정우성씨한테 서운했던 점까지. 조명에, 카메라, 작가까지 나서서 대답을 보채고. 정우성씨는 희미하게 웃다가 고개를 끄덕거렸어요.

'괜찮아, 말해도 돼. 이해하니까.' 그런 뜻이지요.

저는 피디님에게 소리치고 싶었어요. '지금 뭐 하시는 거예요?' 하고. 캄캄하고, 초록색마저 띠면서 가끔 무정하게 번들거리는 차가운 렌즈. 빈틈없는 원형이지만 전혀 원만해 보이지 않았어요. 오히려 바늘 끝보다 날카로워 보이더군요. 결국 그 유리알에 수백만 명의 눈동자가 숨어서 우리를 응시하게 되니까요. 그런데 이진우씨가 일어섰습니다.

"피디님…… 저희, 그러잖아도 힘든데요……."

일부러 웃는 모습은 예민해진 신경을 잘 다스리려고 애쓰는 것 같았어요. 제가 보기에 그는 요란하게 하소연하기보다는 끈질기게 설득하는 사람이었지요.

"재밌게 만들어 보시려는 마음은 이해하지만…… 여기까지가 저희의 한계 같아요. 저희 좀 쉬고 싶은데요, 예? 부탁드립니다……."

그는 피디님의 손을 붙잡았습니다. 피디님이 결국 물러나자 제가 이진우씨를 뭐라고 불렀는지 아세요?

"우리 팀장님 같아요. 어때요? 팀장님? ……좋아요? 정말난처했는데, 고마워요……."

이진우씨가 일요일에 물이 새는 제 세면대를 고쳐주고 문손잡이까지 바로잡아줬거든요. 그분이 이런저런 허드렛일을 도와줄 때 사람을 끄는 힘이 있는 것 같아요. 중력 같은 힘이요……. 그렇다곤 해도…… 만일 제 대신 탑승자가 되시라는 말은…… 할 수 없을 것 같아요. 저희들이 지금그렇거든요……. 치열하지요.

오늘 아침 무서리가 소롯이 앉은 양배추는 꽃이었어요. 흰 테두리가 생겨나서 검푸른 속잎마저 그윽해진 꽃이요.

제가 그렇게 새하얀 소콜 우주복을 입으면 어떻게 보일까요? 어깻죽지 겨드랑이 팔꿈치 손목 그리고 무릎 발목까지 수백 군데를 재서 만드는 옷. 그 옷이 제게는 우아한 이브닝드레스나 날렵한 투피스보다 더 어울릴지 모른다는 생각은 과대망상인지 모르지요. 포부 삼아 말하면 주제넘어 보이는 생각요. 그래서 혼자서만 지녀야 했던 희망 말이에요. 하지만 왠지 실현될지 모른다는 생각이 나날이 강해졌어요. 저는 성적 관리를 잘 해왔거든요. 이곳의 간부들도 기대감이 크고요 사실은 공공연하게 제가 될 거라고 말하는 분들도 계셨어요.

정 실장님이 전화해온 것도 그런 생각을 하던 저녁이었어요.

"〈우주인 요청문〉, 이런 걸 우편으로 보내왔던데…… 이게 누구 아이디어인가요?"

"……저희 훈련과 수업이 많이 종료됐는데. 아무래도 보강할 필요가 있어 보여서요……. 그리고 불안한 것도 있고 해서, 저희 모두 의견을 모아봤습니다."

"그건 좀 있다 이야기하고. 누가 처음에 이런 제안을 내놓았냐는 거지요, 내 말은."

"글쎄, 누구랄 것도 없이 자연스레 의견이 모아졌습니

다."

"음, 그럼⋯⋯." 그는 숙고하는 듯하더니, "김유진씨구
만." 농조라고는 없이 단정 지었습니다. "누구라고 말 못
하는 걸 보니⋯⋯ 김유진씨가 주도하면 다른 사람들은 따
라 나설 수밖에 없겠지⋯⋯ 도대체 말이야⋯⋯ 왜 그랬어?
응? 왜? ⋯⋯한번 말해 봐. 그냥 마음 편하게."

그렇게 다정하게 옥죄면 제가 누구라고 말할 것 같은가
요? 왜 넘겨짚으세요? 제가 아닌데요. 이렇게 말하는 것 자
체가 자존심을 접고 그가 짠 포석에 들어가는 일이었지요.

"실장님, 하지만 저희들 지금 교육이 러시아말 밖엔 안
남았답니다. 그것도 수요일에는 아예 없는데요⋯⋯."

저는 갈등을 만들기는 싫어서 하소연하듯이 말했습니다.

"강의 스케줄은 우리도 월별로 받아서 알고 있어요."

"그럼, 이게 부실하다고⋯⋯ 생각하지 않으세요?"

"부실하지 않아. 의욕을 가지는 건 좋지만, 이건 상대가
있는 일이고. 배려해주면서 나아가야지. 첫술부터 배부를
수야 없잖아?"

"⋯⋯실장님은 이게 정말 첫술이라고 생각하세요?"

"⋯⋯무슨 뜻에서 하는 말이야?"

"저희가 흑해 훈련을 할 때 빅토르 선장이 그러더군요.
나중에는 이런 게 다 그리운 추억이 될 거라고요. 그 사람
들은 우리가 다시는 이런 훈련을 받지 않을 거라고 생각하

고 있어요."

그는 허를 찔렸는지 아무런 말이 없었어요. 그러다가,

"그건 여러분에게 달렸다고 했잖아. 실험으로 결실을 만들어오고, 우주인을 양성하는 우리만의 방식도 구상해보고. 우리도 아낌없이 지원할 거고."

여전히 자기 책임은 명확히 하지 않는 말이었습니다. 이미 웹에서는 저희더러 관광객이라고 비난한다고 하더군요. 말이 안 되는 소리지요. 저희부터 그렇게 되기 싫어서 갖은 애를 다 쓰고 있는데. 저희가 사실은 시뮬레이션을 하는 운항조종 과목을 열어달라고 요구했다는 말도 했습니다.

"그래서? ……뭐라고 하던데?"

"선장이나 비행 엔지니어 영역까지 할 수는 없다고 하더군요."

"그래 ……그렇다니까."

그는 쉽게 체념해버렸는데 방관자 같다는 느낌이었습니다. 하지만 곧장 상사의 권위를 회복하려고 들더군요.

"그런데 그걸 안에다가 상의를 했어야지. 거기서 당신들이 직접 말하면 어떻게 해? 그렇게 해서는 통할 수가 없어요. 그런 것쯤은 알잖아."

하지만 현장의 실무자가 진정성을 가지고 노력해서 난관이 뚫리는 경우는 또 얼마나 많은가요? 그는 왜 우리가 애썼다는 것은 주목하지 않을까요? 권위란 실수를 질책하는

데서 나오는 것일까요? 그는 왜 사람들을 감동시키려고 하지 않을까요? 상사로서 총대를 메다가 엎어지는 모습을 보여주더라도 우리는 충분히 감동하고 따를 수 있는데.

"하지만 결국 실습 허락을 받아냈습니다. 오늘 늦게서야 결정이 났어요. 정리해서 내일쯤에 말씀드리려던 참이었는데⋯⋯."

"누가 그렇게 요구했어요?"

"저희가 같이했습니다."

사실은 이진우씨가 샤밀 선장을 통해서 요청한 것이었어요. 팀장님이라고 불릴 만하지요. 하지만 사실대로 밝히면 실장님은 왠지 그 친구가 〈우주인 요청문〉도 주도한 거 아니야? 하고 파고들 것 같았습니다.

"일단 내가 오늘 중에 위에다가 보고할 테니까. 그런 일이 있으면 안에다가 우선 상의를 하세요. 그리고⋯⋯." 왠지 그는 분을 참는 것 같았습니다. "부총리실로 직접 문서를 보낸 것은 정말 해서는 안 될 일이에요. 밖에서 뭐라고 보겠어? 왜 그렇게 한 거야? 도대체?"

"저희 의견을 좀 신속하게 전달해드리려는 뜻이었던 것으로 알고 있습니다." 저희는 요청문을 여러 장 보냈거든요.

"그런데 절차가 있는 거잖아. 부총리실로 보낸다고 해서 거기서 검토하는 게 아니에요. 내려와서 지금 내 앞에 와 있어. 나만 우습게 된 거지. 여러분은 우주인 후보라고 해서 국가적인 거물이 된 게 아니에요. 겸손하게 처리해야지. 이런다고 안 될 일이 되겠어? 될 일이 안 되겠어?"

그는 지난해만 해도 노타이로 우리를 환송해주던, 수수한 시골 대학 교수처럼 보였습니다.

"그리고 내가 말해줄게. 탑승과 예비 우주인 인선이 지금 진행 중이에요. 김유진씨를 위해서 말해주는 거야. 안에서도 지금 신경들이 곤두서 있어요. 다들 간발의 차이고. 최선의 선택을 하려고 노심초사하고 있는데……." 그는 침묵하면서 인내하고 있다는 느낌을 주었습니다. "이런 일이 벌어져서는 안 되겠어요. 무슨 뜻인지 잘 알 거예요."

이튿날 수업 마치고 넷이서 점심 먹다가 얘기를 나눠보니 모두들 어제 실장님한테서 그런 전화를 받았더군요. 우리는 모두 태연하고 꿋꿋한 표정을 짓고 있었지만 속으로는 얼마나 노심초사하고 있었을까요. 하지만 우리는 서로를 믿고 있는 얼굴이었습니다. 저는 남자들의 그런 태도를 보면서 훈훈하고 또 흐뭇해졌어요. 그리고 결국 제가 될 거라는 강한 기대감에 휩싸였습니다.」

17

그리고 김태우는 놀라운 소식을 들었다.

여기에 그의 기록이 있다.

「저는 전신 타이츠를 입고서 몸 치수를 꼼꼼하게 재는 상상을 하곤 합니다. 키가 무중력에서는 커지니까 우주복 치수도 좀 늘려서…… 하면서 손 뼘으로 이리저리 재보기도 하고요.

밤이 깊어 잠을 청해도 머릿속은 백야처럼 불이 켜져 있어요. 마음이 가라앉지 않아서요. 어릴 적부터 벌써 몇십 년을 준비했는데. 우주항공학을 공부한 유일한 후보이고. 성적도 내가 앞서면 앞섰지 뒤진 것은 없지 않습니까? 여기 간부들도 저를 인정하고 좋아하고. 특히 합리적인 빅토르 선장이 그렇지요. 저는 늘 그렇게 생각하고 있습니다.

며칠 전에는 밤에 침대에 팔다리를 벌리고 큰대자로 누워 봤습니다. 편하게 숨을 쉬면서요. 제가 좋아하는 자세이지요. 그런데 내가 잠이 들었는지 아닌지 어느 결엔가 등에 아무런 감각이 없는 거예요. 등이 쿠션을 누르는 감각 말이지요.

저는 이불을 덮은 채로 서서히 떠오르고, 베개도 무게라고는 없는 것처럼 따라서 떠오르더니 제 눈앞에서 느릿느릿 한 바퀴 돌더군요. 탁상시계가 책상에서 슬쩍 미끄러져 나오더니 춤추듯이 올라오고, 스탠드도 전깃줄을 길게 끌고서 둥둥 떠다니고, 플러그까지 뽑아내서는 무용수나 되는 듯이 빙빙 돌고요.

이게 대체 무슨 광경일까요?

아아, 내가 올라왔구나. 무게의 속박이 없는 곳으로.

저 창 바깥으로는 궤도로 가득 들어찬 수학적인 하늘이 펼쳐져 있겠지. 저 창에 이마를 대고 위성들의 길을 지금 내다보고 싶은데.

저는 그곳으로 유영해가려다가 슬며시 잠에 빠져들고 말았습니다. 흐뭇해서 웃음을 머금은 채로 말입니다.

그리고 나서 며칠 후 새벽일 겁니다. 이상한 일이지요. 이번에는 자면서 개운치 않은 광경들을 보았는지 갑자기 깨어나 앉고 말았습니다. 성에가 생긴 창밖은 새카맣더군요. 무슨 꿈을 꾼 건가, 하고 생각했습니다. 제가 숨 가쁘게 길을 달려간 것은 기억나는데 옆으로 검은 그림자 같은 것이 큰 새처럼 빠르게 날아간 것 같기도 하고. 종잡을 수 없는 채로 느낌만 꺼림칙한 꿈속의 이미지를 잠시 생각해보았습니다. 잠을 청하려고 했더니 신경이 곤두서서 의식이 도리어 또렷해지더군요.

그래, 그만 자자. 일찍 깨어났다고 치고 커피 한잔 타서 마시자.

제가 홀로 나가보니 놀랍게도 진우 형도 나와서 정수기 앞에서 포트에 찻물을 받고 있는 거예요. 홀에는 불이 꺼져 있긴 했지만 형은 내가 가까이 온 줄도 모르고 있었습니다. 어둠의 저 너머를 바라보면서 진지하게 뭔가에 몰입해 있었던 거죠. 그런데 그 순간 제게 가슴이 뜨끔해지면서 강한 느낌이 찾아왔습니다.

"형……."

그는 놀라서 흠칫 돌아보더니 저를 알아보고는 고개를 끄덕거렸습니다. 응, 너 왔어? 그는 아마 그렇게 대답했을 겁니다. 그런데 제가 갑자기 왜 그런 말을 꺼냈을까요?

"……형, 혹시 탑승 우주인이 됐다고 통보받지 않았어?"

저는 차분했지만 질문을 하고 나서 스스로 놀랐습니다. 왜 이런 생각이 갑자기 들었을까. 그는 순간 의아하다는 빛이 검은자위에 스치더니 눈을 몇 번 깜박거렸습니다. 그리고 좌우로 콧방울을 만졌습니다. 망설이는 표정이 사라지면서 침착해지더군요.

"왜? 무슨 말을 들었어?"

놀랍게도 그는 농담처럼 답하지 않았습니다. 저는 정신이 번쩍 들었습니다.

"……맞으면 ……말해."

제가 목소리를 떨지는 않았을까요?

저는 자꾸 선명해지는 직감에 불안해졌습니다. 바로 다음 순간 이 사람이 나를 안심시켜주는 것일까? 그가 잠깐 체념하듯이 고개를 수그렸어요. 털어놔야 한다, 제게는 그런 뜻처럼 보였습니다. 그러자 제 속의 뭔가가 자꾸 주저앉으려고 했습니다. 그는 긴 숨을 내쉬면서 포트를 붙잡았습니다.

"내가 좀 힘들어."

"나도 그래…… . 뭐가 있으면 그냥 말해 봐."

"미안하다…… ." 그의 눈동자에 연민의 빛깔이 생겨났습니다. "내가 원해서 숨겨온 건 아니야…… ."

숨겨 오다니? 이게 무슨 말이란 말인가? 아아아, 설마 그걸 이렇게 말하는 것일까. 정말 그런 것일까? 내가 생각하는 바로 그런 뜻이란 말인가?

"사실은 통보받았어. 며칠 안 됐어. 정말 미안하다…… . 말하지 말라고 하더구나…… ."

저는 왜 축하한다는 말을…… 하지 못했을까요? 생각이 안 났습니다.

"그랬구나…… ." 저는 침을 삼켰습니다. 긴장해서 그 자리에 박힌 듯이 서 있었습니다. 주위가 어두워서 위로가 된다는 것을 그때 처음 겪었습니다. "원래 그렇지…… ." 저는 망연자실한 것처럼 보였을까요? "그럼 백업은 누구래? …… ."

내가 이런 질문을 이 사람한테 할 줄이야……. 민망한 수치심과 가느다란 기대감이 제게 엇갈렸습니다. 뭐라 말할지, 망설이는 빛이 그에게 생겨났다가 사라졌습니다.

"그건, 확실치가 않아서…… 아니, 나도 모르겠어……."

왜인지 분노 같은 것이 지나갔습니다. 간청을 조심스레 거절당한 느낌이었지요. 하지만 저의 안색을 살피는 그 태도를 보고는 아아, 백업도 아니구나, 하는 자각이 왔습니다.

"형 축하해……." 저는 머쓱해진 얼굴이었을 겁니다.

"정말 미안하다." 그는 제가 내민 손을 잡고 악수를 하다가 저를 부둥켜안았습니다. "너 정말 애 많이 썼는데……."

귀가 먹으면 아무런 소리도 들리지 않는 것일까요? …… 우주란 얼마나 적막한 것일까요? ……정녕 달에는 소리가 하나도 나지 않는 것일까요?

그 다음부터 그가 얼굴이 상기된 채로 저를 달래기 위해서 한 말들은 하나도 들리지 않았습니다. 그가 저의 포트에도 물을 받아주고 제 방까지 바래다주는 동안 저는 어릴 적 받은 준엄한 훈육의 힘까지 끌어내서 태연하려고 했습니다.

문이 등 뒤에서 닫히고 방에 포트를 든 저 혼자 우두커니 남게 되었습니다. 여기 와서 모아온 부질없는 것들을 바라보았습니다.

자그마한 미니어처로 만들어진 보스토크와 보스호드 우주선, 그리고 프로그레스 화물선…… CCCP—소련이라고 쓰여진 오래된 헬멧은 진짜였고…… 우주선의 해치가 닫히기 직전의 가가린의 초연한 사진…… 웃통을 벗은 티토프가 무중력 훈련을 받으면서 환호하는 사진, 레오노프가 인류 최초로 우주 공간에 나가 유영하는 사진…… 사진…… 사진…….

그리고 잘게 잘라둔 소유스 북이 책상에 펼쳐져 있었습니다. 나는 왜 이 책에 그토록 몰두했을까요? 다른 훈련에도 시간을 나누었어야 했는데. 그게 그렇게 재미있었을까요?

우주선에 산소가 충분하다고 살 수 있는 것은 아닙니다. 이산화탄소가 없어져야지요. 제 몸에서 피를 피답게 해주던 그것이 몸 밖에서는 독이 되니까요. ……우주항공을 향한 제 속의 열정이 이제는 밖에 나와 저를 창끝으로 겨누고 있었어요. 더 알고 싶다는, 앞서고 싶다는 열렬한 희망이 저를 도리어…… 저는 지진아가 된 것이었지요…….

누워서 불을 끄니까 천장의 홈들에 든 엘이디 등들이 부옇게 내려다보더군요. 아아, 와이프는…… 나를 위해서 기도하고 있을 텐데…….

희망은 어디에 있을까요? 기회는 어디로 갔을까요?

이토록 간절한 제가 불운의 미운 털이 그렇게 가혹하게 박힐 만한 사람인가요? 제가 도대체 무엇을 그리도 잘못한 건가요?

마음 깊은 곳에서 절박한 외침이 일어나더니 눈물이 참

을 수 없을 만큼 뜨겁게 솟아올랐습니다.

그리고,

보름이 지나서야 대답을 들을 수 있었습니다.

너에게 기회가 돌아가니 걸머쥐라.

그런 대답 말입니다.

우리가 가가린 성당이 있던 마을로 찾아간 봄날에 그는 저에게 물은 적이 있지요. "여기 이 센터의 복잡한 사정을 아느냐?"고요. 바로 그것이었습니다.」

18

나는 며칠 전에 우주인의 집 카페에 가득 들어찬 사람들과 스크린에 중계되는 우주선 발사를 지켜보았다. 정거장을 수리할 기기를 싣고서 바이코누르를 떠나는 모습이었다.

로켓은 표면에 서린 얼음이 조각조각 떨어지더니, 한순간 먼지 폭풍이 거대하게 일고 불티들이 새처럼 날았다. 그러고는 서서히 솟아올라 화염을 내쏘면서 포물선을 그리다가 하늘 속에 자취를 감추었다.

"하라쇼!" 하고 박수 치던 사람들, 카페에 태평스레 누워 있던 털북숭이 흰 개가 놀라서 바깥으로 달아났다.

의젓하고 날카로워 보이는 데주로프 위원장이 앞 테이블에서 일어나서 나이 지긋한 교수들과 퇴역 우주인들, 행정실 간부들과 쾌활하게 악수를 나누고 건배를 했다. 그리고 느릿느릿 테이블들을 돌면서 센터의 우주인들, 직원들에게 말을 붙이고 귀를 기울였다.

직원들의 어깨를 두드리며 화통하게 웃어젖히는 모습. 그의 표정이며 음성과 제스처 하나하나가 주위의 신경을 끌고 있었다. 그는 우주인들의 진로를 손에 쥐고 있는 것이다. 채점은 교수들이 하지만 연방이나 우주청의 의견까지 접수해서 탑승이냐 백업이냐 정하는 것은 전적으로 그의 권한이니까.

아인슈타인이 말한 것은 무거운 물체의 주변 공간은 중력 때문에 휘어져 있다는 것이다. 자기가 중요하게 여기는 사람의 근처도 그런 것이 아닐까. 나의 마음은 실내에 쳐진 그물 위에 선 것처럼 그가 움직이는 곳으로 기우뚱하게 쏠리곤 했다. 내 곁에는 샤밀 선장과 바실리가 앉았는데 위원장을 물끄러미 건너다보는 그들의 눈동자에도 존경심이 어려 있었다.

"여기로도 찾아올까요?"

"아마도."

샤밀은 나를 보면서 의미심장하게 웃었다. 정말 위원장은 홀 가장자리의 칸막이 안에 앉은 우리를 일부러 찾아오는 것처럼 차츰 가까워 왔다. 그리고 몇 테이블을 거쳐서 놀랍게도 내 맞은편 자리에 슬쩍 앉는 것이 아닌가. 반가워하는 인사말들과 술을 따르는 손 움직임이 있고.

배포가 두둑하고 열정적인 터줏대감 데주로프. 짙은 눈썹에 미간은 주름지고, 연갈색 눈동자는 노회해 보인다. 명령조가 몸에 밴 목소리에는 새된 음색이 섞여 있고. 희고 긴 손가락은 부드럽게 움직이다가 단호하게 정지하고. 오래되고 단순한 가가린 기념반지가 끼워져 있다.

선장이 나를 소개하자 위원장은 뜻밖의 말을 했다.

"우리는 만난 지 오래됐지." 나는 무슨 뜻인지 몰라서 선웃음만 지은 채로 물끄러미 그를 바라봤다. "너희가 공군병원에서 신체검사를 할 때 네가 병원장실로 찾아오지 않았어?"

나는 잠깐 숨이 멎었다가 즐거워졌다. 설마 그런 것까지 기억할 줄이야. "예, 제가 찾아갔습니다. 자칫하면 떨어질 뻔해서. 그때 위원장님께서 들어오셨지요." 나는 얼결에 웃으면서 손바닥으로 얼굴을 문질렀다.

"자네 소식은 내가 들었어." 그는 잔에 보드카를 천천히 채워 넣었다. "이 술 때문에 아주 힘들었다고."

그는 매서운 눈빛에 눈썹이 꿈틀거리고 입술 양 끝이 슬쩍 올라갔는데 짓궂어 보이는 표정이었다. 위원장을 지켜보던 샤밀과 바실리의 표정도 그를 따라 하듯 바뀌었다.

위원장은 태연하고 담대한 자세로 술에 라이터 불을 철 컥 놓더니 "자, 이제는 어떻게 할 텐가?" 하고 나를 노려보 았다. "여기 우주선에 불이 났는데."

"그러면 꺼야지요." 나는 생각나는 것이 있어서 서두르지 않고 그를 마주 보았다.

그리고 나는 빈 컵을 들어서 보드카 잔 위에 마주 보게끔 조심스레 엎었다. 갇힌 공기가 다해가자 불은 엎드려서 가 물가물하며 줄어들더니 이내 사그라지고 말았다. 나는 그 와 시선을 마주한 채로 보드카를 고스란히 마시고는 잔을 돌려주었다. "이제 껐습니다, 위원장님."

그는 그럴 줄 알았다는 안색으로 나를 바라보았다. 그리 고 나서 나의 변화는 불시에, 툭 터지듯이 찾아왔다. 그는 흐뭇한 표정으로 일어서서는 내 어깨에 손을 얹더니 갑자 기 귀에 대고 속삭였다.

브이 예지체, 프리우스 페바츠…….

그것은 내가 도무지 잊을 수 없는 말이 되고 말았다.

19

그날 자리가 파하고 나자 샤밀이 불러서 나는 칸막이 자 리로 다시 돌아갔다. 그리고 나서야 내가 들은 말이 사실인지 아닌지 확인할 수 있었다.

"축하한다." 샤밀은 피어나는 웃음을 주체하지 못했다. "네가 탑승한다. 잘 돼라."……브이 예지체, 프리우스 페바츠…… 바로 위원장한테서 들은 그 말이었다.

"선장님 덕분입니다. 저에게 많이 가르쳐주시고 이끌어주셨어요. 정말 감사합니다." 나는 무게의 속박을 벗어나서 자리에서 떠 있는 느낌이었다. 오 분 전과는 완전히 다른 세계로 들어서 있었다. 마룻바닥이나 테이블, 접시와 그릇, 꽃병과 촛불들이 합창을 하듯이 떠오르고 있었다.

다음 발사에서 탑승자가 된다는 소식을 그날 알게 된 것은 샤밀도 마찬가지였다. 그는 인선을 기다리던 며칠 사이에 입술이 마르던 초조함을 떨치고서 내 손을 힘 있게 맞잡고 흔들었다.

"……무슨 말이야? 네 스스로가 잘 해냈어. 너는 팀워크가 좋고, 흑해에서도 물론이었지. 실험을 제일 잘 해냈다고 하더라. 아이디어들도 참신하고." 그는 팔걸이에 손을 얹고서 대견해했다. "이제부터 책임감을 잃어서는 안 돼. 늘 겸손하고 신중해야 한다."

발사는 내년 4월 21일. 동승자는 선장인 공군 중령 스테파신 샤밀, 비행 엔지니어인 공군 소령 바실리 부닌, 몇 며칠의 기다림 끝에 그날 오후에 위원장으로부터 사전 통보를 받았고, 바실리는 십이 년의 기나긴 백업 생활에 종지부

304

를 찍게 된 것이다.

"너희 정부가 며칠 내로 내정 통보를 할 거야. 하지만 여기서 정식으로 인사 명령이 있을 때까지는 절대 함구해야 해."

샤밀은 눈을 부릅뜨고 신신당부했다.

하지만 나는 언제, 누구에게부터 알려줘야 할지, 꼽아 보느라고 그날 누워서도 잠을 제대로 이루지 못했다.

「하늘에 구름이 피어난다는 것은 얼마나 큰 기적인가.

나는 어릴 적 여름날의 뭉게구름을 볼 때마다 그것이 공중에 떠 있는 설산이라고 생각하였다. 산을 뿌리 뽑아서 대기에 띄우면 저렇게 크고 우뚝할 것이라고 생각하였다. 어쩌면 설산이 하늘을 보면서 꾸는 백일몽의 현현顯現이 흰 구름이라고 생각하였다.」

내가 썼던 일기는 감격에 차 있다.

「그러면 저 꿈같은 하얀 산은 저렇게 솟구쳐서 어디로 흘러가는 것일까. 구름의 저 방대하고도 분방한 움직임. 보는 이가 있든 없든 저 스스로 저렇게 현란한 동학動學을 보여준다는 것이 나는 경이로웠다. 그것은 자연에 원래 내재한, 움직임에 대한 충동의 반영이라고 생각하였다. 우리도 역시 움직임을 동경하고, 그것은 무한하고 영원한 것이다.

이제 나는 그렇게 변화무쌍한 하늘과 통하려고 하고 있

다. 통하여 하늘을 꿰뚫고 올라가고, 하늘에서 내려다보려고 하고 있다. 우주인이 되어서, 창공을 옮겨 다니는 뭉게구름처럼 활달하고 큰 꿈을 꾼 사람이 되어서.

마침내 나는 아찔한 하늘의 바깥에까지 올라와 있다. 내가 만들어서 어깻죽지에 붙인 날개가 아니라면 어떻게 여기까지 솟구쳤겠는가. 나를 앞지르고, 내 위를 날아가고, 나를 아프게 비웃었던 그 숱한 우월감과 자부심들이 이제는 까마득한 저공에서 선량한 얼굴로 나를 올려다보고 있다. 그리고 저 아래에 펼쳐진 세계에는 햇살이 넘쳐흘러 대낮이 계속되고 있다. 나의 소망은 청춘이 완성된 여름처럼, 해가 지지 않는 백야의 밤처럼 끝없이 계속되고 있다.」

나는 시간의 틈새로 빠져나와서 더 이상 일상에 속한 것 같지 않았다. 끼니를 걸러도 배가 고프지 않았다. 희열을 숨겨야 하는 러시아어 강의나 훈련은 음이 소거된 동영상 같았다.

이틀이 지난 아침에 정경수 실장이 전화해왔다.

"방에 혼자 있나?" 그는 느닷없이 말했다. "예……." "축하한다. 자네가 탑승 우주인으로 정해졌어."

그는 내 반응이 궁금한지 말없이 수화기에 귀를 붙인 것 같았다. 나는 처음 듣는 낭보에 감탄하듯이 말해야 하나, 망설였지만 "아아……." 하는 찬탄이 저절로 나왔다.

"감사합니다…… 실장님……."

이 일이 실제로 벌어진 것인지. 그런 내 불안감을 그는
훨씬 현실감 있는 말로 씻어내버렸다.

"정식 발표는 십일월 정기선 발사 직후고. 마음의 준비를
하라고 미리 알려주는 거야." 그는 훨씬 더 저음이 되었다.
"들뜨지 말고 책임감을 가져야 해. 나라를 대표하니까. 겸
손해야 하고. 혼자 힘으로 된 게 아니잖아. 잊지 말아."

"……백업은 누구입니까?"

그는 망설이더니

"김태우씨야……." 그리고 나를 시험대에 올려놓는 권능
을 지녔다는 듯이 "이것도 함구야……." 하고 말했다.

"김태우씨는 알고 있나요?"

"아직은 몰라……." 그는 못마땅한 듯이 말했다.

놀라운 일이었다. 샤밀은 "김유진"이라고 했기 때문이었
다. "매우 잘해서 너와는 간발의 차이였다."고 했다. 그는
늘 김유진이 앞서간다고 내게 암시해왔기 때문에 이번에는
내가 역전을 했다는 뜻으로 들렸다. 하지만 백업까지 바뀐
일은 왜 일어났을까?

「여기서 백야가 이어지는 동안 지구의 반대편에는 극야
極夜가 벌어진다. 무한한 밤만이 남극의 빙원에 내려앉는,
가도 가도 무궁무진한 어둠…….

세끼 밥 같이 먹고, 수업 듣고, 달리고 수영하고, 사우나 하던 사이였는데…… 한 사람이 뽑히니까 다른 사람은 아프게 패배를 맛봐야 하다니…….」

그 후의 내 일기는 심각했다.

「연구원 다닐 때 너는 승진이니 미리 알고 있으라고 귀띔 받은 간부들은 마음이 어땠을까? 비밀을 함께 지니는 일은 아웃사이더를 갈라낸다. 모를수록 밀려나고 미끄러지고. 내가 맨 나중인지도 모르는 채로, 그런 비밀을 누군가에게 나직하게 말해주다 보니 슬그머니 나를 얕잡아보던 상대의 비웃음이 기억난다……. 그걸 이제 알면 어떡해? 이런 일들은 나에게 낯설지 않다.

한쪽은 통보를 고대하며 초조한데, 벌써 통보받은 쪽은 경기의 결말을 혼자 아는 쾌감을 맛본다. 다행스러운 일은 부정을 타면 안 되니 입을 더 다물어야지 하면서.

나는 통보를 받고서 며칠이 지나자 괴로워졌다. 마치 가면이라도 쓰고서 눈구멍으로 친구들의 무지를 보는 것 같았다. 그러면 잠깐 득의가 생겼지만 이내 자책감이 찾아왔다. 이마저도 내 정신건강을 지키려는 이기적인 본능일까? 하는 생각까지 들었다.

온갖 지망자들을 상대로 그렇게 힘들여 뽑았는데, 간발의 차이인 사람들을 뽑았는데, 식구처럼 살게 한 뒤에 한 사람만 내보내는 일이 과연 자랑스러운 일일까?

가가린은 "두 번째 비행이 더 중요해서 티토프가 맡았다" 고 했다. 백업은 더 진화한 다음 비행을 위한 사람이었다. 우 리도 최소한 백업까지는 간다고 했어야 하는 게 아닌가.

어서 후속 프로그램과 후임 우주인도 내보내겠다고 발표 해주면 좋겠는데, 어서. 우주로 갈 가치가 있는 사업과 실 험만 창안해내면 되는 건데.

생각해보면 나는 경쟁심도 만만치 않았고 질투를 하기도 했다. 낙오한 게 아닌가 하는 생각에 속이 부서지는 느낌도 받았다. 하지만 남이 잘 해놓은 것이 사라지기를 바란 적은 한 번도 없었다. 그렇게 파괴돼서라도 나와 비슷해진다면 하고 바란 적은 한 번도 없었다. 그게 공평하고, 공정하다 고 생각하지 않았다. 그렇게 생각했더라면 나는 이 정도만 큼도 살아오지 못했을 것이다.

우리의 경쟁을 생각해보면 갈라져서 이겨야지 하는 마음 으로 타오르기도 했다. 하지만 적개심은 아니었고 오래 가 지도 않았다.

우리의 경쟁은 테니스나 배드민턴 같은 것이 아니었다. 그것은 상대방이 치기 쉽게끔 서브를 넣지는 않는다. 오히 려 상대방이 도무지 칠 수 없는 빈 공간을 공략한다. 저 쪽 의 좌절을 보면서 통쾌해하는 경기다.

하지만 우리는 마라톤이나 경보에 가까웠다. ……혼자가 아니라 여럿이 해야 잘하게 되는…… 자기가 쓰러지면 경기가 끝나는 것이 아니라 상대는 남아서 최고치에 도전하는…… 경기 자체가 중요하고, 경기는 계속되는…… 그런 경쟁을 한 것이다.

나는 지난 일기를 보다가 부끄러워졌다.

'……마침내 나는 아찔한 하늘의 바깥에까지 올라와 있다. 내가 만들어서 어깻죽지에 붙인 날개가 아니라면 어떻게 여기까지 솟구쳤겠는가…….'

생각해보면 여기까지 같이 온 내 친구들, 그리고 과학기술부와 우주산업연구원의 관료들도 나의 날개를 만들어준 것이다. 그런데 나는 '사람들이 선량한 얼굴로 하늘 높은 곳의 나를 올려다보고 있다'고까지 써놓다니…….

나는 왜 그런 이기적인 자부심을 가지게 되었을까?」

나는 결국 아내에게 선발됐다는 전화를 하면서 마음이 아프다고 말했다. 김동석이 전화를 해왔을 때는 밝힐 수가 없었다. 그는 등산반 회장 선배와 함께 회사를 나왔다고 했다.

"등산반 몇 명 데리고 나왔어. 서울과 용인에 사무실과 연구소를 열고." 그는 바위에 붙어서 폭풍을 견디는 홍합들을 소재로 접착제를 만든다고 했다.

"느낌이 좋은데. 투자 잘 받겠다."

"너는 무슨 좋은 소식 없냐? ……때가 됐잖아?"

"아니, 아직은…… 있으면 전화할게." 알려줄 수 있으면,

그런 뜻이라고 나는 생각했다.

"우린 벌써 투자를 세게 받았어. 좋은 사람들을 모으고 있고." 그는 결국 그런 뜻으로 나에게 전화를 한 것 같았다.

나는 새벽에 김태우와 마주치고 나서 그날 나머지 두 사람에게도 털어놓기로 했다. 정우성은 체련실에 일찍 나와 너무 운동을 열심히 한 나머지 몸에서 김이 올라왔다.

"아? 역시…… 그랬구나…… 축하해."

그는 스포츠타월로 목뒤를 닦다가 말고 약간 놀란 얼굴로 나에게 악수를 청했다. 웃음에, 고르고 흰 이가 드러났다.

"네가 일부러 감춰온 것도 아닌데…… 미안해 할 필요 없어……."

"형은 혹시 알지 않았어요?"

위원장이 내 자리로 찾아왔을 때 옆 테이블에는 그가 앉아 있었던 것이다.

"아니, 몰랐어." 그는 고개를 저으며 웃었다. "네가 궂은 일들을 잘 맡아줘서 '팀장'을 시켜주는 줄 알았지……." 그는 너털웃음을 터뜨렸다.

그는 의젓해 보이지만 힘이 들지는 않을까.

"후속 우주인이 나오도록 정 실장님이 힘을 써 보겠대요." 나는 통화한 것을 말했다. "어제 저녁에 말씀하셨어요."

"정말이야?" 그는 얼굴이 밝아졌다. "그러면 너한테 달렸네……?"

"그러기까지 하겠어요? 열심히 해야 되겠지만……."

"백업도 정해졌어?"

"……확실치가 않아요……."

그는 하소연하는 표정을 일부러 짓더니 내 손을 붙잡았다.

"어떻게 힘 좀 써줘…… 이 나이에 여기까지 왔는데."

"형님이 먼저 되셨어야 하는데……."

나는 그의 장점을 잘 알았다.

"나는 괜찮아. 이 일이 너를 요구하는 거야……."

그는 너그럽고 시원하게 생겼고, 시야가 넓고 경력도 좋다. 여기 와서 알게 된 것은 그가 수재와 천재의 사이에 있다는 것이었다. 그는 내게 꿋꿋해지라는 표정을 지었다.

"씻으러 가자. 밥도 먹어야지."

나의 룸메이트였던 사람…… 얼마나 인자하고 다정한가.

20

「진우 오빠는 제게 "좋은 소식과 나쁜 소식이 하나씩 있는데…… 어느 걸 먼저 말해줄까?" 물었습니다. 그래서 정

실장님이 예전과 달리 "후속 우주인을 밀어붙이겠다"고 하신 것을 알게 되었습니다. 아아, 반드시 다음 우주인도 나와야 하는데.

"나쁜 소식은 내가 말해줄까요?"

그는 바싹 당겨 앉으려다가 멈칫했습니다.

"네가……? 뭘……?"

"탑승은 김유진이 아니다."

"누구한테 들었니……?"

"탑승은 오빠지?" 저는 가끔 그렇게 불렀습니다. "그냥 내가 맞추는 거야……." 그는 말이 없었습니다. "맞잖아, 대답해……."

제가 답답한 표정이 되자 그는 머쓱해했습니다.

"그래, 맞아……. 우성이 형이 말해줬구나?"

"그분은, 입이 무거우세요."

저는 제 속과는 다르게 의기양양해졌습니다. 제 감정 대신 그렇게 담담할 수 있어서 대견스러웠습니다. 저요, 보통 아니거든요. 그렇게 말하려다가 말았습니다.

"좀 일찍 말해줬어야 하는데…… 미안하다……."

"그런데, 오빠, 그게 무슨 나쁜 소식까지 돼요? ……축하해요."

제가 내민 손을 그가 슬며시 맞잡은 순간 우리들의 순수한 내부에 바깥은 없었어요. 저는 그때의 맑아진 심경을 기억합니다. 하지만 그 시간의 경계를 지나자 제 속의 저는 서글퍼졌습니다. 하지만 저는 초롱초롱한 눈망울로 의연하게 말했다고 생각합니다.

"우리가 잘 알잖아요……. 열심히 하시는 것, 지켜봤고. 사실은 닮고 싶었어요."

솔직하게 말한 것이었습니다.

"이긴 사람한테 의무가 있다는 건 알지?" 그가 심각해지지나 않을까 싶어서 저는 가르쳐주었습니다. "노블리스 오블리제, 이런 것 말고……."

"이긴 사람한테 의무……? 글쎄 뭔데……?"

"한턱 내."

"그거야, 뭐……."

그러면서 그는 아랫입술과 턱을 쑥 내밀었습니다. 우주인 평가에 유머 항목이 없다는 것은 분명했습니다.

"군만두하고 라볶이, 먹고 싶어요." 한인식당으로 가서 기름지고 매운 것을 실컷 먹고 싶었어요.

"그걸로 되겠어? 나갈래? 아니면…… 내가 시내 가서 사올까?"

"나가요. 모두 같이. 작가님도 불러서."

불안과 조바심은 제게 친숙한 감정이었는데. 이제는 체념과 만나야 합니다. 이 일은 이렇게 상처 주고, 아픔을 준다는 것까지 마음에 듭니다.

그가 탑승일지 모른다고 생각하고부터, 그래도 제게 백업을 시켜주면 저는 끝까지 해내겠다고 다짐했습니다. 이 일은 제가 원해서 시작했으니까요. 하지만 그는 "백업이 누군지는 확실치가 않아서…… 모르겠어……."하고 말했습니다.

저는 알고 있습니다. 실력으로 여기까지 왔다는 것을요.

'야, 그래도 넷 중에 여자 하나 없으면 구색이 맞춰지냐? 너는 바로 그런 거야.'

웹에서 그런 댓글도 읽었습니다. 차마 입에 담을 수 없는 모욕도 있었습니다. 세상에는 치열한 여자가 상처받는 것을 보고 싶어 하는 사람들이 있는 것 같습니다. 하지만 저는 그런 비아냥이 공감으로 바뀌기까지는 시간이 걸릴 뿐이라고 생각합니다. 그래서 반드시 탑승이 되고 싶었는데…… 하지만 이번에는 여기까지인 것 같습니다. 그래도 제가 있는 힘을 다하지 않았다면, 그래서 넷 다 모두 남자뿐이었다면…… 그보다는 낫다고 생각했습니다.

기숙사 방에 잠시 들어와 있는 사이에 전화벨이 울렸습니다. 수화기를 들기 전에 벌써 유경이 전화라는 것을 느꼈습니다. "언니…… 요즘 어때? ……소식 나왔어……?" 조심스러운 유경이는 이미 어떤 결과인지 직감을 받은 듯합니다. 그런 생각이 저에게 살그머니 위안이 됩니다. 저는 가끔 쌍둥이가 아닌 사람들은 평생을 어떻게 살아나갈까? 궁금해질 때가 있습니다.

해가 지기 전부터 기숙사에는 벌써 불이 들어오고 있었습니다. 마른 배추밭은 다시 싸늘해져갔습니다.

기숙사 입구의 우편함, 그의 칸에 놓였던 소포가 사라진 것을 보았습니다. 서울에서 온 것이었지요. '정우성님 앞'이라고 예쁜 여자 글씨로 쓰인 것. 은회색 광택이 나는 마시멜로지로 단단하게 포장이 된 큼직한 박스. 무엇이 들어 있었을까요? 향기 나는 로션이나 깨끗한 양말, 버터 쿠키나 인화한 칼라사진 같은 것이었을까요? 아니면 하얀 속옷?

그에게 애인이 있었다는 것을 알고 있었습니다. 어제부터 꽂혀있던 그 박스는 오며 가며 제 눈에 들어왔는데 결국 사라졌습니다. 이제 그는 화해를 한 것일까요? 서울에 가고 싶어 할까요?

오늘 체련실로 들어오려던 그가 귀에 익은 노래가 흘러나오자마자 황급히 휴대폰을 꺼내 들고 돌아나가는 것을 보았습니다. '나를 달까지 날아가게 해줘요.' 하는 노래였지요. 누구에게서 온 전화인지 짐작해보는 것은 아픔을 가져왔습니다.

그 흔한 〈백조의 호수〉도 한 번 보러 가지 않았는데……

트레차코프 미술관도…… 스트라빈스키 칸딘스키 도스토예프스키 샤갈 체호프…… 음악당도 미술관도 문학관도 내게는 없었고…… 오로지 가가린만 있었는데…… 제가 여태까지 해온 일들은 다 무엇이었을까요? 추워서인지 눈가가 싸아해지면서 귀와 코가 빨개지는 것이었습니다.

지는 해를 보고 싶어서 방에서 일찍 나왔습니다. 저 긴 활주로 너머로 지는 해. 어스름 지는 하늘에 연기 같은 것이 실타래처럼 풀리면서 주위는 싸늘하지만 고즈넉해졌습니다.

해는 종일 치성을 드리듯이 한 걸음씩 하늘을 가로질러서 노을을 이룹니다. 사월의 석양처럼 찬란하지는 않지만 잿빛 구름 사이에서 작고 우련하게 새어 나오는 저 발그스름한 기운. 겨우 이 정도의 해거름을 위해서라도 태양은 누가 보든 안 보든 종일 공을 들였을 것입니다.

오늘 내내 자전해온 이 고장은 일몰의 역에 다다르고 있습니다. 어둠이 완전해진 그 순간부터 다시 여명을 향해 달려가겠지요.

동이 다시 틀 거라는 사실, 얼마나 기분 좋은가요. 봄 여름 가을 겨울이 돌아온다는 사실도요. 좋은 시절은 다시 찾아온다는 기대를 품게 해주지요.

정 실장님은 또 한 번 우주인을 만들기 위해서 좀 더 밀어붙이실지 모릅니다. 그래서 어쩌면 백업에게도 기회가 생길지 모르고요. 저는 중얼거렸습니다.

　용기는 계속할 힘이 아니다. 힘이 없어도 계속하는 것이다. 우레 같은 외침만 용기가 아니다. 쉬었다가 다시 해보자. 나지막이 속삭이는 것도 용기다.

　저는 장갑을 낀 채로 시린 손을 만지작거렸습니다. 해거름이 다 지나자 그들이 시내로 가려고 기숙사 계단을 하나둘 내려왔습니다. 그가 제게 손을 들어 보였습니다. 제게서 깊은 입김이 흘러나왔습니다.」

4부
나의 것

1

수색은 아침에 시작되었다.

그날 일을 알아본 기록작가에 따르면 세 사내는 상자처럼 생긴 쥐굴리 승용차를 타고 와서 우주인 주택의 계단을 올라왔다. 전날까지 끄느름한 가랑비가 내려서 발자국이 어지럽게 찍혀 있었다. 그들은 신분증도 없었고 현관 직원에게 손을 번쩍 들어 인사했을 뿐이었다고 한다.

그들은 직원이 타준 커피를 마시다가 매주 월요일 아침에 방 청소를 하는 아주머니들이 두건과 앞치마를 두르고 뒤뚱뒤뚱 나타나자 직원으로부터 마스터키를 건네받았다. 삭발하고 날카로워 보이는 사내가 다른 둘을 데리고 2층의 끝 방으로 걸어가서 열쇠를 끼워 돌렸다.

"자물쇠가 말이야……. 아무 열쇠에나 다 열리면 당연히 버려야 해. 그런데 열쇠가 말이야……. 아무 자물쇠나 다 열면 그건 플레이보이 같은 거야."

부하 두 사람이 소리 없이 입 끝으로 웃을 때 삭발한 사내는 문을 활짝 열어젖혔다. 그는 머리를 치켜 깎은 사내에게 열쇠를 건네면서 "잘해 봐." 하고 턱짓을 했다.

우주인은 남김없이 출근한 상태였다. 그들이 방을 뒤지는 동안, 나하고도 알고 지내는 살이 찌고 나이 든 아주머니가 고무장화 차림으로 들어와서는 습관적으로 화장실 변기의 물을 쏴 하고 한 번 내렸다. 그리고 혹시 곰팡이가 없는지 욕실 천장부터 바닥까지 꼼꼼히 살펴보고는 솔을 들고 욕조의 때부터 밀기 시작했다.

현관 직원이 2층 계단참까지 올라와서 그들이 일을 시작한 것을 보고 가더니 현관문을 안에서 걸어 잠갔다. 프로필락토라라고 부르는 기숙사는 원래 우주인들 외에는 출입할 수 없어서 가족도 초청할 수 없다. 그런데 이제는 우주인 본인도 두 시간 정도는 들어갈 수 없게 된 것이다. 직원은 소독 중이라거나 그런 등등의 이유를 대리라.

사내들은 늘 해오던 대로 했다. 옷장과 책상의 서랍을 빼내서 살펴보고 스탠드 화분처럼 바닥이 넓적한 비품은 들어서 점검했다.

"냉장고를 열어봐, 냉동실도."

삭발 머리가 히터 뒤를 살펴보며 지시하자 다른 사내가 액자 뒤의 패널을 떼냈다. 물을 덥히는 보일러가 1층에서 웅웅 돌아가는 소리가 시월의 흐릿한 햇볕 속으로 퍼졌다. 그는 엎드려서 침대 밑을 플래시로 비추며 응시했다. 매트리스는 완전히 들어서 뒷면을 눈으로 확인했다.

그들이 방에서 나오자 욕실 청소를 마친 아주머니가 걸어와서 창을 열고 먼지를 털기 시작했다. 차갑고 축축한 날파람이 들어와서 책상의 책갈피를 펄럭이게 했다.

저쪽 방에서 세간을 혼자 들춰보던 사내가 막 들어선 삭발 머리에게 침대에 던져둔 것을 가리켰다.

"뭐가 있는데요."

삭발 머리는 인화한 사진들을 보더니 입맛을 다시며 인상을 썼다. "이런 거 말고. 우리가 찾는 게 있잖아." 그는 핀잔을 주면서 사진들을 비닐봉지에 넣었다.

"제자리에 둬. 표 안 나게." 그리고 덧붙였다. "반드시 찾아내야 해."

2

내 방에 돌아와 보니 뜻밖에도 아내의 메일이 들어와 있다.

'자기야, 오늘 소영이가 꿈에서 자기가 우주인으로 선발되는 것을 보았대. (나는 정말 아무 말 안 했거든.) 그래서 우주복을 입고 목에 꽃다발을 두른 아빠를 그려야 한대. 저녁 내내 자기 책상에서 그림일기를 그렸어.'

소영이가 어떻게 알고 그런 꿈을 꾸었을까. 신기하다. 하지만 다른 아이들이 글로 쓰는 일기를 소영이는 이학년이 되어서도 그림으로 그리고 있다. 내가 같이 살면서 도와줬다면 달라졌을까. 하지만 생각해보면 나도 어릴 적에 오줌을 늦게 가리고 글쓰기도 서툴렀는데.

소영이가 그린 우주인은 나를 정말 닮았다. 소영이가 그리는 내 얼굴이 있다. 살색으로 빽빽하게 칠한 둥그스름한 얼굴에 슥슥 위아래와 좌우로 열심히 그은 머리카락, 눈썹은 진하고 속눈썹은 대여섯 개, 까만 눈에는 별이 들어앉았다. 그리고 니은 모양 코에 입술은 빨간 스마일로 그리는 것이다.

나는 웃음이 나왔다. 우주인의 집 로비에는 러시아 아이들의 크레용 그림들이 있는데 거의 다 가가린의 얼굴이다. 하지만 소영이는 나를 앞에 둔 것처럼 그렸다. 그 철모르는 아이가 내가 뽑힌 것을 어떻게 알았을까. 당장이라도 안고서 입을 맞추고 물어보고 싶었다.

소영이는 어질러진 안방과는 달리 가지런한 내 방을 좋아한다. 내가 늦게 퇴근하면 잠든 소영이가 내 책상에서 그

324

림을 그린 흔적이 남아 있다. 소영이가 좋아하는 내 탈모 방지 빗이 얹혔고 의자가 평소보다 쑥 올라와 있다. 어른 의자에 의젓하게 앉으려고 레버를 당기고 높이를 맞추는 딸애의 모습이 떠올라서 나는 대견해하면서 의자를 이모저모 살펴본다. 거기서 꽃다발을 든 아빠를 그리느라 허리를 굽히고 골몰한 내 아이…….

나는 안방으로 건너가면 알록달록한 내복 차림으로 널브러진 아이들 옆에 엎드려서 뺨도 비비고 입술도 가만히 맞추는데…… 그 매끄럽고 부드러운 밤의 감미로움은 나를 동화 속 나라에 들어선 것처럼 만드는 것이다.

가만히 지켜보면 딸아이들은 밤새 시계바늘처럼 이부자리를 맴돌았다. 팔을 괴고 생각하는 자세이다가, 두 팔로 만세를 부르다가, 토라진 듯이 등만 내보이고 움츠리다가, 달리기를 하듯이 팔다리를 내젓다가, 공 차듯이 다리를 올렸다가, 큰대자로 뻗어서는 다디달게 자는 것이다.

그러면 나는 또다시 딸들이 귀여워서 엉킨 다리들을 풀어주고 머리를 베개에 반듯하게 놓아주고, 차버린 이불을 단정하게 올려준다. 뺨에 한 번 더 입술을 맞추고.

아마 아버지도 우리 형제가 자라는 동안 이렇게 했겠지. 나는 어릴 적 깨어나서 어제 잠결에 채소 내음이 배인 아버지가 거칠한 수염으로 내 뺨을 비빈 것도 같고 손으로 쓰다듬은 것도 같아서 아리송해하곤 했다. 아버지의 손바닥에는 푸성귀의 푸르검둥한 색깔이 배여 있었다. 숨결에는 파나 생강 맛이 섞여 있었고.

"아버지나 어머니한테도 말씀 안 드렸지?"

"혹시 무슨 소식 없냐고 전화 오셨어……. 된 게 아니냐고 하시던데? 당신 집안은 뭔가가 통하나 봐?"

"통한다고……?" 나는 웃을 수밖에 없었다. "그래도 아직 말씀드리면 안 돼. 친정에도…….."

"모스크바에 한 번 다녀 가시겠다던데? 괜찮아?"

"여길? 아니 왜?"

"저번에 말씀하셨다던데? 자기도 좋다고 했다고…….."

"아……, 나중에 바이코누르로 초대할 거야. 발사장에 말이야. 그때 자기가 모스크바로 모시고 와서 같이 돌아보면 어때?"

"글쎄, 소영이 학교 때문에…….."

"다 같이 와. 학교에서 아빠 생각만 할 텐데."

"훈련은 잘 돼? 감기 걸리면 안 된다며?"

"잘 때 모자 쓰고 비타민시 먹고 있어. 훈련은…… 이번 주에 운항 실습이야. 우리가 어렵게 따냈어. 시뮬레이션 타는 건데. 우주복까지 입고 제대로 하는 거야."

"시뮬레이션은 뭐야?"

"실제처럼 재현하는 거야. 소음도 똑같고…… 통신도 그대로…… 지구도 고스란히…….."

아내가 웃는 소리가 들려왔다. "게임이잖아…… 오버, 오 버 그러는 거야?"

"무슨…… 나, 참……." 웃음이 이어져서 나는 수화기를 잠시 뗐다. "그거 다 평가하는 거야. 누르고 돌리는 게 몇백 개라고……."

"그래, 알았어……. 자기 지금 심각하다. 이제 우주인이 다 된 거네. 잘해."

시뮬레이터가 우주선 뒤의 소형 로켓들에 차례대로 시동 을 거는 소음이 지나갔다.

여태까지 선실의 창문을 가리던 덮개가 툭, 떨어져서 칠 흑 속으로 희미하게 멀어져갔다. 그러자 창 아래에서 공기 에 둘러싸인 지구의 파르스름한 테두리가 나타났다. 창에 붙은 스크린의 영상일 뿐인데도 구름을 끼고 자전하는 광 경이 현실적이다.

훈련장에 사는 모기 한 마리가 선실의 유리에 붙어서 마 치 대기권을 오가는 듯이 보였다. "이놈 좀……." 하지만 신 경이 곤두선 바실리가 말아 쥔 손바닥에 이내 사라졌다.

우주선이 날아가자 멀리 북극권에 초록색 이불 홑청이 펄럭이는 듯한 오로라가 보였다. 그리고 번개들이 여전했 다. 드넓은 구름의 안에서 여기저기를 하얗게 번득였다. 우 주선과 속력을 겨루듯이 성큼성큼 따라오면서 산과 들 시

가지와 바다에 번쩍이는 발자국을 찍었다. 저 하나마다 섬뜩한 천둥이 치고 폭우가 번들거려서 주민들이 깜짝 놀라리라. 우리가 칠흑 같은 지구의 반쪽으로 넘어가자 불빛 하나 없는 설산이나 밀림과 평원에서는 신이 두드리는 빠른 북소리에 맞춰서 구름의 손들이 돌아가며 부싯돌을 때리는 것 같다.

우르르르릉 콰광!

번쩍 번쩍 번쩍 번쩍

첫날에는 그게 번개인지 알 수 없었다. 이상한 자연현상이네, 하고 곁눈질을 서둘러 끝냈다. 그래도 저 아래에서 자그마한 섬광은 계속되었다.

훈련하는 분위기는 엄숙했다. 웅웅거리고 삐비빅하며 오가는 소리가 들리다가도 어느 결엔가 의식의 바깥으로 밀려났다. 샤밀과 바실리는 장갑을 낀 채로 두툼한 매뉴얼을 한 장 한 장 넘기면서 신경이 점점 날카로워졌다. 관제실에서 채점하는 교수가 지켜보고 있었다. 말도 평소와 달리 줄임말만 써서 나는 알아들으려면 신경을 곤두세워야 했다. 사령관을 "카엠데кмд", 조종사를 "페엘뻬плт"라고 하는 식이다. 앞에는 버튼과 스위치 다이얼이 가득하고 램프와 모니터에는 불들이 들어왔다가 나가곤 했다.

"통신 체크, 항법 체크."

"압력 체크, 카메라 체크."

체크 체크 체크…… 체크 체크 체크……. 관제실과 선장의 지시는 계속해서 떨어졌다. 나는 우주선의 속도와 고도, 우주선 안의 기압, 레이더와 통신기 그리고 카메라의 상태를 체크하는 일을 맡았다. 정확히는 바실리와 중복해서 체크하는 것이다. 그들은 원래 둘이서 하던 일을 셋으로 나누려고 하지 않았다.

"자리만 내주시나요? 공부한 걸 여기서 거둬야 하는데……." 샤밀에게는 요구하더라도 부드럽게 해야 했다.

"그래, 좋아. 하지만 조종 콘솔은 손대면 안돼."

"버튼을 못 만지면…… 일이 없는 거네요……."

샤밀은 스틱을 들면서 매서운 목소리로 말했다.

"이게 보이나?" 그것은 일종의 자그마한 울타리였다. 수백 개의 버튼과 스위치들 하나마다 네 귀에 가는 침을 박고서 철사로 네모난 울타리를 쳐둔 것이다. "우리도 실수하지 말라고 칸을 쳐둔 거야. 시니어들도 함부로 손을 못 대."

"저게 있으니까 오히려 안심이 되지 않나요?"

나는 신중하게 말을 하고 나서 무릎 위에 둔 운행 매뉴얼을 일부러 내려다보았다. 지난주에 대여받고 나서는 며칠 사이에 여러 번 읽느라고 입술까지 까칠하게 부르텄다. 정확히는 매뉴얼의 일부를 발췌한 샘플인데도 아침저녁으로 파고들다 보니 피로가 심했고 아래 눈꺼풀이 떨릴 때도 있었다. 샤밀도 형광펜으로 줄을 치고 포스트잇들을 붙여놓은 그 매뉴얼에 슬쩍 눈길을 던졌다.

"이건 뭐 이렇게 열심히 봤어?" 반납할 건데.

"그래도 조작할 때 잘해보고 싶으니까……."

샤밀은 잠시 바라보다가 내게 공감이 가는 모양이다. "이 진우가 시범적으로 몇 번 조작이 가능하겠나?" 그는 관제소로 연결된 카메라를 보면서 마이크로 몇 번 이야기를 주고받다가 어렵사리 응낙을 받아냈다. 하지만 여전히 신경이 곤두선 얼굴이다.

"여태까지 이런 경우는 없었어. 운이 좋은 거야……. 내가 정해주는 것을 눌러야 해, 알겠지?"

조종하는 스틱이 마침내 내 손에도 쥐어졌다.

내가 한번 길을 열어놓고 나자 김태우도 그에게 요구해서 창을 보며 조종해보고 잠망경으로 지평선도 찾아보았다.

첫날의 훈련에서 발사대를 떠난 우주선은 다음 날 지구를 수십 바퀴나 돌면서 서서히 정거장으로 다가갔다. 오늘은 우주선과 정거장이 연결되는 도킹인데 둘은 속도가 맞춰지면 서로 다른 길로 돌더라도 만나는 지점이 서서히 다가온다.

샤밀은 여전히 미간에 주름이 생긴 채로 우주선의 뒤에 달려서 자세를 바꾸는 소형 로켓들을 번갈아 점화했다. 관제소의 교수들을 의식하는 것이다.

"162미터." 나는 거리계를 응시했다.

"162미터." 바실리가 확인했다.

우주선이 정거장보다 낮은 고도에서 떠오르며 추격하다가 가속을 멈추는 간격이다. 여기서 더 나가면 앞지르거나 충돌하게 된다. 엄숙한 선실은 갈수록 긴장이 커져서 숨결마저 서서히 무거워지는 것 같다.

"포트 확인!" 샤밀이 화면을 바라보았다.

우리가 다가가서 결합할 정거장의 포트가 까만 점 하나처럼 보인다.

"노즐!" 샤밀의 지시에 따라 바실리가 조작하자 우주선 뒤의 소형 로켓들이 가스를 내쏜다. 우주선이 조금 더 올라가서 고도상으로 포트와 수평이 되었다. 모니터 화면에는 속력과 고도를 나타내는 수치가 정신없이 깜박거리는데 가운데 있는 X와 Y축 교차점에 포트가 맞춰졌다. 마치 조준경의 표적처럼 보인다.

그 순간 샤밀은 여차하면 누르려고 시스템 중지 버튼에 손을 댄 채로 외쳤다. "가자!"

우주선은 직진으로 날아갔다. 충돌해서 다 끝나는 게 아닌가, 하는 상상이 생겨났다. 환한 태양광에 노출된 정거장이 점점 거대해지고 부딪힐 것만 같다. 너무 눈부시고 두려워서 소리를 지르고 싶어질 무렵,

철커덩!

뾰족한 우주선의 탐봉이 정거장 포트의 깔때기로 들어간다. 탐봉은 깔때기 안쪽의 구멍 속으로 빠지다가 끝이 뭉툭한 범퍼가 안에서부터 걸린다. 탐봉이 마침내 기익 당겨져서 우주선과 정거장이 꽉 맞물리고 만다. 하지만 이 소리들은 내가 기대하는 상상일 뿐 사실은 숨 막히는 정적뿐이다. 그러다가 뚜! 하는 실제의 신호음이 나오고 OK 신호가 모니터에 떠오른다.

"좋았어." 관제실에서 저음의 목소리가 나온다.

나는 박수라도 치고 싶다. 샤밀과 바실리는 긴장이 풀리지 않아서 어색하게 마주 보더니 오늘 처음으로 웃었다. "수고했어." 샤밀이 지친 듯한 얼굴로 말했다. 내게도 손을 내밀었지만 긴장이 가시지 않아 희미한 웃음만 남아 있다. 나는 주차장이 좁네요, 하고 농담을 하려다가 말았다.

샤밀은 선실을 빠져나오고 나서야 기분이 바뀐 것 같았다. "이제 할 수 있겠나?"

"할 수 있을 거 같아요." 나는 그의 노르스름한 눈동자에 주홍빛의 웃음기가 감도는 것을 보았다. "한두 번만 더 해보면요."

그리고 누군가가 내 후임으로 온다면 나는 그에게 훨씬 더 자신 있게 대답할 수 있게 해주리라……. 내게는 다가오는 미지의 희열에 대해 벅차기까지 한 기대감이 생겨났다.

훈련장의 뜨락을 빠져나오는 나를 누군가가 소리쳐 부른

것은 그런 생각을 하던 때였다. 돌아다보니 정거장 강의에 나오는 키 작은 보조 통역이었다.

"저기서 불러." 그는 손을 들어서 건너편 강의동의 2층 집무실을 가리켰다.

"누구? 코즈니셰프?" 그가 뜻밖에도 고개를 끄덕거렸다. 교수실장이 왜? 무슨 일일까? 통역은 자신도 알지 못한다고 했다. 나는 왠지 중요한 제안을 받을 것 같다.

그때 건물 뒤의 잎갈나무 숲에서 뻐꾸기가 울었다. 간결하고도 희미한 공기의 울림이, 뻐꾹, 내 가슴이 뛴 것인지도 모른다.

나는 친구들에게 "먼저 가고 있어요!" 하고 손을 흔들어 인사했다. "수고했어!" "좀 있다 봐!" 오가는 인사가 사람들이 흩어지는 주위를 더욱 고요하게 했다.

저편 강의동의 현관 앞에는 평소에는 못 보던 네모난 쥐굴리 승용차가 세워져 있다. 뻐꾸기가 다시 울었다. 공기를 쓰다듬는 길고 선명한 여운에는 온기가 한 점도 없었다.

3

벗겨진 머리에 살갗 아래 실핏줄이 비치는 반듯한 얼굴. 코즈니셰프는 데주로프와 함께 청주의 통합병원에 왔었는데, 나를 기억하고 있을까? 그는 컴퓨터 화면을 읽다가 말고, 앉혀둔 내 얼굴을 보는 일을 두어 번 반복했다. 그러다가 찻물을 잔 받침에 약간 흘렸다.

무엇을 읽는 것일까? 나는 불안해했다.

그는 소유스의 역사를 가르칠 때 우주선의 얼개를 칠판에 걸었는데 손수 색칠하고 부품 이름을 촘촘히 적은 것이었다. 나중에 수업 중에 차트 촬영을 금지해서 서먹해지긴 했지만 강의는 대체로 자상하고 유머러스했다.

그는 원편에 앉은 남자를 소개하지 않았다. 삭발에, 터틀넥 니트와 가죽 잠바. 엄격해 보이는 얼굴에 군살이 없고 윗몸이 탄탄해 보이는. 교수나 행정실 직원은 아니다. 한번 마주친 그의 갈색 눈길에 어두컴컴한 저수지의 물이 출렁거렸다. 비서는 잘 우러난 색깔에 온도도 맞는 홍차를 내 옆의 협탁에 놓고 갔다.

코즈니셰프는 내가 탑승으로 선발된 것을 잘 알고 있었다. 운행 조종 실습을 해보니 어떻더냐고 물었다. 내가 이 방에 올라오며 기대했던 질문이다. 샤밀과 바실리는 완전히 훈련에 몰입하고 그 바람에 더더욱 실제 상황 같았다고 내가 말했다. 그는 등받이를 젖히면서 흐뭇해했다.

"훈련실장이 실습을 취소하려고 했는데…… 자네가 찾아와서 간청을 했다더군……. 자네가 리더인가?"

"리더를 누구라고 정하지는 않았습니다. 실습을 꼭 해보고 싶어서 만나 봤습니다."

그는 가만히 들으면서 티슈로 잔 받침을 꼼꼼히 닦아냈다.

"자네가 솔직하게 말해줄 거라고 생각하는데." 그는 삭발이 건네준 종이가방에서 표지가 낡고 두툼한 문건을 꺼내서 모니터 옆에 얹었다. "이게 뭔지 알겠지?"

그의 책상과는 한 걸음 떨어져 있어서 나는 고개를 앞으로 기울여서 물끄러미 건너다 봤다.

"이게 뭔가요?"

방안에 감돌던 정적 속에 너털웃음이 쏟아졌다.

"정말인가?" 그의 흰자위가 약간 높아졌다.

"잠시 봐도 되겠습니까?"

그가 그것을 집어서 건네줬다.

아, 이것은…… 내가 가지고 있던 소유스 자료가 아닌가.

한 달 전만 해도 매일 같이 읽던 자료들. 어느 결엔가 서랍에만 놓아뒀는데. 너덜너덜하던 표지가 뜯겨 나가고 흰 속지부터 나와서 아무런 특징 없는 에이포지 묶음이 돼버렸다. 봄에 가가린 성당까지 도보여행을 다녀와서 김태우가 선물처럼 준 수백 쪽짜리 자료. 이걸 어쩌다가 이런 자리에서 보게 됐을까. 바깥으로 가져 나왔다가 나도 몰래 잃어버린 걸까?

"제가 가지고 있던 자료입니다."

"그렇지. 자네가 모르면 이게 어떻게 자네 방에 들어가 있겠나? 발이 달린 것도 아닌데."

"누가 제 방에 들어오셨나요?"

그는 약간 허를 찔린 것 같았다. 삭발 머리가 팔짱을 풀고 턱을 쓰다듬으며 나를 유심히 관찰했다. 나의 직감은 그가 내 방을 뒤졌다고 말하고 있다. 그는 나와 눈길이 마주쳤지만 눈매는 더 날카로워졌다.

"이 책은 러시아연방의 자산이고…… 대외비인데. 그게 찍혀 있던 표지는 날아가고. 왜 자네가 보고 있지?"

정확히 말하면 그것은 책이라기보다는 자료였다. 흔히 소유스 북이라고 부르는 『소유스 TMA 개발백서』에서 몇 가지 챕터를 골라서 복사한 것이었다.

"표지는 너덜거려서 뜯어냈습니다. 여기 와서 가장 경이로웠던 게 소유스 TMA였습니다. 궁금한 게 많았고 강의 때도 많이 여쭤보지 않았습니까? 갈수록 자세하게 알고 싶었는데 종강은 다가오고. 봄에 이 자료가 기본이라고 해서 곁에 두고 공부했습니다. 이해해주십시오."

"이게 기본서다. 누가 그러던가?"

"글쎄요, 딱히 누군지는…… 여러 사람이 말하지 않았나 싶은데요……. 소유스 TM도 기본서가 소유스 북이잖습니까?"

"내가 자네들에게 이런 책이 있다는 것은 수업 시간에

알려주었고. 하지만 대외비라고 분명히 밝혔는데. 기억이
안 나나? 표지의 대외비 표시를 보여주면서…….”

하지만 그때 우리는 이미 자료를 가지고 있었다.

“기억이 납니다. 하지만 대외비여서 너희는 볼 수 없다고
말씀하시지는 않았는데요.” 그는 왜 그렇게 명백하게 말하
지 않았을까? 선을 그으려니 미안했을까?

“내가 말하지 않았다니? 그러면 대외비이니 자네들은 볼
수 있다, 내가 그렇게라도 말했단 말인가?” 그가 삭발 머리
의 눈치를 본 건 아니다. 하지만 내게는 왠지 그렇게 생각
되었다.

“제가 교수님께 그렇게 확인해본 건 아니지만…… 도서
관에 물어보니 빌려볼 수 있었습니다. 그래서 저희도 센터
안에서는 가능하다고 생각했습니다.”

과연 그랬던가……. 나는 잠시 눈을 감았다……. 그렇게
생각한 게 분명하다. 센터 내에서라면 상관없을 거라고. 나
는 천장을 올려다보았다. 그들은 종내 나를 믿을 수 없다고
여길지 모른다.

“도서관에서라고……? 빌려주지 않았을 텐데?”

그들은 게슴츠레한 눈으로 나를 유심히 바라보았다.

“분명히 빌려 보았습니다. 사월에서 팔월 사이에 여러 차
례였습니다. 관내에서 말입니다.” 나는 내 사본을 들고 다
니기가 귀찮아서 도서관에서 정본을 빌려봤던 것이다. 그

러니 나는 조마조마한 대로 우리가 대외비 대상이 아닐지도 모른다고 내가 편하게끔 생각해버린 것이었다.

실장은 컴퓨터 화면을 내리다가 정지시키더니 응시했다. 삭발 머리가 미간을 잔뜩 찌푸린 채로 화면을 노려보았다.

"자네, 내가 우주인윤리위원장인 것은 알고 있지?" 나는 그렇다고 말했다. "그러면 이 사본을 어디서, 어떻게 구했나?" 단도직입적이었다.

방안이 새벽처럼 적막해졌다. 삭발 머리는 4자 다리로 —한쪽 다리를 다른 쪽 무릎에 얹은 채로 팔짱을 꼈다. 내가 숨을 내쉬는 소리가 들렸다. 이 책이 도움이 될 거라던 사샤와 안나, 에디, 김태우, 그리고…… 그들의 얼굴이 공기 중에 일렁거리다가 희미해져갔다. 그들의 이름을 불어서는 안 될 것 같다. 거짓말을 해서도 안 되고…… 하지만 왜……?

그들은 내게 시간을 주는 것 같았다. 코즈니셰프는 콧등으로 내린 렌즈 너머로 나를 건너다보다가 안경을 올렸다. 삭발 머리는 일어서서 허리띠에 두 손 엄지를 건채로 나를 내려다보았다. 가파른 눈길.

……하지만 왜 거짓말을 해서는 안 되는가? 궁지에 몰렸는데. 내 숨결이 손등에 닿았다. ……나를 "팀장님"이라고 부르던 김유진이 생각났다. 이제는 다들 그렇게 불렀다. 그들에게는 내가 대표였다. 어느 결엔가 그렇게 돼버렸다. 그

러면 어떻게 해야 하는가? 사실대로 말할 수도 없고. 하지만 어쨌든 거짓말은 안 된다. 나는 몇 초간 안간힘을 다해서 생각했다.

"우주선에 타면…… 같이 먹고 일하고…… 보드카나 발티카도 금지돼 있지만 가끔 나눠 마시잖습니까. 부탁받은 동영상이나 사진도 몰래 찍어주고…….." 나는 그들의 얼굴을 살펴보았다. 설득할 수 있으리라. 나는 어색하게나마 웃어 보였다. "무용담을 늘어놓기도 하고…… 어쩌다가 주가 조회를 하기도 하고…….." 실장은 왼손을 겨드랑이에 찌른 채로 오른손을 뺨에 대고 있었다. "……생사고락을 함께하지만 그런 말을 바깥에 옮기면 어떻게 되겠습니까?"

나는 난감하다는 뜻으로 또 웃어 보였다.

"자네도 알겠지만 우주인은 감기에 걸려도 교체될 수 있네. 이것은 아주 심각한 문제야. 탑승하느냐, 못하느냐가 걸려 있네."

나는 실컷 울고 난 다음처럼 숨을 들이켰다가 그 말에 호흡이 정지됐다. 그는 손을 모아 쥐고 입 가까이 대고서는 나를 안경 너머로 치떠 보았다.

"확실히 하고 싶네. 자네는 에둘러 말했지만 지금 샤밀과 바실리가 복사하도록 해줬다는 뜻이지? ……스테파신 샤밀과 바실리 부닌? 맞지?"

그는 최면이라도 걸듯이 자기 추정에 확신을 불어넣었

다. 하지만 뜻밖의 말에 나는 눈이 커지도록 놀랐다. 내 말이 그런 뜻으로?

"아, 아닙니다. 그런 뜻이 아닙니다. 그 사람들은 아닙니다."

"그럼 무슨 뜻으로 한 말인가? 자네가 예를 든 그런 일들이 없도록 하는 게 나의 일인 건 알고 있지?"

"알고 있습니다. 저는 단지 제게 친절을 베풀어준 이름을 말하려면 마음이 너무 아프다는 뜻에서 말씀드린……."

"그 이름을 나한테 말해주는 것도 친절인데." 그는 말허리를 잘랐다. 자네는 친절이라고 했지만 러시아인에겐 배신이야. 나는 그 눈동자에서 벌어지는 희고 검은 격전을 보았다.

그는 두 손 엄지로 턱을 받치고는 진위를 따지듯이 나를 응시했다. 그러다가 삭발 머리를 돌아보며 누군가를 불러달라고 시켰다. 대질이라니? 완전히 예상 밖의 일이어서 이 교수가 나와는 일면식도 없는 차가운 사람처럼 여겨졌다.

삭발 머리는 부속실 문을 약간 열더니 누군가에게 나와달라고 했다. 나는 명치 어름이 눌리고 타오르는 듯했다. 찌푸린 얼굴로 홍차 한 모금을 마시고 고개를 들자 삭발 머리의 옆에는 난생처음 보는 곤색 사파리의 사내가 내 얼굴을 유심히 들여다보고 있었다. 나는 모욕감이 들었지만 귓바퀴를 태연하게 쓰다듬었고. 그가 고개를 갸웃하다가 가로젯자 방 안의 긴장이 풀리는 것 같았다. 다행이다.

하지만 저 사람은 누구일까? 왜 고개를 저었을까?

사내는 다시 부속실로 들어갔다.

"자네가 도서관을 찾아가서 소동을 피운 적이 있지?"

"소동이라고요?" 난데 없는 질문에 나는 찻잔을 잡다가 멈칫했다. "그런 일 없는데요?" 누가 멱살을 쥔 것처럼 답답해졌다.

그는 컴퓨터 화면에서 뭔가를 찾아낸 듯이 곁눈으로 바라보다가 나를 주시했다.

"왜 이 책을 볼 수 없게 하느냐? 그러면서 사서에게 따지고 관장한테까지 연락을 하게 했다는데…… 사실이 아닌가?"

내 얼굴에 핏기가 가셨다. "맞습니다. 하지만 차분하게 말한 것이었고 소동이라고는……."

"그게 언제인가?" 그는 말을 잘랐다.

"지난달입니다. 갑자기 열람을 할 수 없다고 했습니다."

"이상하지 않나? 자네는 봄부터 이 책을 갖고 있었는데 왜 또 열람을?" 그는 미간을 과장되게 찌푸렸다.

"가지고 있든 아니든 도서관에서는 빌려주니까요……."

내가 뭔가 시치미를 떼고 뻔뻔스러운 대답을 했다는 듯이 그가 노려보았다. 날카로운 눈빛에 나는 놀라서 눈길을 어디다 둬야 할 지 몰랐다. 내가 빌린 책을 도서관 바깥으로 잠시 빼돌려서 사본을 몇 벌씩 만든 게 아닌가. 그렇게 생각한다는 느낌이 왔다. 그는 콧김을 내쉬었다.

"자네도 여기서 꽤 지냈잖아? 여기서 가장 많이 오가는 얘기도 다른 회사하고 똑같아. 다른 우주인들이 저지른 실수나 착각이야. 그때 가장 많이 비웃음을 사는 경우가 무엇인지 아나?" 나는 모르겠다고 말했다. "잘못했으면서도 말을 지어내는 것이야. 변명하려고. 빤히 들여다보이는 데도."

"하지만 저는 말을 지어내지 않습니다. 사실대로 말씀드렸습니다."

나는 피로가 몰려와서 눈두덩을 손으로 잠시 덮었다가 뗐다. 그리고 잠자코 그를 바라볼 수밖에 없었다.

"이것은 중요한 문제네. 소유스TM에 대한 백서를 숨겨서 귀국한 외국인이 있어서 우리는 그 정부에게 처벌을 요구했어. 그런데 이번은 TMA야. 최신 기종이지." 그는 손날을 칼처럼 모아서 코끝에 대고는 나를 응시했다. "며칠 내로 다시 부르겠네. 나는 오늘 인내심을 가지고 자네를 지켜봤어. 다시 올 때는 자네의 참된 면모를 보여줘야 할 거야."

그는 음산할 정도로 냉엄한 얼굴로 사본을 세워서 책상을 두 번 탁, 탁, 두드렸다. "이제 가도 좋아."

나는 바깥으로 나와서 문을 뒤로 닫았다. 명치가 다시금 달아올랐다. 나직하게 신음이 흘러 나왔다. 길 건너 숲은 완전히 캄캄해졌다. 뻐꾸기는 어디서고 울지 않았다.

4

탑승하지 못할 수도 있을까?

나에겐 승진이나 마찬가진데.

처음 든 생각에 나는 고개를 저으며 기숙사의 앞뜰로 들어섰다. 파김치가 되었다. 건물의 모서리를 돌아가며 살펴보자 2, 3층 세 친구의 방에는 따스한 불빛이 들어와 있다. 두터운 면 커튼에 가린 김유진의 실루엣이 창가에서 책을 읽고 있었다. 그녀의 상실감이 생각났고, 반가웠지만 애틋했다.

다행이다. 네 명을 모두 연행하다니, 터무니 없는 걱정이었지.

내 방에 들어와 서랍을 열어보자 정말 포크나 유리잔, 면도날과 커터는 고스란히 놓인 채로 자료만 감쪽같이 사라지고 없었다. 비닐가방에 납작 눌린 자국만 남겨두고.

이걸 모르고 있었다니. 며칠이나 되었을까.

그리고 나는 소스라치게 놀라면서 책장으로 가서 다섯 번째 칸 위를 올려다보았다. 누이의 작은 알루미늄 함은 내가 주워온 개암과 솔방울들 사이에 다행히 그대로 놓여 있었다.

창에는 성에가 앉았다. 손가락을 대면 연약하게 녹아서 살갗을 감싸고 흘러내리는 서릿발. 이 싸늘한 물방울조

차 고단하다고, 어찌해야 할지 모르겠다고 호소하는 것이다……. 이것은 아주 심각한 문제라네……. 탑승하느냐 마느냐가 달려 있다네.

나는 창에 얼비친 나를 바라보았다. 파리한 낯빛의 이 평범하고 초췌한 인간은 지금 두려워하고 있다.

일이 잘못 되고 있는 것일까? 사실은 공부를 하려는 건데 저이들은 왜 그렇게 심각하게 나온 걸까? 왜 그렇게? 나는 안창을 닫고 커튼도 쳐버렸다. 그래도 넋 나간 내게서 떠나간 나는 한 발자국 떨어져서 나를 바라보고 있다.

원래는 김태우였는데…… 십 년이 걸려서라도 유영까지 가보겠다고…… 그러려면 기본서를 철저히 익혀야 하고, 손에 넣고 싶다고…… 그리고 또 김유진이 부추겼는데…… 필요하다고…… 하지만 오타쿠라고 봐주지는 않을 거야……. 내가 그리 말을 했지……. 김태우가 저러다 들키면 어쩌나 걱정도 했고…… 내 방으로 가져와서도 속이 묵지근해서 책장 대신 이 서랍에 넣어뒀는데…….

그런데 왜 이런 일이……? 그렇게 두렵고 조심스러웠는데…….

아아…… 그래, 갑자기, 김태우가 전혀 예상치도 못하게 사본을 들고 와서 자기 방에서 나눠줬지. 수백 장 짜리를 제본까지 해서…… 그는 왜 상의도 하지 않고 저 혼자서 그런 일을 저질렀던가? 그래도 연방우주청이 정한 대외비라고 했는데. 경솔한 짓이었어. 그냥 몇 챕터씩 나눠 보고 태워버리는 게 좋았을 텐데.

하지만 도서관에서는 왜 보게 해줬을까? 한두 번도 아니고. 정말 인턴의 실수였을까? 정책이 바뀐 게 아니었을까? 처음에는 느슨했는데. 우리도 볼 수 있게끔…… 그러다가 예전에는 실수였다고 얼버무리는 게 아닐까……? 아니면 다른 무슨 이유라도……?

그래, 어쨌든 도서관에서 보여주니까 정말 괜찮은 줄 알았던 거야. 우주인이니까 가능하다고 생각했고. 처음의 불안이 가시고 자료를 지닌 게 서서히 든든해졌지. 재미있고 도움도 되고…… 그런 심리였어…….

하지만, 코즈니셰프는 대외비라고 찍힌 표지까지 들어 보였고, 너희들은 볼 수 없다고까지 말했다는 게 아닌가. 아아, 그건 아닌데. 내 기억이 생생한데. 그들은 왜 이러는 것일까? 무단으로 방까지 들어와서 서랍까지 열어보다니. 전혀 예고도 없이, 왜?

결국 책임을 져야 한다면 김태우가 나서야 하지 않을까? 내가 이름을 불어야 하나? 김태우가 털어놓게 해야 하나? 그러면 김태우는 백업도 내놓고 후임도 완전히 접어야 할까? 대신 나는 무사해지는 걸까? ……모른다……. 여전히 위험해질 지도 모르지. 공평하게 처벌받아야 한다고 할지 모른다. 그러면 정우성과 김유진이 모범으로 떠오르겠지.

이런 일에는 전혀 간여하지 않은, 깨끗하고 신선한……? 아니, 저들이 무슨 저의가 있다면 철두철미 조사할 거야. 그 둘만 몰랐다는 게 의문스러우니까…….

설마 넷 다 탑승시키지 않겠다고 하진 않겠지? 발사 일정이 정해졌고 예산까지 들어갔는데. 그래도 넷 다 징계한다면 어떤 식이 될까……? 교육이라고는 없이 빈둥거리게끔 일부러 내버려두지 않을까……?

나는 등을 구부리고 침대에 모로 누웠다. 가슴 아래가 다시 짓눌리는 것 같았다. 시척지근한 신물이 차오르는 것 같고…… 미간이 찌푸려지고…… 손으로 만질 수가 없다. 스트레스가 너무 심했다.

새벽에 일어나자마자 전화를 생각했다. 대전은 아마 열한 시이리라. 정경수 실장에게 보고를 해야 했다. 나는 세수하고 티를 입다가 앞뒤가 거꾸로인 것을 알게 됐다. 이런…… 여기서는 좋지 않게 보는 징조라서 맨살을 한 대 찰싹 때리고 다시 입어야 한다.

하지만 나는 과학자인데 그런 미신을 따를 것인가.

나는 그냥 티를 돌려서 입었다. 그런데 수화기를 잡고 보니 지금 전화해서는 안 될 것 같았다. 정 실장이 나무랄 것 같아서가 아니다. 그도 틀림없이 캐물을 것이다. 누구한테서 받았는지. 나는 부하로서 답해야 한다. 그렇게 되면, 김태우는 불가역적인 타격을 입고 만다. 어떻게 해야 할까? 그냥 정 실장에게 털어놓아야 할까? 그러면 전화위복이 되는 게 아닐까?

나는 아침을 먹고 와서 정 실장의 전화를 받았을 때도 그런 고민을 하고 있었다.

"차관님이 의원님들을 모시고 거기로 갈 거야. 과학기술위 의원님들 말이야. 스웨덴과 노르웨이를 도실 건데. 우주인 공식 발표 날 즈음해서 모스크바로 함께 가실 거야. 대사관에서 탑승과 예비 우주인에게 사령장도 주시고. 나머지 친구들한테도 말해 두고. 오시면 반듯하게 모시라고 전해줘요. 잘 모셔야 일이 잘 풀리니까. 알겠지? ……이 사람아, 왜 아무 대답이 없어?"

"예, 잘 알고 있습니다."

"나는 막 바로 거기로 갈 거야. 내가 맛있는 거 많이 사줄게. 기대해도 좋아. 그리고 감기 걸리면 안 돼. 알겠지?" "예." "그래, 내가 여러분들 좋아해. 파이팅! 그때 봐!"

내 친구 셋이 내 방 현관에 들어설 때는 모래밭에 발자국을 찍듯이 느긋해했다.

나는 감청이 걱정되어서 궁리를 하다가 기록작가의 차를 빌려서 얘기할 생각이었다. 하지만 그는 일정이 꽉 차서 들어오기는 힘들다고 했다. 나는 생각 끝에 방에서 볼륨을 높여서 우리 가요를 틀고는 어제 일을 속삭이며 설명했다. 그들은 얼굴에서 서서히 핏기가 가셨다.

나 혼자 불려간 이유는 알 것도 같고, 모를 것도 같았다. 김유진은 사본을 분철해서 한 챕터 말고는 수영장 탈의실 자기 칸에 넣고 자물쇠를 채웠다고 말했다. 김태우도 마찬가지지만 나머지를 어디에 뒀는지는 말하지 않겠다고 했다.

"나도 내 방에 안 뒀어……." 정우성은 더 이상 말하지 않았다. "어쩌다가 이런 일이……."

그의 탄식은 나의 방심을 질책했다. 센터에는 당장 상상해낼 수는 없지만 책 한 권 숨길 곳은 있을 것 같았다. 별의 도시로 나갈 수도 있다. 두 사람이 책을 감춘 곳을 비밀로 한 때문인지 서먹한 긴장과 불안한 의문이 잠시 생겨났다. 노래가 끝나고 바뀌며 정적이 흘렀다.

김태우는 노랫소리가 거슬리는지 에디에게 전화를 걸었고 알료샤의 숲에서 캐빈을 쓸 수 있다는 말을 들었다. 숲에는 덩어리진 어둠이 웅크리고 있었다. 우리는 손전등을 앞세우고 저 너머 현관의 외등만 보면서 발자국을 뗐다.

결국 내 탓인가? 야무지지 못해서 당한 것인가? 아니면 삭발 머리가 누군가로부터 귓속말을 듣고서 나만 겨냥한 것인가? 나는 눈을 질끈 감았다. 그렇다면…… 내가 도서관에서 사서에게 항의한 것이 눈에 띄었을까? ……봄에는 그걸 열람했다고 말한 게? 그렇게 생각하자 속이 쓰라려서 아래윗니를 다물었다.

글쎄…… 하지만…… 그러면 곤색 사파리를 입은 고수머리는 누구인 걸까? 센터 사람은 아닌데…… 하지만 그는 사본과 관련된 사람이라면 알아볼 것 같은 눈치던데…… 어디서 왔을까……?

현관을 열고 거실 옆방으로 들어가자 휑뎅그렁한 실내의 탁자가 보였다. 옆으로 돌려졌거나 뒤로 빼낸 채로 앉은 자취가 남은 의자들.

"모레 다시 소환이래. 어떻게 말을 해야 할까, 생각 중이야."

빈 집에 냉기가 돌았지만 누구도 히터를 켤 생각을 하지 못했다. 담요로 몸만 감싸고 말을 잃어갔다. 물끄러미 둘러보니 모두 지난겨울이나 봄보다 조금씩 얼굴이 말랐다. 방송 카메라만 나타나면 그렇게 태연하게들 웃었는데 사실은 늘 속이 타고 있었던 것이다. 한 명만 남으니까…… 나는 숨을 내쉬었다.

"오늘처럼 여기에 이질감을 느낀 적이 없어요." 김유진은 유난히 핼쑥해 보였다. "봄에 처음 왔을 때는 신기하고 친근했는데…… 기다려도 이곳의 주인이 됐다는 느낌이 오지 않았어요. 여기는 내가 필요하고, 그걸 만족시켜 주려면 우리는 종일 경쟁을 해야 하고…… 어쩌면 부속품이 아닌가 생각이 들었어요…… 월급을 받는…… 혹시 그러다가 탑승할 지도 몰라서…….” 그녀는 콧속이 축축해진 목소리로 바뀌었고 흰자위가 빨갛게 변해갔다. “오래 견디면 여기가 고향이고 요람이 될 것 같았는데…… 여기는 그냥 우리를…… 울타리에 넣어두고 가만히 지켜봤던 것 같아요.” 그녀는 손가락으로 눈가를 눌렀다.

참된 말은 이해가 되기 전에도 공감을 준다. 그녀는 아까 내 방에 와서 빈 서랍을 보고서 속이 많이 상한 것 같다. 나는 눈시울이 뜨거워지려고 했다.

“형이 윤리위에 나가게 된다…….” 김태우는 풀기가 죽은 얼굴에 힘이 들어 보였다. “내가 가서 말해야 할 것 같은데…….” 그는 고개를 들어서 나를 보았다. 후련한 말이 고마웠다. “형이 어떤 선택을 할 수 있겠어요? ……사실대로 말해야지.”

내가 다 말하더라도 그는 이해할 거라는 뜻인 것 같다. 하지만 내가 결국 다 말할 수밖에 없을 거라는 체념 같기도 하다. 나는 이미 그를 위해 입을 다물었는데. 그러면 ‘내가 가서 말해야 할 것 같다’는 그 말은 얼마만큼이나 진심일까?

“그러면 가장 큰 피해자는 네가 되는 거야……. 알고 있니?”

방 안이 물로 찬 것처럼 적막해졌다. 사람들은 제가끔 눈길도 어긋나고 저마다 고민을 따라서 어디론가 떠나버린 듯했다. 내가 다시 물어본 것은 누구라도 말을 해야 할 것 같아서였다.

"그래도 되는 거야……?"

그는 고개를 숙여서 숨을 쉬었다.

"……우주인이 안 되어도?" 나는 차분하게 말했다.

"……말을 들어보니 형이 의심을 가장 많이 받는 것 같은데. 그러면 형은…… 탈락해도 좋아요?"

우리는 다시금 말을 잃고 미간을 짚거나 천장을 올려다보았다. 팔짱을 끼거나 바닥을 내려다보기도 했다. 김태우는 내 질문을 피해 나갔다.

어쩌면 그의 내심에는 기대가 생겨나지 않을까. 너무나 자명한 일이리라. 그를 위해서 나는 함구했지만 막상 그를 보자 그런 의심이 든다. 어쩔 수가 없다. 하지만 기대가 생겨나도 그가 일부러 그런 것은 아니지 않는가. 그의 마음속까지 내가 어쩔 수 있는 것도 아니다.

"내가" 하고 말하려는 찰나에 그가 "사실대로 말하라는 건" 하고 입을 뗐다. 먼저 말하라고 내가 턱짓을 하자 그가 멈칫하다가 말을 이었다. "사실대로 말하라는 건 내가 잘못했기 때문이에요. 내가 자료를 가져왔으니까……." 그는 마른 입술을 뗐다.

그는 약간 내키지 않는 얼굴이다. 내가 사실대로 말할까 봐 두려워하는 것일까? 그래서 이렇게 양순하게 자책하는지도 모른다.

"아냐, 네가 선뜻 나눠줘서 고마웠어. 우리는 구할 수 없던 것인데." 나는 솔직하고 싶었다. "내 말은…… 나만 들켰으니까…… 야무지지 못한 책임을 져야 하는 것이지……." 나는 기운이 빠졌다. 책임을 넷이서 나눠야 하는 것은 아닐까? 하지만 어떻게? 이런 질문을 내 입으로 꺼낼 수 있는 것일까?

"……그럼 어쩌시려구요?" 김유진이 의자 위에 세운 무릎에서 얼굴을 들었다. "……어디서 가져왔냐고, 할 텐데?"

"……도서관이라고 해야지……. 그렇게 생각하는 눈치야."

"그렇게 털어놓기만 하면 탈락은 안 시킬 것 같아?"

정우성이 물었다. 나는 계속 보고 있으면 그가 진심으로 걱정하는지 의심이 들 것 같아서 고개를 숙였다. 나는 괜히 목청을 가다듬고 근지러워 광대뼈 있는 곳을 긁었다.

"글쎄, 그걸 잘 모르겠어요……." 한숨이 새어 나왔다.

"대외비를 도서관에서 보겠다고 핑계 대고 바깥으로 가지고 나왔다고? 그렇게 말하다가 잘못하면 절도가 돼……. 도로 갖다 놨다고 정상 참작은 되겠지만." 정우성이 정색을 했다. "우리는 지금 저 사람들이 왜 이러는지 배경을 모르잖아……. 정말로 대외비라서인지, 어쩌면 다른 이유가 있는 건지?"

"그러면요?" 김유진이 흰자위가 약간 커졌다.

"신중해야지."

그렇다. 우리는 오랫동안 그것이 정말 우리에게도 금지된 대외비인지 아닌지 헷갈리고, 피해오다가 나중에는 관심이 희미해지고 말았다. 하지만 어제 오늘의 이 난데 없고 이상한 분위기를 물어볼 곳이 없다. 정치적인 그 무엇이 있는 것인가? 정 실장에게도 말할 수 없는 이유를 나는 설명했다.

"나를 생각해줘서 고마운데……." 김태우는 좀 상기되었다. "배경을 알 수 없다고 하니…… 앞으로 사실대로 밝힌다고 해도 어느 만큼 해야 할지……."

"그래……. 그 사람들은 너한테도 누가 줬는지 말하라고 할 텐데." 나와 김태우의 눈길이 곧장 나아가서 만났다.

"형, 누군지 알고 있어?"

나는 고개를 끄덕거렸다. 지금 탑승을 위해서 바이코누르로 갈 준비를 하는 너의 학교와 직장 선배, 에디. 예전에 정우성이 그렇다고 말해주었다. 김태우에게서 한숨이 흘러나왔다. 하지만 나의 과욕인가, 그는 끝내 '그러면 내 선에서 막아내겠다'고 자청하지는 않았다.

"저도 책임이 있어요." 김유진이 나를 쓸쓸하게 바라보았다. "일부러 총대 매실 필요는 없어요. 나눠서 져도 돼

요⋯⋯." 그녀는 숨을 내쉬었다. "제가 가져왔다고 하면
되지 않을까요? 저도 도서관에서 빌린 적이 있어요. 저
는⋯⋯."

"그럴 필요까지 있을까?" 정우성이 근심스레 바라보았다.

"저는⋯⋯ 어째도 좋아요⋯⋯. 저는 아시잖아요⋯⋯? 여
기까지 같이 와줘서 고마웠어요."

나는 뜨거운 숨이 콧속으로 올라왔다. 눈을 감았지만 그
녀의 진지한 눈길이 눈꺼풀에 와 닿는 것을 느꼈다.

"그래서는 안 될 것 같아. 고맙긴 하지만⋯⋯ 유진씨는
그러려고 빌린 건 아니니까."

내가 말했다. 또다시 방 안에 침묵이 감돌았다. 정우성이
고개를 느릿하게 저으면서 말했다.

"우리는 여기를 아직 잘 몰라⋯⋯." 그는 내게로 몸을 돌
려 앉았다. 센터에 대해서 말하고 싶은 것이다. "지금 여기
에 갈등이 있다고 하는데⋯⋯."

"갈등요?"

"한쪽은 여기 조종사 출신인 데주로프고⋯⋯ 다른 쪽
은⋯⋯ 모스크바 우주산업대 출신들이 겹겹이 감싼⋯⋯."

코즈니셰프를 말하는 것이다.

"그런데 거기는 우주청하고 훨씬 잘 통하니까⋯⋯ 앞으
로 힘이 세질 거고⋯⋯."

우주청은 가가린센터의 상위에 있다.

"세지겠죠. 힘이 민간으로 가니까⋯⋯."

소련이 해체되고 난 뒤의 사회 개혁—페레스트로이카는 곳곳의 민간에 힘을 미치고 있다.

"거기는 자기들이 탐승해서⋯⋯ 사업을 하고 싶어 하지."

김유진은 뒷목을 잡은 채로 고개를 끄덕거렸다.

귓전에 코즈니셰프의 목소리가 너붓거렸다. '⋯⋯확실히 하고 싶네⋯⋯. 자네는 지금 샤밀과 바실리가 복사하도록 해줬다는 뜻이지? 맞지? ⋯⋯맞지?'

"그 사업이 의외로 다양하지. 해양조사나 지질조사, 실험 대행도 있고 재료생산도⋯⋯." 그리고 인조보석이나 상품 제작, 광고촬영 태양광 발전 등등이 있다. "그 사람들은 미르 정거장 시절에 부진해서 없던 일이 되고 만 수익사업들을 다시 해보고 싶은 거야. 한 개 7억 원짜리 수정을 우주에서 만들던 일 같은 것 말이야."

"그러려면 우주선에 자리가 필요할 거고⋯⋯." 김유진이 읊조렸다.

"그래, 하지만 지금처럼 공군 출신들이 옛날 사업을 얕보고 외국인들에게 자리를 내주는 '단순하고 안이한 사업'을 계속하면⋯⋯ 곤란한 거야." 정우성이 숨을 쉬었다. "그래서 그동안 당해온 것도 있으니까⋯⋯ 지금 우리한테부터 꼬투리를 잡고 본때를 보이려고 한다⋯⋯. 그게 내 생각인데⋯⋯."

사월에 이어서 십일월 발사마저 어쩌다 보니 데주로프의 사람들로만 채워져 있었다. 미국인인 에디 역시 오래 동안 같이 일한 조종사들의 동아리로 간주되고. 내년 사월도 역시 공군에서 나온 샤밀과 바실리가…….

김유진과 김태우가 보고 들은 이야기들을 퍼즐조각처럼 전하면서 정우성의 생각이 맞는 것 같다고 끄덕거렸다. 내게는 센터 안의 복잡한 사정—사샤와 샤밀 선장이 봄부터 암시했던 것이 이것이라는 직감이 생겨났다. 복잡한…… 어쩌면 이런 대립에서 뻗어 나온 훨씬 복잡한 갈등과 반목이 있을 지도 모른다. 하지만,

"에디의 선발을 일부러 한 것도 아닌데……." 흑해에서 로이가 쓰러져서 부득이하게 생긴 일이 아닌가. 그 불똥이 나한테 튀었다니……. "그런 이유 때문에 일이 이렇게 불거졌다는 걸 딱 알아볼 증거가 있나요?"

"글쎄……." 정우성은 손을 입에 대고 숙고했다. "그래도 회색에서 알아차려야지. 흑백은 없으니까……. 만일 이미 정해진 인사를 번복한다면…… 그 사람들이 십일월이나 내년 사월 우주인을 바꾼다면……." 데주로프의 의지를 꺾는 것이다. 예민한 이야기여서 그는 눈길들을 피해서 천장을 올려다봤다. "그게 맞다고 봐야 하지 않을까?"

그가 고개를 들고 가만히 있어서 방에는 정적이 흘렀다.

5

김태우의 기록이다.

「희망은 가능성이 타고 남은 잿속에서 사악하게 반짝이는 현실일까요? 그게 없으면 훨씬 더 소박하고 평범하게 살아갈 수 있을 텐데.

지난주 목요일인가요. 제가 백업으로 정해졌다고 정 실장님이 전화를 걸어왔습니다. 반갑고 고마운 일이었지요. 탑승자가 벌써 정해진 걸 몰랐다면 눈앞이 캄캄했을 겁니다. 하지만 저는 이제 현실을 알고 있으니까요. 실장님은 입학한지 오 년이나 된 제 학업을 걱정했습니다. 하지만 백업으로 발사장까지 가고 나면 박사과정이 길어져도 어느 나라 어느 대학이든 양해할 거라고 하더군요.

"그리고 김태우씨가 미국으로 돌아가서 박사 마치고 우산연에 들어오면 안 되겠냐고 물었는데……" 우리가 몇 주 전에 〈우주인 요청문〉을 보낼 때 문의한 것이었지요. "그건 지금 계약하고는 많이 달라요……. 나라에서 하는 사업인데…… 일이 이어져야지요……. 그래서 삼 년 의무를 일 년 줄여주려고 하는데…… 그 정도면 괜찮겠어요?"

"그러면 실장님, 다음 우주인…… 그건 조짐이 아직 전혀 없는 건가요?" 백업도 갈 수 있는지, 말입니다. 그것만 있으면 박사를 미뤄도 마음이 편해질 텐데요.

"가능성이 아예 없다고 하기는 그렇고. 지금은 '다음'을 말하기에는 일러요. 큰 그림 위에서 진행해야 하는 거니까." 그는 목소리가 소탈해졌습니다. "……하지만 애를 쓰고 있어요. 나부터도 바라고 있으니까."

저는 앞날이 모호하다고 백업을 거절할 수는 없었습니다. 가능성은 시간의 감춰진 속마음입니다. 얕본 사람부터 대가를 치르지 않습니까?

수요일에 진우 형한테서 윤리위 말을 처음 듣고 제 방으로 돌아오자 탁, 하고 문이 등 뒤에서 닫힌 순간 다행스러웠습니다. 백업 제안을 받아들인 것이요. 좀 전까지 형의 난감한 처지에 애태우던 때와는 달라진 것이지요. 온도의 차이 때문인지도 몰랐습니다. 썰렁한 캐빈의 빈 방에 있다가 따스하고 촉촉한 제 방의 포근한 이불 속으로 들어가서인지도. 그러는 제 자신이 민망해서 자책감이 생겨났고 형에 대한 연민이 일었습니다. 저는 다시 일어나 일부러 딱딱한 의자에 앉았지요.

그래도 마음이 가라앉는 것은 잠시였습니다. 너무나 탐욕스러워서 두렵기까지 한 기대감으로 저의 안색이 꺼풀을 벗는 것이었습니다. 이렇게 만든 것은 제가 아니었습니다. 현실은 예상할 수 없는 크나큰 생물이었고 허물을 벗고 탈바꿈하기까지 했습니다.

아아, 탑승이라니.

그들과 같이 있을 때는 얼씬도 하지 않던 희열에 대한 상상이 저를 채우면서 지배하려고 들었지요.

나는 잘못이 없어. 더 많이 배우려고 가져왔고, 나 혼자만 가질 수 있었는데 선의로 나눠줬으니까. 대외비라고는 했지만 여기서 그 내용을 익혀야 할 우리한테까지 금지된 것이라고는 생각을 못했어. 도서관에선 보게 하고 교재로는 지급하지 않는 것이 께름칙했을 뿐이지. 그들은 두 가지 세력으로 갈라져서 정책의 혼란이 생긴 게 분명해. 그것이 아니라면 왜 이렇게 이상하고 모호한 조치가 나왔단 말인가?

하지만 이제 짐은 안이했던 당사자가 져야 해. 그래도 그 사람이 내 이름을 밝혀버린다면 어떻게 되는 것일까? 모든 걸 공중에 내던져버리듯이…… 그중에 하나라도 움트는지 보고 싶어서…… 밝혀버린다면.

저는 스스로 가해를 하듯이 물어보았습니다. 하지만 시간의 속마음을 예상할 수는 없었습니다. 저는 비로소 침울하듯이 차분해져서 침대 모서리에 앉았습니다.

티토프에게 내내 뒤지다가 마지막 순간에 앞서 나간 가가린이 저의 초상이었습니다. 그가 땅 위로 돌아와서 낙하산을 접다가 무슨 말을 들었는지 아십니까? 그를 발견한 사병의 경례를 받고 나서 말입니다.

"방금 두 계급이 올라가서 소령이 되셨습니다."

그가 모스크바 브누코보 공항 환영식에 어떻게 갔는지 아십니까? 철새처럼 보이는 미그 전투기들의 호위를 받으면서 대형 일류신 특별기에 혼자 타고서였지요. 공항에는 흥분한 백만 명의 군중이 기다리고. 가운데 깔린 백 미터짜리 붉은 카펫을 혼자 걸어가서 단상의 흐루시초프에게 경례를 했습니다.

"임무, 완료!"

단호한 보고에 이어서 폭음처럼 터진 환호성. 전세계에 생중계된 그 순간이 러시아의 천년 역사상 가장 영광스러운 시간이 아니었을까요. 그리고 가가린이 자동차를 타고 붉은광장으로 향해 갈 때 수백만 명의 시민들이 거리로 쏟아져 나와 꽃다발을 던지고 깃발을 흔드는 모습을 상상해보셨나요?

저는 도저히 그런 위인이 될 수는 없을 것입니다. 그래도 그 밤에는 그런 생각으로 자꾸만 애드벌룬처럼 부풀어 올랐습니다. 저는 이불을 덮고 위로, 더 위로 떠오르는 것 같았습니다. 탁상시계와 스탠드가 들썩거리다가 둥둥 떠서 한 바퀴 돌고.

내 이름이 드러나서는 안 되는데.

저는 도수 없이 색깔만 엷게 들어간 컴퓨터용 안경을 갖고 있습니다. 다음 날 아침부터 바깥에 나갈 때는 그걸 꼈습니다. 털모자를 바싹 내려쓰고 목도리로 입까지 두르고.

형이 윤리위원장 방에서 만났다는 사내…… 곤색 사파리를 입은 고수머리 말입니다. 별의 도시 기념품 숍 옆에는 복사 가게가 있는데 거기 직원인 것 같습니다. 봄에 그에게 색색들이 플래그를 잔뜩 붙인 소유스 북을 들고 가서 이 챕터들을 복사해달라고 부탁을 했습니다. 그때도 괜찮겠지 싶었지만 그래도 조심을 하느라고 한 권만 만들어달라고 했지요. 나머지 세 권을 어떻게 만들었는지는 말씀드릴 수가 없습니다. 이해하시겠지요. 말을 아낄수록 좋으니까요.

그런데 그날 점심 먹고 나서부터 기숙사의 큰길 건너편에 네모 난 쉬굴리 승용차가 와 있는데 바로 그 사람이 누군가와 함께 조수석에 앉아 있었어요. 골무 낀 손가락으로 책장을 넘기면서 복사 광을 보아도 눈을 찡그리지 않던 회색의 가는 눈동자. 지금은 등받이에 기대지 못한 채로 진지하게 손을 마주 잡고 행객들을 하나하나 살펴보는…… 그는 왜 그러고 있었을까요?

저는 태연하게 팔짱을 끼고 가끔 앞 차창으로도 시선을 던지면서 성큼성큼, 하지만 속으로는 살얼음을 걷듯이 기숙사를 오갔지요. 기다렸다가 사람들 사이에 섞여서 계단을 오르기도 하고. 도서관에 있다가 밤이 이슥해서야 돌아오기도 했습니다. 사흘째 해가 저물고 나니 쥐굴리가 가로등 저 너머로 멀어져갔습니다. 히터를 틀어놓는 엔진 소리는 다시 들려오지 않더군요. 다행스러운 일이었지요. 털모자와 안경은 더 이상 쓰지 않았습니다.

이튿날이 되니까 왠지 초조해졌습니다. 저를 둘러싼 크나큰 움직임이 있는데 저만 모르고 빠져 있는 느낌이었습니다. 정우성 형의 방으로 찾아갔을 때 그가 가끔 저의 눈길을 살핀다는 걸 알았습니다. 며칠 전에 제게 요즘은 왜 안경을 쓰냐? 하고 묻던 표정도 생각났고요. 그는 진우 형을 걱정하더니 자기가 생각하는 해법을 말했습니다. "결국 샤밀 선장한테 도와달라고 해야 할 것 같아. 데주로프와도 통하는 사람이고."

아아! 기다려온 기회가 내 품에 안겼는데, 날개가 달려서 날아가버리는 게 아닐까?

저는 안타까움이 안색에 드러날까 봐 차분하게 고개를 끄덕거렸습니다. 제 자신을 지켜보는 처지가 심란해졌습니다.

어쩌면 이진우 형은 러시아인들의 감정을 고려한 게 아닐까?

형이 솔직히 털어놓아도 동료를 배신했다고 낙인이 찍힐지 모른다. 호두껍질 같은 보안 실무의 안에도 감정적인 윤리가 숨어 있으니까…… 데주로프도 쉽게 밀리지 않을 테고…… 그래서 형은 그의 후광을 생각하며 버티기로 계산한 게 아닐까. 한 번은 눈감아 줄 수도 있을 테니!

내가 지금 무언가 손을 써야 하는 게 아닐까? ……그냥 이렇게 있다가는 평생 가슴에 남는 게 아닐까?

저는 정우성 형의 방을 나오고 나서도 기대감과 자책감이 엇갈리는 피로를 느꼈습니다.

겨울이 저물녘을 거무스레한 물결처럼 데려왔습니다. 기숙사 앞뜰의 마른 풀을 피해 디딤돌을 밟는데 방금 켜진 벽등이 제 그림자를 길게 늘어뜨렸습니다. 거기서 돌아서면 노란 커튼이 쳐진 형의 베란다가 보입니다.

하지만 저는 돌아보지 않았습니다.

그럴 마음이 생기지 않았습니다.

저는 타버린 잿속에서 반짝이는 것들을 생각했습니다.」

6

나는 캐빈에서 돌아오자 하얀 시트를 구김 없이 빳빳하게 당겨놓고 잠을 청했다.

내가 탈락한다면 김태우가 그 자리에 앉는다. 절차가 몇 가지 남아 있긴 하지만 분명히. 하지만 일의 발단은 그에게서 나왔는데. 내가 희생하면서 보호해줄 필요가 있을까? ……왜?

잠들기 전에 그런 의문이 들었다. 흑해의 군함에서……
그가 민간인인 빅토르 선장과 오래 얘기하던 모습이, 그래
서 내 곁의 바실리가 노려보던 순간이 내 눈꺼풀 속에 도
사려 있다가 사라졌다……. 그들은 벌써 편이 갈려 있었겠
지? 하지만 김태우는 그것을 알고서 줄을 섰던 것일까? 나
는 미간을 찌푸리고서 잠이 든 것 같다.

이튿날 아침에 나는 갑자기 가위에 눌려서 누워 있다가
찌뿌드드해져서 겨우 일어났다. 창을 살짝 열어 놓은 틈으
로 안개가 들어왔는지 방 안의 가재들이 윤곽이 흐릿할 정
도였다. 잠시 자욱한 증기의 빈 구멍에 앉은 듯했다. 코즈
니셰프가 잠깐, 하고 부르던 목소리가 잠결에 떠올랐다.
이 일이 어떻게 시작됐는지 아나? ……내가 회의실을
막 나서려던 참에 그는 성큼 다가와서 나지막이 나무랐다.
……이 일은 자네들 중의 누군가로부터 나왔어……. 그의
목소리는 금세 스러지지만 반짝이는 것 같다. ……자네는
고민이 너무 많은 것 같네……. 세상은 자네만큼 순수하지
는 않아……. 마음이 바뀌면 언제든지 전화를 하게……. 나
는 기다릴 테니까.
내 귀청을 다정하게 문지르는 차분하고 부드러운 목소
리. 그의 말은 누군가가 밀고를 했다는 뜻인데…… 기숙사
를 뒤져보면 뭔가가 나올 거라고……?

나는 섬뜩한 느낌에 머릿속에 얼음이 들어찬 듯했다. 정말 그럴 수 있는 것일까? 누가? 그렇게 해서 무슨 이익을 얻는 거지? 그의 말들은 뿌연 몽환처럼 주위를 감돈다.

나는 주섬주섬 옷을 꿰어 입고는 식당으로 갔다. 머릿속이 휑하니 비어 있노라니…… 안개를 뚫고 한두 걸음만 내디디면 금세 식당이다.

자욱한 수증기 속에서 기라성 같은 우주인들이 밥을 먹고 있다. 가볍게 달그락거리는 그릇 소리, 쾌활하게 오르내리는 스푼과 포크들……. 이제 이곳을 이용할 날이 며칠 남지 않았다니…… 이제 다시는 저들과 어울리지 못하게 된다니…… 그래서는 안 돼지. 이렇게 억울하게.

나는 먹거리들을 쟁반에 챙기고서 식당을 슬쩍 돌아보는 것만으로도 누군가를 찾아낸다. 그래 저기 김태우다. 벌써 김유진과 정우성을 데리고 와서 도란도란 맛있게 수프를 떠먹고 있다. 수프 위로 솟는 김이 자욱해서 주위를 자꾸 지우는 것 같다. 하지만 왜 나만 빼놓고서 와 있는 것일까? 나는 너를 돌봐줬는데…….

나는 금세 그들의 앞에 다다르지만 그들은 냅킨으로 입가를 훔치고는 자리에서 일어나 쟁반을 들었다. 아니, 뭘 그렇게 서둘러 먹었어? 나는 그 자리에 쟁반을 놓고서 급하게 문 밖까지 따라 나간다. 김태우는 급한 일이 있는지 잰 걸음으로 벌써 앞서 걸어 나가고.

잠깐만, 너 나한테 할 말 없어?

예? 할 말이라니……? 무슨 말인데 갑자기?

김태우는 놀란 것인지 의아해하는 것인지 알 수가 없다.

나도 들은 게 있어.

나는 눈에서 불이 켜지려는 것 같다.

네가 나를 고꾸라뜨리려 하다니. 어떻게 그럴 수가?

나는 콧잔등까지 찡그리며 소리를 높인다.

내가 형을? 아니, 도대체 왜 그런 말을 하는 거야? ……
모두 형이 잘못해서 벌어진 일이잖아. 그런데 고꾸라뜨리
다니?

너도 한 일이 있는데. 어떻게 그런 말을 할 수가 있어?

내가 한 일이라니? 그런 말을 할 수가 있냐고?

형, 나 갈게. 임무가 있어. 먼저 가서 미안해. 여기 계속
있지는 않을 거지?

저 앞의 주차장에는 차가 시동을 걸고 있다. 서서히 흔들
리는 안개의 헐거운 품에 안겨서. 김유진과 정우성도 탔고
조수석 뒤에는 분명히 기록작가인데, 왜 고개를 숙이고 나
를 피하는 걸까?

아니야, 태우야. 가지 마! 넌 이러면 안돼!

나는 분해서 두 손을 주먹처럼 바싹 말아 쥔다. 손아귀에
는 물컹하고 이불이 잡히는 것 같다. 좀더 만져보니 내가
덮는 거위털 이불처럼 부드럽다……

너는 날 속였지? 이러면 안 돼! 안 돼!

내가 실제로 그렇게 외친 것일까. 고함치는 생각을 했을
뿐일까. 속눈을 떠보니 익숙한 천장이 나를 굽어보고 있다.
자며 용을 쓴 건지 몸에 맥이 풀려서 손아귀를 쥘 힘도 없
다. 이불은 반나마 바닥에 내려갔고 시트는 긴 주름들이 잡
혀 있다.

명치가 쓰라리고 뜨거웠다. 스트레스가 부글거리다가 명
치에서 갈앉고 막힌 것 같았다. 속이 메슥거리더니 신물이
목 안에서 느껴졌다.

나는 이불과 함께 바닥으로 내려와서 엉거주춤 앉았다.
다시 허리를 굽혀서 어기적어기적 화장실로 걸어가 속의
것을 쏟으려고 했지만 신음만 나올 뿐이다. 눈물이 눈시울
을 따라서 송글송글 생겨나더니 눈가에 맺혔다.

어떻게 해야 하는 걸까?

나는 얼굴을 씻고는 타월로 닦아내면서 거울을 바라봤다.

그래, 이름을 밝혀야지.

그러는 수밖에는 없어.

김유진의 이야기다.

「저이들이 잘못 생각하고 있는 게 아닐까? 사실대로 밝힌다면 어떻게 되는 것일까? 에디가 나서서 말해준다면? '내가 소유스 북을 빌려줬다. 나는 그저 공부 잘하라는 뜻이었다.' 그렇게 밝혀준다면. 그는 감당할 수 있지 않을까. 그는 나사에 소속돼 있다. 여기서 쉽게 쳐낼 수가 없다. 그리고 그에게는 그 자료가 절대 대외비가 아니다. 그가 그렇게 말해준다면 우리가 도서관에서 빼냈다는 오해는 없어질 텐데.

에디와 함께 옐레나 할머니의 아파트로 찾아가자니 저에게는 그런 생각들이 떠올랐습니다. 기대감이라기보다는 속이 착잡해지는 생각들이었지요.

"네가 우주로 가다니…… 내 마음이 따뜻해지는구나……."

옐레나는 갈라지는 쉰 목소리로 에디에게 말했어요. 그렇게 단아할 수 없었는데 이제 입 언저리는 헐어 있고 얼굴에는 버짐꽃이 피었더군요. 그녀는 일어나지는 못했고 침대에서 이불을 덮은 채로 에디가 어루만져주는 대로 손을

내맡겼습니다. 마르고 주름진 손등에는 푸르스름한 핏줄이
비치고 검버섯이 피어 있고.

"옐레나, 그동안 당근도 주시고 옥수수도 주시고…… 어
떻게 하셨길래 구운 토마토가 스테이크보다 더 맛있지요?
올리브기름에 후추를 뿌려서 허브 잎까지…… 돌아올 때는
카자흐에서 사과를 사올게요. 거기 사과가 최고잖아요. 그
리고 좋아하시는 당밀과자도요."

옐레나는 머리를 베개에 댄 채로 가붓하게 끄덕였습니
다. 그녀는 칠월에 옥수수를 따서 광주리에 담아 오다가 포
장된 둑길에서 쓰러졌어요. 비를 피하려고 서두르다가 허
혈이 일어난 것인데 뇌진탕에 엉치뼈가 상했습니다.

"유진……." 그녀는 저를 알아보고는 눈동자에 흐릿한 빛
이 생겨나면서 무슨 기억이 피어오르는지 아련하게 웃었습
니다. "……와줘서 고맙다……. 잘 지내니?" 주름들이 선량
했습니다.

"그럼요. 어서 나으셔야지요." 저는 옐레나의 어깨를 살
짝 받치고는 입술에 물잔을 가져가서 목을 축여 주었습니
다. 잔에서 줄어드는 물을 바라보는 그녀의 눈길은 차분했
습니다. "저번에 와서 당과도, 홍차도 맛있게 먹었는데……
이제는 나으실 차례예요. 폴란드 다녀오신 얘기마저 듣고
싶어요."

"……내가 꾀병을 부리는 건 아니잖니?" 그녀는 잔주름이

당겨지는 눈웃음을 지었습니다. 그리고 에디를 보더군요.

"……어제는 알리예프도 찾아왔어. 고맙다고 전해줘. 알타이 꿀을 손녀한테 주고 갔어."

이번 우주선을 맡을 알리예프도 서른일곱인가에 탑승우주인이 된 늦깎이이지요.

이곳의 늦깎이들은 거의 모두 옐레나에게서 따스한 저녁식사를 얻어먹기도 하고, 크리스마스와 부활절에 초대받기도 하면서 위로를 많이 받았지요. 그래서인지 탑승하게 되면 이렇게 아파트로 찾아와 문안을 하고 바이코누르로 떠나는 것이고요.

옐레나는 구슬픈 얼굴에 축 쳐진 어깨를 하고 터벅터벅 걸어가는 청년들을 보면 광주리에 담아가던 오이나 감자나 토마토를 주머니에 넣어주곤 했지요. 꽉 들어찬 고명 맛에 저절로 군침이 도는 당밀과자도 만들어 주시고. 무늬까지 손수 넣은 그 예쁜 과자는 접시에 가만히 올려놓고 보기만 해도 마음이 따뜻해져요.

옐레나는 노안이 되기 전에는 장갑이나 목도리를 뜨개질해서 선물해주기도 했어요. 어떨 때는 찾아가면 거실에 테레시코바와 함께 있었는데 사람들은 알아보지 못하곤 했지요. 콧잔등에 볼록한 안경을 얹은 테레시코바가 염색을 하지도 머리를 만들지도 않고서 헐렁한 스웨터에 사라판처럼 생긴 긴 나일론 치마 차림이어서였을 거예요. 옐레나는 그보다 더 수수했고 나이 들면서는 "모든 백업의 어머니"라고 불렀지요. 가끔 수다를 피우면서 백업들의 표정을 흉내 내면 거실이 왁자지껄해지고 시장처럼 풀기가 돌았는데, 한순간에 저렇게 거동조차 못하게 되시다니.

우리가 아파트의 현관을 빠져나올 때 행정실 직원이 왕진 오는 의사와 간호사를 안내하고 있었어요. 몇 걸음 떨어져 오던 로이를 보자마자 에디가 손을 번쩍 쳐들었습니다.

"할머니가 너 이야기하더라. 감자를 이렇게 많이 주셨어."

로이는 늘 탑승이다가 이번에 에디의 백업이 되고 말았지만 눈길이 살아 있었어요. 야무진 입가, 꼿꼿한 목과 딱 벌어진 어깨에는 내 불운에 연민 따위는 필요 없다는 예리한 자존심이 버티고 있었습니다. 컨디션을 회복할수록 뚜렷해졌지요. 어쩌면 막판에 순위가 또 바뀔지 모른다는 기대감인지도 모릅니다.

그 얼굴을 바라보면서 정우성씨는 저와 비슷한 생각을 한 것 같습니다. "……에디가 다음 주에 떠나니…… 소유스 북 이야기는 며칠 더 생각해보는 게 어때?" 저를 바라보는 그의 눈가에 수심이 드리워졌습니다.

에디는 망설이는 우리의 마음을 모르는 채로 앞서 가고 있었지요. 그때 우주정거장이 아득하게 제 눈에 들어왔습니다. 잿빛으로 서서히 저무는 하늘을 흰 점처럼 세차게 가

371

로지르더군요.

"그래요, 며칠 생각하면 무슨 방법이 나올지도 모르죠." 저를 따라서 흰 점을 바라보던 정우성씨에게 말했습니다. 무슨 생각이 꼭 떠오를 것 같았습니다.」

8

둥그스름한 나무 손잡이를 돌려서 문을 안으로 열자 시야가 서서히 넓어졌다. 미하일 데주로프 위원장의 부속회의실은 예상 밖으로 넓어서 긴 테이블에 서른이나 마흔 명쯤은 앉을 것 같았다. 겹이 진 커튼의 과감한 수직선이 눈에 들어 왔고 창가의 공기는 푸르스름해 보였다. 바깥에 드러난 적이 한 번도 없고, 누구도 안다고 말하지 않은 가가린센터장이 결국 데주로프라는 것을 나는 여기 와서도 짐작할 수 있었다.

그 너른 실내에 코즈니셰프를 가운데 두고 어디선가 한 번쯤 본 듯한 윤리위원 두 사람이 좌우로 앉아 있었다. 또 그들 좌우에 나의 지도 교수와 녹음기를 앞에 둔 서기, 만일의 경우에 영어를 러시아 말로 옮겨주는 통역, 그리고 그 삭발 머리. 모두 일곱 사람과 나는 마주했다. 잠시, 외국인이 많은 회사의 인사위원회에 불려온 것 같았다.

부속실에서 나온 젊은 직원이 내 뒤로 가서 실내의 정경을 몇 컷 촬영하고 나갔다. 무테안경을 쓴 윤리위원이 서류를 넘기면서 나의 나이와 가족, 거쳐온 학교와 직장들, 우주산업연구원과의 계약 내용을 하나하나 확인했다. 봄에 그런 서류들을 제출한 기억이 났다.

"탑승우주인으로 정해진 것을 알고 있지요?"

"그렇습니다."

"이런 내용이 모두 사실이지요? 혹시 무슨 변동이라도?"

"예, 모두 사실입니다. 우산연 근무가 일 년 줄 것 같긴 한데 날인이 남았습니다. 이것은 탑승이나 백업이 됐을 경우입니다. 그렇지 않으면……."

"알고 있어." 코즈니셰프가 손을 내저으며 말허리를 잘랐다.

공기의 장막이 쳐지고 시간이 정지한 것처럼 고요해졌다. 부속실에서 희미한 벨 소리가 나다가 티끌만 한 소음도 없어졌다.

"자네들은 부총리와 원장한테 편지를 보냈던데……." 그의 눈동자는 렌즈 안에서 내 눈을 빤히 쳐다보았다. "어떤 내용인지 말해줄 수 있겠나? 물론 말하지 않아도 좋네."

"……말하지 않겠습니다."

"그럼 이 질문은 없던 것으로 하겠네. 자네에게 도움

이 된다면 말해도 되지만. 공개되면 오해의 여지가 있으니…… 동의하겠나?" 나는 그와 시선이 팽팽하게 맞물린 채로 말없이 고개만 끄덕거렸다. 녹음기는 돌아갔지만 서기는 펜으로 쓰지 않는 채로 나를 응시하고만 있었다.

"분명히 말로 하게. 동의하겠나?"

"예, 동의합니다. ……실장님께서도 저를 이해하시겠지요?"

"물론이지. 그런데…… 자네들은 실습을 하면서 컨트롤 보드에 손을 대려고 했는데…… 그게 금지된 것을 몰랐나?"

"쉽게 허락해주지 않는다는 것은 알았습니다. 하지만 저희에게 왜 그게 금지까지 됐을까요? 생각 밖의 일입니다만."

"그래, 몰랐던 모양이군……. 자네들은 예외적으로 호의를 받은 거야. 실제에선 조작을 잘못하면 참극이 일어날 수도 있는데. 이건 알고 있지?"

"그렇긴 하지만, 조작법을 충분히 몰라서 참극이 벌어질 수도 있으니까요."

"조작법을 몰라서라…… 그게 무슨 말이지?"

"가령 수동조작만이 가능할 때 선장과 엔지니어가 정신을 잃어버리는 일…… 이런 일을 생각해볼 수 있지 않을까요?"

"글쎄, 하지만 그런 일이 어느 경우에 일어날까, 그런 의문이 드는데?"

"가능성이 적기는 하지요. 하지만 저희는 불시에 바다에 떨어질 경우에 대비한 훈련도 받았습니다. 실제라면 기절하거나 부상해서 몸을 가누지 못할 텐데. 세 시간 동안 방수복까지 갈아입고 바다로 나올 가능성은 아주 희박하다고 생각했습니다. 하지만 그런 훈련도 받았습니다."

그는 한참 나를 노려보았다. 나는 차분하게 말했다.

"제 말씀은 훈련을 하고 안 하는 경계가 흐릿한 부분이 있다, 그렇게 생각했다는 뜻입니다. 그래서 불가한 운항 실습도 요청을 잘하면 받아들여질 수 있겠다, 기대했다는 뜻입니다."

나는 공손하게 말했지만 그는 응시하는 눈빛을 풀지 않았다.

"자네들은 실습하고 모여서 학습을 해온 모양인데, 맞나?"

이것은 어떻게 파악한 것일까? 의구심이 드는 채로 나는 그렇다고 말했다. 그렇게 공부하는 것은 당연하지 않는가. 샤밀 선장이나 바실리도 알고 있는데.

"조작법을 촘촘하게 정리까지 해둔 모양이던데, 맞나?"

내가 놀랄 거라고 생각했는지 그는 두 손 끝을 마주 댄 채로 나를 유심히 바라보았다.

그런데 그렇게 정리해두면 안 되는 것일까?

"저희는 힘들게 배웠습니다. 직접 실습을 하지는 못한 채로 지켜보기만 할 때도 있었고요. 그래서 배운 것들을 서로 나눠주고 익히려고…… 그랬던 것입니다."

"그랬겠지……." 그는 피곤하다는 듯이 안경을 벗어서 안경다리를 붙잡고는 눈가를 찡그리면서 비볐다. "……하지만 자네들은 여기에 왜 와 있다고 생각하나?"

그런 말은 결례여서 나는 노인을 난감하게 바라보다가 날숨을 내쉬었다.

"우주인이 되기 위해서입니다. 그래서 저희들을 가르쳐주셨잖습니까?"

"그래, 우주로 내보내기 위해서…… 그런데 우주인에게는 여러 가지 임무와 직급이 있는데…… 자네들은 어디에 해당한다고 보나?"

"실험 과학자입니다. 과학 기자재를 가져가서 무중력에서 실험하는 임무이고…… 거기에 맞는 직급이 있을 거라고 생각합니다."

"우리 입장에서 보면 솔직히 자네들은 화물은 아니지만……."

내 눈에서 불이 튀었다. 말씀을 삼가해주십시오. 입에서 쏟아지는 말을 겨우 삼켰다. 나는 겨눠보던 눈길을 자줏빛 커튼 위로 올렸다. 나의 기를 꺾고 싶은 것이다. 아무리 그래도 사람을 사랑하려는 마음가짐이 있어야 한다. 그리고 그는 이런 말도 서슴지 않고 할 만큼 스스로 대단한 주역이라고 착각하고 있다. 하지만 그 역시 보다 큰일의 부속품에 불과하지 않는가? 더욱이 둘로 갈라진 이곳에서 겨우 살아남으려고 몸부림치는 파벌주의자인지도…… 이제 생각난다. 내가 통합병원장실로 뛰어올라갔을 때 데주로프와 함께 나타났던, 키 큰 러시아 노인의 회갈색 눈동자에 생겨난 내키지 않는 눈빛. 그가 바로 코즈니셰프였다.

"……가만히 있어 줄수록 좋은 존재라네. 우주선이 움직이는 동안 그냥 가만히. 이것은 말하기에 내키지는 않지만 현실적인 이야기야." 그에게는 실험 과학자들이 가만히 있어 줄수록 좋은 존재일까? 정작 가치를 만들어내는 사람들은 그런 과학자들인데. 그래서 미국에서는 그들에게 조종을 가르치고 선장이 되게 한다. "물론 작동 과정을 알고 있으면 좋지. 그래서 교육이 있었고. 이런 현실을 잘 이해하고 따라주는 사람들도 있어."

"투자자들이겠지요?" 큰돈을 내고 탑승하는 부자들을 말한다. 그는 나를 노려보면서 고개를 끄덕거렸다. "하지만 우리는 계약을 통해서 운항에 필요한 지식을 '모자람 없이' 배울 수 있게 돼 있지 않습니까? 우리는 나라의 대표로 여기에 왔고 그런 투자자들보다 훨씬 많은 것들을 고민해야 합니다. 잘 이해해주시면 고맙겠습니다."

"그래서 충분히 가르쳐왔고, 열심히 배우지 않았나?"

그는 엄한 눈초리가 되었다. 하지만 '충분한 것'이란 어떤 것일까? 칠판을 촬영하거나 강의를 녹음하려면 막고 나서지 않았는가? 입장은 이해하지만 그런 것을 충분하다고 자부할 수 있다니. 하지만 나는 그런 생각을 입 밖에 내지는 않았다.

"자네가 그렇게 많은 것을 고민한다면 말이야 우리 입장에서도 한번 생각해보라는 뜻이야."

"그래서 사실은 늘 조심스러웠습니다. 하지만 저희는 수백억 원의 경비를 개인 돈으로 치르는 탑승객이 아닙니다. 그리고 생각해보십시오. 그렇게 지식을 나눠주면 여기 와서 다시 배울 후임이 생겨나지 않겠습니까? 그러면 이곳에 도움이 될 것입니다."

"그건 자네의 생각이고."

"저를 움직이게 하는 희망입니다. 시간이 걸릴 뿐이지 우리는 결국 두 번째, 세 번째 우주인을 만들게 돼 있습니다."

"잠깐, 말을 들어보니 그런 이유로 책을 가져갔습니까? 이 점은 오늘 이 자리에서 분명히 말해야 합니다."

오른쪽의 윤리위원이 카랑카랑한 목소리로 말했다. 숱 많은 백발에 짧은 콧수염과 까칠해 보이는 구레나룻이 있는…… 발레리 로마넨코…… 내 기억이 맞다면 그는 초기의 우주정거장인 살류트에서 살다 온 사람이다. 조심해야 한다. 이 전문가들은 사전에 잘 짜인 각본으로 나를 여기까지 유인해왔는지 모른다.

"아시겠지만 저희의 후임 계획이 이미 세워진 건 아니어서 마음이 쫓기거나 하진 않습니다. 하지만 한 나라를 대표해서 여기까지 왔으면 우주인다울 만큼 배우고 가야 하는 게 아닐까요? 여기 와보니 '이반 이바노비치'라는 말이 있더군요." 윤리위원들의 얼굴이 굳어졌다. 나는 잠시 망설였지만 내 생각을 말했다. "제가 그렇게 될 수는 없잖습니까?"

이반 이바노비치는 선내의 자질구레한 쓰레기를 꽉 채워서 꼭 사람처럼 보이는 낡은 우주복과 헬멧을 말한다. 배출구 조리개를 열고 우주의 칠흑으로 내다 버리는. 그런데 너무나 자질이 안 되는 우주인 후보를 가리키기도 했다. 카페에서 멀리서라도 그런 속삭임이 우연히 들려오면 혹시 나한테 비아냥거리는 것인지 우주인들은 신경이 곤두서곤 한다. 놀러나 구경 간다면 이럴 필요도 없으리라. 우리가 가만있기를 바라는 이 사람들과, 배워서 우주인다워지겠다는 우리의 기대는 애초부터 너무나 다른 것이었다.

로마넨코는 천장을 보면서 턱을 손으로 긁었다. 뭔가에 몰두해 있는 얼굴은 내 말에 공감하는 것처럼 보였다. 그러다가 그는 문득 생각난 것처럼 질문을 툭 던졌다.

"그러면…… 사본을 몇 부 만들었어요?"

"제가 만들지는 않았습니다. 우연히 기회가 생겨서 받은 것입니다."

"그러니까 당신은 그걸 우연히 얻었다? 하지만 지금은 일이 심각해져버렸으니…… 불운이 번지수를 잘못 찾아갔구면…… 일부러 부른 것도 아닌데. 옆방으로나 가지."

사람들이 완전히 방심한 얼굴이었다가 모처럼 희극을 접한다는 듯이 껄껄거렸다. 가당치도 않은 말들을 듣다가 응징한다는 듯한 웃음들. 마치 내 기세가 꺾여서 난처해할 때까지 이어질 것 같다. 하지만 내가 태연하게 목을 긁자 그에게는 배은망덕하다는 과장된 분노 같은 것이 떠올랐다.

"거짓말! 당신은 태연하고 선량한 얼굴로 거짓말을 하고 있어! 도서관에서 빼돌려 놓고 다른 사람한테서 받았다고 둘러대는 거야! 솔직하게 말하시오!"

"그럼, 그렇게 생각하십시오. 제게는 어째도 상관없는 일입니다. 하지만 대외비 책자를 들고 열람실을 어떻게 빠져나가지요? 인식기가 있는데. 제가 무슨 특수 장비라도 가지고 있나요?"

그는 대뜸 뭐라고 쏘아붙이려고 하는 것 같았다. 하지만 입술을 물고 천천히 팔짱을 끼더니 착잡하게 눈을 감았다. 대신 코즈니셰프가 벗어 든 안경을 다시 차분하게 쓰더니 내 쪽으로 몸을 기울였다.

"그래, 자네 이야기를 믿어주겠네. 그러면 누가 대외비의 사본을 만들어서 돌렸지? 그 사람의 이름을 대보게. ……어쨌든 자네는 떳떳하잖아."

삭발 머리가 가죽 잠바에 손을 넣은 채로 일어나더니 나를 유심히 바라보았다. 무표정한 안색의 안쪽에는 연방의 보안을 해치는 근원을 도려내겠다는 집요함이 있었다. 그 혼자서만 자유로운 듯 테이블을 따라서 몇 걸음을 왔다갔다했다.

"누구인지 밝히면 그 사람을 어떻게 하실 겁니까?"

"여기는 윤리위원회네. 자네는 걱정거리가 있나 본데. 우리는 돌려 말할 수가 없어." 로마넨코는 녹음기를 슬쩍 보더니 턱을 숙이고 고심하는 것처럼 보였다. "처벌을 받아야할 거네."

"어떤 처벌인지 물어봐도 되겠습니까?"

"러시아의 자산을 빼돌린 죄, 처벌은 구체적으로 저지른 일, 법과 규칙에 따라서 정해질 거야." 그의 눈동자의 회갈색이 싸늘하게 이글거리다가 잠시 눈꺼풀에 덮였다.

로마넨코가 팔짱을 풀더니 허심탄회한 표정이 되어서 덧붙였다. "우주인이라면 여기서…… 비행은 없게 되네. 심하면 형사법에 따라서 재판을 받게 되고…… 자네가 그걸 원하는 건 아니잖아. 그리고……."

"하지만 정상을 참작해줄 수도 있어." 코즈니셰프는 그의 말허리를 잘랐는데 나를 구슬리려는 의지가 있었다. 몇십 초의 적막을 깨고 그가 서로 속을 풀자는 듯이 어깨를 펴고 한숨을 쉬었다. "어쨌든 자네는 우주로 가야 할 게 아닌가……?"

내가 만일 말한다면…… 김태우의 선에서 정리될 수 있을 것인가? ……그것은 그에게 달렸지만…… 그의 원망은 평생을 가리라.

나는 잠시 올려다보며 숨을 내쉬었다.

아마 우리는 끝나게 될 것이다. 하지만 우리 사이가 그렇게 중요한 것인가? 그런데…… 만일 그조차도 말하고 만다면? ……에디 허셜은?…….

그라면 괜찮치 않을까? ……아마? …….

하지만 그것은 알 수가 없다. 그가 이번이나 다음부터 탑승을 할 수 없다면…… 아마 그의 원망도 평생을 가리라…… 그 감정은 같은 일을 하는 동문들이 분명히 나눠가질 것이다. 그러면…… 김태우는 거기서 어떻게 공부하고 자리를 얻을 수 있을까? 에디는 메릴랜드와 고더드 둘 다를 거쳤는데…… 그러면…… 김태우는 어떤 선택을 해야 할 것인가?

……아니 내가 지금 이런 걱정을 하고 있을 때인가?

……아니야, 그래도 하지 않을 수가 없다……. 그러면 정우성과 김유진의 이름까지 나오면……? 그들은 이해하게 되는 걸까? 탑승과 백업이 어떻게 짜이든 우리는 계속 같

이 일할 수 있는 것일까? ……아니, 어쩌면 사실대로 다 털어놓는 것이 가장 바람직하지 않을까? ……이 짐과 긴장을 어떻게 나 혼자서 질 수 있단 말인가?

……그러면 후임은 어떻게 되는 것일까? ……너희 나라의 넷이 같이 나눠 가졌다며? 그런 비아냥이 흘러 다닌다면? ……그러다가 이 일이 대중들에게 완전히 공개돼버린다면……? 몇 번 왜곡을 거쳐서 우리끼리 이전투구를 한 것처럼 만들어진다면? ……이 사업은 어떻게 되는 것일까?

나는 생각에서 빠져나오고 싶었는데 저절로 입술 떼는 소리가 났다.

그런데…… 그것이 그렇게 큰 죄가 된다는 말인가? 평생의 희망을 무산시킬 만큼? 혹시 이것은 권력의 횡포가 아닐까? 배워서 자존심을 갖추려는 개인에게 무자비한…… 더욱이 교수들의 강의는 초심자에게는 대단해 보였지만 지나놓고 보면 그런 게 아니었다.

"왜 말이 없나?" 코즈니셰프는 두 손을 맞잡고 진지하고 근심스러운 눈길로 나를 바라보았다. "자네도 어서 이 긴장에서 빠져나와야지. 언제까지 이러고 있을 텐가……." 그리고 그는 4자 다리를 한 채로 안경집에서 융을 꺼내 안경알을 문질렀다. "운항조정을 해보니 어떻던가? 나도 오래전에 해봤지만…… 우주인이 되는 것 같지 않던가?" 그는 안경을 끼고 나서 웃어 보였다.

"예, 도움이 많이 되었습니다."

"샤밀과 바실리는…… 처음 여기 와서는 딱딱하고……
그랬는데 이제는 물이 많이 빠졌지……. 어떻던가? 실습 때
도 그렇고 친절하게 잘 대해주지?" 이제 창날을 그 둘에게
돌리려는 건가?

예, 선장님은…… 하고 말하려다가 내 앞의 사람들 모두
가 숨과 눈길을 정지하고 있다는 느낌을 받았다. 일이 초
정도 온 힘을 다해 집중하는. 삭발 머리 한 사람만이 등을
보이고 태연하게 걷고 있었다. 하지만 내가 흘낏 바라보자
순간적으로 그의 귀만 보였다.

"……선장님은 자상한 편입니다만……." 나는 말을 돌렸
다. "엄격할 때도 있습니다."

"예를 든다면……?" 그는 예사롭게 말했지만 입술 끝에
기대감이 있었다.

"가령…… 아까 말씀하셨던…… 컨트롤 보드를 만지는
연습을 하려고 할 때 반대하셨습니다……." 나는 그들의 기
대에 쐐기를 박는 마음이었다. "……규정을 지키기 위해서
였습니다."

코즈니셰프와 로마넨코는 나를 미더워하지 않으면서 얕
보는 표정이 동시에 떠올랐다. 그래서 그들의 감정이 내게
는 뚜렷하게 보였다.

"훈련할 때 소유스 북을 본 것이 도움이 되지 않았나? 뭐

솔직히……."

그가 샤밀을 염두에 둔 듯이 부추겨서 나는 망설였다. "읽지 않은 것보다는 나았습니다……. 그리고 아시겠지만 운항 훈련을 하면서는 그 자료를 본 적이 없습니다……." 나도 모르게 압수당했으니까.

로마넨코는 실망하는 얼굴로 마뜩찮다는 듯이 팔짱을 끼고는 나를 외면해버렸다. 코즈니셰프는 비웃음이 섞인 매정한 얼굴로 고개를 끄덕거리다가 나의 지도 교수를 쳐다보았다. 나머지 윤리위원들과 삭발 머리도 역시 눈총을 주듯이 그를 바라보았다. "바소프 교수가 하실 말씀이 있을 텐데요……."

"자네, 그러면 이제 누구인지 어서 말하게." 지도 교수는 간절한 눈빛이었다. "나는 자네를 믿네." 스톱워치를 들고 우리의 수영기록을 잴 때 그는 시골은행의 출납계원처럼 보였다. "그 사람이 선의인지 아닌지는 우리가 알아볼 수 있어. 지금 이것저것 생각할 때가 아니야. 자네의 권리를 잃을 거냐, 지킬 거냐. 그게 남아 있어. 탑승우주인은 그냥 노력해서만 얻을 수 있는 게 아니네. 천운이 따라야 하는 것이야. 이제는 시간이 없어. 그냥 말하게나."

그는 이런 일의 전문가가 아니었지만 그날 내 마음을 가장 크게 뒤흔들었다. 나의 결단을 재촉하는 적막이 넓은 회의실을 숨 막힐 듯이 채웠다. 시야가 흐렸고 나는 그 공간에 혼자 앉은 듯이 고독을 마주했다.

　김…… 하고 마음속으로 그 이름을 불러보았다. 알고 보니 우리의 경쟁은 아직 끝난 게 아니었다. 이기느냐, 지느냐. 그런 선택이 남아 있었다. 아니…… 이기심인가, 의리인가. 이런 선택일 수도 있다.

　하지만 의리가 중요한 것인가? 내가 버텨온 것이 의리 때문인가? 만일 김태우가 이 자리에 앉게 되면 무엇을 말할 것인가? 그는 이 러시아인들 앞에서 의외로 무기력할지 모른다. 나만큼 고민하지는 않았으니. 차라리 내가 나온 게 잘 된 건지 모른다. 쓸쓸하거나 기뻐하는 김태우의 표정들과 목소리가 갑자기 생생해지면서 내게 안쓰럽거나 흐뭇한 감정들이 생겨났다.

　"그 사람도…… 권리를 잃을 게 아닙니까?"

　나는 백업으로서 그의 임무와 가능성을 생각했다. 로마넨코는 긴장을 했는데 맥이 풀린다는 듯이 입맛을 다셨다. 하지만 코즈니셰프는 의자를 당겨 앉으면서 끈질기게 나를 바라보았다.

　"그러니까 자네가 결심을 해야지. 만일 결백하다면."

　"그런데 그게 그렇게 큰 죄가 되는가요?"

　나는 의리도 좋지만 이들이 이러는 것이 과연 옳은가, 그것을 묻고 싶었다. 어차피 내가 아니더라도 내 친구들이 차례가 되면 던질 질문이 아닐까. 이게 그렇게 심각한 죄인지.

"러시아가 금지한 대외비를 훔쳐간 것이 죄가 아니다?"

로마넨코가 팔꿈치를 테이블에 댄 채로 두 손을 창 날처럼 코 끝에 가져갔다.

"도서관에서도 볼 수 있었잖습니까? 소유스 우주선을 탈 우주인에게 보지 말라? 그렇게 생각하지는 않았습니다. 그리고 저에 대해서 샅샅이 알아보셨던데 제가 책자를 바깥으로 반출이라도 했단 말입니까?"

삭발 머리가 따지듯이 쏘아보자 로마넨코는 천장을 올려보다가 매정하고 의심에 찬 눈길로 나를 보았다.

"도서관이라…… 자네가 인턴을 구슬리지 않았나?"

로마넨코는 자기 느낌으로도 공허한 말에 확신을 불어넣으려는지 입술을 꾹 다물었다. 나는 고개를 가볍게 한 번 저을 따름이었다.

그러자 코즈니셰프는 주름진 미간의 노기를 누르려는 듯이 손가락을 갖다 댔다.

"이건 우리와 함께할 사람이 될 것인가 말 것인가, 그 문제란 말이야. 그런 사람이 못 된다면 우리도 정말 방법이 없어." 그는 턱을 들었는데 입술도 인중으로 올라가서 오만해 보였다. "자네는 고집이 너무 세고. 자기 하고 싶은 말만 하고 있어. 이러면 안 돼! 자네는 교체되는 거야! 그러면 설 자리가 없어!"

이들은 천운을 내려주는 하늘이 자기라고 생각하는 것일

까. 내가 무슨 말을 하건 아랑곳없이 그가 자기 세력의 이익만을 추구한다는 생각이 들자 내 속에서 무언가가 솟구치려고 했다.

"이게 과연 우주인을 교체할 문제인가요? 저의 사본을 이미 가져 가셨잖습니까? 제게는 배우려는 희망이, 맡은 일에 맞게 지성을 갖추려는 의지가 있습니다. 그게 없으면 저희는 일에 대한 자부심도 없이 살아가야 합니다. 저희가 거짓으로 든 체하기를 원하십니까? 속이 텅 빈 채로 화려한 겉모습만 만들기를 원하십니까?" 나는 가슴을 쳤다. "지금 위원님들은 권력을 가지고 우리 선발에 개입하고 계십니다. 조직의 이익에 맞춰서 저희를 꼼짝달싹 못하게 만들고 계십니다. 선발 결과가 어떻게 정해졌든 이제 와서 위원님들 관심만을 가장 큰 잣대로 삼겠다. 이전에 측정한 것들은 필요가 없다. 그런 말씀이잖습니까? 저는 더 이상 못 받아들입니다. 여기서 물러나지 않겠습니다."

9

김태우의 이야기다.

「물리학은 말합니다. 두 개의 물체가 동시에 한 공간을 차지할 수는 없다고요. 누군가가 탑승이 되면, 누군가가 포기해야 합니다.

형이 윤리위에서 벌어진 일을 찬찬히 들려줄 때 그가 떳떳하고 올곧다고 생각했습니다. 위선적인 윤리위원들에게 무리하게 맞섰다는 생각도 했습니다.

"잘하셨어요. 오빠니까 그렇게 당당하게 이야기하신 거예요. 제 속이 후련해요." 김유진이 말했습니다.

"샤밀이나 바실리에게도 다행스러운 일이구나. 윤리위에서 어떻게 나오는지 차분하게 지켜보자." 정우성 형은 속이 깊은 눈동자였습니다. "정경수 실장님한테는 아무래도 보고를 해야 할 것 같은데?"

"그러잖아도 내일 전화드릴 건데…… 어디까지 알려드려야 할까요?"

"직속 상사인데…… 다 말씀드려야 하지 않을까? 다 아셔도 여기다 말할 분도 아니고…… 하지만 조심해……."

정우성 형이 손을 말아 귀에 대자 이진우 형이 무덤덤하게 끄덕거렸습니다. 그의 낙마를 기대하는 제 속마음을 그가 눈치채고 윤리위에서 제 이름을 실토하는 일. 이런 앙갚음을 상상했던 기억이 나자 저는 착잡하게 웃고 말았습니다. 그는 사실 경쟁심은 강했지만 잇속을 챙기는 일에는 둔했거든요.

진실과 목적. 진실을 밝히는 일과 목적을 이루는 일. 이

두 개가 동시에 한 공간에 있을 수 없다면 저는 무얼 택해야 할까요? 부끄러운 것은 실패가 아니라 노력하지 않는 것인데. 노력하는 것이 그의 아픔 위를 걷는 것이라면 무얼 택해야 할까요. 인간의 물리학에는 왜 한 공간에 두 개의 선택이 있을 수 없을까요?

애초부터 내 스스로 충분히 선발될 수 있었는데 왜 이런 마음의 가시밭길을 기어가야 할까요?

알료사의 숲속의 캐빈에서 나와서 기숙사로 들어설 때까지 저는 심란했습니다. 형의 말로만 들었던 그 삭발 머리를 복도에서 우연히 마주쳤을 때 제 시선이 직진한 것은 왜였을까요? 저는 그를 쏘아보았습니다. 그가 제 얼굴을 유심히 들여다보았기 때문인지 모릅니다. 저는 처음 본 그가 누구인지 대뜸 알아보고 반발심이 일었습니다. 그가 입은 가죽 잠바마저도 짐승의 살가죽을 벗겨서 만들었다는 생각에 싫어질 정도였습니다. 우리는 무정한 시선을 나누고는 제 갈 길로 걸어갔습니다. 그는 왜 거기 있었을까요? 하지만 진우 형에게서 옮겨오기라도 한 듯한 저의 반발심은 그런 의문을 무시했습니다.

방에 들어오자 저는 백업이라는 생각이 다시금 뚜렷해졌습니다. 이기심 때문이 아니라, 우주인 사업이 제대로 되게 하기 위해서라도 숨겨진 가능성을 준비해야 합니다.

저는 미국의 지도 교수님에게 전화를 걸었습니다. 이미

백엽의 임무를 맡게 됐다는 것은 알려드렸는데 우산연에서 이 년 근무를 하고 나서, 남은 한 학기와 논문을 마치면 안 되겠냐고 사정을 하였지요.

"이런 문제가 걸림돌이 될지 모른다고 우리가 얘기를 나눈 적이 있었지?"

통합병원의 G 테스트에서 떨어져서 전화로 하소연을 하던 때였습니다. 박사 연한이 칠 년인 것을 생각하면 오히려 잘 된 일인지 모른다고 교수님은 위로하셨지요. 그래서 저도 짐을 싸려고 했었고.

"그때는 테스트를 계속 통과하니까, 앞으로 어떻게 해결이 되겠지, 그런 기대감이 생겼어요."

"너무 착잡해하지 말게나. 그런 결심까지 했으니까 거기까지 갈 수 있었지. 나는 잘한 일이라고 보네. 내가 한번 대학원 사무처에 찾아가서 부탁을 해보겠네."

저의 마음속에 따스한 물이 서서히 차올랐습니다. 저는 그분을 은인으로 여기고 반드시 보답을 할 것입니다.」

10

"행정실에서 이진우씨를 부르면 나가서 서명을 해야 할 거야." 정경수 실장이 말했다. "윤리위에서 만든 대화록이 사실대로라는 확인서 하고…… 앞으로 센터의 결정에 따르겠다는 문서야." 그는 힘든 듯이 말하고서 숨을 내쉬었다.

그는 내 이야기를 듣고 내막을 알고 나서도 나를 탓하거나 나무라지 않았다. 감싸주거나 역성을 들지도 않았다. 하지만 내 말에 이가 맞는지 낱낱이 물으면서 하나하나 메모하는 것이 분명했다. "아아, 어쩌다가 그런 일이……." 하고 한탄하더니 "토요일에 차관님이 들어가실 건데." 하고 말했다.

"센터 결정에 따르겠다면……." 나는 목소리가 떨리지 않도록 했다. "……탑승이 바뀐다는 뜻인가요?"

"아냐. 여기서도 몰라, 솔직히. 아마 바뀐다면 여기로 먼저 통보하겠지. 하지만 아직은 없었어." 그는 입술 떼는 소리를 냈다. "나도 그걸 물어봤는데 결론이 안 났대……." 그렇다면 그들 사이에 힘겨루기가? "만약에 말이네, 만약에 바뀐다면, 자네는…… 힘들겠지?"

"아니요……." 우리는 말이 없었다. "……기필코 저만 가야 하는 건 아니니까요."

"고맙네."

"……하지만 만일 교체한다면 제가 불복하겠다고 밝혔거든요. 말씀드린 그런 이유에서입니다."

"정말 그럴 건가?"

"예."

"……그러잖아도 자네가 그러면 어떻게 되는 건지……
행정실장이 말한 게 있어…….” 내가 그를 살피듯이 그도
예민해져서 말이 없었다. "……샤밀이나 바실리의 탑승이
취소될지 모른다고 하더군. 의심받고 있다고…… 대기하는
우주인도 많고…… 생각할 게 많은 모양이야…….” 그는 가
느다랗게 숨을 내쉬었다. "……우리 탑승을 늦추겠다고 하
거나, 그런 일은 없어야 할 텐데…… 이런 일로 틀어져서
무산된 경우도 있는 모양이야…….”

"샤밀과 바실리가 저에게 기다려보라고 했습니다.” 그
래? 그는 되물었다. "예, 윤리위하고는 달리 저를 이해하고
위원장하고도 가까워서…… 며칠 기다릴 생각입니다. 가능
성이 있습니다.”

기록작가의 차 안에서 긴 통화를 하고 나니 저녁이 찾아
오고 있었다. 잣나무들이 둘러선 공터, 저공을 쓸쓸하게 휘
도는 새떼들 위로는 연회색의 두툼한 구름이 있고 차가운
황혼이 보랏빛으로 섞여 들었다.

나는 김태우가 나를 도와준 때를 생각해보았다.

우주선에 대해 배울 때 우리는 서로 아낌없이 가르쳐주
었다. 그가 선별해서 복사해준 자료들은 알찬 것이었다. 도
서관에서 더는 열람할 수 없다고 해도 나는 그게 있어서 안
도했다. 그래서 한 명만 선택받는 현실이 서글펐고 누가 탑

승하는지 그에게 털어놓으면서는 말할 수 없이 미안했다. 운항조종 훈련을 하면서는 같이 익힌 지식들이 되살아나서 뭉클해지곤 했고. 그가 일을 꾸민 게 아닌가 의심하고 나서 뉘우치기도 했다. 그러려면 그도 위험을 안아야 하는데.

러시아의 초겨울이 수많은 겹을 지닌 까마득한 커튼처럼 상공에서 내려오고 있었다.

내가 처음에 코즈니셰프의 앞에서 김태우의 이름을 대지 않은 것은 왜였을까?

돌이켜보면 그것은…… 내가 싫어하는 사람처럼 되고 싶지 않아서인지 모른다. 당시에는 몰랐는데…… 서서히 내 마음을 이해할 것 같았다.

내가 다니던 연구소든 다른 직장에서든 아랫사람들을 조금도 아끼지 않는 사람들이 있었다. 오만한 나르시시즘에 빠져서 높이 오를수록 아래를 더 무시하고 잔인하게 구는 사람들. 북돋고 끌어주기보다 자르고 떨궈내는 사람들. 그런 모습을 이용해서 더 윗사람들은 그 자리를 지켜주고. 미안함 없이 태연한 모습들. 그렇게 자리를 지켜봤자 고작 몇 달이나 몇 년에 불과해선지도 모른다.

내가 요구받은 것도 마찬가지였다. 자리를 보장해준다는, 혜택도 아닌 혜택과 맞바꾸는 실토, 강요된 정직이 나는 싫었다.

나는 승자가 아니라도 좋았다. 승자보다 더 승자다운 것,

승자의 됨됨이를 지니는 것, 그래서 미더움을 주고 소박한
정을 나누는 것이 더 소중했다.

밤이 바닥으로 내려와 오가는 이들의 얼굴부터 가슴과
다리를 지워나갔다. 기숙사의 불빛이 보였다. 창에 사람들
이 어른거렸다.

11

김태우의 이야기다.

「월요일에 의원님 세 분이 이곳을 찾아와서 견학을 마치
고 우리와 나란히 식사를 할 때 저는 며칠 동안 심혈을 기
울인 이야기를 꺼냈습니다.

"우주인의 숨소리 하나, 발걸음 하나마다 과학이 들어가
있습니다. 어린이, 젊은이들은 우주인들이 나올 때마다 웅
변에 홀린 듯이 과학에 빨려 들어갑니다. 과학 혼魂을 만드
는 것입니다. 우리나라가 자력으로 유인 로켓을 발사하기
는 어렵습니다. 하지만 아무리 적게 잡아도 유영까지는 가
야 합니다. 유영은 우주인 기술의 최대치입니다. 우리나라
도 누군가가 그걸 해둘 필요가 있습니다. 미래라는 것이 그
렇게 조금씩 열리는 것이잖습니까? 지금은 단순히 우주인

한 명 보내는 것으로는 모자랍니다. 그것은 이십 년 전 이야기입니다. 미국 러시아는 물론이고 프랑스 일본 이탈리아 심지어 호주나 스웨덴까지 (나중에는 중국까지 했지요) 우주 유영의 역사를 가지고 있습니다. 우리도 기왕 출발했으니 유영 우주인을 배출해야 합니다. 예산을 아끼고 사업을 창안해내면 충분히 가능하고 가치 있는 일입니다."

레오노프는 십이 분 유영에 6킬로그램이 빠졌다고 하지요. 저는 의원님들에게 혼신의 힘을 다해 말씀드렸습니다. 제 이야기에 취해서 콧잔등이 시큰해질 정도로요. 목에서 땀방울이 생겨나고. 의원님들의 가슴에 제가 꽂아드린 장미 코사지가 눈에 들어오곤 했습니다.

의원님들은 처음 보는 저의 열성에 관심을 보였지만 서서히 부담스러워지는 것 같았습니다. 우주선 모형이나 G 테스트 기기를 보던 때의 호기심이 가시는 얼굴이더군요. 나중에는 수저를 내려놓는 게 아닌가 걱정이 됐습니다. "하지만 이게 다 세금이라서, 아시지요?" 의원님 한 분은 뭘 잘라 말하려다가 참는 표정이더니 "이번에 다녀오고 나서 한번 더 살펴봅시다."하고 말하더군요. 한 번 통 치듯이 간략하게.

제게 쏠린 눈길은 다른 얘기를 하는 의원님에게로 넘어가고 말았습니다. 저는 세금으로 만든 텅 빈 도로들이나 버려진 운동장들이 생각났습니다. 무슨 말이 더 나오려다가 아랫니 끝에서 걸렸습니다.

백업이 우주로 나가는 일은 무망하다고 생각했습니다. 하지만 저는 낙망하지만은 않았습니다. 내가 원하던 게 이런 것일 리가 없어, 어쩌면 탑승으로 바뀔 확률이 더 높아질 지도 몰라. 이상하게도 그런 기대감이 더욱 뚜렷해지는 것이었습니다.

지도교수님과는 오후에 통화를 하였습니다.

"대학원 사무처로 가서 얘기를 오래 했는데…… 칠 년 내에 박사를 마쳐야 한다는 규정이 의외로 엄격하더라고. 해마다 연장 요청이 상당히 많은데 한 번도 승인한 적이 없다고 하네. 정말 난감하군. 나도 자네를 도와주고 싶은데."

우리말을 잘하시는 교포 2세인 지도교수님은 저와 호흡도 맞고 배려를 많이 해주신 분이었습니다. 제 논문에 딱 맞는 전공을 하셨고요. 저는 그러한 점들이 행운이라고 생각해왔거든요. 하지만 교수님은 내후년에 영국으로 돌아가서 새로운 프로젝트를 해야 했습니다. 제가 박사를 하려면 내년이 기회였지요. 박사도 제대로 못하고, 우주로도 갈 수도 없는…… 백업은 이제 저에게는 거의 의미가 없는 것처럼 여겨졌습니다. 만일 이진우 형이 나와 한 번도 본 적이 없는 사람이라면…… 그런 생각이 떠올랐습니다. 그러면 나를 앞지른 걸 원망하지도, 참담해하지도 않을 텐데. 그러면 그가 낙오하는 기대를 하면서 자책 대신 흐뭇해할 텐데.

희열을 마음껏 누릴 텐데.

바깥에는 잎갈나무 숲이 찌르레기들을 하늘에 뿌렸다가 받고, 뿌렸다가 다시 받고는 했습니다. 이중창 너머로 두 개의 형광등과 책상이 떠 있었습니다. 저는 배터리를 갈아야 한다는 생각에 휴대폰에 이어진 플러그를 전원에 꽂으려던 참이었지요. 전화가 걸려와 받았더니 모스크바의 호텔에 있던 정 실장님이었습니다. 일부러 흥분을 가라앉힌 목소리였습니다. 저는 느낌이 이상해서 약하게 감전된 것 같았습니다. 저는 목소리가 떨려서 일부러 예사롭게 인사했습니다.

"어쩐 일이십니까?"

"좋은 소식이 있어요. 탑승 우주인을 맡아주면 좋겠어요. 김태우씨가 말이에요. 괜찮지요?"

저는 순수하게 기뻤습니다. "괜찮다마다요, 실장님." 저는 오로지 희열의 감정 하나에 둘러싸이고 감격했습니다. 눈앞에서 안개가 걷히고 광활한 벌판이 나타나더니 새들이 힘차게 날갯짓하며 날아가는 상상을 했습니다. 개들이 젖은 털을 털 듯이 그동안의 심란한 감정을 털어버리고 기쁨을 만끽했습니다.

그런데 저는 이런 질문을 던지고 싶습니다.

희망이 막상 이뤄질 때는 왜 이상한 모습을 하고 있을까요? 한 번도 그런 적이 없으신가요?

살아오면서 저는 종종 혼잣말을 하곤 했습니다. 내가 원한 게 이런 것이었을까? ……이러려고 여기까지 왔을까? 하는 말, 말이지요.

애초에 전기공학연구원을 다니면서 집안이 단란할 때는 먼지 맞던 우주선 미니어처들을 보면서 그런 마음이 들었어요. 그리고 그렇게 바랐던 고더드에서 일하게 되자마자 환란이 왔고 썰렁한 연구실에서 생활이 안 된다고 넋두리를 할 때도 그랬지요. 기어코 붙잡은 나비에게 핀을 꽂고 표본으로 만들면 더 이상 나비가 아닌 것처럼 여겨지던 상실감, 살면서 이런 경험이 없으신가요?

저는 협탁에 있던 솔방울 지압기를 손바닥에 놓고 돌렸습니다.

최초의 우주인이 되는 일에 대해서는 봄에 이진우 형과 오래도록 얘기한 적이 있습니다. "인류 최초라면 모를까. 한 나라의 최초라면 목숨 걸고 나설 일은 아냐. 그보다는 꾸준히 활동하는 우주인이 존경받겠지. 우리도 그렇게 되는 게 제일이고."

미국에서 우주로 처음 나간 사람은 앨런 셰퍼드입니다. 일본에선 아키야마 도요히로이고. 다들 잘 모르는 이름이지요.

대신 그 뒤에 우주로 나간 존 글렌이나 모리 마모루가 미국이나 일본에서 사실상 최초의 우주인이라고 하지요. 일을 오랫동안 제대로 했고 그 시대의 희망들을 성사시켰다는 것입니다. 그래서 제게는 꾸준히 활동하는 우주인이 된다면, 하는 바람이 있었던 것입니다…….

하지만 그것은 난망한 일이고, 우주에 한 번 다녀오기 위해서 칠 년 제한에 걸려 박사를 접어야 하나 하는 고민이 머리에 들어찼습니다. 1, 1, 2, 3, 그리고 5, 8, 13……. 사람들 사이에서 일어나는 일에는 왜 피보나치수열 같은 조화를 찾기가 힘들까요? 희망이 막상 이뤄지려고 할 때는 왜 이상한 모습을 하고 있을까요?

실장님에게 다시 전화드린 것은 밤이 깊어서였습니다. "이러면 안돼요. 지킬 건 지켜야지. 계약이 다 돼 있는데. 이러면 특권을 주느냐, 비난을 받게 돼요. 국가사업은 굳건하게 움직여야 해요. 온갖 사람이 참여하는데. 시쳇말로 장난이 아니잖아요?"

제가 언젠가 블로그에 쓴 말이 있습니다.

우주인도 우주인이지만 박사과정 자체에 더 집중해야 한다고. 앞으로 어떻게 될지 모를 일에 집착하지 말고 지금 손에 잡은 것을 놓치지 말자고요. 꼭 이런 날을 내다 본 누군가가 저더러 쓰라고 시킨 것 같은 글이었습니다. 방송사에서 리허설 할 때 든 생각도 떠올랐습니다. 큰 무대로 가야 큰 사람이 된다는 생각, 큰 무대에서 큰 배역을 맡아야 한다는 생각 말입니다.

어느 길로 가야 할까? 어떻게 해야 할까?

눈 내리는 겨울산을 처음 오르다가 갈림길에 선 것 같았습니다. 저는 손바닥이 빨갛게 될 만큼 솔방울을 움켜쥐었습니다.

이튿날 아침은 체련장에 나가기 싫었습니다. 새벽에 깼는데 다시 눈이 붙여지지 않아서 희미하게 잤거든요. 계속 생각을 하면서. 눈두덩이 부은 채로 가방을 챙겨 들고 잠결처럼 복도를 걸어갔습니다.

홀에 자판기와 생수대가 있지만 그 시간에 사람이 서 있는 건 드문 일이었지요. 그 사람들은 다섯 걸음 정도 떨어져 있었어요. 제가 나타나자 키 작은 사람이 목을 앞으로 내밀고 바라보더군요. 이어서 키 큰 사람도 제 쪽으로 돌아서고. 저는 별 생각 없이 눈길을 힐끗 돌렸습니다.

삭발 머리는 가죽잠바 대신 갈색 스키파카를 입었더군요. 복사집 직원은 곤색 사파리에 후드와 털을 달았고. 그의 눈길은 후벼 팔 듯이 제 얼굴에 닿더니 복사광처럼 훑었습니다. 제 눈을 마주 보면서 그가 고개를 끄덕이자 무정해 보이던 삭발 머리의 안색이 귤껍질처럼 벗겨지더군요. 잠긴 문을 내가 열어줘서 안으로 들어서게 됐다는 표정이었습니다. 저는 레몬즙이 눈에 뿌려진 느낌이었어요. 둘 사이의 말이 들리는 듯 했습니다. 드디어 연결됐어.

저는 눈앞이 거무스레해졌습니다. 철저하게 무표정한 얼굴로 그 앞을 지나가고 나서도요. 저의 뇌리에서 벨이 울렸습니다. 아아, 이럴 수가, 이러면 안 되는데. 그런 당혹감이었지요. 그런데 안도감도 지나갔습니다. 아냐, 차라리 잘 된 일인지도 몰라…… 아니야, 그래도 이건 아니야. 저는 고개를 저으며 계단을 급하게 내려갔습니다. 정 실장님에게 다시 전화 걸어야겠다고 생각했습니다. 일이 그렇게 된 것입니다.」

12

내가 본관으로 불려간 것은 화요일 오전에 마지막 운항 조정 실습을 마치고서였다.

계단을 올라갈 때 창 너머로 주차장과 솔숲 도로 그리고 오래된 황토색 아파트가 나타났다. 봄에 내가 조깅하다가 회사로 돌아온 듯한 기시감을 받은 곳이 바로 저 아래 길가다.

그때는 실장과 굴국밥을 먹던 방이 이 본관에 있을 것만 같았다. 내 의식이 세상을 본 따서 꾸며놓은 푸르스름한 공간에는 왜인지 우리 연구소와 이 본관이 같은 곳인 것 같다.

나는 홀가분해지려고 하늘을 올려다보다가 발을 옮겼다.

4층 선장실은 다음 선장이 차례로 쓰는 방인데 발사장에 간 알리예프에 이어서 오늘부터는 샤밀이 앉아 있었다. 내년 봄의 우주인 발표가 내일이나 모레까지 바싹 다가온 게 분명했다. 여기서 통보를 미리 듣는 게 아닐까.

그는 오늘 아침 정식 발령을 받고서 짐을 옮겼다고 했다. 책과 비품들은 정리되지 않았다. 경황이 없으면서도 나를 급하게 부른 것 같다. 그는 이제는 아침마다 바실리와 간부 회의에 나가서 지구 궤도 상황에 대해서 브리핑을 받는다고 했다.

"……사실 네 소식을 지난주에 듣고서 너무 갑작스러웠고…… 긴가민가 했어."

그는 조심스러웠고 맏형처럼 진지하게 걱정하고 있었다. 내가 조금 전 모의관제실에 앉아 있을 때 그는 선실에서 나를 보려는 듯이 카메라에 눈길을 두세 번 주었다. 이런 근심 어린 눈으로.

"탑승이 되려고 그렇게 애를 썼는데……." 그는 나를 바라보았다. "나는 너를 믿는다. 너를 내 승무원으로 여겨 왔으니까. 내가 아는 한 너는 그런 복사 뭉치나 만들 녀석이 아냐." 그의 눈동자에는 반달의 그늘이 졌고 콧방울에서 입가까지도 주름이 패였다. 거기서 내게 지닌 연민이 보였다.

"······이걸 옮겨 써서 가져와. 서명을 하고."

"이게 뭔가요?"

나는 서류 한 장과 〈клятва〉라는 제목만 있는 백지, 그리고 서류 봉투를 멈칫거리며 받아 들었다. '끌리야트바'라고 읽는 제목은 서약서를 말하는 것이다.

"읽어 봐."

무슨 일이 있어도 러시아연방의 지적 자산을 보호하겠으며 우리나라로 돌아가고 나서 삼 년간 매년 한 차례씩 유인 우주선 분야의 성과를 정리해서 러시아에 보고하겠다는 내용이었다. 이것은 몰래 보고한다는 뜻인가.

"이미 이야기가 다 됐어. 너를 위한 거야." 내가 당혹해하다가 얼굴이 굳어지는 것을 보면서 그는 경건할 정도로 차분해졌다. "너희에 대한 이런 보고는 솔직히 별 게 아냐. 조금만 생각해보면 우리를 이해하게 될 거야. 결심하고 나서 여기로 가져와라. 내일 오전에. 시간이 없어. 자필로, 지장을 찍고······ 그러면 우리와 함께 아침마다 브리핑을 받고, 봄에는 같이 올라간다. ······무슨 뜻인지 알겠지?"

숨이 멎는 것 같았다. 흰 종이에는 내게 이렇게 요구해서라도 코즈니셰프에게 밀리지 않으려는 데주로프의 오기가 서려 있었다. 내 직감으로는 그랬다.

"······누군가가 너를 조용히 관찰해왔어. 너희는 운행 조종 매뉴얼까지 복사하지는 않았어. 잘한 일이야······." 그

는 순수하게 빌려주었지만 누군가가 우리를 노려보고 있었
다는 말인가? "……나와 바실리는 너를 위해서 온갖 변론
을 다했다……. 안간힘을 다해서…… 이것을 잊어서는 안
돼……. 이제 너는…… 이것만 써오면 돼……."

"……아무도 모르게 하는 보고인가요?"

그는 고개를 단 한번 끄덕였다.

"너의 진심을 보여주려면 필요해." 그는 절도 있고 비감
하게 말했다. "……너를 위해서야."

낮 기온이 영하로 내려간 것 같았다. 나는 예전에 겉모습
만 본 가가린성당으로 가기 위해서 패딩점퍼를 입고서 숲
을 가로지르기로 했다. 센터를 나가서 이십 리쯤 가면 지금
은 밀과 보리농사를 짓지만 예전에 가가린이 숨을 거둔 벌
판이 나온다. 우리는 그것도 모르는 채로 봄에 거기로 하이
킹을 나간 것이다.

숲길의 초입부터 가랑잎이 수북했고 누가 풀어놓았는지
살찐 흰 닭들이 떨어진 열매들을 쪼아 먹느라고 낙엽에 고
개를 묻고 있었다. 소영이와 다영이가 보면 좋아서 쫓아다
니고 안아보려고 할 텐데.

위로는 잎을 떨궈낸 가지들이 무늬처럼 오밀조밀 붐빈
다. 하늘에 느릿하고 푸르스름하게 퍼진 시간이 광활하다.
처음 여기 와서 싸늘하고 고요한 봄 하늘에 감격해했는데.

오늘도 그날처럼 비행운이 가지런히 하늘을 가로지른다.

가가린을 태우고 추락한 전투기의 파편들 속에는 지갑이 들어 있었다. 속에는 40루블, 운전면허증 그리고 은인인 공학자 코롤료프의 사진뿐이었다. 서른다섯 살 난 그의 간과 뇌와 살과 뼈는 삼월의 들녘에 흩어졌다.

그는 내가 공부해온 이곳의 부센터장이었고 대령이었다. 하지만 일꾼처럼 등짐지기를 좋아했다고 한다. 냉장고를 가져온 배달원이 노인인 것을 보고는 자기가 직접 지고 아파트 5층까지 계단을 올라갔다고 한다.

가난한 벽돌공과 소젖 짜던 여자의 아들…… 열네 살부터 공장에서 주물 일을 해야 했던 소년…… 그는 그토록 유명해진 다음에도 왜 그토록 위험한 시험비행사 일을 자청했을까……. 러시아는 그가 죽고 나서야 티토프를 보호하려고 평생 조종을 허락하지 않았다.

나는 이 숲과 들을 지나 그의 성당에 다시 가보고 싶은 것이다. 해가 저물고 나서야 겨우 다다를 것 같아도.

잎새들이 다 지고만 나무는 얼마나 아름다운가.

하늘의 공백을 향해 가지들이 구불구불 그린 그림이라고 해야 하나, 모양이라고 해야 하나, 어쩌면 정지한 듯 느린 동작은 내게 감탄을 줬다. 그윽하고 우아한 것.

턱을 들고 그것을 올려다보면 입이 저절로 벌어지곤 했

다. 나는 늦가을 산책을 나가서 소영이와 다영이도 나처럼 멍하니 나무를 올려다보느라고 뒤처진 것을 여러 번 돌아보곤 했다. 이제는 내가 몇 번씩 그렇게 올려다보면서 얕은 언덕을 오르고 내렸다. 그러다가 푸른 침엽들의 숲으로 들어섰다.

나는 그들이 깨끗한 종이를 준 것이 마음에 들었다. 봉투의 입구에 눌린 채로 붙어 있는 붉은 밀랍도. 그들은 이 일을 귀하게 여기는 것이다. 이제 내가 공백에 서약을 차분하게 써나가면 가지만 남은 나무들이 하늘에 그리는 동작처럼 아름다워 보일까?

아마 그럴 것이다.

그들이 나를 유혹하는 것은 아니다, 결코

내 속의 무엇이 그들을 유혹한 것이다.

그들은 감춰진 나의 미덕을 발견하였다.

그것을 높이 샀고 그래서 나와 같이 일하고 싶어 한다.

나는 감사해야 하지 않을까.

이것이 내가 기다려오던 바로 그런 길인 것이다.

나는 책상 앞에서 머리카락을 쓸고 펜을 들고 숨을 가다듬었다. 언제나 그렇다. 모든 앞날은 지금 나한테서 출발한다.

딱따구리가 나무를 쪼던 소리가 희미해지더니 마침내

사라졌다. 땅에 수북한 잎갈나무잎들이 부드럽게 밟혔다. 내리막 아래 길 저기에 너른 잎들로 된 숲의 언저리가 보였다.

떠나온 회사 사람들이 생각났다. 잘 지내고 있는지? 김동석은 떠났고, 팀장과 실장과 센터장과 다른 사람들은……?

빽빽한 나무들 사이로 해가 마지막 광선을 뻗고 있다. 참새들이 줄을 지어 긴 빛 속으로 스며들었다. 저무는 숲으로 밀물이 들어오는 것 같았다. 여윈 나무들이 사라지듯 거무스레해졌다. 땅거미가 내려왔다.

나는 여기 온 것을 후회하지 않는가?

……아니, 내가 모험을 하지 않고 편안하게만 있었더라면…… 나는 아직 뭘 모르고 있었을 것이다. 바쁘기만 한 바보로 살았을 것이다. 어떻게 살아야 하는지 모르는 채로. 쳇바퀴를 돌면서 가끔 푸념하고 화를 내기만 하는 채로.

지퍼를 내리자 패딩점퍼 속에는 훈기가 돌고 땀이 차 있었다. 나는 안주머니에서 접힌 백지를 꺼냈다. 어둠 속에서도 그것은 하얗다. 그늘이 몇 줄 져 있다.

기숙사에서 그것을 접을 때 내 마음 속의 샤밀이 말했다. 그걸 함부로 다루지 마. 그건 지금 너를 살릴 생명수나 마찬가지야.

숲은 밤에 얼음이 얼 것 같았다. 나는 라이터 불을 켰다. 바로 앞의 호랑가시나무가 눈에 들어왔다. 작고 빨간 열매들. 여전히 생기가 도는 푸른 잎사귀에는 가시 같은 결각들이 나있다. 연하장 그림에서 방금 빠져나온 듯한 모습이다…….

형…… 김태우의 약간 쉰 목소리는 바로 옆에서 나는 것 같다. 저는 형의 모습을 보면서 늘 배우는 것 같아요. 그리고 미안해요…….

하지만 너는 내게 선물을 해준 거야.

내가 종이를 들어올리자 약한 바람이 불어 와 슬쩍 흔들렸다.

팀장님…… 나를 부르는 김유진의 다정한 목소리가 들려왔다. 내가 문초를 겪고 오자 젖은 눈가를 닦던 모습도…… 그리고 자기가 도서관에서 책을 가져온 걸로 하자고 했지.

뒷사람을 옳지 않게 떨궈버리는 일…… 내가 올라온 사다리를 밀어버리는 일…… 이것은 우주와 통하는 마음이 아니야……, 별이 빛나는 칠흑이 아니야……. 이걸 쓰면 나는 결국 무너지리라.

나는 백지의 귀퉁이에 불을 붙였다. 불은 아무것도 쓰이지 않은 흰 종이의 모서리를 따라서 위로 그리고 옆으로 퍼져나갔다. 소리 없이. 불길은 희고, 빨갛고, 노랗다가, 마침내 빛깔들이 모두 어울렸다. 서서히 흔들리고 일렁거렸다. 뒤에서 너울거리는 불이 앞에서도 비쳤다. 종이는 새카맣게 말려 들어갔다.

잘 가라.

내가 놓아주자 종이는 불을 진 채로 가볍게 떠올랐다.

나는 들고 있던 손을 한 번 흔들었다. 작별 인사를 하듯이. 그리고 손을 든 채로 그것을 바라보았다.

앞날은 지금 나한테서 출발한다. 삶에는 승리보다 더 고귀한 것이 있다. 나는 살고 싶은 것이다. 속에서 솟구치는 삶, 진정한 삶을.

종이는 재와 불티를 날리면서 보다 높은 곳으로 날아갔다. 그리고 캄캄한 공중으로 사라져갔다.

바람이 잦아 들었다. 숲에는 나뭇잎이 부식되는 향긋한 약 냄새 같은 것이 생겨났다. 나는 숨결을 끌어당겨서 그 냄새를 가슴 속으로 가져왔다. 나는 라이터 불을 손으로 감싸면서 호랑가시나무를 다시금 비춰보았다.

마음속에도 생겨나는 푸른 잎사귀.

어여쁜 어린 아이의 얼굴이 잠시 잎사귀에 나타났다. 그 아이는 서글프지 않고 나를 보며 웃음을 한껏 머금고 있다. 수영아. 나는 이름을 아껴 불러본다.

나는 기분이 좋아졌다. 길은 어두웠다. 하지만 나는 성당까지 담담하게 찾아갈 수 있을 것 같다. 내가 다다르려고만 하면 밤길에서도 그것은 어김없이 나타날 것이다.

진정한 것, 나는 그것을 갖고 싶었다.

13

다음 날 에디 허셜과 아나톨리 알리예프, 라시드 마르코 프는 바이코누르 박물관으로 찾아가서 역대 우주인들이 서 명해온 흰 벽에 이름을 매직펜으로 써넣었다.

'주디스 레스닉의 명복을 빌며'

에디는 그렇게 덧붙였다. 여자로서는 미국의 두 번째 우 주인이며 챌린저 호 폭발로 숨을 거둔 대학 선배였다. 다음 으로 백업인 로이 하디와 러시아인 두 사람이 이름을 썼다.

그들이 심경까지 기록한 탑승일지를 보면 그들은 이날 기대와 불안이 엇갈려서 목을 물로 자주 축이곤 했다.

그들은 가가린과 티토프가 발사 전야를 보낸 초라한 오 두막집을 찾아갔다. 소박한 담요가 놓인 가가린의 군용 침 대와 나무 의자. 유리 칸막이 안에는 다려진 그의 군복이 걸렸고 군화가 가지런했다.

'내일 저희가 우주로 올라가니 도와달라'고 그들은 마음 으로 빌었다. 수십만 개의 부품 중에 하나라도 고장이 나면 안 되는 일이었다. 그들은 '이번에도 기술공학의 기적이 일 어나게 해달라'고 손을 모아 기원했다.

바깥은 황량한 초원이었다. 돔형 레이더가 솟은 건물들, 가가린의 초상을 타일로 벽에 붙인 낡은 아파트들, 길게 뻗 은 송유관들이 있었다. 껍질이 벗겨진 옛날 우주왕복선 부란이 바퀴도 없는 채로 엎드려 있었다. 옆으로는 낙타들이 터벅터벅 지나가고 흙바람이 불었다.

우주청의 관리들이 초원 한쪽의 격납고로 찾아가서 레일에 얹은 것은 루블화 동전 두 개였다. 누운 오십 미터짜리 로켓을 실은 기관차는 바퀴마다 동전을 납작하게 밟아가며 농마農馬처럼 들녘을 느릿느릿 가로질렀다. 소방차와 기술지원 차량이 레일 아래의 울퉁불퉁한 초지를 오르락내리락 종일토록 퉁퉁거리며 따라갔다.

기관차가 발사대의 화염배출구에 다다르자 유압 기중기가 로켓을 천천히 수직으로 세우고 기다란 철제 팔들이 사방에서 붙잡았다. 기술자와 군인들이 헬멧을 벗고 관리들이 가슴에 성호를 긋더니 기도를 올렸다. 간절하게 빌다가 눈물이 흘러서 소매로 닦는 기술자들도 있었다. 그들은 그러고 나서 연료를 넣기 시작하였다.

저물녘이 되자 차가운 액체산소가 채워진 로켓의 몸통에 얼음이 생겨났다. 땅거미가 내려오는 하늘을 향해 신호를 보내듯이 서치라이트와 강력한 가로등들이 일제히 켜졌다.

우주인들은 자작나무로 둘러싸인 우주인호텔에서 잠들기 전에 오래된 영화 〈사막의 하얀 태양〉을 관람했다. 붉은 군대에서 퇴역한 사내가 바이코누르와 가까운 마을의 주민들을 약탈하는 반란군을 무찌르는 영화였다. 전통이었고 왜 이 영화인지는 누구도 묻지 않았다. "러시아에서는 꿩

장히 유명한 영화야." 누군가가 에디에게 말했다. 관람실에 불이 켜지자 〈고귀한 행운의 여신이여〉라는 주제곡이 흘러나왔다.

이튿날 아침 검진에서 에디는 아무런 이상이 없다는 말을 담담하게 들었다. 곁에서 로이는 말없이 뒷짐을 진 채로 운동화 밑창으로 카펫을 문질렀다. 그리고 그들은 호텔의 홀로 가서 세 사람씩 정교회 신부로부터 축복을 받았다. 신부는 그들의 얼굴에 십자가를 댄 채로 부드러운 솔로 성유를 한 번씩 뿌려주었다. 그런 후에는 샴페인을 한 잔씩 마셨다. 불행을 불러올까 봐 건배는 언제나 하지 않았다.

그들이 버스에 올라타자 우렁차고 오래된 민요가 높고 대담하게 울려 퍼졌다. 운전석 뒤의 칸막이에는 새 우주선의 휘장이 찍힌 스티커가 붙여졌다.

그들은 커다란 에네르기아 건물에 들어가서 탑승자 세 사람에게 결격 사유가 하나도 없음을 확인 받았다. 로이는 홀가분해져서 에디에게 잘 다녀오라고 손바닥을 내보이며 말했다. 백업들은 수심에 찬 얼굴로 앞서거니 뒤서거니 바깥의 전망대로 터벅터벅 걸어갔다.

탑승자들은 우주복을 착용하고 유리벽이 있는 방으로 가서 좌석에 누웠다. 공기로 우주복을 팽팽하게 채워 보는 안전 테스트가 이어졌다. 가족과 기자들이 유리벽에 바싹 다가와 입김을 입히면서 호기심에 찬 눈으로 지켜보았다.

에디의 아들과 아내는 느릅나무들이 서 있는 메릴랜드의 시골 집 거실에서 텔레비전으로 보고 있었다. 우주복을 입고 소파에 누운 아들은 기대로 부풀어 있었지만 어제 수면제를 먹고 잠들었던 아내는 푸석푸석한 얼굴로 남편이 죽는 일만은 없기를 바랐다.

우주인들이 버스에 다시 오르자 뒷문에는 행운을 바라는 실제의 말발굽이 붙여졌다. 들녘에서 한 차례 의식이 있었다. 그들은 버스에서 내려서 우주복의 지퍼를 내리고 바퀴에 오줌을 쌌다. 젖은 풀에서 샴페인 냄새가 섞인 시큼한 지린내가 올라왔다. 가가린 때부터 조종사들이 해왔고 그 후로 누구도 왜 이러는지 묻지 않았다. 지구로 다시 돌아오기 전까지 채뇨기와 콘돔이 없이 소변을 보는 일은 이것이 마지막이었다. 여자들은 의식에서 면제되었다.

그들은 발사장에 내리자 입을 벌려 웃었지만 심장 두근거리는 소리가 새어 나오는 것 같았다. 이제 소유스 북이든 무엇이든 어떠한 이유로도 에디의 탑승을 취소할 수 없었다. 산소 증기가 로켓 주위를 회오리처럼 휘감으며 흘러 다녔다. 그들은 승강대에 오르기 전에 데주로프 위원장에게 경례를 하고 환송객들에게 손을 흔들었다. 불행을 불러온다는 악수는 누구와도 하지 않았다.

선실에 차례대로 눕자 가슴 전체가 아플 정도로 세차게 고동쳤다. 에디는 발사장의 과거를 떠올리며 조금 후에 죽을 확률을 계산해보았다. 가가린이 지구를 돌며 휘파람으로 부른 노래가 흘러 나왔다.

"조국은 안다. 그의 아들이 어느 하늘을 날고 있는지." 선장인 알리예프가 마음으로 부르면서 입술만 움직였다. "조국은 안다. 승리는 쉽지 않다는 것을. 그래도 포기하지 말아라. 올바르고 용감하게 평화의 뜻을 지켜나가라."

천장에는 코알라 인형이 무중력을 맞을 채비를 하듯이 노래에 맞춰서 흔들거렸다. 컴퓨터가 선체를 점검하고 로켓이 가동 준비를 했다. 저 아래 엔진실에 동력이 들어오고, 유압펌프와 노즐이 시험 동작을 하면서 발사대에 세워진 로켓이 부들부들 떨기 시작했다. 크고 작은 진동들이 에디의 등을 두드렸다. 그럴수록 방광이 서서히 부풀어 올랐다.

초원에서 지퍼를 올리고서 물 한 방울도 마시지 않았는데. 이 모든 수분은 어디서 나온 것일까.

초원의 지평선 너머에는 카자흐스탄의 고물상들이 대형 고물 트럭들에 기계톱을 실은 채 하늘에서 일단로켓이 떨어질 자리를 잡느라고 흙먼지를 뿌리면서 달리고 있었다.

러시아는 카운트다운을 하지 않았다. 잔잔한 음악만을 내보냈다. 하지만 조종실은 격렬하게 흔들렸다. 엔진이 가동되고 있었다. 밸브가 열리자 연료와 액체산소가 연소실로 쏟아져 들어갔다. 덜덜거리는 격심한 진동과 시간의 끝을 향해 가는 폭음의 연속. 에디는 마음이 가라앉다가도 가

숨이 턱 막히고 등골이 서늘해졌다. 시야가 캄캄해지고 머릿속에 불길이 이는 느낌, 죽음의 공포였다. 마르코프가 나직하게 신음 소리를 내다가 스트레스로 죽을 것만 같아서 작은 소리로 욕을 뱉었다.

에디는 있는 힘을 다해서 미소를 지으면서 폐쇄회로 카메라를 향해서 손을 흔들었다. 근무력증으로 누운 아들과 만성우울증에 걸린 아내에게 보내는 인사. 사랑한다고, 지켜봐달라고 그는 눈으로 말했다. 눈시울에 눈물이 생겨났다.

죽음과 같은 긴장감이 조종실과 관제소에서 절정으로 치달을 무렵 단호하고 권위적인 관제탑의 저음이 고요한 발사장에 울려 퍼졌다.

"점화!"

부스터에서 섬광이 터져 나왔다. 로켓은 거역할 수 없는 불꽃을 내쏘면서 마침내 공기를 가르고 서서히 부양하였다.

로켓은 이 분이 안 되어 초원의 너머에서 하늘을 올려다보던 트럭 위의 사람들에게 검게 그을린 선물을 보내주었다. 분리된 네 개의 길쭉한 부스터는 금속의 유성들처럼 길고 가파른 획들을 그으면서 드넓은 초원의 흙탕물과 마른 흙에 도끼처럼 내리 꽂혔다.

로켓은 동쪽으로 1만 킬로미터짜리 거대한 활을 그려냈다. 로켓이 파르스름한 하늘을 넘어서자 검은 바깥이 나왔다. 우주선을 감싼 두 쪽의 덮개가 떨어져 나갈 때 폭음은 없었지만 진동이 느껴졌다.

에디는 알껍질에 구멍을 낸 새끼오리처럼 멀뚱한 눈으로 바깥을 바라보았다. 눈앞의 창은 손바닥만 했다. 무한하고 영원한 시공을 바라보며 감동하기에는 너무 작았다. 몸은 떠올랐지만 맥박은 여전히 빨랐다. 방광이 부풀어 올라 신음이 나왔다. 속을 졸여서 콘돔이 헐렁해져 있었다. 하지만 무중력에서는 피가 잘 퍼진다. 그는 콘돔이 맞을 때까지 참고 기다려 볼 생각이었다.

정거장은 저 위에서 돌고 있다. 보이지 않는 길이 철도처럼 기다리고 있었다. 덩어리 진 하얀 빛이 칠흑 속에 눈부신 가시들을 내뿜으며 타오르고 있었다.

14

김유진의 이야기다.

「십일월이 되자 하늘은 수시로 변했어요. 먹구름이 많았고 햇볕 한번 내리쬐지 않는 날들이 이어졌어요. 차가운 안개도 부담스러웠어요. 여기는 저의 마음에 담기지 않았어요.

잎사귀 저버린 마가목 위에 천둥 번개를 머금고 지상을 노려보는 하늘, 감히 그 위로 올라가는 것은 상상도 못 할 하늘, 비상의 의지가 식게끔 찬비를 퍼붓는 하늘이었어요.

정거장의 현실은 조악해요. 누군가가 트레드밀을 달리면 진동이 전해지지요. 태양전지판에 가려서 바깥이 잘 내다보이지도 않아요. 물이 없어 땀이나 소변도 처리해서 마시고. 목욕 대신 젖은 타월로 몸을 닦는 정도지요. 오십 일 동안 같은 옷을 입고 버틴 사람도 있다니까…… 소음은 너무 심해 잠을 자려면 귀마개를 해야 해요. 치솔질을 하고 나면 치약은 속으로 삼키고 대소변을 볼 때마다 불편한 것은 끔찍할 정도예요. 그러면서 바쁠 때는 십 분마다 작업하고 보고하는데…… 관제소에 불평을 안 할 수가 없겠지요.

그렇게 정거장이 싫어지는 때도 찾아오더군요. 탑승도 백업도 허사가 된 다음이었을 거예요……. 저는 그런 식으로 정거장을 혐오하면서 과거와 정을 떼려는 것이었을까요?

하지만 저는 왜 아픈 일을 아픈 그대로 삭이지는 못하는 것일까요? 왜 흠을 찾고 꼬집어야 하는 것일까요? 서서히 멀어지며 어슴푸레 웃고 손 흔들어줘도 되는 일을.

그런 생각이 옐레나에게서 편지를 받고서 문득 들었어요. 할머니가 병상에 누우시기 사나흘 전이었을 거예요. 겉봉에 'Yujin София유진 소피아'라고 쓴 편지는 열 살 정도일까요, 벌집무늬 스웨터에 갈래머리를 한 손녀가 가져와서 내밀더군요. 봉투를 받아 들 때 나타나던 작고 하얀 손.

'……유진, 이제는 자기를 풀어 주세요. 다른 사람도 용

서하는데 왜 자기를 위로하지 못하나요? 도저히 헤어나올 수 없는 감옥은 자기가 만들어요. 이제는 거기서 나와도 돼요.

달을 거닌 사람들은 대단한 모험을 한 것이지만 의외로 달은 가까운 곳에 있답니다. 우리가 다다라야 할 가장 먼 곳은 우리 마음속에 있어요…….'

제 방에서 읽는데 갑자기 눈물이 글썽 맺히더군요. 저는 편지를 마저 읽지 못하고 눈길을 위로 올렸어요.

쇠약한 할머니의 구술을 받아 적는 소녀…… 고사리손으로 쓰는 고불고불한 글씨…… 소피아라는 사람의 얼굴을 상상해보는 모습…… 아까 저를 빤히 올려다보던 그 눈동자를 저는 그제서야 이해하는 것이었어요……. 하지만 부끄럽다기보다는 할머니가 고마웠어요.

'초여름 비가 오고 나면 버섯 남매가 길가에 불쑥 솟아난 것을 보세요. 나는 평생 이것이 신기했어요. 놀라운 것이 바로 여기에 있잖아요. 가녀리고 보잘것없는 것들, 하지만 사랑스러운 것들…… 이것들을 보듬어 안는 마음이 되면 어떨까요? 삶은 큰 것만을 올려다보는 사람을 속이지만 작게 오므라들려는 사람의 등은 두드려주지요…….'

그렇게 따스했던 할머니. 제 하소연을 들어주고 쓰다듬어주던 그 할머니가 결국 돌아가셨어요. 베예리크에서 태어나 수놓는 법과 낙하산 타는 법을 함께 배우고 우주인으로 훈련받은 엘레나 바야노브나 사포노바.

하늘이 스산하게 가라앉은 이른 아침에 체련장에서 돌아오다가 가브릴라와 마주쳤는데 어제 밤에 그분이 돌아가셨다고 말해주더군요. 완쾌해서 내년 봄에는 텃밭에서 다시 당근도 심고 시금치에 거름도 주실 줄 알았는데. 성당의 빈소에 다녀오던 그녀는 눈물을 오래 흘렸는지 눈언저리가 부어 있었어요. 저도 방에 들어와서 보니 길가에서 둘이 부여안고 언제 그렇게 울었는지 눈두덩이 자줏빛으로 두두룩하게 부풀어 있더군요. 빈소로 가는 길 바닥에는 져버린 잎새들 위로 하얀 무서리가 성에꽃처럼 퍼져 있었어요.

할머니는 일흔 두 해의 평생을 내려놓고 주무시듯 누워 계셨어요. 겉에는 흰 칠을 하고 흰 천을 안감으로 댄 소박한 목관이었어요. 검버섯이나 주름이 희미해지게 엷은 화장을 하셨더군요. 여기는 평생 지닌 결혼 예복을 숨지면 입혀준다는데 할머니는 깨끗한 평상복을 입고 계셨어요.

태어나 주검을 처음 본다는 것이 무서워서 여기 관습인 줄 알면서도 줄을 서서 관을 향해 한 걸음씩 나아가는 것이 망설여졌어요. 하지만 막상 앞에 서서 정지한 그분의 표정을 보고는 왠지 감사하다는 느낌이 생겨나더군요. 이유는 알 수 없었어요. 알려고 하지도 않았어요. 그저 감사하다는 마음만이 가득해졌어요.

저는 생전의 할머니의 숨겨진 마음까지는 알 수 없어요. 먹구름 낀 하늘이 싫어서 고개 돌린 적이 있었는지, 저처럼 정거장을 낮춰보고 비아냥거린 적이 있었는지.

하지만 그 얼굴은 말하고 있었어요. 내 모든 것은, 심지어는 내 육신마저도, 이제는 나와 아무런 상관이 없다고요. 흙이나 물이 되건, 바람이나 불로 날아가건.

웃는 듯이 굳은 표정. 한순간에 한계를 이동해서 무한한 영원으로 가버린 얼굴은 저나 그분이 평생 품어왔을 의문마저 내려놓은 것 같았어요.

우리는 어디에서 와서 어디로 돌아가는가.

그 물음 말이에요.

어젯밤 태우 오빠가 짐을 쌀 때 제가 막 쓰던 큰 가방 하나를 들고 찾아갔어요. 역시 짐이 많더군요. 그가 수집해온 것들을 넣어 주다가 선반 위에 뒤로 돌려져 있던 묵직한 게 손에 잡혔어요.

"이건 뭐예요?" "못 보던 거지?"

우리는 동시에 말이 나와 마주 보고 주춤거렸지요. 옛날의 가정용 변압기 같은 낡은 금속상자, 그 속에 든 지구본이 덮개의 한쪽으로 반쯤 비어져 나온 것이었어요.

"여기 우주인들이 옛날에 쓰던 거, 지금 어디쯤 날고 있고 비상시에는 어디에 내릴지 알아보던 거야……."

저는 웃음이 나오려는 걸 참았어요. 그것은 아날로그의 유물이라 하기에도 뭣할 만큼 원시적으로 보였거든요.

"세상에…… 고기잡이배도 아니고. 우주선에서 이걸 쓰다니……."

그는 말없이 웃으면서 고개를 끄덕거리더니 짐을 계속 꾸렸어요. "그렇지…… 그래도 재밌는 거야." 혼잣말하듯이 나직하게 말하면서. 창밖으로는 가랑눈이 희끗희끗 비치다가 말았어요.

저는 뭔가 더 얘기해보려다가 우리가 지금 마음은 가까운데 감정의 타이밍이 안 맞는다는 생각이 들더군요.

하지만 저는 부러웠어요……. 이 사람이 한길에 몰입하는 열정과 집중력이요……. 그리고 조심스러웠어요. 집에 가야 하는 아픈 마음을 다치게 하지나 않을까.

우리는 그간 서먹해지지 않을까 서로 챙겨주고, 그러다가 예민해지고, 그게 부담스러워서 좀 멀리하고…… 그래 왔지요. 어울리면서 겨룬다는 것. 이것은 너무나 힘들었어요.

하지만 저는 나중에 그를 그리워할 것 같았어요. 진우 오빠도요. 좋은 사람들, 든든한 사람들이었어요. 이 사람들이 계속 남아 있는다면…… 마음이 놓일 텐데…… 우리는 지난 한철 얼마나 열심이었던가요……. 저는 마음이 축축해져서 먼지 나는 침대 모서리에 하염없이 앉아 있었지요. 진우 오빠가 짐을 다 쌌는지 전화를 걸어오더군요.

"가볍게 맥주 한잔 하자."

"유진씨도 여기 있는데."

"그래, 우성이 형이랑 같이 다."

그것이 부러웠어요. 저는 도리어 길에 갇힌 것 같고 그들은 풀려난 것 같았어요. 거의 생각해보지도 않았고 처음 겪는 느낌이었어요. 그렇게 바라던 탑승이 참 이상한 형태로 제게 실현된 것이었어요……. 결과가 완전히 달라질 수 있어서였을까요? 저는 왠지 그들에게 미안하고 고마웠어요.

카페로 옮겨가고 작별을 남겨둔 얘기들을 두런두런 나눴지만 내내 아쉽고 애틋하지만은 않았어요. 그이들에게 마지막으로 쏘아붙인 일이 후회가 돼요. 진우 오빠는 무중력에서 실험하면서 주의할 일들을 타이르듯이 말해주었지요. 그러다가 덧붙이더군요.

"솔직히 걱정된다……. 무슨 말이냐 하면…… 대중 앞에 여자가 노출될 때는 위험한 게 있어……."

"그런 말씀하지 마세요." 저는 그를 똑바로 쳐다보았어요. "왜 가끔 그런 편견을 가지고 저를……." 제가 과민해진 것일까요.

"……지금은 네가 이해하지 못할지 몰라……." 그는 차분했어요. "하지만 미디어에 노출되고, 너 아닌 이미지로 왜곡돼서 퍼지면…… 상처받을지 몰라……." 왠인지 저를 얕

잡아 보거나 욕하는 글들이 웹에 나타나고 있었거든요. 그는 그런 것을 말하고 있었어요. "너의 분신은 없어⋯⋯. 누구도 너를 도와줄 수 없어⋯⋯. 나는 물론 너를 지지한다. 나는 너를 지켜줄 거야⋯⋯. 우리 모두 같은 마음이야⋯⋯. 하지만 너 스스로 단단해져야 해⋯⋯. 나는 그걸 걱정하는 거야⋯⋯. 이겨내야 해. 용기나 인내심만 가져서는 안 돼⋯⋯. 지혜를 가져야 해. 없다면, 가지려고 갖은 애를 써야 해⋯⋯."

그에게는 그런 힘이 나타나요. 끌어안거나 품어주는 힘이요. 중력 같은 힘 말이에요. 늘 그런 건 아니었어요. 하지만 차츰 차츰 강해졌어요. 우리는 그런 힘이 너무 없는 곳에서 살고 있잖아요. ⋯⋯밀치는 힘, 내쫓는 힘, 책임지지 않는 힘⋯⋯ 그런 게 많잖아요. 하지만 그는 다른 힘을 보여줄 때가 있었어요. 저는 고개를 끄덕일 수밖에 없었어요. 그 밤은 그렇게 지나갔어요.

우리는 무중력에서 오래 살 수가 없어요. 지상으로 돌아와야 해요. 제 생각은 평범해지겠다는 것이에요⋯⋯. 우리는 평범했지만 앞날로 나아가는 이런 팀워크를 통해서 비범한 데까지 갈 수 있는 거예요. 우리는 한때 대단한 것처럼 주목받을 수는 있지만 비범한 듯이 오래 남을 수는 없어요. 때가 되면 평범으로 돌아와야 해요⋯⋯. 그러려면 연민을 지녀야 해요. 간발의 차이로 저의 뒤에 서야 했던 사람들에게…… 그들은 더 헌신적이어서, 그리고 어쩌면 운이 없어서 뒤에 섰을 수도 있으니까요. 우리는 다들 발사장에서 불운의 질투를 피하려고 얼마나 노심초사하는지 이미 지켜봤잖아요. 제가 그런 마음일 때 설령 모나고 모자란 곳이 있어도 남들이 보살펴주려고 하지 않겠어요? 이것이 제가 이진우라는 사람에게서 배운 것이에요.

아침 일곱 시나 되었을까요. 바깥은 아직 캄캄했어요. 파카 차림으로 기숙사 현관문을 열었는데 눈발이 한꺼번에 비스듬히 쏟아져 들어오더군요. 홀 바닥에 하얗게 내려앉아 그대로 녹을 시간을 기다리는 눈송이들.

아, 오빠들이 오늘 나가는구나.

그이들이 여기에 남고 싶어 하는 마음이구나.

열린 문이 닫힐 새라 비집고 들어오는 눈송이 하나하나. 저는 서글퍼져서 문을 연 채로 한참 내려다 보았어요. 저의 가슴으로, 팔 아래로, 다리 사이로 들어오는 눈송이들…… 문을 피하며, 문설주를 스치며, 기어코 들어오려는 간절함을 막는 듯해서…… 차마 닫지 못하고 손잡이를 쥐고 하염없이 서 있던 아침이었어요…….

바라보니 승합차가 마당으로 들어오더군요. 헤드라이트 불빛은 눈을 비추고. 그이들을 공항으로 데려갈 차였어요.

"……나와 있었구나." 우성이 오빠 목소리가 들려서 돌아보니 그이들의 짐 가방을 들고 있더군요. 그이들도 캐리어와 큰 가방들을 끌고 복도에서 나오고.

"우리 간다……." 진우 오빠는 수염을 깎지 않았고 눈동자에 피로의 기미가 있었어요. 멋쩍은 듯이, 환하게 웃어 보였어요. 입가에 주름이 한 줄 생기는 웃음.

"……잘 지내……. 목도리 하고……." 목이 쉰 듯한 태우 오빠도 홀가분하게 웃고 있고.

승합차가 꽉 차도록 짐이 들어갈 무렵에 멀리 교수동 앞으로 리무진 버스가 다가와 서더군요. 저와 우성이 오빠, 그리고 교수님들을 타밀리노로 데려갈 차였어요. 우주복 만드는 회사가 있는 곳…… 떠나고 남는 사람들…… 이 차와 저 차를 탈 사람들이 달랐는데.

"이거 가다가 드세요." 종이 백을 들어올리자 봉지가 요란하게 바스락거렸어요. 저는 무안해졌습니다. 좀 전에 구운 토스트와 귤, 우유가 든 것이었지요.

"고맙다. 계란까지 구웠구나……."

"이러니까 누나 같네……. 잘 먹을게."

"부탁하신 것들은 제가 잊지 않을 게요……."

"그래, 고마워." 진우 오빠는 홀가분한 표정으로 웃음을 머금었습니다.

"새 연구소로는…… 다음 주에 출근하세요?"

"보름쯤 쉬려고. 집사람 혼자 고생 많았는데. 뭘 좀 해줘야지."

"예전 직장 분들이랑 같이하려니까 마음이 편하시죠?"

"그래. 마음이 편해. 잘 될 것 같아……."

우리는 다음 말을 못하고 주춤거렸어요. 하늘은 희푸르
스름하고 보푸라기 같은 눈이 전선을 넘나들었어요. 밭고
랑은 벌써 눈이 함초롬히 덮었고. 우성이 오빠는 열쇠와 비
품을 관리실에 대신 반납하고 돌아왔어요.

"유진아……." 진우 오빠가 나직하게 말했어요. "우린 여
기까지야."

저는 속이 떨렸어요. "잊지 않을게요. 고마워요……."
……팀장님, 하고 부르는 소리가 속에서 생겨났어요. 갑자
기 눈가가 뜨거워져서 입을 다물었어요.

"이제는 니가 탑승이고…… 니가 팀장이야……."

"너하고 형이 바통을 받은 거야……. 잘 할 거야……. 믿
어." 태우 오빠가 말했어요.

"……다시 만나요. 내년에…… 꼭이요……."

"그래, 다녀와서 들려줘. 네가 가본 세계를……."

"예…… 말씀드릴게요. 빠짐없이……."

멀리 구름장 사이로 동이 트고 있었어요.

승합차 문이 단단히 닫히고. 마주 보며 손을 흔들고. 차
는 눈이 잔뜩 앉은 뒷유리창을 보이며 멀어져 가더군요.

우성이 오빠가 제 곁에 와 섰어요. 해는 구름 너머에서

회색 무늬처럼 번져갔어요. 나머지 하늘은 먹물처럼 가라
앉아 움직이지 않았어요. 눈은 굵어지고. 차가 멀리서 사라
져 갈 때 목소리가 들려왔어요.

　너는 훨씬 멀리 날아가야 해.

　눈이 내려오는 저곳에 하늘이 있었어요.
　그리고 구름장 너머의 하늘이 보였어요.
　그 바깥의 칠흑도요. 맑게 개인 밤마다 올려 보던 장대
한 광경, 매일 밤마다 하늘을 옮겨 다니던 수백 개의 별자
리들, 비스듬히 기울어져 금세 가슴에 쏟아져 내릴 것 같던
수 억 개의 금모래들⋯⋯그 무한을 저는 올려다보았어요.
　그 속에 제가 있었어요.
　다시 만난다⋯⋯. 그 목소리가 제 속에서 소중하게 퍼졌
어요.
　우리는 만나서 손을 잡을 거예요. 다시 흥겨워질 거예요.
　저는 저의 세계를 그들에게 돌려줄 거예요.
　고요 속에 그이들과 만날 날을 기다릴 거예요.
　모든 소리는 고요로 끝나지만
　고요에는 끝이 없지요.
　우리를 둘러싼
　저 무한처럼.」

에필로그

하늘의 바깥

나는 왠지 모르게 그리움 같은 것이 밀려올 때마다 자리
에 멈춰 서서 밤하늘을 올려다본다.

　일하러 나간 강원도 산간의 옥수수 밭에서, 해변의 물거
품에 발을 담그고서, 강변도로를 자전거로 한참 달리고 나
서, 아이들과 함께 간 야영장에서…… 랜턴이 하나둘 꺼질
무렵, 잊었던 일들을 떠올리듯이 고개 들어 캄캄한 공기의
저 너머를 바라본다.

　밤새 노란색이거나 주홍색인 하늘을 생각해본 적이 있는
지. 그것은 온통 노란색이거나 주홍 글자로 찍힌 책을 읽는
것과 같다. 그런 불빛의 극장이나 공연장과도 같다.

　검정은 편하고 어떤 생각이든 훼손 없이 고스란히 담
을 수 있다. 검은색의 하늘에는 끝없는 광막함으로 들어가
는 깊이가 있다. 소리 없는 소리가 들려 나오는 깊이. 그래

서 그 칠흑에는 위로가 있다. 땅 위의 슬픔에 대한 연민이 하늘에 가득 차서 캄캄한 무명無明이 되기 때문이다. 그것이 푸르름 너머의 하늘의 본래 모습이다. 티끌 같은 별들은 밤이 되어서야 겨우 자기를 드러낼 수 있다. 그래서 그 검정 아래에 서면 누구나 차분해질 수 있다. 무섭지 않고, 오히려 따스한 검정색. 이토록 짙디 짙은 어둠 아래서 까맣게 잠들고 나서야 아침이면 찾아오는 온갖 색깔들을 다시금 즐길 수 있다고 말해주는 색, 캄캄하게 포옹하는 색.

그런 밤하늘에는 늘 우리를 굽어보는 광대한 골짜기가 있다. 무리 지어 일렁이듯 밤을 가로질러서 희미하게 빛나는 알갱이들. 어떨 때는 숨결 같고 어떨 때는 노래 같고 어떨 때는 모두가 커다란 눈망울 같은. 어떤 것은 백억 년 전의 빛이고, 어떤 것은 이제 막 움튼 빛.

그 별 하나하나를 바라보면 언저리에 반짝거리는 푸르스름한 기운을 두르고 있는 것 같다. 검정 속에 누군가가 나를 부르고 있는 것 같다. 별 한 귀퉁이에서 누군가가 내가 선 자리를 바라보고 있는 것 같다. 마치 지금 내가 별들을 보고 있는 것처럼. 그의 얼굴이 궁금해서 애틋한 마음으로 한참을 바라다보면 머나먼 그는 다름 아닌 내 모습을 하고 있고.

밤의 은하는 우리 위에서 서서히 돌아간다.

아무리 보잘것없는 삶이라도 그 아래에서 함께 한다.

가끔 혼잣말을 하곤 했다. 평행우주…… 우리보다 일 초씩 앞서가는 세계나…… 일 초씩 늦게 오는 세계에서는 네가 탑승했을 지도 모르지. 미련이 생겨나서 인 것 같았다.

페레스트로이카가 조금만 늦게 시작했더라면, 아니, 몇년만 일찍 벌어졌더라면, 어떻게 되었을까. 군인 출신 조종사들이 훨씬 더 일찍 뒤로 물러나서 거기가 두 갈래로 갈라지지 않았더라면, 아니, 여전히 힘차게 실권을 움켜쥐고 있었더라면. 그것도 아니라면 그들이 윤리위원장 자리만은 가지고 있었더라면. 흐름이 어떻게 달라졌을까? 아니, 내가 그 복사본을 수영장의 옷장에만 놓아두었더라면?

겨울에 설해목 한 그루가 넘어진 자리만 바뀌었어도 여름에 산사태가 없었을지 모른다는 상상이 저절로 떠오를 때면 나는 슬며시 웃음이 생겨나고 고개를 흔들고는 했다.

그러면서 가가린센터가 그리워질 때가 있었다.

대낮이 어두워지더니 천둥 번개와 폭우가 쏟아지던 여름날은 태양이 스무 시간이나 떠있었다. 눈이 올 듯 말 듯 하던 겨울밤은 밀물처럼 상공에서 내려와 열여섯 시간이나 이어지고.

샤밀 선장이 생각나기도 했다. 남자다운 저음과 너그러움, 그리고 쾌활한 활기와 사람을 감싸고 붙들려던 따스한 마음. 본관에서 그에게 고별인사를 하고 계단을 내려오자, 아빠를 찾아 왔는지 귀마개를 하고 파카를 입은 여자 아이가 차에서 내려 말총머리를 흔들며 달려오던 기억. 내 곁을 지날 때의 그 흔쾌한 진동. 나는 왠지 그 아이가 샤밀의 딸인 것만 같았다.

그날 대로로 내려가 착잡한 마음에 가랑눈이 앉은 은행잎을 밟으며 한참이나 걸었지. 공기는 싸늘하면서 축축했고. 회색의 골짜기와 등성이를 거느린 무한한 구름장은 일대를 덮듯이 구불구불 내려오고. 전나무와 가문비가 빽빽한 서쪽의 흑림 너머로는 희푸르스름한 연기가 가물거리며 연신 하늘로 올라갔지. 그리고 우리 넷이서 그 숲을 가로질러 성당으로 찾아갔던 그 기쁜 봄날이 생각나기도 했다.

샤밀과 바실리는 정거장으로 올라가서 여섯 달 동안 일하고 시월에 내려왔다. 사샤는 그 이듬해 교체 우주인으로 올라가서 오랜 희망을 이뤘다. 그해에 샤밀은 대령으로, 바실리는 중령으로 진급했다.

나는 직장 생활로 돌아오고 난 후에도 거기서 만난 러시아 사람들이 모습만 바꿨을 뿐이지 바로 내 곁에서 일하고 있다는 느낌을 받곤 했다. 주름이 선 미간에 불쾌한 얼굴의 데주로프, 안경알을 닦으면서 생각에 예리하게 잠기던 코즈니셰프, 선장으로 탑승하려고 서로 치열하게 견제하던 샤밀과 빅토르, 앞치마에 담긴 토마토를 나눠주던 옐레

나 할머니, 승진하려고 그렇게 노심초사하던 바실리와 사
샤…….

　내가 직장에서 사람들과의 관계에 깊이 빠져서 희로애락
을 나누다 보면 바로 곁에서 일하는 상사와 동료들이 꼭 그
들처럼 생각될 때가 있었다. 마치 내가 가가린센터의 본관
을 보고서는 내 직장 생태보호연구원을 떠올렸듯이. 나는
그다지 멀리 떠나가거나 그다지 먼 곳에서 돌아온 것이 아
니었구나, 삶이란 무엇이며 어떻게 살아야 하는지 한결같이
생각하며 살아오고 있었구나, 그런 느낌을 받는 것이었다.

　그러면서 그들 틈에서 어떨 때는 성처럼 쌓아 올린 실력
이 중요한 듯싶다가도 또 어떨 때는 그것을 흔들고 지나가
는 땅울림이나 태풍은 어떻게 해야 하나, 여전히 근심스러
워지곤 하는 것이었다.

　김태우는 미국으로 건너가서 학교와 고더드센터에서의
일에 다시 몰두했고 이 년 후에 위성 시스템을 전공한 박사
가 되었다. 그가 학위 수여식 날 검은 가운을 입고 가족과
찍은 사진에는 삽살개 초롱이가 살며시 앉아 있었다. 그는
친구 하이만의 배려로 패서디나로 건너가서 연구소에 자
리 잡았다. 하지만 서너 해 일하고 나서는 한국으로 돌아올
거라고 말했다. 그는 "무대 바깥에도 배역이 있다"고 했다.
"형, 나는 공연장을 만드는 배역이야. 우주만 한 공연장."

하고 화면 속에서 말했다. 그 얼굴은 슬픔을 이겨낸 것인지 나를 위로하는 것인지 알 수 없었다.

그리고 그들의 머리카락을 한 올씩 실은 뉴허라이즌스가 발사되어 구 년 후에 명왕성을 지났다.

나와 그가 가가린센터를 떠나고 나서 이듬해 삼월 탑승자는 정우성으로 바뀌었다. 김유진이 모스크바를 휩쓴 독감에 걸려서 열흘째 회복되지 않았기 때문이었다. 하지만 그녀가 정상으로 돌아오자 이번에는 정우성이 수영장에 다녀온 저녁부터 독감을 앓기 시작했다. 그녀는 그저 해프닝을 한번 겪은 것처럼 탑승자로 다시 정해졌다. "이게 뭐야? 다 한 번씩 되었다가…… 한 번씩 낙마하네." 김태우가 그렇게 전화하자 우리는 너털웃음을 터뜨렸지만 곧 조용해졌다. 그들은 또 얼마나 애를 태운 사연들을 갖게 되었을까.

그녀는 사월에 정거장으로 올라갔다. 첫날 밤 잠에 들기 전에 그녀는 선창의 바깥을 내다보며 조심스레 전화를 걸었는데 희고 푸른 공 어딘가에 숨어 있던 호리호리한 동생이 꼭 셀카의 동영상처럼 나타나서 두런두런 인사말을 주고받았다. 서로 건강을 염려하는 말이 오간 다음에는 어디어디가 보여? 하는 물음과 답이 오갔다. 그들은 음성도 비슷했다. 다음 날부터 그녀는 시간과 피로에 쫓기면서 이어간 그곳의 수십 가지 과제와 실험에서 많은 성과를 거두었다. 하나의 학회가 그 결실을 이어받기 위해서 만들어졌다. 그녀가 다녀와서 블로그에 올린 글을 우리는 빠짐없이 읽었다.

"땅에 내려앉은 귀환선의 해치는 열리지 않았는데 우리는 벌써 몸무게를 느낄 수 있었어요. 무중력의 감각이 사라져서 아쉬웠지만 우리를 환대하는 그 무엇이었어요. 내가 이 정겨운 땅에 돌아왔구나 하는 느낌이 차올랐어요. 생의 느낌, 내 발이 땅에 탁 닿는 느낌, 내 원래 삶으로 돌아온 느낌, 그래서 아직 열리지 않은 귀환선 안에서 가슴이 먹먹해졌어요."

내가 가가린센터에서 떠나기 전에 그녀가 평범에 대해서 말했던 것이 기억났다. '우리는 무중력에서 오래 살 수가 없어요. 지상으로 돌아와야 해요. 우리는 잠시 비범한 듯이 주목받을 수는 있어요. 하지만 때가 되면 평범으로 돌아와야 해요.' 나는 그 말을 처음 들었을 때부터 마음에 들어 했고, 그녀의 안착을 보고 나서는 내 것이 된 것 같았다.

그리고 언젠가 그녀를 만나면 해주고 싶은 말이 생겨났다. 너는 오로지 너의 힘과 지혜와 태도로 너의 길을 열어 간 것이라고. 누구나 사랑할 수밖에 없는 의지와 기량으로 그 어떤 시샘도, 비웃음도 이겨냈다고. 너는 스스로 속을 다졌고 너무나 겸손했다고. 나는 너를 볼 때 살아가는 위안을 느끼고, 마음 가득히 흐뭇해진다고.

정우성은 발사 직전의 검진까지 그녀와 함께 움직였다. 그는 희망의 고문을 당하는 사람처럼 보이지 않았고, 의연했다. 그녀의 로켓이 발사될 때는 재킷으로 갈아입고 발사 장면을 디카로 찍어두었다. 그녀가 돌아오자 사진들을 기념으로 건네주었다.

그는 강연하면서 가능성에 대해서 말할 때 가장 기쁘다고 했다. 그리고 영국에서 이십사 년 만에 두 번째로 우주인이 생겨나자 우리의 일처럼 기뻐했다. 그는 반듯한 이마와 매끈한 입가에 희미한 잔금이 생겨나도 여전히 사람을 끄는 힘이 있었다.

"시간이 문제이지 두 번째, 세 번째 우주인은 나오게 돼 있어. 너무나 자명한 일이야. 결국은 수백, 수천 명이 다녀오겠지. 우리는 교두보를 만든 거야."

그래, 우리는 하늘의 바깥과는 아무런 인연이 없던 긴긴 시절을 다 쓴 로켓 엔진처럼 마침내 떨궈냈다. 우리는 개인적인 동경에서 이 일을 시작했지만 나중에는 우리 모두를 위한 가능성의 교두보를 만들었다. 그는 계속 말했다.

"희망은 말이야, 날개가 달려서 떠나간다. 하지만 있지, 어느 날 갑자기 힘차게 돌아오기도 하는 거야." 그는 상상에 젖은 눈빛으로 새라도 찾는 것처럼 하늘을 올려다보았다. 청계천에서 나를 만난 십이월 마지막 날의 저물녘이었다. "두 번째 우주인 말이야……. 내가 아니라도 좋으니, 누구라도 다시 올라갔으면 좋겠어, 만일 간다면 네가 가야겠지, 저 바깥으로…… 저기 하늘의 바깥으로. 더 큰 일을 등에 지고, 손에 들고."

"형." 나는 눈시울이 축축해졌다. "이제는 저 아이들이 기회를 가져야지."

우리는 제야의 밤을 맞기 위해 세종로와 조계사 탑골공원 쪽에서 보신각을 향해 몰려드는 청춘의 인파를 말없이 바라보았다. 그러다가 한발자국씩 그 속으로 스미듯이 들어갔다. 그도, 나도 나이 들어가고 있었다. 그는 옷깃을 세우고 하얀 입김을 내뿜었다. 나는 장갑 낀 손으로 귀를 감쌌다가 목도리를 여몄다. 곧 눈이 올 것 같더니 마침내 싸락눈이 희끗희끗 날리기 시작했다. 그리고 우리는 조금씩 서로의 중력이 부르는 대로 떠나가고 있었다.

정우성이 페이스 북에 이런 글을 쓴 것이 기억난다.

"태양의 그 모든 불꽃들을 뭉쳐서 둥근 공으로 빛나게 하는 힘이 바로 중력이다. 태양처럼 행성들을 데리고 홀로 사는 별도 있지만 별 두 개나 세 개가 중력으로 묶여서 쌍둥이나 남매들처럼 사는 경우도 있다. 서로 늘 힘을 미치면서. 이 모두에게는 중력이 삶의 조건이고 운명이다. 별들이 생겨나고 자라나고 무너지는 생로병사를 중력이 다 맡아서 다루는 것이다.

사람도 너와 나, 우리는 무게 없이는 살 수가 없고 무게
가 있는 곳에는 중력이 있다. 중력은 바람과 강, 밀물을 당
길 때는 공평하지만 한 사람, 한 사람을 찾아갈 때는 오로
지 개별적일 뿐이다. 버릴 과거는 없다. 아무도 모르니까.
피할 미래도 없다. 씨앗이 움트고 있으니까. 운명을 사랑해
라. 그리고 가능성을 시험해봐라. 나아간 만큼 너의 인생이
된다. 다시 일어난 만큼 너는 강해진다. 그러니 반드시 생
각해라. 이것이 끝이 아니라고. 너는 더 멀리 날아가야 한
다고."

나는 그것은 나의 생각을 쓴 것이고 나의 마음을 옮긴 것
이라고 여겼다.

나는 사내 등산반 사람들과 김동석이 주축이 되어서 세
운 연구소에 입사했다. 그들은 바위에 붙는 홍합을 소재로
접착제 시제품을 만들어서 큰 투자를 받았는데 이제는 유
리벽에 붙어서 잠을 자기까지 하는 도마뱀붙이를 응용해서
접착제를 시도하고 있었다.

내가 출근하는 첫날에는 예전의 등산반 회장 선배가 우
리 집으로 찾아와서 나를 태우고 갔다. 등산용품들을 싣기
좋게끔 그의 차도 짐칸이 널찍한 것이었다. "이제 우리는
두 번째 직장 동료야." 그는 내가 조수석에 앉아서 문을 탁
닫는 것을 보고서 말했다. "보통 인연이 아니지." 그는 씨

익, 하고 소리라도 날 만큼 입꼬리를 올려서 웃었다. 잠시 보이는 희고 고른 치아.

용인에서 서울로 가는 차로 변, 멀리 너른 밭에서 마른 풀을 태우는 연기가 희끄무레하고 비스듬하게 솟아올랐다. 하늘에서는 이른 아침의 회색 구름이 서서히 물러나면서 맑고 파르스름한 겨울 하늘이 드러나고 있었다.

나는 새 연구소에서 왜 나를 스카우트했는지 여전히 궁금증을 가지고 있었다. 그 무렵 갖가지 벤처가 활기를 띠고 있기는 했어도, 그들은 생태보호연구원에 있을 때 내가 받던 돈의 두 배도 넘는 연봉을 보증했던 것이다. 내가 이해하는 것은 가가린센터에 들어가고 나서 내가 상당히 유명해졌다는 것이었다.

그는 신호대기를 하면서 차창 앞을 지나서 멀리 떼 지어 숲을 향해 날아가는 새들을 눈여겨보았다. "지난달에는 정선에 갔다가 패러글라이딩을 했어. 전혀 해볼 생각이 없었는데. 거기서 업체를 하는 선배가 권해서." 파란 신호가 들어오자 그는 액셀을 서서히 밟으면서 추월 차선을 벗어났다. "그런데 실제 해보니까 겉보기보다 철학이 있는 스포츠였어. 바람을 거스르지 않는다는 기본 정신이 있었어." 그는 그렇게 말했다.

"하지만 말이야 실제 새를 보면 꼭 그렇지도 않아." 그는 무슨 말을 하고 싶은 걸까? 나는 그를 슬쩍 돌아다보았다.

"바람이 매섭게 불 때도 거기로 날아가는 새들이 있어. 매가 그런 새야. 회오리바람을 탈 때도 있지. 그러다가 천길 만길 떨어져 내리기도 하고, 자칫하다간 죽을 수도 있는 거야. 하지만 그 고비를 넘어가야지 진정한 매로서 태어나는 거야. 수천 미터 상공에서 활공하다가도 갑자기 목표를 향해서 수직으로 내리꽂히는 비행을 하게 되지. 끝까지 가본 체험에서 그런 힘이 나오는 거야. 마음을 비우고 날아가는, 아무런 거리낌이 없는 힘이지."

그리고 우리는 어떠한 말도 없었다. 그는 무심한 듯이 속도를 높이며 정적을 갈랐다. 나는 정지한 마음의 바닥이 비워져 오는 느낌을 받았다. "너는 끝까지 가보았으니까." 그는 조금도 시선을 돌리지 않고서 두 팔로 핸들을 굳게 잡은 채로 말했다.

너는 끝까지 가보았으니까. 그 말이 마치 성큼 걸음을 내딛듯이 나에게로 들어왔다. 너는 끝까지 가보았으니까……
꿈이 스러져가도 최대치를 다했으니까……

……다시 시작할 수 있는 거야.

나는 이전의 연구원에서 시도하다가 접어버린 렉티놀라제의 실체를 알아보기 위해서 분자 단위에서부터 연구하는 팀을 꾸렸다. 무중력에서 이것을 생성해보면 어떤 새로운 가능성이 나올지 시험해보고 싶었다. 연구가 깊숙하게 진

척되어서 어떤 실험 과정을 설계해내고 나면 샤밀이나 바실리에게 연락을 할 생각이었다. 그런 생각을 김동석에게 털어놓자 그는 내 얼굴을 보면서 둥그래진 눈에 입 꼬리를 올려서 웃었다. "너는 생각의 규모가 달라진 것 같아." 그는 늘 그렇게 나를 북돋아준다.

연구가 서서히 진행되던 그해 봄에 나는 막 우주에 다녀온 김유진이 포장해서 보낸 상자를 받았다. 김동석과 함께 실험실에서 팔을 괴고 두런두런 상의를 하고 있는데 사환 학생이 가져온 것이었다.

자그맣고 단단한 상자를 열어 보자 그녀가 사인펜으로 정성스레 이름을 쓴 시디가 담겨 있었다. 파르스름하게 자전하는 지구를 그녀가 내려다보며 찍은 동영상이었다. 김동석이 전체 화면으로 확대시키자 마치 일부러 그려 넣은 것처럼 순수한 푸른 공이 흰 구름을 거느리고 정거장의 태양전지판 아래로 흘러가는 모습이 선명해졌다.

이어서 그녀는 카메라 렌즈 앞으로 작은 알루미늄 함을 들어 보였다. 그것을 고스란히 들고는 선실 한쪽의 둥근 창문 같은 것으로 가져갔다. 조리개가 열리자 그 안쪽의 배출구는 아직 꽉 닫혀 있었다. 그녀는 함 뚜껑의 잠금을 살짝 풀어서 그 안에 놓고는 조리개 문을 밀폐시켰다.

고마워, 하고 나는 마음으로 말했다.

그리고 그녀가 그 옆의 선창으로 옮겨가서 렌즈를 창에

바싹 붙이자 마침내 그 작은 함이 캄캄한 바깥으로 서서히 빠져나오는 것이 보였다. 바람도 중력도 와 닿지 않는 함은 오로지 관성의 힘만으로 정거장과 나란히 날아가면서 하얗게 타오르는 것처럼 보였다. 태양광이 와 닿는 것이었다. 그리고 뚜껑이 열려서 조금 벌어진 입구에서부터 잘고 부드러운 흰 가루들이 마치 노래를 하듯이 출렁이며 솟아올랐다.

보이니? 저 아래가. 네가 식구들과 살던 곳이야.

나는 마음으로 말했다.

빛을 받아서 하얗게 반짝거리는 유분은 새가 날개를 펴듯이 흩어졌다. 그리고 더 넓고 고르게 펴져서 내게는 그것이 척추가 뚜렷한 가오리처럼 보였다. 그러더니 마치 바람이 쓰다듬는 모래밭처럼 그 표면이 서서히 나부끼면서 출렁거렸다. 그리고는 내 시야의 저 소실점 속으로 사라지기 직전에 한순간 떡잎처럼 선명하게 모여들었다. 그리고 내게는 너무나 선명한 잔영을 남기면서 시간의 다른 차원으로 스며들어갔다.

수영아······. 나는 나도 모르게 화면에 내 손바닥을 갖다 댔다.

나는 할 말을 찾지 못해서 의자에 앉은 채로 물끄러미 화면을 바라보다가 손등을 눈시울에 갖다 댔다. 김동석이 김이 오르는 둥굴레 차를 가져왔다. "마셔, 이거 좀."

그러고 나서 그 상자를 다시 살펴보자 잉크병 하나가 겨우 들어갈 만한 더 작은 상자가 들어 있었다. 가득 찬 흰 솜을 헤쳐 보자 동그란 반지가 숨어 있다. 이니셜인 듯이 헬멧인 듯이 'G'라고 자그마하게 쓰여 있었고 아무런 장식이나 무늬도 없이 구리로 만들어진 것이었다.

그것은 가가린센터의 선배들이 우주에 처음 다녀온 후배에게 만들어 주는 하나뿐인 선물—가가린 기념반지였다. 그것을 포장하는 한 사람이 생각났다. 단정하고 간결한 진심. 이 무한한 시간과 공간 속에서 우리는 이 한순간 이 작은 것을 서로 주고받을 수 있구나. 소박하고 단단한 원의 촉감. 나는 그것을 쓰다듬어 보다가 콧날이 시큰해졌다. 가슴에서 물처럼 차오르는 것이 있더니 참아왔던 눈물이 맺혀서 나는 한참 동안 말없이 서 있었다. 나를 달까지 날아가게 해줘요, 목성과 화성의 봄이 어떤지 보게 해줘요……. 옛날의 노래 가락이 들릴 듯 말 듯 애틋하게 귓전으로 지나갔다.

나는 그 반지를 꼭 움켜쥐고 있다가 새끼손가락으로 가져갔다. 나는 내 삶으로 돌아나오는 눈물을 다스리려고 했지만 그것은 쉽지 않았다. 손가락이 가늘게 떨려서 나는 반지를 지그시 쥐었다가 끼워 넣었다.

그 온기 속으로 어린 아이의 또렷한 목소리가 나타났다. 노란 달걀이 반지를 끼고 있어. 그리고 망원경에서 눈을 떼며 까르륵 거리는 웃음소리. 그 자그마한 누이를 부둥켜안고 있던 시간의 따스함과 부드러움. 너는 언제까지고 이렇게 어여쁘고 장난스럽구나. 고마워. 이 귀여운 시인 아가씨야, 너는 내 곁에서, 나는 네 곁에서 이렇게 늘 같이 살고 있구나.

산 자도 죽은 자도 없다. 이긴 자도 지고만 자도 없다. 우리는 살고, 또 저기로 가서도 살 거야. 그저 우리는 사랑할 뿐이고, 사랑해서 서로를 느낄 뿐이야. 잘 지내거라. 네가 원하면 나는 너를 언제든지 쓸어안아. 그리고 뺨을 비비고 얼굴에 입을 맞추지. 나는 너의 살결을 알아. 그 따스한 촉감을. 문득 문득 생각하다가 여기서 시간이 다하는 날에 우리는…… 나는 너를…… 너는 나를…….

내가 밀어 넣은 반지의 속과 손가락의 살갗이 마침내 하나의 원으로 정지되자 나와 그녀는 우리가 되었다…… 만나게 될 거야.

나는 휴대폰을 들어서 그녀의 번호를 누르고는 신호가 가는 나직한 소리에 가만히 귀를 기울였다.

감사의 말

『중력』을 쓰는 동안 나는 원주의 토지문화관과 청송의 객주문학관 그리고 담양의 글을낳는집에서 몇 달씩 집필실을 얻어서 생활하였다. 그럴 수 있도록 배려해주신 김영주 이사장님과 시인 김지하 선생님, 그리고 소설가 김주영 선생님, 시인 김규성 선생님에게 마음으로 감사를 드린다. 이곳들은 한국문화예술위원회와 청송군의 지원을 받는다.

이곳들은 땅거미가 내려앉고 나면 해가 지거나 달이 뜬 바로 그 자리에서 금성이나 목성, 토성이 돋아나는 것을 시작으로 밤새도록 별들이 하늘에 나타나서 비스듬하게 한 바퀴 도는 것이 보인다. 나는 글을 쓰다 지치면 바깥으로 나와 은하수를 올려다보면서 이런 곳에 와 있는 것을 고맙게 생각하였다.

내가 가가린센터를 살펴볼 수 있도록 인자하게 도와주신

최기혁 단장님과 우주인 이소연, 고산 두 분에게 감사의 마음을 전한다. 나는 이 소설이 나온 후에 두 분에게 혹시라도 짐이 되는 일이 없도록 하기 위하여 궁금한 것을 전혀 묻지 않았다. 이 소설은 오로지 상상과 취재만으로 쓰였다. 하지만 이들이 있어서 이 소설이 가능하였다. 나는 특히 이소연님이 쓴 글에서 테레시코바와 더불어 솔로브요바 이리나 바야노브나라는 이름을 보았는데 그는 소설에서 옐레나 바야노브나 사포노바로 나왔다.

이 소설은 구상하고 취재를 시작한 지 십삼 년 만에 나왔고 집필하는 사 년 동안 적어도 서른다섯 번 개고했다. 이토록 오래 걸리리라는 것을 알았더라면 나는 과연 과감하게 첫발을 떼고 첫 문장을 쓸 수 있었을까, 궁금해진다. 그 긴 여로에서 몇몇의 길벗들이 내가 쓴 원고를 읽고 격려해주었다. 그들은 책을 펴내는 일에 종사하거나 작가이거나 나의 친구들이다. 그들 한 사람, 한 사람의 이름을 떠올리며 마음 깊이 감사의 정을 전한다. 시간이 지나자 그들은 하나둘 제 갈 길로 떠나가고, 황무지 가운데 이어질지 사라질지 모를 가녀린 길만 흐릿했는데 결국 나와 원고만이 남았다. 그 길을 내가 끝까지 걸어간 것은 그러한 길벗들이 전해준 따스한 체온 덕분이다.

그리고 이 소설이 완성에 와 닿았음을 알아보고 나와 토의한 시인 임경섭님, 손수 이 책을 만들어낸 시인 최지인님, 세심하게 애써준 디자이너 박수연님, 그리고 이들을 이끄는 시인 백상웅님에게 감사의 마음을 전한다. 이분들을 북돋고 출판사를 키워나가는 김선식 대표님에게도 마찬가지다.

2019년 1월

권기태

나는 성탄절 전날에 『중력』을 완성했다. 새벽에 편집자에게 원고를 보내놓고 나니 칼랑코에가 작은 꽃을 활짝 피우고 있었다. 날씨가 추워서 베란다의 화분을 들여놓았는데 아껴오던 꽃망울을 그제서야 터뜨린 것일까.

소인국에 생겨난 나리꽃처럼 손톱만 한 꽃은 열십자 모양을 하고 있다. 그 참혹한 형벌의 이미지가 이처럼 부드러운 노랑으로 다시 태어나다니. 가녀린 것을 위해 연민을 품으라고 말하는 듯하지 않는가. 한참 바라보다가 사진을 찍어 페이스북에 올린 기억이 난다.

나는 마흔여덟 되던 해에 정신을 잃고 쓰러진 적이 있다. 산다는 것이 알 수 없는 일이구나 싶었다. 며칠 넋을 놓고 지내다가 길거리에서 사들인 꽃이 칼랑코에다. 남아공의 나라꽃인데 무궁화처럼 봄부터 피고 지고 또 피어 끈질기게 살아간다.

   먼지 쌓인 소년 시절의 긴 복도를 거쳐서 어떻게 청춘의
들녘으로 나가게 될지 애초에는 몰랐던 것처럼 나는 처음
에 『중력』을 아무런 설계도 없이 써가자고 다짐하였다. 몇
달간의 몰입 속에 초고를 완성하였다.
   하지만 한 번 더, 다시 한 번 더, 쓰기를 거쳐서 몇 차례
나 다시 쓰기를 거듭하다가 언제 이 소설의 세계가 다 만
들어질지 기약할 수 없게 되었다. 도중에 마음을 접지 않은
것은 낙담에 빠질 때마다, 이것이 끝이 아니라고 생각했던
덕분인 것 같다.

   이것이 끝이 아니다.
   이런 생각은 『중력』의 이진우와 김유진, 그리고 김태우와
정우성 모두의 마음에서 생겨나지 않았을까. 그들은 속단
해서 좌절하지 않았다. 이 길에서 구할 가치가 이기는 것인
지, 옳은 것인지, 다른 고귀한 어떤 것인지 섣불리 정하지
않았다. 삶이란 무엇이고 어떻게 살아야 하는지 찾고자 했
다는 점에서 끝까지 가보고자 했다.
   그들은 나와 동행했던 나의 분신이고 내 자신이었음이
분명하다. 그리고 끝까지 설계도 없이 써나가겠다는 처음의
다짐이 없었더라면 이들은 생동감을 지니지 못했을지 모른

다. 나는 이들에게 한 꺼풀씩 우연한 일상을 덧바르는 방식으로 지금처럼 살아가게 할 수 있었다.

살아오며, 어느 결엔가 지금의 이 삶과 같은 소설을 쓰고 싶다는 바람을 지니게 되었다. 보통 사람이 꿈을 좇다가 수렁에 빠지고 선택의 갈림길에 서는 이야기였다.

『중력』을 고쳐 쓰며 이런 바람이 힘을 미치지 않았을까. 내가 느껴온 슬픔과 기쁨, 아픔과 미더움, 기대와 체념 같은 감정들이 지면에 배고 스민 것 같다. 『중력』 속의 삶을 살아 보고 그들의 마음이 되면서 나는 배우고 깊어진 게 아닐까. 『중력』이 내게 숨결을 불어넣고 등을 두드려온 것 같다. 그래서 나는 이 소설에 가없는 사랑을 느끼고, 그만큼 아껴주고 싶은 것이다.

나는 한때 우주인 선발 경쟁을 가까이서 지켜보았다. 『중력』은 그때 내 눈에 들어온 한 탈락자의 퇴장에서 비롯되지 않았을까. 공군사관학교의 교관인 그는 "이뤄질 수 없는 꿈도 있다는 것을 알았다"며 송진처럼 굵고 뜨거운 눈물을 손등으로 닦았다. 나는 시간이 오래 지나면서 그러한 기억이 희미해졌다가 『중력』을 쓰면서 서서히 또렷해지는 것을 느꼈다. 그렇게 삶에 열정적인 사람들이 살아가는 소설의 세계를 만들 수만 있다면, 하고 바랐다.

지금 그는 어떻게 살고 있을까. 그의 방에도 나리꽃을 닮은 노란 꽃이 망울을 터뜨리고 있을까. 그는 마흔이 다 됐을 것이다. 그리고 아마 "희망은 얼굴을 바꿔서 다시 태어난다"고 생각하지 않을까. "희망은 다다를 곳이 아니라 함께 가면 좋은 친구 같다"고 생각할 것 같다. 그처럼 내 일상을 지나며 나를 잠시라도 흔들고 눈뜨게 했던 그 모든 분들에게 멀리서나마 고개를 숙인다.

이 겨울이 지나면 우리의 희망은 응달이 걷힌 눈처럼 녹아서 또 시내로 흐르고, 강이 되어서 숲에 봄이 들게끔 숨을 불어넣을 것이다.

중력

초판 1쇄 발행 2019년 2월 11일
초판 2쇄 발행 2019년 7월 12일

지은이 권기태
펴낸이 김선식

경영총괄 김은영
책임편집 최지인 **크로스교정** 조세현 **디자인** 박수연 **책임마케터** 기명리
콘텐츠개발6팀장 백상웅 **콘텐츠개발6팀** 박수연, 임경섭, 최지인
마케팅본부 이주화, 정명찬, 최혜령, 이고은, 권장규, 허윤선, 김은지, 박태준, 배시영, 기명리, 박지수
저작권팀 한승빈, 이시은
경영관리본부 허대우, 박상민, 윤이경, 김민아, 권송이, 김재경, 최완규, 손영은, 이우철, 이정현
외부스태프 일러스트 김대호

펴낸곳 다산북스 출판등록 2005년 12월 23일 제313-2005-00277호
주소 경기도 파주시 회동길 357 3층
전화 02-704-1724
팩스 02-703-2219 이메일 dasanbooks@dasanbooks.com
홈페이지 www.dasanbooks.com
블로그 blog.naver.com/dasan_books

ⓒ 2019, 권기태

ISBN 979-11-306-2039-8 (03810)

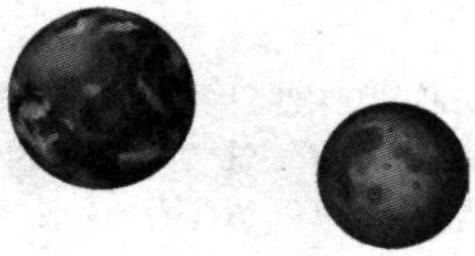

추천의 말

여름날 뭉게구름을 볼 때마다 허공의 설산이라고 생
각했던 몽상가가 하늘 바깥 우주로 삶의 무대를 확
장하는 이 소설은 스케일 자체로 경이롭다. 소시민의
안정을 유보하고 우주인이 되기를 열망한 화자는 출
발의 관문들 앞에서 한결같이 '삶이란 무엇인가'를
소명인 양 묻는다. 무중력의 트레드밀에 올라 가능
성이라는 이상理想을 노래하는 생의 이 결연한 긍정은
고대 연극의 코러스처럼 울림이 크다.   _강석경(소설가)

『중력』이 천문학에 대한 이야기려니 해서 쏙 들어가
보니 소재로써 쓰인 우주인의 선발 과정을 넘어서서
'오늘 우리의 삶'을 놀라울 만큼 꽉 보듬고 있다. 무
엇보다 이 땅의 이 고단한 현실을 에두르는 소설의
후반부는 관성을 무시한다. '철학'으로 무장하는가
싶더니 어느새 눈시울을 적셔내고야 말았던 것. 이야
기를 꾸미는 관성에 의존하지 않고 이토록 따스한 감
동을 줄 수 있다니! 그물을 빠져나가는 이렇게 매끄
러운 잉어가 또 어디 있을까. 무릎을 탁 칠 수밖에 없
는 작품을 만났으니, 소설 『중력』을 무대화하고 싶어
미치고 환장하는 밤이렸다.   _허진원(극작가)